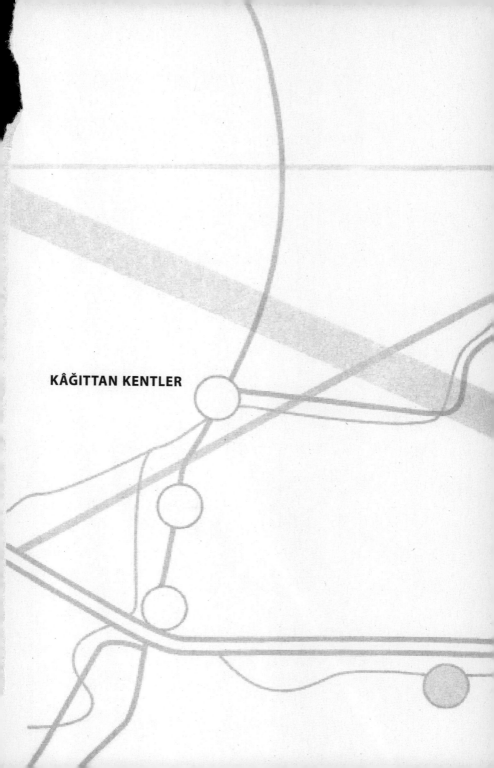

KÂĞITTAN KENTLER

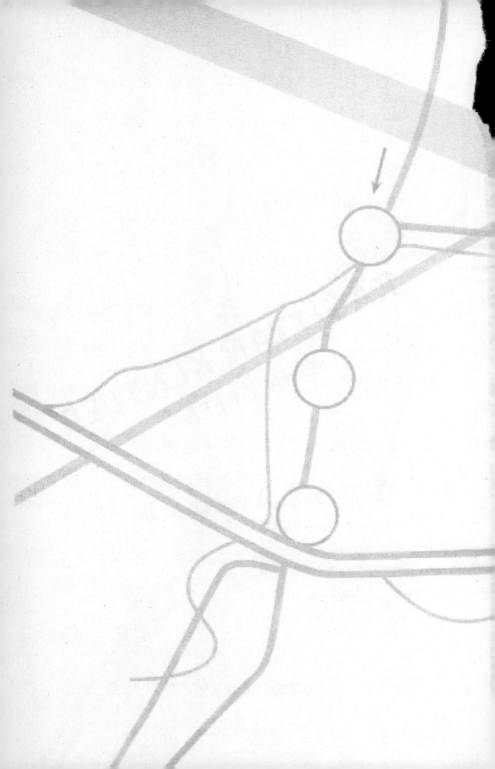

KÂĞITTAN KENTLER
JOHN GREEN

İngilizceden Çeviren:
Banu Talu

PEGASUS YAYINLARI

Pegasus Yayınları: 1136
Gençlik: 205

Kâğıttan Kentler
John Green
Özgün Adı: Paper Towns

Yayın Koordinatörü: Berna Sirman
Editör: Çiçek Eriş
Düzelti: Sibel Yıldız
Sayfa Tasarımı: Cansu Gümüş

Baskı-Cilt: Alioğlu Matbaacılık
Sertifika No: 11946
Orta Mah. Fatin Rüştü Sok. No: 1/3-A
Bayrampaşa/İstanbul
Tel: 0212 612 95 59

1. Baskı: İstanbul, Temmuz 2015 - FİLM ÖZEL BASKI
ISBN: 978-605-343-656-0

Türkçe Yayın Hakları © PEGASUS YAYINLARI, 2013
Copyright © John Green, 2008

Bu kitabın Türkçe yayın hakları Akcalı Telif Hakları Ajansı aracılığıyla Penguin Group (USA) Inc.'in alt yayıncısı Penguin Young Readers Group'un bir dalı olan Dutton Children's Books'tan alınmıştır.

Tüm hakları saklıdır. Bu kitapta yer alan fotoğraf/resim ve metinler Pegasus Yayıncılık Tic. San. Ltd. Şti'den izin alınmadan fotokopi dâhil, optik, elektronik ya da mekanik herhangi bir yolla kopyalanamaz, çoğaltılamaz, basılamaz, yayımlanamaz.

Yayıncı Sertifika No: 12177

Pegasus Yayıncılık Tic. San. Ltd. Şti.
Gümüşsuyu Mah. Osmanlı Sk. Alara Han
No: 11/9 Taksim / İSTANBUL
Tel: 0212 244 23 50 (pbx) Faks: 0212 244 23 46
www.pegasusyayinlari.com / info@pegasusyayinlari.com

Julie Strauss-Gabel'a, o olmasa
bunların hiçbiri gerçekleşmezdi

Ve sonra,
yaptığı bal kabağı fenerine sokaktan bakmak için
dışarı çıktığımızda, dedim ki ışığının
karanlıkta titreyen yüzünün içinden parlayış şeklini sevdim.
—*Jack O'Lantern*, Katrina Vandenberg

İnsanlar, arkadaşların birbirlerini mahvetmediğini söyler
Arkadaşlar hakkında ne bilirler ki?
—*Game Shows Touch Our Lives*, The Mountain Goats

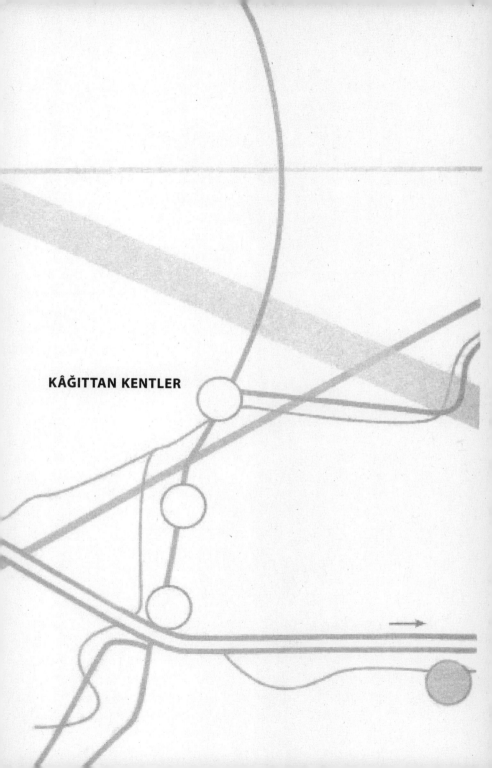
KÂĞITTAN KENTLER

GİRİŞ

Anladığım kadarıyla, herkesin payına bir mucize düşüyor. Mesela muhtemelen bana asla yıldırım çarpmayacak ya da Nobel Ödülü alamayacağım ya da Pasifik adalarındaki küçük bir ulusun diktatörü olmayacağım ya da son evre kulak kanserine yakalanmayacağım ya da bir anda delirmeyeceğim. Ama bütün ihtimal dışı şeyleri düşünürseniz, en azından biri muhtemelen her birimizin başına gelecektir. Gökten kurbağa yağdığını görebilirdim. Mars'a ayak basabilirdim. Bir balina tarafından yenebilirdim. İngiltere Kraliçesi'yle evlenebilirdim ya da denizde aylarca hayatta kalabilirdim. Ama benim mucizem farklıydı. Benim mucizem şuydu: Florida'nın tüm semtlerindeki tüm o evler arasında, kendimi Margo Roth Spiegelman'ın bitişiğinde yaşarken buldum.

Semtimiz Jefferson Park, önceleri bir donanma üssüymüş. Fakat sonra donanma buraya artık gerek duymamış. Böylece araziyi Orlando, Florida vatandaşlarına geri vermiş, onlar da burayı imara açmaya karar vermişler çünkü Florida'nın araziyle yaptığı budur. İlk evlerin yapılmasından hemen sonra, benim ailem ile Margo'nunkiler kapı komşusu olmuşlar. Ben ve Margo da öyle.

Jefferson Park tam bir Pleasantville'di ve donanma üssü olmadan önce, gerçek bir Jefferson'a aitmiş; Dr. Jefferson Jefferson'a. Dr. Jefferson Jefferson'ın Orlando'da adını taşıyan bir okulu ve ayrıca büyük, hayırsever bir vakfı vardır ancak Dr. Jefferson Jefferson'la ilgili büyüleyici ve "inanılmaz ama gerçek" olan şey kendisinin hiçbir şekilde doktor olmamasıdır. O sadece Jefferson Jefferson adında bir portakal suyu satıcısıymış. Zengin olup güçlenince, mahkemeye gitmiş, "Jefferson" ismini ikinci adı, ilk isminiyse "Dr." yapmış. Büyük *D*. Küçük *r*. Nokta.

Neyse, Margo ve ben dokuz yaşındaydık. Ebeveynlerimiz arkadaştı, bu nedenle bazen beraber oynardık, çıkmaz sokakların yanından geçerek Jefferson Park'ın kendisine, semtimizin göbeğine doğru bisiklet sürerdik.

Margo, Tanrı'nın yarattığı en olağanüstü güzel yaratık olduğu için, ne zaman gelmek üzere olduğunu duysam gerilirdim. O sabah, beyaz bir şort ve üstünde turuncu pullardan ateş püskürten, yeşil bir ejderhanın resmedildiği pembe bir tişört giyiyordu. Bu tişörtü o zaman ne kadar müthiş bulduğumu açıklamak zor.

Margo her zamanki gibi, bisikleti ayakta, gidonların üzerine doğru eğildiği için kolları kilitlenmiş şekilde sürüyordu, mor spor ayakkabıları bulanık görünüyordu. Martın buram buram tüten günlerinden biriydi. Gökyüzü berraktı ama havanın tadı asitliydi, sanki daha sonra fırtına çıkabilirmiş gibi.

O zamanlar kendimi mucit olarak hayal ediyordum; bisikletlerimizi kilitledikten ve parkın öbür tarafına, oyun alanına doğru kısa yürüyüşümüze başladıktan sonra Margo'ya Halkalayıcı adındaki bir icatla ilgili fikrimi anlattım. Halkalayıcı, renkli büyük kayaları yakın bir yörüngeye ateşleyerek, Dünya'ya Satürn'ünkine benzer halkalar kazandıracak devasa bir toptu. (Hâlâ bunun iyi bir fikir olabileceğini düşünüyorum ama yakın bir yörüngeye kaya parçaları ateşleyebilen bir savaş topu yapmanın oldukça karmaşık olduğu ortaya çıktı.)

Daha önce bu parka o kadar çok gelmiştim ki ayrıntıları aklımda yer etmişti, bu yüzden dünyada bir terslik olduğunu hissetmeye başladığımda yalnızca birkaç adım atmıştık; yine de *neyin* farklı olduğunu hemen anlayamadım.

"Quentin," dedi Margo, sessiz ve sakince.

Bir yeri işaret ediyordu. Ve sonra neyin farklı olduğunu anladım. Birkaç metre önümüzde bir meşe ağacı vardı. Kalın, eğri büğrü ve oldukça yaşlı görünümlü. Bu yeni değildi. Sağımızdaki oyun alanı. Bu da yeni değildi. Ama o anda, gri takım giyen bir adam, meşe ağacının gövdesinin önüne pat diye düştü. Hareket etmiyordu. Bu yeniydi. Etrafı kanla çevriliydi; yarı kurumuş kan çeşmesi ağzından dışarı doğru akmıştı. Ağzı, genelde olmaması gereken bir şekilde açılmıştı. Solgun alnında ölü sinekler vardı.

"Ölmüş," dedi Margo, sanki ben anlayamamışım gibi.

Geriye doğru iki küçük adım attım. Eğer ani bir hareket yaparsam, uyanıp bana saldıracağını düşündüğümü hatırlıyorum. Belki de bir zombiydi. Zombilerin gerçek olmadığını biliyordum ama kesinlikle potansiyel bir zombi gibi *görünüyordu*.

Ben geriye doğru o iki küçük adımı atarken, Margo da ileriye doğru eşit küçüklükte ve yavaşlıkta iki adım attı. "Gözleri açık," dedi.

"Evegitmeliyiz," dedim.

"Öldüğünde, gözlerini kapadığını sanırdım," dedi Margo.

"Margoevegitmelivesöylemeliyiz."

Margo bir adım daha attı. Adamın ayağına uzanıp dokunacak kadar yakındı. "Ona ne olduğunu düşünüyorsun?" diye sordu. "Belki uyuşturucu ya da onun gibi bir şeydi."

Margo'yu saldırgan bir zombi olabilecek ölü adamla yalnız bırakmak istemiyordum ama orada durup ölümünün nedenleri hakkında sohbet etmeye de hevesli değildim. Cesaretimi topladım ve elini tutmak için ileri doğru adım attım. "Margohemenşimdigitmeliyiz!"

"Tamam, evet," dedi. Bisikletlerimize doğru koştuk, midem tam da heyecan gibi hissettiren bir şeyle çalkalanıyordu ama heyecan değildi. Bisikletlerimize bindik, Margo'nun önümde gitmesine izin verdim çünkü ağlıyordum ve onun görmesini istemedim. Mor spor ayakkabılarının tabanındaki kanı görebiliyordum. Onun kanı. Ölü adam kanı.

Ve sonra kendi evlerimize döndük. Annemle babam 911'i aradı, uzaktan gelen siren seslerini duydum ve itfaiye arabalarını görmek istedim ama annem hayır dedi. Sonra biraz kestirdim.

Annem de babam da terapist, bu da demek oluyor ki gerçekten kahrolası sağlam bir kişiliğim var. Bu nedenle uyandığımda, yaşam döngüsü ve ölümün hayatın bir parçası olduğu ama dokuz yaşında özellikle ilgilenmem gereken bir parçası olmadığı hakkında annemle uzun bir konuşma yaptım ve kendimi daha iyi hissettim. Doğrusu, hiçbir zaman olayla ilgili fazla kaygılanmadım ki bu önemli çünkü hayli fazla kaygılanabiliyorum.

Olay şu: Ölü bir adam buldum. Küçük, sevimli, dokuz yaşındaki ben ve daha küçük, daha sevimli oyun arkadaşım, ağzından kan akan bir adam bulduk ve bu kan biz bisikletle eve giderken onun küçük, sevimli spor ayakkabılarındaydı. Bütün bunlar çok dramatik falandı ama ne olmuş? Adamı tanımıyordum. Tanımadığım insanlar sürekli ölüyordu. Eğer dünyada her korkunç şey olduğunda sinir krizi geçirseydim balataları yakardım.

O gece saat dokuzda odama yatmaya gittim çünkü yatma saatim dokuzdu. Annem beni yatağa soktu, beni sevdiğini söyledi, "Yarın görüşürüz," dedim, "Yarın görüşürüz," dedi, sonra ışıkları söndürüp kapıyı neredeyse tamamen kapattı.

Yana döndüğümde, penceremin dışında duran Margo Roth Spiegelman'ı gördüm, yüzü neredeyse pencere teline yapışmıştı. Yataktan kalkıp pencereyi açtım ama Margo'yu pikselleştiren tel aramızda kaldı.

Oldukça ciddi bir şekilde, "Bir araştırma yaptım," dedi. Çok yakınındaki tel, yüzünü parçalara ayırsa da, küçük bir defter ve silgisinde diş izleri olan bir kalem tuttuğunu görebiliyordum. Notlarına bir göz attı. "Jefferson Adliyesi'nden Bayan Feldman, adamın adının Robert Joyner olduğunu söyledi. Marketin tepesindeki evlerden birinde, Jefferson Caddesi'nde yaşıyormuş, bu yüzden oraya gittim. Bir grup polis memuru vardı, içlerinden biri okul gazetesinde çalışıp çalışmadığımı sordu, okulumuzun gazetesi olmadığını söyledim, o da gazeteci olmadığım sürece her sorumu cevaplayacağını söyledi. Robert Joyner otuz altı yaşındaymış. Avukatmış. Daireye girmeme izin vermezlerdi ama bitişikte Juanita Alvarez diye bir bayan yaşıyor, ben de bir fincan şeker alabilir miyim diye sorup onun dairesine girdim, o da Robert Joyner'ın kendisini bir tabancayla öldürdüğünü söyledi. Sonra neden diye sordum, o da bana boşanmakta olduğunu ve buna üzüldüğünü söyledi."

Sonra Margo durdu ve ben sadece ona baktım, ay ışığıyla aydınlanmış gri yüzü, pencere telinin örgüsü tarafından binlerce küçük parçaya ayrılmıştı. Büyük, yuvarlak gözleri defteri ile benim aramda gidip geldi. "Birçok insan boşanıyor ama kendini öldürmüyor," dedim.

Heyecanlı bir sesle, *"Biliyorum,"* dedi. "Benim Juanita Alvarez'e söylediğim de *buydu*. Sonra o dedi ki..." Defterin sayfasını çevirdi. "Bay Joyner sorunluymuş. Ben de bunun ne demek olduğunu sordum, o da bana Bay Joyner için dua etmemizi ve şekeri anneme götürmem gerektiğini söyledi. Sonra şekeri boş vermesini söyledim ve oradan ayrıldım."

Yine karşılık vermedim. Sadece konuşmaya devam etmesini istedim; neredeyse her şeyi biliyor olmanın heyecanıyla dolu olan o küçük ses, başıma önemli bir şey geliyormuş gibi hissettiriyordu.

"Sanırım nedenini biliyorum," dedi Margo.

"Neden?"

"Belki de içindeki tüm ipler kopmuştu," dedi.

Buna karşılık olarak söyleyecek bir şey düşünürken uzandım ve pencereden çıkarmak için aramızdaki telin kilidine bastım. Teli yere koydum ama Margo bana konuşma fırsatı vermedi. Tekrar oturamadan yüzünü bana doğru kaldırdı ve "Pencereyi kapat," diye fısıldadı. Ben de öyle yaptım. Gideceğini düşündüm ama beni izleyerek orada öylece durdu. Ona el salladım ve gülümsedim ama gözleri arkamdaki bir şeye sabitlenmiş gibiydi, şimdiden yüzündeki kanın çekilmesine neden olan korkunç bir şeye; ben de bakmak için dönemeyecek kadar korkmuştum. Tabii ki arkamda hiçbir şey yoktu... belki ölü adam dışında.

El sallamayı bıraktım. Pencerenin farklı taraflarından birbirimize bakarken, başım onunkiyle aynı hizadaydı. Nasıl bittiğini hatırlamıyorum, ben mi yatağa girdim yoksa o mu? Hafızamda o an bitmiyor. Orada öylece, sonsuza kadar birbirimize bakarak kalıyoruz.

Margo gizemli olayları her zaman sevdi. Ve daha sonra olan her şeyde, gizemli şeyleri belki de o kadar seviyordu ki onlardan biri haline geldi, diye düşünmekten kendimi alamadım.

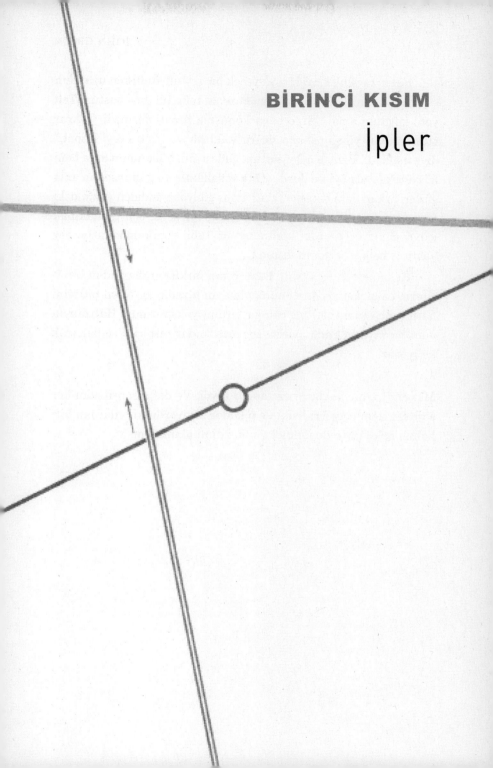

BİRİNCİ KISIM
İpler

1.

Hayatımın en uzun günü geç saatlerde başladı. O çarşamba sabahı geç uyandım, duşta çok zaman geçirdim ve kahvaltımı annemin minivanının yolcu koltuğunda saat 07:17'de yapmak zorunda kaldım.

Genelde beni okula en yakın arkadaşım Ben Starling götürürdü ama Ben, benim için yararsız hale gelerek, okula zamanında gitmişti. Bizim için "zamanında", okulun başlamasından otuz dakika önceydi çünkü ilk zilden yarım saat öncesi sosyal programımızın en önemli bölümüydü: bando odasına giden yan kapının önünde dikilmek ve yalnızca konuşmak. Arkadaşlarımın çoğu bandodaydı ve okulda boş zamanımın çoğu bando odasının beş metre çevresinde geçerdi. Ama ben bandoda değildim çünkü genellikle gerçek sağırlıkla ilişkili olan ton sağırlığından muzdariptim. Yirmi dakika geç kalacaktım ki bu da teknik olarak, hâlâ ders saatinden on dakika önce orada olacağım anlamına geliyordu.

Annem arabayı sürerken bana dersler, finaller ve baloyla ilgili sorular sordu.

"Baloya inanmıyorum," diye hatırlattım, bir köşeyi dönerken. G kuvvetine uyum sağlamak için, kahvaltılık gevreğimin açısını ustalıkla ayarladım. Bunu daha önce de yapmıştım.

"Bir arkadaşla gitmenin bir zararı olmaz. Eminim, Cassie Hiney'yi davet edebilirsin." Olağanüstü talihsiz bir soyadı olmasına rağmen, aslında gayet hoş, güzel ve sevimli olan Cassie Hiney'yi[1] davet edebilirdim.

"Sadece baloları değil, balolardan hoşlanan insanları da sevmiyorum," diye açıkladım, aslında doğru olmamasına rağmen. Ben, kesinlikle gitmek için deli oluyordu.

Annem okula doğru döndü, kasisten geçerken iki elimle neredeyse boş olan kâseyi tuttum. Son sınıfların park yerine bir göz gezdirdim. Margo Roth Spiegelman'ın gümüş rengi Honda'sı her zamanki yerine park edilmişti. Annem arabayı bando odasının dışındaki bir çıkmaza doğru çevirdi ve beni yanağımdan öptü. Ben ve diğer arkadaşlarımın yarım daire şeklinde durduklarını görebiliyordum.

Onlara doğru yürüdüm ve yarım daire hiç çaba harcamadan beni de içine almak için genişledi. Çello çalan ve görünüşe göre Taddy Mac adındaki beyzbol oyuncusuyla çıkarak herkesin ilgisini çeken eski kız arkadaşım Suzie Chung hakkında konuşuyorlardı. Taddy Mac gerçek ismi miydi bilmiyordum. Ama her halükârda Suzie baloya Taddy Mac'le gitmeye karar vermişti. Başka bir kayıp daha.

Karşımda duran Ben, "Dostum," dedi. Başını salladı ve arkasını döndü. Çemberin dışına çıkarak kapıya doğru onu takip ettim. Ergenliğe ulaşmış ama tam anlamıyla girememiş buğday tenli küçük bir yaratık olan Ben beşinci sınıftan, yani ikimiz de başka kimseyi en yakın arkadaş olarak cezbedemeyeceğimizi sonunda kabullendiğimizden bu yana en yakın arkadaşımdı. Bir de Ben çok uğraşıyordu ve bu hoşuma gidiyordu... çoğu zaman.

"Nasılsın?" diye sordum. İçeriye girmiştik, diğerlerinin konuşmaları bizimkinin duyulmasını engelliyordu.

Suratsızca, "Radar baloya gidiyor," dedi. Radar diğer en yakın arkadaşımızdı. Ona Radar diyorduk çünkü şu eski televizyon dizisi

---

[1] Argoda kalça, kıç anlamlarına gelmektedir. (ç.n.)

M*A*S*H'teki küçük gözlüklü adama benziyordu, tabii 1. Televizyondaki Radar zenci değildi ve 2. Ona bu lakabı takmamızdan bir süre sonra, bizim Radar on beş santimetre uzadı ve lens takmaya başladı, bu yüzden sanırım 3. Aslında *M*A*S*H*'teki adama hiç de benzemiyordu ama 4. Liseye üç buçuk hafta kalmışken ona yeni bir lakap takmaya kalkışmayacaktık.

"Şu Angela denen kızla mı?" diye sordum. Radar asla bize aşk hayatından bahsetmezdi ama bu durum bizim sık sık tahmin yürütmemizi engellemezdi.

Ben başıyla onayladı. "Hani sadece birinci sınıftakiler Kanlı Ben hikâyesini bilmiyor diye o çıtırlardan birini baloya davet etmeyi düşünüyorum ya," dedi. Başımla onayladım.

"İşte," dedi Ben, "bu sabah dokuzuncu sınıflardan küçük, sevimli bir tavşancık bana geldi ve Kanlı Ben olup olmadığımı sordu, ben de bunun bir böbrek enfeksiyonu olduğunu açıklamaya başladım, kız kıkır kıkır güldü ve kaçıp gitti. Yani her şey açığa çıktı."

Ben, onuncu sınıfta böbrek enfeksiyonu nedeniyle hastaneye yatırılmıştı ama Margo'nun en yakın arkadaşı Becca Arrington, Ben'in idrarında kan olmasının gerçek nedeninin, kronik mastürbasyona bağlı olduğuyla ilgili bir dedikodu yaymıştı. Tıbbi açıdan inandırıcı olmamasına rağmen bu hikâye o zamandan beri Ben'in peşini bırakmamıştı. "Berbat," dedim.

Ben, bir balo partneri ayarlayabilme planlarının ana hatlarını çizmeye başladı ama tam dinlemiyordum çünkü koridora üşüşen insan kalabalığının arasında Margo Roth Spiegelman'ı görebiliyordum. Dolabının hemen önünde, erkek arkadaşı Jase'in yanında duruyordu. Dizlerine gelen beyaz bir etek ve mavi baskılı bir üst giymişti. Köprücük kemiğini görebiliyordum. Kendini kaybetmiş halde bir şeye gülüyordu... omuzları öne doğru eğik, büyük gözlerinin kenarları kırışık, ağzı kocaman açık. Ama Jase'in söylediği bir şeymiş gibi görünmüyordu çünkü ondan uzağa, koridorun karşısındaki dolap sırasına doğru bakıyordu. Gözlerini takip ettim ve

Becca Arrington'ın bir beyzbol oyuncusunun her yerine asıldığını gördüm; kendisi bir süs eşyası, çocuk da bir Noel ağacıymış gibi. Beni göremeyeceğini bildiğim halde Margo'ya gülümsedim.

"Dostum, şuna bir çakmalısın. Jase'i boş ver. Tanrım, bu kız şeker kaplı bir tavşancık." Biz yürürken kalabalığın arasında Margo'ya ara sıra bakmaya devam ettim; hızlı, anlık fotoğraflar: *Ölümlüler Geçip Giderken, Kusursuzluk Olduğu Gibi Duruyor* başlıklı bir fotoğraf serisi. Yaklaştıkça, belki de her şeye rağmen gülmüyordu, diye düşündüm. Belki bir sürprizdi, belki bir hediye almıştı ya da öyle bir şey. Ağzını kapatabilecek gibi görünmüyordu.

"Evet," dedim Ben'e, hâlâ dinlemiyordum, hâlâ fazla belli etmeden, olabildiği kadar Margo'yu görmeye çalışıyordum. Mesele çok güzel olması filan değildi. Margo tek kelimeyle müthişti, kelimenin gerçek anlamıyla. Sonra ondan çok öteye geçtik, onunla benim aramda çok fazla insan yürüyordu ve ben, konuşmasını duyacak ya da bu kadar komik olan sürprizin ne olduğunu anlayacak kadar yaklaşamamıştım bile. Ben başımı salladı çünkü benim Margo'yu görüşümü binlerce kez görmüştü ve buna alışıktı.

"Doğrusu, Margo seksi ama *o kadar da* seksi değil. Kim cidden seksi biliyor musun?"

"Kim?" diye sordum.

"Lacey," dedi. Lacey, Margo'nun diğer en yakın arkadaşıydı. "Bir de annen. Dostum, bu sabah annenin seni yanağından öptüğünü gördüm ve kusura bakma ama yemin ederim şöyleydim: *Adamım, keşke Q.'nun yerinde olsaydım. Ve bir de, keşke yanaklarımın penisi olsaydı.*" Dirseğimle kaburgalarına vurdum ama hâlâ Margo'yu düşünüyordum çünkü o bitişiğimizde oturan tek efsaneydi. Altı heceli isminin tamamı, genellikle bir çeşit huşu içinde anılan Margo Roth Spiegelman. Epik macera hikâyeleri, okulda bir yaz fırtınası gibi esip gürleyen Margo Roth Spiegelman: Hot Coffee, Mississippi'de çökük bir evde yaşayan yaşlı bir adam, Margo'ya nasıl gitar çalınacağını öğretmiş. Üç gününü sirkle gezerek geçiren Margo Roth Spiegelman... trapezde potansiyeli olduğunu düşünmüşler. St. Louis'deki bir konserden sonra, onlar viski içerken The Mallionaires'le kuliste bir fincan bitki çayı içen Margo Roth Spiegelman. Bu konsere, kapıdaki korumaya basçının kız arkadaşı olduğunu söyleyerek giren Margo Roth Spiegelman. "Beni tanımadınız mı? Haydi çocuklar, cidden ama adım Margo Roth Spiegelman, eğer oraya gidip basçıdan bana bir göz atmasını isterseniz, size ya kız arkadaşı olduğumu ya da öyle olmasını istediğini söyleyecektir." Koruma tam olarak bunu yapınca basçı, "Evet, kız arkadaşım, gösteriye girmesine izin verin," demiş, daha sonra Margo'ya asılmak istemiş ve Margo *The Mallionaires'in basçısını reddetmiş.*

Hikâyeler başkalarıyla paylaşıldığında, kaçınılmaz olarak *Yani, buna inanabiliyor musun?* cümlesiyle bitiyordu. Genellikle inanamazdık ama daima doğrulukları kanıtlanırdı.

Sonra dolaplarımızın yanındaydık. Radar, Ben'in dolabına yaslanmış, elde kullanılan bir alete bir şeyler yazıyordu.

Radar'a, "Yani baloya gidiyorsun," dedim. Yukarı doğru baktı, sonra tekrar aşağı.

"Eski Fransız başbakanıyla ilgili bir Omnictionary[2] makalesine yapılan vandallığı düzeltiyorum. Dün gece biri bütün maddeyi silmiş ve 'Jacques Chirac eşcinsel' cümlesiyle değiştirmiş ki bu aslında hem gerçekler hem de dilbilgisi açısından yanlış." Radar, kullanıcılar tarafından yaratılmış, Omnictionary adındaki bu internet referans kaynağının editörlerinden biri. Bütün hayatı Omnictionary'nin bakımına ve esenliğine adanmıştı. Baloya biriyle gitmesinin bu kadar hayret verici olmasının muhtelif nedenlerinden biri de buydu.

"Yani baloya gidiyorsun," diye tekrarladım.

---

[2] Wikipedia'ya benzeyen bir internet ansiklopedisi. Kitapta bu isim kullanıldıktan sonra benzer bir internet sitesi açılmıştır ancak şu an hizmet dışıdır. (ç.n.)

"Kusura bakma," dedi başını kaldırmadan. Baloya karşı olduğum, herkes tarafından bilinen bir gerçekti. Baloyla ilgili hiçbir şey bana kesinlikle cazip gelmiyordu... ne yavaş dans etmek, ne hızlı dans etmek, ne elbiseler ne de kiralık smokin. Smokin kiralamak, bana önceki kiracısından gelen korkunç bir hastalığa yakalanmanın kusursuz bir yolu gibi görünüyordu ve dünyanın tek kasık biti taşıyan bakiri olmaya hevesli değildim.

"Dostum," dedi Ben, Radar'a, "çıtırlar, Kanlı Ben hikâyesini biliyorlar." Radar elindeki aleti sonunda bir kenara koydu ve anlayışlı bir şekilde başını salladı. Ben, "Her neyse," diye devam etti, "kalan iki stratejim ya internetten bir balo partneri ayarlamak ya da Missouri'ye uçup mısırla beslenmiş hoş, küçük bir tavşancığı kaçırmak." Ben'e "tavşancık" kelimesinin kulağa "retro"dan daha cinsiyetçi ve daha zavallı geldiğini söylemeye çalışmıştım ama bu huyundan vazgeçmedi. Kendi annesine bile tavşancık derdi. Ben'i düzeltmenin yolu yoktu.

Radar, "Birini tanıyor mu diye Angela'ya sorarım," dedi. "Gerçi sana bir balo partneri ayarlamak, kurşunu altına dönüştürmekten daha zor olacak."

"Sana bir balo randevusu ayarlamak o kadar güç ki, farazi fikrin kendisi bile aslında elmas kesmekte kullanılabilir," diye ekledim.

Radar onayladığını göstermek için yumruğuyla dolaba iki kere hafifçe vurdu ve başka bir taneyle devam etti. "Ben, sana balo randevusu ayarlamak o kadar zor ki, Amerikan hükümeti sorunun diplomasiyle çözülemeyeceğine, bunun yerine kaba kuvvet gerektirdiğine inanıyor."

Başka bir tane düşünmeye çalışıyordum ki hepimiz o anda, bize doğru bir amaçla yürüyen ve Chuck Parson olarak tanınan insan şeklindeki anabolik steroit kabını gördük. Chuck Parson sporlara katılmazdı çünkü bu, dikkatini hayatının en büyük amacından başka yöne çekerdi: bir gün cinayetten mahkûm edilmek. "Hey, ibneler," diye seslendi.

Rol yapabileceğim kadar arkadaşça, "Chuck," diye karşılık verdim. Chuck birkaç yıldır bize ciddi bir sorun yaratmıyordu... havalı çocuklar ülkesinden biri, rahat bırakılmamız gerektiğiyle ilgili bir ferman çıkarmıştı. Yani bizimle konuşması bile biraz tuhaftı.

Belki konuştuğum için belki başka sebepten, ellerini iki yanımdan dolaplara çarparak koydu ve diş macunu markasını tahmin edebileceğim kadar yakınıma eğildi. "Margo ve Jase hakkında ne biliyorsun?"

"Şey," dedim. Onlar hakkında bildiğim her şeyi düşündüm: Jase, Margo Roth Spiegelman'ın ilk ve tek ciddi erkek arkadaşıydı. Geçen senenin tam sonunda çıkmaya başlamışlardı. Gelecek yıl ikisi de Florida Üniversitesi'ne gidecekti. Jase orada bir beyzbol bursu almıştı. Jase hiçbir zaman Margo'nun evine gitmezdi... onu kapıdan almaya gittiği zamanlar hariç. Margo asla Jase'ten o kadar da hoşlanmış gibi davranmazdı ama zaten kimseden o kadar hoşlanmış gibi davranmazdı. "Hiçbir şey," dedim sonunda.

"Beni kafaya alma," diye gürledi.

"Margo'yu doğru düzgün *tanımıyorum* bile," dedim ki bu gerçekti.

Bir an cevabımı gözden geçirdi, birbirine yakın gözlerine bakmak için çok uğraştım. Belli belirsiz başını salladı, elini dolaptan çekti ve ilk dersine girmek için çekip gitti: Göğüs Kaslarının Bakımı ve Geliştirilmesi. İkinci zil çaldı. Derse bir dakika kalmıştı. Radar ve benim matematik, Ben'in ise sonlu matematik dersi vardı. Sınıflarımız bitişikti; art arda, sınıf arkadaşlarımızdan oluşan akıntının geçmemize izin verecek kadar ayrılacağına güvenerek sınıflara doğru yürüdük ve öyle oldu.

"Sana balo partneri ayarlamak o kadar zor ki, bin tane maymun bin tane daktiloyla bin yıl boyunca yazı yazsa, bir kere bile *'Ben'le baloya gideceğim'* yazmazdı," dedim.

Ben kendisini rezil etme cazibesine daha fazla dayanamadı. "Baloya dair umutlarım o kadar zayıf ki Q'nun büyükannesi beni reddetti. Radar'ın davet etmesini beklediğini söyledi."

Radar yavaşça başını salladı. "Bu doğru, Q. Büyükannen erkek kardeşleri seviyor."

Chuck'ı boş verip hiç umurumda olmamasına rağmen baloyla ilgili konuşmak acınacak derecede kolaydı. O sabah hayat böyleydi: Hiçbir şey o kadar önemli değildi, iyi şeyler de, kötü şeyler de. Müşterek eğlence işindeydik ve epey başarılıydık.

Muhtelif tahtaların üzerindeki saatlere bakmamaya çalışarak, fakat sonra saatlere bakarak ve ardından son baktığımdan beri sadece birkaç dakika geçmiş olmasına şaşırarak sonraki üç saati farklı sınıflarda geçirdim. Bu saatlere bakma konusunda neredeyse dört yıllık bir deneyimim vardı ama uyuşuklukları beni her defasında şaşırtıyordu. Eğer sadece bir günüm kaldığı söylenirse, doğruca, bir günün bin yıl sürdüğü Winter Park Lisesi'nin kutsal koridorlarına giderim.

Ancak üçüncü ders olan fizik hiçbir zaman bitmeyecekmiş gibi gelse de bitti ve sonra Ben'le kafeteryadaydım. Radar öğle yemeğini, diğer arkadaşlarımızın çoğuyla birlikte beşinci teneffüste yiyordu, bu yüzden ikimiz genelde baş başa otururduk, aramızda iki sandalye ve tiyatrodan tanıdığımız bir grup çocuk oturdu. Bugün ikimiz de biberli pizza yiyorduk.

"Pizza iyi," dedim. Ben dalgınca başını salladı. "Sorun ne?" diye sordum.

Ağız dolusu pizzayla, "Hüşbişe," dedi. Yutkundu. "Aptalca olduğunu düşünüyorsun biliyorum ama baloya gitmek istiyorum."

"1. Öyle düşünüyorum; 2. Eğer gitmek istiyorsan git; 3. Eğer yanlış bilmiyorsam, daha kimseyi davet bile etmedin."

"Matematik dersinde, Cassie Hiney'yi davet ettim. Ona bir not yazdım." Sorgular biçimde kaşlarımı kaldırdım. Ben şortuna uzandı ve çok kez katlanmış bir kâğıdı bana yolladı. Kâğıdı açtım:

Ben,
Seninle baloya gitmeyi çok isterdim ama zaten
Frank'le gidiyorum. Üzgünüm!
—C

Kâğıdı tekrar katladım ve masanın karşısına doğru itekledim. Bu masalarda kâğıtla futbol oynadığımızı hatırlayabiliyordum. "Berbat," dedim.

"Evet, neyse." Etrafımızı ses duvarları çeviriyormuş gibi geldi ve bir süre sessiz kaldık, sonra Ben çok ciddi bir şekilde bana baktı ve "Üniversitede çok eğleneceğim ve 'Tatmin Edilen En Çok Tavşancık' kategorisi altında *Guinness Rekorlar Kitabı*'na gireceğim," dedi.

Güldüm. Küçük, sivri uçlu rastaları olan, sevimli, siyahi bir kızın tepemizde durduğunu fark ettiğimde, Radar'ın ebeveynlerinin nasıl gerçekten *Guinness*'te *olduğunu* düşünüyordum. Bu kızın Angela olduğunu anlamam çok kısa bir zamanımı aldı, Radar'ın "tahminimce-kız arkadaşı".

"Selam," dedi bana.

"Selam," dedim. Angela'yla aynı derse girmişliğim vardı ve onu biraz tanıyordum ama koridorda birbirimize selam vermemiş ya da herhangi bir şey dememiştik. Oturması için elimle işaret ettim. Masanın başına doğru bir sandalye çekti.

Radar'ın gerçek ismini kullanarak, "Siz çocukların Marcus'u herkesten daha iyi tanıdığınızı düşünüyorum," dedi. Dirsekleri masada, bize doğru eğildi.

"Boktan bir iş ama birinin yapması gerekiyor," diye cevap verdi Ben gülümseyerek.

"Sizce benden utanıyor mu?"
Ben güldü. "Ne? Hayır," dedi.
"Teknik olarak," diye ekledim, "*sen ondan* utanıyor olmalısın."
Gülümseyerek gözlerini devirdi. İltifatlara alışkın bir kız. "Ama beni hiç sizinle takılmaya falan davet etmedi yine de."
Sonunda durumu anlayıp, "Haaa," dedim. "Bunun nedeni *bizden* utanması."
Güldü. "Oldukça normal görünüyorsunuz."
"Ben'i burnuna Sprite çekip sonra ağzından çıkarırken hiç görmedin," dedim.
Ben, "Çıldırmış, gazlı bir çeşme gibi görünüyorum," dedi ruhsuz bir ifadeyle.
"Ama gerçekten, siz endişelenmez miydiniz? Yani, beş haftadır çıkıyoruz ve beni evine bile götürmedi." Ben'le manalı bir şekilde bakıştık ve ben kahkahamı bastırmak için yüzümü buruşturdum. "Ne?" diye sordu Angela.
"Hiç," dedim. "Doğrusu, Angela, seni bizimle takılmaya zorluyor ve sürekli evine götürüyor olsaydı..."
"Kesinlikle senden *hoşlanmıyor* demek olurdu," diye bitirdi Ben.
"Ebeveynleri mi tuhaf?"
Bu soruya nasıl dürüstçe cevap vereceğimi düşünerek çırpındım. "Ah, hayır. İyiler. Sadece biraz aşırı koruyucular, sanırım."
"Evet, aşırı koruyucu," diye katıldı Ben, biraz fazla hızlı bir şekilde.
Angela gülümsedi ve öğle yemeği bitmeden önce gidip birine selam vermesi gerektiğini söyleyerek kalktı. Ben, bir şey söylemek için o gidene kadar bekledi. Sonra, "Bu kız müthiş," dedi.
"Biliyorum," diye cevap verdim. "Acaba Radar'la onu değiştirebilir miyiz?"
"Gerçi muhtemelen bilgisayar konusunda Radar kadar iyi değildir. Bilgisayardan iyi anlayan birine ihtiyacımız var. Üstelik Diriliş'te berbat olduğuna bahse girerim." Diriliş en sevdiğimiz

bilgisayar oyunuydu. "Bu arada," diye ekledi Ben, "Radar'ın ailesinin aşırı koruyucu olduğunu söylemek iyi fikirdi."

"Şey, Angela'ya anlatmak bana düşmezdi," dedim. "Radar Takımı Konutu ve Müzesi'ni görmesi ne kadar sürecek merak ediyorum." Ben gülümsedi.

Teneffüs neredeyse bitmek üzereydi, bu yüzden Ben'le kalktık ve tepsilerimizi taşıma bandına koyduk. İlk senemde Chuck'ın beni üstüne fırlatarak Winter Park'ın bulaşıkçılar birliğinin korkunç cehennemine gönderen bandın ta kendisine. Radar'ın dolabına doğru yürüdük ve ilk zilden hemen sonra Radar oraya koştuğunda hâlâ aynı yerde duruyorduk.

"Siyaset dersi sırasında bir karar verdim: Eğer yarıyılın geri kalanında bu dersi atlatabilmem anlamına gelecekse gerçekten, kelimesi kelimesine eşek hayalarını bile yalarım," dedi Radar.

"Eşek hayalarından siyasetle ilgili çok şey öğrenebilirsin," dedim. "Hey, hazır dördüncü teneffüste öğle yemeğine çıkmak isteme nedenlerinden bahsetmişken, az önce Angela'yla yemek yedik."

Ben, Radar'a pişmiş kelle gibi sırıttı. "Evet, neden senin evine hiç gitmediğini merak ediyor."

Radar, dolabını açmak için şifresini girerken derin bir nefes aldı. O kadar uzun süre nefes aldı ki bayılacağını düşündüm. "Lanet olsun," dedi sonunda.

Gülerek, "Bir şeyden mi utanıyorsun?" diye sordum.

Dirseğiyle midemi dürterek, "Kapa çeneni," diye cevap verdi.

"Sevimli bir yuvada yaşıyorsun," dedim.

"Dostum, cidden," diye ekledi Ben. "Angela gerçekten hoş bir kız. Neden onu ailene tanıtmadığını ve Casa[3] Radar'ı göstermediğini anlamıyorum."

---

3 (İsp.) Ev. (ç.n.)

Radar kitaplarını dolaba fırlatıp kapağını kapattı. Etrafımızdaki konuşmalar, o gözlerini gökyüzüne çevirip bağırırken biraz sessizleşti: "EBEVEYNLERİMİN, DÜNYANIN EN GENİŞ ZENCİ NOEL BABA KOLEKSİYONUNA SAHİP OLMASI BENİM SUÇUM DEĞİL."

Radar'ın "dünyanın en geniş zenci Noel baba koleksiyonu" deyişini hayatım boyunca herhalde binlerce kez duymuştum ve komikliğinden hiçbir şey kaybetmiyordu. Ama Radar şaka yapmıyordu. İlk kez oraya gidişimi hatırladım. Galiba on üç yaşındaydım. İlkbahardı, Noel'in üstünden aylar geçmişti, yine de pencere pervazlarında zenci Noel babalar diziliydi. Kâğıttan yapılmış zenci Noel babalar tırabzanlara asılmıştı. Yemek masası zenci Noel baba mumlarıyla donatılmıştı. Kendisi de zenci Noel baba heykelcikleriyle bezeli olan şöminin rafının üstüne zenci bir Noel babanın yağlı boya tablosu asılıydı. Namibya'dan alınmış, zenci Noel baba şeklinde bir Pez şekerlikleri vardı. Şükran Günü'nden yeni yıla kadar küçücük ön bahçelerinde duran, ışıklı plastik zenci Noel baba, yılın geri kalanını boya ve Noel baba şeklindeki süngerlerden yapılmış, ev yapımı zenci Noel baba duvar kâğıdıyla kaplı bir banyo olan misafir banyosunun köşesinde gururla bekçilik ederek geçirirdi. Radar'ınki hariç bütün odalar zenci Noel babalarla doluydu... alçı, plastik, mermer, kil, ahşap, balmumu, kumaş. Radar'ın ebeveynlerinin toplamda, çeşitli türlerde bin iki yüzden fazla zenci Noel babası vardı. Ön kapılarının yanındaki bir tabelada beyan edildiği üzere Radar'ın evi, Noel Cemiyeti'ne göre resmen tescilli bir Noel baba kent simgesiydi.

"Dostum, Angela'ya söylemelisin," dedim. "Demen gereken şu: 'Angela, senden gerçekten hoşlanıyorum ama bilmen gereken bir şey var: Evime gidip oynaştığımızda, bin iki yüz zenci Noel babanın iki bin dört yüz gözü tarafından izleniyor olacağız.'"

Radar elini kazınmış saçlarında gezdirdi ve başını salladı. "Evet, tam olarak böyle açıklayacağımı sanmıyorum ama halledeceğim."

Siyaset dersine doğru yola koyuldum, Ben de bilgisayar oyunu tasarımıyla ilgili bir seçmeli derse. İki ders daha saatleri izledim ve işim bittiğinde, nihayet göğsümden vücuduma bir rahatlama yayıldı... her günün sonu, bir aydan daha yakın olan mezuniyetimizin bir provası gibiydi.

Eve gittim. Akşam yemeğinden önce, iki tane fıstık ezmeli ve reçelli sandviç yedim. Televizyonda poker izledim. Altıda ebeveynlerim eve döndü, önce birbirlerine, sonra bana sarıldılar. Düzgün akşam yemeği olarak fırında makarna yedik. Okulla ilgili sorular sordular. Baloyla ilgili sorular sordular. Beni yetiştirerek ne harika bir iş yaptıklarına hayret ettiler. Bu kadar ustalıkla yetiştirilmemiş insanlarla ilgilenerek geçen günlerini anlattılar. Televizyon izlemeye gittiler. Ben de odama e-postalarımı kontrol etmeye gittim. İngilizce dersi için *Muhteşem Gatsby*'yle ilgili bir şeyler yazdım. Siyaset bilimi sınavına önceden hazırlık olsun diye, *Federalist Yazılar*'ın birazını okudum. İnternette Ben'le mesajlaştım, sonra Radar çevrimiçi oldu. Radar "dünyanın en geniş zenci Noel baba koleksiyonu" cümlesini konuşmamız boyunca dört kez kullandı, her defasında güldüm. Bir kız arkadaşı olduğu için onun adına sevindiğimi söyledim. Harika bir yaz olacağını söyledi. Katıldım. Mayısın beşiydi ama öyle olmak zorunda değildi. Günlerim mutlu bir tekdüzelik içinde geçiyordu. Bunu her zaman sevmiştim: rutini seviyordum. Sıkılmayı seviyordum. İstemiyordum ama seviyordum. Yani mayısın beşi herhangi bir gün olabilirdi... geceyarısından hemen önceye kadar; Margo Roth Spiegelman, dokuz yıl önce kapatmamı söylediğinden beri ilk defa, artık teli olmayan yatak odası pencerimi iterek açana kadar.

2.

Pencerenin açıldığını duyunca bir anda döndüm; Margo'nun mavi gözleri bana bakıyordu. Önce tek görebildiğim şey gözleriydi ama odaklanabildikten sonra, yüzünün siyaha boyalı olduğunu ve siyah kapüşonlu bir ceket giydiğini fark ettim. "Sanal seks mi yapıyorsun?" diye sordu.

"Ben Starling'le mesajlaşıyorum."

"Bu benim sorumu cevaplamıyor, sapık."

Tuhaf bir şekilde güldüm, sonra oraya doğru yürüdüm, pencerenin kenarına diz çöküp oturdum, yüzüm onunkine çok yakındı. Neden burada, penceremde, bu şekilde olduğunu tahmin edemedim. "Bu şerefi neye borçluyum?" diye sordum. Margo'yla hâlâ samimiydik, sanırım ama "gecenin köründe siyah boyalı bir yüzle buluşma" ayarlayacak kadar değil. Bunun için de arkadaşları olduğuna eminim. Sadece ben onların arasında değildim.

"Arabana ihtiyacım var," diye açıkladı.

"Arabam yok," dedim ki bu benim için hassas bir noktaydı.

"Yani annenin arabasına ihtiyacım var."

"Kendi araban var," diye hatırlattım.

Margo yanaklarını şişirdi ve iç çekti. "Doğru ama mesele şu ki annemle babam arabamın anahtarlarını alıp yataklarının altına koydukları bir kasanın içine kilitlediler ve Myrna Mountweazel," Margo'nun köpeği, "onların odasında uyuyor ve beni gördüğü anda Myrna Mountweazel'ın kahrolası anevrizması ortaya çıkıyor. Yani aslında odaya sessizce girip kasayı çalabilir, kırıp anahtarlarımı çıkarabilir ve arabayla uzaklaşabilirdim ama sorun şu ki, denememe bile değmez çünkü kapıyı aralasam bile Myrna Mountweazel deli gibi havlayacak. Yani dediğim gibi, arabaya ihtiyacım var. Ayrıca senin sürmen lazım çünkü bu gece on bir şey yapmalıyım ve en azından beşi kaçmak için birini gerektiriyor, dostum."

Bakışlarımı odaklamayı bıraktığımda Margo'nun görüntüsü sadece havada yüzen gözler haline dönüştü. Sonra tekrar ona kilitlendim ve yüzünün ana hatlarını görebildim, cildindeki boya hâlâ ıslaktı. Elmacık kemikleri çenesine doğru bir üçgen oluşturuyordu, simsiyah dudaklarında zar zor bir gülümseme oluştu. "Herhangi bir suç içerecek mi?" diye sordum.

"Hımm," dedi Margo. "Haneye tecavüz suç muydu, hatırlatsana."

Kararlı bir şekilde, "Hayır," diye cevap verdim.

"Hayır, suç değil mi, yoksa hayır yardım etmeyeceğim mi?"

"Hayır, yardım etmeyeceğim. Seni etrafta arabayla dolaştırması için emir kullarından birinin yardımını isteyemez misin?" Lacey ve/veya Becca her zaman onun emirlerini yerine getiriyordu.

"Onlar sorunun bir parçası aslında," dedi Margo.

"Sorun ne?" diye sordum.

"On bir sorun var," dedi sabırsızlıkla.

"Suç yok," dedim.

"Yemin ederim ki suç işlemen gerekmeyecek."

Ve tam o anda Margo'nun evinin her tarafında ışıklar yandı. Margo tek bir seri hareketle pencereden geçerek odama doğru takla attı ve yatağımın altına yuvarlandı. Saniyeler içinde babası dışarıdaki terasta duruyordu. "Margo!" diye bağırdı. "Seni gördüm!"

Yatağımın altından boğuk bir ses duydum. "Ah, Tanrım." Margo yatağın altından hızla çıktı, ayağa kalktı ve pencereye doğru yürüdü. "Haydi ama baba. Sadece Quentin'le sohbet etmeye çalışıyorum. Quentin'in benim üzerimde ne kadar olağanüstü bir etkisi olabileceğini filan hep söylersin."

"Sadece Quentin'le sohbet mi ediyorsun?"

"Evet."

"O zaman neden yüzünde siyah boya var?"

Margo çok kısa bir an bocaladı. "Baba, bu soruya cevap vermek saatler boyu hikâye anlatmamı gerektirir ve biliyorum ki muhtemelen çok yorgunsun, yani sadece geri dö..."

"Eve," diye gürledi babası. "Hemen!"

Margo gömleğimi tuttu. "Bir dakika içinde geri döneceğim," diye fısıldadı ve pencereden dışarı tırmandı.

Margo gider gitmez çalışma masamdan anahtarlarımı kaptım. *Anahtarlar* benim, trajik bir biçimde, araba değil. On altıncı yaş günümde, annemle babam bana çok küçük bir hediye vermişti ve hediyeyi bana uzattıkları anda bir araba anahtarı olduğunu biliyordum, heyecandan neredeyse altıma işeyecektim çünkü araba almaya güçlerinin yetmeyeceğini bana tekrar tekrar söylemişlerdi. Ama o paketlenmiş, ufacık kutuyu bana verdikleri zaman, beni kandırdıklarını ve nihayet bir arabam olduğunu düşünmüştüm. Paketi yırttım ve küçük kutuyu çabucak açtım. Hakikaten de içinde bir anahtar vardı.

Daha yakın bir inceleme yaptığımda gördüm ki içinde bir Chrysler anahtarı vardı. Chrysler minivan anahtarı. Annemin sahip olduğu Chrysler minivanın aynısı ve ta kendisi.

Anneme, "Hediyem senin arabanın anahtarı mı?" diye sordum.

"Tom," dedi babama, "umutlanacağını söylemiştim."

Babam, "Ah, beni suçlama," dedi. "Sadece kendi hüsranından benim kazancımla arınıyorsun."

Annem, "Bu çabuk analizin biraz pasifagresif değil mi?" diye sordu.

"Pasifagresyon hakkında tumturaklı suçlamalar özünde pasifagresif değil midir?" diye cevap verdi babam ve bir süre böyle devam ettiler.

Uzun lafın kısası şuydu: Son model bir Chrysler minivan olan taşıtsal muhteşemliğe binme imkânım vardı, annemin kullandığı zamanlar hariç. Ve annem her gün işe arabayla gittiği için arabayı yalnızca hafta sonları kullanabiliyordum. Hafta sonları ve tabii gecenin köründe.

Margo'nun pencereme geri dönmesi, söz verdiği bir dakikadan daha uzun sürdü ama çok da değil. Fakat gittiği süre boyunca kendi kendime saçmalamıştım. "Yarın okulum var," dedim.

Margo, "Evet, biliyorum," diye karşılık verdi. "Yarın okul var ve ondan sonraki gün de, bunun üzerine çok uzun süre düşünmek bir kıza keçileri kaçırtabilir. Yani evet, yarın okul var. Başlamak zorunda olmamızın nedeni de bu, çünkü sabah geri dönmüş olmalıyız."

"Bilemiyorum."

"Q," Dedi. "Q. Hayatım. Ne zamandır iyi arkadaşız?"

"Biz arkadaş değiliz, komşuyuz."

"Ah, Tanrım, Q. Sana iyi davranmıyor muyum? Türlü türlü emir kullarıma, okulda sana kibar davranmalarını emretmedim mi?"

"Hı hı," diye cevap verdim şüpheli bir şekilde, Chuck Parson ve türevlerinin bize bulaşmasını engelleyenin Margo olduğundan aslında her zaman şüphelenmiştim.

Göz kırptı. Göz kapaklarını bile boyamıştı. "Q," dedi, "gitmeliyiz."

Ben de gittim. Pencereden dışarı doğru kaydım ve arabanın kapılarını açana kadar, evimin yan tarafı boyunca başımız aşağıda koştuk. Margo kapıları kapatmamam için fısıldadı –çok ses yapacaktı– ve öylece açık kapılarla, arabayı boşa alıp ayağımla ittim ve garaj ile cadde arasındaki yoldan kaydırdım. Ben motoru ve farları açmadan önce, birkaç evin önünden yavaşça geçtik. Kapıları kapattık ve sonra Jefferson Park'ın sonsuzluğunun kıvrımlı sokaklarında arabayı sürdüm, evlerin hepsi hâlâ yeni görünümlü ve plastikti, on binlerce gerçek insanın barındığı oyuncak bir köy gibi.

Margo konuşmaya başladı. "Mesele şu ki gerçekten *umursamıyorlar* bile, sadece benim serüvenlerim onları kötü gösteriyormuş gibi hissediyorlar. Daha demin babam ne dedi biliyor musun? Dedi ki: 'Hayatının içine etmen umurumda değil ama bizi Jacobsen'ların önünde utandırma... onlar bizim *arkadaşımız*.' Saçmalık. Ve o lanet olası evden çıkmayı ne kadar zorlaştırdıklarını bilemezsin. Hani hapisten firar filmlerinde, içinde biri varmış gibi göstermek için sarmalanmış giysileri örtünün altına koyarlar ya?" Başımı salladım. "İşte, annem de bütün gece uykumda nefes alışımı duyabilmek için odama lanet olası bir bebek telsizi koydu. Bu yüzden Ruthie'ye odamda uyuması için beş dolar ödemek zorunda kaldım ve sarmalanmış kıyafetleri *onun* odasına koydum." Ruthie, Margo'nun kız kardeşi. "Şimdi olay lanet *Görevimiz Tehlike* gibi. Eskiden kahrolası, sıradan bir Amerikalı gibi gizlice sıvışabiliyordum... pencereden dışarı tırmanman ve çatıdan atlaman yetiyordu. Ama Tanrım, bugünlerde olay faşist bir diktatörlükte yaşamak gibi."

"Nereye gittiğimizi söyleyecek misin?"

"Şey, önce Publix'e gidiyoruz. Çünkü daha sonra açıklayacağım nedenlerden ötürü. Benim için market alışverişi yapman gerekiyor. Ondan sonra Walmart'a."

"Ne yani, Orta Florida'daki bütün ticari işletmeleri içeren büyük bir tur mu yapacağız?" diye sordum.

"Canım, bu gece birçok yanlışı doğru yapacağız. Ve bazı doğruları da yanlış yapacağız. Birinciler sonuncu, sonuncular birinci olacak ve alçakgönüllüler yeryüzünü miras alacak.[4] Ama dünyayı köklü bir biçimde yeniden şekillendirmeden önce alışveriş yapma-

---

4   İncil'e gönderme yapılmaktadır. (ç.n.)

lıyız." Bu sırada Publix'e girdim, park alanı neredeyse tamamen boştu, park ettim.

"Dinle," dedi, "şu anda üstünde ne kadar para var?"

"Sıfır dolar, sıfır sent," diye cevap verdim. Kontağı kapattım ve Margo'yu süzdüm. Dar, siyah kot pantolonunun cebine elini soktu ve birkaç tane yüz dolarlık banknot çıkardı. "Neyse ki yüce Tanrı yardım etti," dedi.

"Nereden çıktı bu?" diye sordum.

"Bat mitzva[5] parası, dostum. Hesaba girmeye iznim yok ama annemle babamın şifresini biliyorum çünkü her şeye 'myrnamountw3az3l' şifresini koyuyorlar. Ben de para çektim." Gözlerimi kırpıştırarak hissettiğim huşu hissini uzaklaştırmaya çalıştım ama Margo ona bakış şeklimi gördü ve bana sırıttı. "Esasen," dedi, "bu, hayatının en güzel gecesi olacak."

---

5 Yahudi inancına göre kızların on ikinci yaş günlerinde, dinî sorumluluklarının başlangıcında yapılan tören. (ed.n.)

3.

Margo Roth Spiegelman'la durum şuydu: Benim tek yapabildiğim, onun konuşmasına izin vermek ve konuşmayı bıraktığında onu devam etmeye teşvik etmekti çünkü 1. Tartışmasız olarak ona âşıktım ve 2. Margo kesinlikle her bakımdan emsalsizdi ve 3. Bana hiçbir zaman gerçekten soru sormuyordu, yani sessizlikten kaçınmanın tek yolu onu konuşturmaya devam etmekti.

Sonuçta Publix'in park alanında Margo, "Evet, tamam. Sana bir liste yaptım. Eğer bir sorun olursa cebimi ara. Bak, bu bana önceden arabanın arkasına sana sormadan birkaç malzeme koyduğumu hatırlattı," dedi.

"Ne, ben bütün bunları kabul etmeden önce mi?"

"Şey, evet. Teknik olarak evet. Her neyse, eğer bir sorun olursa sadece beni ara ama Vazelin konusunda yumruğundan daha büyük olanı alacaksın. Yani bir Bebek Vazelin var, bir de Anne Vazelin var ve bir de kocaman bir Baba Vazelin var, işte ondan alacaksın. Eğer ondan yoksa o zaman üç tane falan annelerden al." Listeyi ve yüz dolarlık banknotu uzatıp, "Bu yetecektir," dedi.

Margo'nun listesi:

3 tam Kedi balığı, ayrı ayrı Paketlenmiş
Veet (Sadece Bacaklarını tıraş etmek için jilet Gerekmiyor Kız kozmetik eşyalarının orada)
Vazelin

altı kutuluk Mountain Dew
Bir düzine Lale
Bir Şişe su
Peçete
bir Kutu mavi Sprey boya

"İlginç bir büyük harf kullanımı," dedim.
"Evet. Rastgele büyük harf kullanma taraftarıyım. Büyük harf kullanma kuralları ortadaki kelimelere hiç adil davranmıyor."

Şimdi, gece saat yarımda taşıma bandına yaklaşık altı kilo kedi balığı, Veet, kocaman "şişko baba boy" Vazelin, altı kutu Mountain Dew, bir kutu mavi sprey boya ve bir düzine lale koyunca kasadaki kadına ne denilmesi gerektiğinden emin değilim. Ama benim söylediğim şuydu: "Göründüğü kadar tuhaf değil."

Kadın boğazını temizledi ama başını kaldırmadı. "Yine de tuhaf," diye homurdandı.

Arabaya geri dönünce, Margo yüzündeki siyah boyayı peçeteyle temizlemek için şişedeki suyu kullanırken, "Gerçekten belaya bulaşmak istemiyorum," dedim. Görünüşe göre makyaja sadece evden çıkmak için ihtiyacı olmuştu. "Duke Üniversitesi'nden gelen kabul mektubumda açık bir şekilde, tutuklanırsam beni almayacakları yazıyor."

"Çok kuruntulusun, Q."

"Bak, lütfen, sadece belaya bulaşmayalım," dedim. "Yani eğlenmek filan istiyorum ama geleceğim pahasına değil."

Başını kaldırıp bana baktı, artık yüzünün çoğu ortaya çıkmıştı ve birazcık gülümsedi. "Bütün bu saçmalığı azıcık bile ilgi çekici bulmana hayret ediyorum."

"Ne?"

"Üniversite: girmek ya da girmemek. Bela: bulaşmak ya da bulaşmamak. Okul: A almak ya da D almak. Kariyer: sahip olmak ya da olmamak. Ev: büyük ya da küçük, satın almak ya da kiralamak. Para: sahip olmak ya da olmamak. Hepsi çok sıkıcı."

Bir şeyler söylemeye başladım, bunları biraz umursadığının açık olduğunu çünkü iyi notları olduğunu ve gelecek sene Florida Üniversitesi'nin onur programına gideceğini söylüyordum ki yalnızca, "Walmart," dedi.

Walmart'a birlikte girdik ve arabanın direksiyonunu yerine kilitleyen, The Club adlı, reklamlardaki o şeyden aldık. Çocuk reyonuna doğru yürürken Margo'ya, "Neden The Club'a ihtiyacımız var?" diye sordum.

Margo her zamanki delice monoloğunda soruma cevap vermeden konuşmayı başardı. "Neredeyse tüm insanlık tarihinde, ortalama yaşam süresinin otuz yıldan az olduğunu biliyor muydun? On yıl falan gerçek yetişkinlik yaşayacağına güvenebiliyormuşsun, değil mi? Emekliliği planlamak yokmuş. Kariyer planlamak yokmuş. *Planlamak* yokmuş. Plan yapmak için zaman yokmuş. Gelecek için zaman yokmuş. Ama sonra yaşam süreleri uzamaya başlamış ve insanlar gittikçe daha fazla geleceğe sahip olmaya başlamış ve böylece konu hakkında düşünmek için daha fazla zaman harcamışlar. Gelecek hakkında. Ve şimdi hayat gelecek *haline geldi.* Hayatının her anı gelecek için yaşanıyor… liseye gidiyorsun ki üniversiteye gidebilesin, böylece iyi bir iş bulabilesin ki güzel bir ev alabilesin, böylece çocuklarını üniversiteye göndermeyi karşılayabilesin ki çocukların iyi bir iş bulabilsin, böylece güzel bir ev alabilsinler ki çocuklarını üniversiteye göndermeyi karşılayabilsinler."

Margo sadece yönelttiğim sorudan kaçınmak için abuk sabuk konuşuyormuş gibi gelmişti. Bu yüzden tekrar ettim. "Neden The Club'a ihtiyacımız var?"

Margo usulca sırtımı sıvazladı. "Yani belli ki bütün bunlar gece bitmeden açığa çıkacak." Sonra kayıkçılık malzemelerinin orada bir korna buldu. Kornayı kutusundan çıkardı ve havaya kaldırdı, "Hayır," dedim, "Ne hayır?" dedi. Ben de "Hayır, kornayı çalma," dedim, ancak ben *çalma* kelimesinin *ç* harfi civarına geldiğimde Margo kornayı sıktı ve korna kafamda bir anevrizmanın işitsel dengi gibi hissettiren, dayanılmaz derecede yüksek bir ses çıkardı. Sonra, "Üzgünüm, seni duyamadım. Ne demiştin?" dedi. "Bırak ç..." dedim ve sonra tekrar yaptı.

Bizden sadece biraz daha büyük bir Walmart çalışanı yanımıza gelip, "Hey, onu burada kullanamazsınız," dedi, Margo da sözde samimi bir tavırla, "Üzgünüm, bilmiyordum," dedi, sonra çocuk, "Ah, önemli değil. Benim için mahzuru yok, aslında," dedi. Ondan sonra konuşma bitmiş gibi göründü ancak çocuk, Margo'ya bakmaktan kendini alamıyordu ve işin aslı onu suçlayamıyorum çünkü insanın Margo'ya bakmaktan kendini alıkoyması zordur, sonra nihayet, "Bu gece ne yapıyorsunuz?" diye sordu.

Margo, "Pek bir şey yapmıyoruz. Sen?" dedi.

Ve çocuk, "Birde çıkıyorum, sonra Orange'daki bara gideceğim... gelmek istersen. Ama kardeşini eve bırakmalısın; kimlik konusunda gerçekten katılar," dedi.

Margo'nun nesi?! "Kardeşi değilim," dedim çocuğun spor ayakkabılarına bakarak.

Sonra Margo yalan söylemeye devam etti. "Aslında *kuzenim*," dedi. Sonra bana sokuldu, her bir parmağının kalça kemiğimde gezindiğini hissedebileyim diye elini belime doladı ve ekledi: *"Ve sevgilim."*

Çocuk sadece gözlerini devirip yanımızdan uzaklaştı, Margo'nun eli bir dakikalığına belimde kaldı, böylece kolumu ona dolama fırsatı yakaladım. "Sen gerçekten en sevdiğim kuzenimsin," dedim. Gülümsedi ve dönerek kollarımdan kurtulurken, kalçasıyla bana hafifçe vurdu.

"Bilmez miyim," dedi.

4.

Arabayla bomboş I-4'te yol alıyordu ve ben Margo'nun tariflerini takip ediyordum. Kontrol panelindeki saat 01:07'yi gösteriyordu.

"Güzel, değil mi?" dedi Margo. Diğer tarafa dönmüştü, pencereden dışarı baktığı için onu zar zor görebiliyordum. "Işıklandırılmış sokaklarda hızla gitmeyi seviyorum."

"Işık," dedim, "Görünmez Işığın görünür hatırlatıcısı."

"Çok güzel," dedi.

"T. S. Eliot," dedim. "Bunu sen de okudun. Geçen seneki edebiyat dersinde." Aslında bu dizenin bulunduğu şiirin tamamını hiç okumamıştım ama okuduğum birkaç bölümü aklıma kazınmıştı.

"Ah, alıntı yani," dedi biraz hayal kırıklığına uğramış bir şekilde. Orta konsolun üstünde elini gördüm. Kendi elimi de orta konsola koyabilirdim ve böylece ellerimiz aynı anda aynı yerde olurdu. Ama yapmadım. "Tekrar söyle," dedi.

"Işık, Görünmez Işığın görünür hatırlatıcısı."

"Kahretsin, çok iyi. Kız arkadaşın konusunda işe yarıyor olmalı."

"Eski kız arkadaş," diye onu düzelttim.

"Suzie seni terk mi etti?" diye sordu Margo.

"*Onun beni* terk ettiğini nereden biliyorsun?"

"Ah, üzgünüm."

"Gerçi, etti," diye itiraf ettim, Margo da güldü. Aylar önce ayrılmıştık ama alt sınıfın aşk dünyasıyla ilgilenemediği için Margo'yu suçlamadım. Bando odasında olan, bando odasında kalır.

Margo, ayaklarını ön panelinin üstüne koydu ve konuşmasının ahengine uygun olarak başparmaklarını kımıldattı. Hep bu şekilde, fark edilebilen bu ritimle konuşurdu, sanki bir şiiri ezberden okurmuş gibi. "Şey, peki, bunu duyduğuma üzüldüm. Ama gayet anlaşılır bir durum. Benim bunca aydır beraber olduğum sevimli erkek arkadaşım da işe bak ki en yakın arkadaşımı beceriyor."

Ona baktım ama saçı yüzünün her yerini kapamıştı, bu yüzden dalga geçip geçmediğini çözemedim. "Cidden mi?" Hiçbir şey söylemedi. "Ama daha bu sabah onunla gülüyordun. Seni gördüm."

"Neden bahsettiğini bilmiyorum. İlk dersten önce olanları duydum, sonra ikisini beraber konuşurken buldum ve bağırıp çağırmaya başladım. Becca, Clint Bauer'ın kollarına koştu, Jase de kokuşmuş ağzından ağız dolusu salya akıtan bir embesil gibi orada dikildi."

Belli ki koridordaki sahneyi yanlış yorumlamıştım. "Tuhaf, çünkü Chuck Parson bu sabah bana sen ve Jase hakkında ne bildiğimi sordu."

"Evet, şey, Chuck kendisine söyleneni yapmış olsa gerek. Büyük ihtimalle Jase adına, kimlerin olayı bildiğini öğrenmeye çalışıyordu."

"Tanrım, niye Becca'yla takılsın ki?"

"Şey, Becca kişiliğiyle ya da cömert ruhuyla tanınmaz, yani muhtemelen seksi olduğu için."

"Senin kadar seksi değil," dedim düşünemeden önce.

"Bu bana hep çok saçma geldi, insanların güzel olduğu için birinin etrafında olmak istemeleri yani. Kahvaltılık gevreğini tadı yerine rengine dayanarak seçmen gibi. Sonraki çıkıştan, bu arada. Ama ben güzel değilim, en azından yakından değilim. Genelde insanlar bana ne kadar yakınlaşırsa, beni o kadar az seksi bulurlar."

"Bu..." diye başladım.

"Neyse," diye karşılık verdi.

Jason Worthington gibi bir göt suratlı hem Margo *hem de* Becca'yla sevişebilirken, benim gibi kesinlikle hoş insanların ikisiyle –ya da herhangi başka biriyle– sevişememesi oldukça adaletsiz görünüyordu. Gerçi Becca Arrington'la takılmayacak türde bir insan olduğumu da düşünmeyi tercih ediyorum. Becca seksi olabilir ama aynı zamanda 1. dehşet derecede bön ve 2. tam anlamıyla, katıksız bir fahişe. Sık sık bando odasında takılanlar olarak uzun süredir Becca'nın sevimli görüntüsünü, kedi yavrularının ruhlarından ve yoksul çocukların hayallerinden başka bir şey yemeyerek koruduğundan şüpheleniyorduk. "Becca biraz fena gerçekten," dedim, Margo'yu konuşmanın içine geri çekmeye çalışarak.

"Evet," diye karşılık verdi yolcu penceresinden dışarı bakarken, saçı yaklaşan sokak ışıklarını yansıtıyordu. Bir an ağlıyor olabileceğini düşündüm ama kapüşonunu takıp The Club'ı Walmart poşetinden çıkararak çabucak toparlandı. The Club'ın paketini yırtarak açarken, "Peki, hiç olmazsa bu eğlenceli olacak," dedi.

"Artık nereye gittiğimizi sorabilir miyim?"

"Becca'lara," diye cevap verdi.

"Eyvah," dedim bir dur levhasına yanaşırken. Minivanı park ettim ve Margo'ya onu eve götüreceğimi söylemeye başladım.

"Suç işlemeyeceğiz. Söz. Jase'in arabasını bulmamız gerek. Becca'nın sokağı, sağdan bir sonraki ama Jase arabasını Becca'nın sokağına park etmez çünkü annesiyle babası evde. Ondan sonrakini dene. Bu ilk iş."

"Tamam," dedim, "ama sonra eve gidiyoruz."

"Hayır, sonra On Bir'in İkinci Bölümü'ne geçiyoruz."

"Margo, bu kötü bir fikir."

"Sadece sür," dedi, ben de sadece sürdüm. Jase'in Lexus'unu Becca'nın sokağından iki blok ötede, bir çıkmaza park edilmiş halde bulduk. Ben arabayı tamamen durduramadan, Margo elinde The Club'la dışarı atladı. Lexus'un sürücü tarafındaki kapıyı açtı, koltuğa oturdu ve direksiyona The Club'ı taktı. Sonra Lexus'un kapısını yavaşça kapattı.

Minivana tekrar binerken, "Salak herif arabasını hiçbir zaman kilitlemez," diye homurdandı. The Club'ın anahtarını cebine attı. Bana doğru uzanıp saçımı karıştırdı. "Birinci Bölüm tamam. Şimdi, Becca'nın evine."

Arabayı sürerken Margo, İkinci ve Üçüncü Bölümler'i bana açıkladı.

"Bu gerçekten zekice," dedim, içten içe titrek bir gerginlik hissetmeme rağmen.

Becca'nın sokağına saptım ve çirkin malikânelerine iki ev kala arabayı park ettim. Margo, arabanın arkasına emekleyip bir dürbün ve bir dijital fotoğraf makinesiyle geri döndü. Önce dürbünden baktı, sonra onu bana verdi. Evin bodrumunda bir ışığın açık olduğunu görebiliyordum ama hiç hareket yoktu. Daha çok evin bir bodrumu *olmasına* şaşırmıştım... Orlando'da suya denk gelmeden fazla derin kazamazsınız.

Cebime uzanıp telefonumu çıkardım ve Margo'nun bana söylediği numarayı aradım. Telefon bir kere çaldı, iki kere çaldı ve sonra uyku sersemi bir erkek sesi cevapladı: "Alo?"

"Bay Arrington?" diye sordum. Margo benim aramamı istemişti çünkü sesimi kimse tanımazdı.

"Kimsiniz? Tanrım, saat kaç?"

"Efendim, kızınızın şu anda bodrumunuzda Jason Worthington'la seviştiğini bilmeniz gerekiyor." Sonra telefonu kapattım. İkinci Bölüm: Tamam.

Margo'yla minivanın kapılarını sonuna kadar açtık ve Becca'nın bahçesini kuşatan çalı çitin hemen arkasında yere uzanıp yerlerimizi aldık. Margo fotoğraf makinesini bana uzattı ve ben de üst kattaki yatak odasında, ardından merdivenlerde, sonra da mutfaktaki ışıkların yanmasını izledim. En sonunda bodruma giden merdivenlerde bir ışık yandı.

"İşte geliyor," diye fısıldadı Margo, ne demek istediğini anlamamıştım... ta ki göz ucuyla gömleksiz Jason Worthington'ın bodrum penceresinden dışarı çıkmaya çalıştığını görene kadar. Jase çimenliği geçerken hızla koşmaya başladı, boxer'ı dışında çıplaktı, yaklaşırken ayağa kalkıp fotoğrafını çektim, Üçüncü Bölüm böylece tamamlandı. Flaş sanırım ikimizi de şaşırttı, sıcak ve beyaz bir an, karanlığın içinden bana baktı ve gecenin içine doğru koşup gitti.

Margo kot pantolonumun paçasını çekiştirdi; aşağı, ona baktım, şapşal şapşal gülüyordu. Elimi uzatıp kalkmasına yardım ettim, sonra tekrar arabaya doğru koştuk. Margo, "Dur da fotoğrafa bir bakayım," dediğinde anahtarı kontağa sokuyordum.

Fotoğraf makinesini uzattım ve birlikte ekranda fotoğrafın ortaya çıkışını izledik, başlarımız neredeyse birbirine değiyordu. Jase'in sersemlemiş, benzi atmış yüzünü görünce gülmekten kendimi alamadım.

"Ah, Tanrım," dedi Margo ve parmağıyla bir yeri gösterdi. Jason alelacele çıktığı için Küçük Jason'ı boxer'ının içine sokamamış gibi görünüyordu, orada öylece dışarı sarkmış ve gelecek nesiller için dijital olarak yakalanmış bir halde duruyordu.

"Bu bir penis," dedi Margo. "Tıpkı Rhode Island'ın eyalet olması gibi: meşhur bir hikâyesi olabilir ama kesinlikle büyük değil."

Tekrar eve baktım ve artık bodrum ışığının kapalı olduğunu fark ettim. Kendimi Jason için belli belirsiz üzülürken buldum... küçük bir penisi ve hem zeki hem de kindar bir kız arkadaşı olması onun hatası değildi. Ama öte yandan, altıncı sınıfta, Jase eğer canlı bir solucan yersem koluma yumruk atmayacağına söz vermişti, bu yüzden ben de canlı bir solucan yemiştim ama sonra yüzüme yumruk atmıştı. Bu nedenle onun adına çok uzun süre üzülmedim.

Margo'ya baktığımda, dürbünüyle evi izliyordu. "Gitmeliyiz," dedi. "Bodruma."

"Ne? Neden?"

"Dördüncü Bölüm. Eve tekrar gizlice girme ihtimaline karşı Jase'in kıyafetlerini almak. Beşinci Bölüm. Becca'ya balığı bırakmak."

"Hayır."

"Evet. Şimdi," dedi. "Becca yukarıda, annesiyle babası tarafından azarlanıyor. Ama yani bu azar ne kadar sürebilir ki? Yani, ne dersin? 'Bodrumda Margo'nun erkek arkadaşını becermemelisin.' Bu tek cümlelik bir azar. Bu yüzden acele etmeliyiz."

Bir elinde sprey boya, diğerinde kedi balıklarından biriyle arabadan çıktı. "Bu kötü bir fikir," diye fısıldadım ama hâlâ açık olan bodrum penceresinin önünde durana kadar onun gibi çömelerek peşinden gittim.

"Önce ben gireceğim," dedi. Ayakları önde içeri girdi, yarısı evin içinde, yarısı dışarıda Becca'nın bilgisayar masasının üstünde dururken, "Sadece gözcü olamaz mıyım?" diye sordum.

"Sıska kıçını kıpırdat," diye cevap verdi, ben de öyle yaptım. Çabucak Becca'nın eflatun halıyla kaplı zemininde gördüğüm bütün erkek kıyafetlerini kaptım. Deri kemerli bir kot pantolon, bir çift sandalet, bir Winter Park Lisesi Wildcats beyzbol şapkası ve bebek mavisi bir polo gömlek. Bana kâğıda sarılı kedi balığını ve Becca'nın simli mor kalemlerinden birini uzatan Margo'ya döndüm. Bana ne yazmam gerektiğini söyledi:

Margo Roth Spiegelman'dan bir mesaj: Onunla olan arkadaşlığın... balıklarla uyuyor[6]

Margo balığı Becca'nın dolabındaki katlanmış şortların arasına sakladı. Yukarı kattan gelen ayak seslerini duyabiliyordum, Margo'nun omzuna hafifçe vurup ona baktım, gözlerim yerinden

---

6 Genellikle mafyayla ilgili durumlarda kullanılan, "öldürülüp denize atıldı" anlamına gelen bir tabir. (ç.n.)

fırlamıştı. Sadece gülümsedi ve acele etmeden sprey boyayı çıkardı. Zorbela pencereden dışarı tırmandım ve Margo masanın üzerine eğilerek sakince sprey boyayı çalkalarken, onu izlemek için geri döndüm. Kaligrafi veya Zorro'yla ilişkilendirebileceğiniz türden zarif bir hareketle masanın gerisindeki duvara sprey boyayla *M* harfi yazdı.

Ellerini bana doğru uzattı, onu pencereden dışarıya çektim. Tam ayağa kalkmaya başlamıştı ki, "DWIGHT!" diye bağıran çok tiz bir ses duyduk. Kıyafetleri kaptım ve kaçmaya başladım, Margo arkamdaydı.

Becca'nın evinin ön kapısının açıldığını duydum ama görmedim, buna rağmen durmadım ya da dönüp bakmadım, ne gürleyen bir ses, "DUR!" diye bağırdığı zaman ne de ateşlenen bir av tüfeğinin sesini duyduğum zaman.

Margo'nun arkamda, "Silah," diye mırıldandığını duydum —sesi konu hakkında pek keyfi kaçmış gibi gelmiyordu; sadece gözlem yapıyordu— sonra, Becca'ların çalı çitinin etrafından yürümektense, üstünden başımı öne eğerek atladım. Yere nasıl inmeyi planlıyordum emin değilim —belki ustalıklı bir parende ya da onun gibi bir şey düşünmüştüm— ama her halükârda, sol omzumun üstünde asfalta düştüm. Neyse ki yere önce, düşüşümü yumuşatan Jase'in kıyafetleri çarptı.

Küfrettim, daha ben kalkmaya başlamadan önce, Margo'nun beni yukarı çeken ellerini hissettim, nihayet arabadaydık ve ben arabayı farlar kapalı geri geri sürüyordum, işte bu şekilde Winter Park Lisesi'nin Wildcats beyzbol takımının çıplak oyuncusunu neredeyse ezecektim. Jase çok hızlı koşuyordu ama belirli bir yere koşuyormuş gibi görünmüyordu. Geri geri giderek onu geçtiğimizde, başka bir pişmanlık sızısı daha hissettim, bu yüzden pencereyi yarıya kadar indirdim ve gömleğini ona doğru fırlattım. Neyse ki Jase'in ne beni ne de Margo'yu gördüğünü sanmıyorum ve ben okula arabayla gidemediğim için —bu konu üzerinde durarak buruk gibi görünmek istemiyorum– minivanı tanımak için de hiçbir nedeni yoktu.

Ben farları açıp artık ileri doğru sürerek banliyö labirentinden tekrar eyaletler arası yola doğru giderken Margo, "Ne diye böyle bir şey yaptın?" diye sordu.

"Onun için üzüldüm."

"Onun için mi? Neden? Altı haftadır beni aldattığı için mi? Muhtemelen bana Tanrı bilir ne hastalığı bulaştırdığı için mi? Hayatı boyunca muhtemelen zengin ve mutlu olacak iğrenç bir ahmak olduğu ve böylelikle kainatın mutlak adaletsizliğini kanıtlayacağı için mi?"

"Sadece çaresiz gibi görünüyordu," dedim.

"Her neyse. Karin'in evine gidiyoruz. Pennsylvania'da, ABC Liquors'ın yakınında."

"Bana kızma," dedim. "Az önce sana yardım ettiğim için bir adam lanet olası tüfeğini bana doğrulttu, yani sakin bana kızma."

"SANA KIZMADIM!" diye bağırdı, sonra kontrol panelini yumrukladı.

"Şey, çığlık atıyorsun."

"Sandım ki belki de... her neyse. Belki de beni aldatmıyordur diye düşündüm."

"Ya."

"Karin okulda bana söyledi. Sanırım birçok insan uzun zamandır biliyor ve hiç kimse Karin söyleyene kadar bir şey söylemedi. Ben de Karin ortalığı karıştırmaya falan çalışıyor olabilir diye düşündüm."

"Üzgünüm."

"Evet. Evet. Umursadığıma bile inanamıyorum."

"Kalbim küt küt atıyor," dedim.

"Eğlendiğini bu şekilde anlarsın," dedi Margo.

Ama eğlence gibi gelmiyordu, daha çok kalp krizi gibiydi. 7-Eleven'ın park alanına çektim ve dijital saatin saniyede bir yanıp sönen iki noktasını izleyerek parmağımı şah damarıma koydum. Margo'ya döndüğümde, bana gözlerini deviriyordu. "Nabzım tehlikeli derecede hızlı," diye açıkladım.

"Böyle bir şey için en son ne zaman heyecanlandığımı bile hatırlamıyorum. Boğazındaki ve ciğerlerindeki adrenalin yayılıyor."

"Burnundan al, ağzından ver," diye karşılık verdim.

"Bütün o küçük endişelerin. Sadece çok..."

"Sevimli mi?"

"Bugünlerde çocukça yerine böyle mi diyorlar?" Gülümsedi.

Margo arka koltuğa doğru emekledi ve bir el çantasıyla geri döndü. *O arka tarafa ne kadar çok ıvır zıvır koymuş ki?* diye düşündüm. Çantayı açtı ve içinden dolu bir oje çıkardı, o kadar koyu kırmızıydı ki neredeyse siyah görünüyordu. Perçemlerinin arasından bana gülümseyerek, "Sen sakinleşirken tırnaklarımı boyayacağım," dedi. "Sen keyfine bak."

Ve orada öylece oturduk, o panele oturttuğu ojesiyle, ben kendi nabzımda titreyen bir parmakla. Hoş bir oje rengiydi ve Margo'nun da güzel parmakları vardı, kavislerden ve yumuşak kenarlardan oluşan bedeninin geri kalanından daha ince ve daha kemikliydi.

Kendi parmaklarınızla iç içe geçirmek isteyeceğiniz türdendi. Walmart'ta kalça kemiğimin üzerinde oldukları zamanı hatırladım, sanki günler önceymiş gibi geliyordu. Kalp atışlarım yavaşladı. Kendime Margo'nun haklı olduğunu söylemeye çalıştım. Burada, bu sessiz gecede. Bu küçük şehirde korkacak hiçbir şey yoktu.

5.

"Altıncı Bölüm," dedi Margo tekrar yola çıkar çıkmaz. Tırnaklarını âdeta piyano çalıyormuş gibi havada sallıyordu. "Özür mektubu ile çiçekleri Karin'in kapı eşiğine bırakmak."

"Ona ne yaptın ki?"

"Şey, o Jase'ten bahsedince, elçiye zeval olmaz diye düşünmedim pek."

"Nasıl yani?" diye sordum. Kırmızı ışığa yakalanmıştık, yanımızdaki spor arabadaki birkaç çocuk motora gaz verip duruyorlardı... sanki ben Chrysler'ı yarıştıracakmışım gibi. Chrysler'a tam gaz verildiğinde ancak inildiyordu.

"Şey, tam olarak ona ne dediğimi hatırlamıyorum ama 'sümüklü, iğrenç, aptal, sırtı sivilceli, kırık dişli, Florida'daki en kötü saça sahip, koca götlü fahişe' gibi bir şeydi, artık geri kalanını sen düşün."

"Saçı gerçekten gülünç," dedim.

"*Biliyorum.* Onun hakkında söylediğim tek doğru şey buydu. İnsanlar hakkında kötü şeyler söylediğinde, gerçek olanları asla dile getirmemelisin çünkü onları tamamen geri alman mümkün olmaz. Yani, röfle diye bir şey var. Gölge diye bir şey var. Bir de kokarcaya benzemek var."

Ben Karin'in evine doğru arabayı sürerken, Margo arka tarafta gözden kayboldu ve lale buketiyle geri döndü.

Çiçeklerden birinin sapına zarf gibi görünecek şekilde katladığı bir not yapıştırmıştı. Durduğumuz anda Margo buketi bana verdi, kaldırımda hızla koşup çiçekleri Karin'in kapı eşiğine yerleştirdim ve koşarak geri döndüm.

"Yedinci Bölüm," dedi ben döner dönmez. "Sevimli Bay Worthington için bir balık bırakmak."

"Henüz eve dönmemiş olabilir," dedim sesimde belli belirsiz bir acımayla.

"Umarım bundan bir hafta sonra polisler onu yalınayak, çıplak ve çıldırmış bir halde yol kenarındaki bir hendekte bulurlar," diye karşılık verdi Margo soğukkanlılıkla.

"Bana Margo Roth Spiegelman'a asla karşı gelmemem gerektiğini hatırlat," diye mırıldandım ve Margo güldü.

"Cidden," dedi. "Düşmanlarımızın üstüne lanet yağmuru getiriyoruz."

"*Senin* düşmanlarının," diye düzelttim.

"Göreceğiz," diye karşılık verdi çabucak, sonra neşelendi. "Ah, hey, bunu ben halledeceğim. Jason'ın eviyle ilgili olay şu ki çılgınca iyi bir güvenlik sistemleri var. Ve başka bir panikatak daha geçiremeyiz."

"Hımm," dedim.

Jason, Karin'in biraz ilerisinde, Casavilla adlı süper-zengin semtte yaşıyordu. Casavilla'daki tüm evler kırmızı kiremitli çatılarıyla filan İspanyol tarzındaydı, ancak İspanyollar tarafından yapılmamışlardı. Florida'daki en zengin arazi ıslahçılarından biri olan Jason'ın babası tarafından inşa edilmişlerdi. Casavilla'ya girerken, "Büyük, çirkin insanlar için büyük, çirkin evler," dedim Margo'ya.

"Yapma ya. Eğer bir gün, bir çocuğu ve yedi yatak odası olan türde bir insan olursam, bana bir iyilik yap ve beni vur."

Jase'in evinin önünde durduk, çatıya doğru giden üç kalın Dor tarzı sütun haricinde, genel olarak aşırı büyük bir İspanyol çiftliği gibi görünen mimari bir canavardı. Margo arka koltuktan ikinci kedi balığını kapıp bir kalemin kapağını dişleriyle açtı ve kendininkine benzemeyen bir el yazısıyla bir şeyler karaladı.

MS'nin sana Olan aşkı: Balıklarla Uyuyor

"Arabayı çalışır halde tut," dedi. Jase'in beyzbol şapkasını ters bir şekilde başına geçirdi.

"Tamam," dedim.

"Arabayı caddede tut," dedi.

"Tamam," dedim ve nabzımın hızlandığını hissettim. *Burundan al, ağızdan ver. Burundan al, ağızdan ver.* Margo, elinde kedi balığı ve sprey boyayla kapıyı ardına kadar açıp Worthington'ların devasa çimenliğini koşarak geçti, sonra bir meşe ağacının arkasına saklandı. Karanlığın içinden bana el salladı, ben de ona el salladım, sonra dramatik bir biçimde derin bir nefes alıp yanaklarını şişirdi, döndü ve koştu.

Ev bir Noel ağacı gibi aydınlandığında ve bir siren bangır bangır çalmaya başladığında sadece bir adım atabilmişti. Çok kısa bir an Margo'yu kaderiyle baş başa bırakmayı düşündüm ama o eve doğru koşarken burnumdan nefes alıp ağzımdan vermeye devam ettim. Balığı bir pencereye doğru attı ama sirenler o kadar yüksekti ki camın kırıldığını bile zar zor duyabildim. Sonra, yalnızca Margo Roth Spiegelman olduğu için pencerenin kırılmayan kısmına sprey boyayla dikkatlice güzel bir *M* yazmak için bir dakikasını ayırdı. Ardından arabaya var gücüyle koşmaya başladı, bir ayağımı gaz pedalında bir ayağım frendeydi ve o an Chrysler sanki safkan bir yarış atıymış gibi hissettiriyordu. Margo o kadar hızlı koşuyordu ki şapkası geriye uçtu, sonra arabaya atladı ve daha o kapıyı kapatamadan kaçmıştık.

Sokağın sonundaki dur işaretinde durdum, Margo, "Ne halt ediyorsun? Devam et devam et," dedi, ben de, "Ah, doğru," dedim, çünkü ihtiyatı elden bıraktığımı filan unutmuştum. Casavilla'daki diğer üç dur levhasını da geçtim ve ışıkları yanarak yanımızdan geçen bir polis arabası görmeden önce, Pennsylvania Caddesi'nde bir kilometre kadar ilerlemiştik.

"Of, çok pisti haha," dedi Margo. "Yani, benim için bile. Eğer Q-tarzı açıklayacak olursak, nabzım biraz hızlandı."

"Tanrım," dedim. "Yani, balığı arabasına filan bırakamaz mıydın? Ya da en azından kapı eşiğine?"

"Lanet *yağmuru* getiriyoruz, Q. Serpinti değil."

"Lütfen bana Sekizinci Bölüm'ün daha az korkutucu olduğunu söyle."

"Endişelenme. Sekizinci Bölüm çocuk oyuncağı. Jefferson Park'a geri dönüyoruz. Lacey'nin evine. Nerede oturduğunu biliyorsun, değil mi?" Biliyordum, gerçi Tanrı biliyor, Lacey Pemberton beni evinde ağırlamaya asla tenezzül etmezdi. Jefferson Park'ın öteki tarafında oturuyordu, benden bir kilometre uzakta, bir kırtasiye dükkânının üstündeki güzel bir apartman dairesinde... ölü adamın oturduğuyla aynı bloktaydı aslında. O binaya daha önce de gitmiştim çünkü annemle babamın arkadaşı üçüncü katta oturuyordu. Daha dairelere ulaşamadan önce iki tane kilitli kapı vardı. Margo Roth Spiegelman'ın bile oraya giremeyeceğini tahmin ediyordum.

"Peki, Lacey yaramazlık mı yaptı yoksa uslu muydu?" diye sordum.

"Lacey fena halde yaramazlık yaptı," diye cevapladı Margo. Yine pencereden dışarı bakıyordu, benden ters tarafa doğru konuşuyordu, bu yüzden onu zar zor duyabiliyordum. "Yani, anaokulundan beri arkadaşız."

"Ve?"

"Ve bana Jase'le ilgili hiçbir şey söylemedi. Ama sadece bu değil. Geri dönüp bakıyorum da tam anlamıyla *berbat* bir arkadaş. Yani, mesela, sence ben şişman mıyım?"

"Tanrım, hayır," dedim. "Sen..." Sonra şunları söyleyecekken kendimi durdurdum: *Cılız değilsin ama en önemli yönün de bu; en önemli yönün bir oğlan gibi görünmüyor olman.* "Kilo vermemelisin."

Güldü, elini bana doğru salladı ve "Sen sadece koca kıçımı seviyorsun," dedi. Bir saniyeliğine gözümü yoldan çekip ona baktım, yapmamalıydım çünkü ifademi okuyabiliyordu ve ifadem diyordu ki: Şey, birincisi ben tam olarak *koca* demezdim, ikincisi *gerçekten* dikkat çekici. Ama bundan daha fazlası vardı. İnsan olan Margo'yu vücut olan Margo'dan ayıramazsınız. Birini görmeden diğerini göremezsiniz. Margo'nun gözlerine bakarsınız ve hem maviliklerini hem de Margo'luklarını görürsünüz. Sonuç olarak Margo Roth Spiegelman'ın şişman ya da cılız olduğunu söyleyemezdiniz, Eiffel Kulesi'nin yalnız olduğunu ya da olmadığını söyleyemeyeceğiniz gibi. Margo'nun güzelliği bir nevi kusursuzluğun mühürlendiği bir araç gibiydi... mührü kırılmamış ve kırılamaz.

"Ama Lacey sürekli böyle küçük yorumlar yaptı," diye devam etti Margo. "'Sana bu şortu ödünç verirdim ama sana tam olacağını sanmıyorum.' Ya da, 'Çok cesursun. Erkekleri kişiliğine âşık etmene bayılıyorum.' Daima bana zarar vermeye çalıştı. Bana zarar vericiliği olmayan tek bir söz söylediğini bile sanmıyorum."

"Zarar verme olasılığı."

"Teşekkür ederim, Bay Sıkıcı DilbilgiUzmanıoğlu."

"Dilbilgisi," dedim.

"Ah Tanrım, seni öldüreceğim!" Ama gülüyordu.

Arabayı Jefferson Park'ın etrafında sürdüm, böylece evlerimizin yanından geçmekten kaçınabildik, ebeveynlerimizin uyanıp evde olmadığımızı fark etmiş olmaları ihtimaline karşı. Göl (Jefferson Gölü) boyunca gittik, sonra Jefferson Adliyesi'ne döndük ve ürkütücü bir şekilde ıssız ve sessiz görünen Jefferson Park'ın küçük, yapay merkezine gittik. Lacey'nin siyah arazi aracını suşi restoranının önüne park edilmiş halde bulduk. Bir blok uzakta, sokak ışığı altında olmayan bulduğumuz ilk park yerinde durduk.

"Son balığı bana uzatır mısın?" diye sordu Margo. Balıktan kurtulduğuma memnundum çünkü çoktan kokmaya başlamıştı. Sonra Margo ambalaj kâğıdına kendi yazım şekliyle yazdı:

ms'yle olan Arkadaşlığın Balıklarla Uyuyor

Sokak lambalarının dairesel ışıltıları etrafında zikzaklar çizerek ilerledik, biri (Margo) kâğıda sarılmış büyükçe bir balık ve diğeri (ben) bir kutu mavi sprey boya tutan iki insanın yürüyebileceği kadar sıradan bir şekilde yürüyorduk. Bir köpek havladı ve ikimiz de donakaldık ama sonra ortalık tekrar sessizleşti ve çok geçmeden Lacey'nin arabasına vardık.

"Şey, bu durumu daha da zorlaştırıyor," dedi Margo arabanın kilitli olduğunu görünce. Cebine uzandı ve bir zamanlar elbise askısı olan bir parça tel çıkardı. Kilidi açması bir dakikadan daha az zamanını aldı. Hayran kaldım tabii ki.

Sürücü kapısını açar açmaz uzanıp benim tarafımdakini de açtı. "Hey, koltuğu yukarı kaldırmama yardım et," diye fısıldadı. Arka koltuğu beraberce yukarı çektik. Margo balığı koltuğun altına itekledi, sonra üçe kadar saydı ve tek bir hareketle koltuğu balığın üzerine indirdik. Kedi balığının iç organları patlayınca çıkan iğrenç sesi duydum. Sadece bir gün güneşin altında kavrulduktan sonra Lacey'nin arabasının nasıl kokacağını hayal etmeye çalıştım ve itiraf ediyorum ki üstümden bir tür huzur akıp gitti. Sonra Margo, "Benim için tavana *M* yaz," dedi.

Başımı sallamadan önce bir saniye bile düşünmeme gerek yoktu, arka tampona tırmandım, sonra eğilip sprey boyayla hızlıca tavan boyunca kocaman bir M yazdım. Normalde vandalizme karşıydım. Ama normalde Lacey Pemberton'a da karşıydım... ve sonuçta bunun daha derinden savunulan bir inanç olduğu kanıtlandı. Arabadan atladım. Karanlığa doğru –hızlı ve kısa nefesler alarak– minivana giden blok boyunca koştum. Elimi direksiyona koyarken işaret parmağımın mavi olduğunu fark ettim. Margo görsün diye parmağımı yukarı kaldırdım. Gülümsedi ve kendi mavi parmağını uzattı, sonra parmaklarımız birbirine değdi, onun mavi parmağı yumuşakça benimkini itiyordu ve nabzım yavaşlamayı başaramadı. Uzun bir süre sonra Margo, "Dokuzuncu Bölüm... şehir merkezi," dedi.

Saat sabahın 02:49'uydu. Hayatım boyunca hiçbir zaman daha az yorgun hissetmemiştim.

6.

Turistler asla Orlando'nun şehir merkezine gitmezler çünkü orada bankalara ve sigorta şirketlerine ait birkaç gökdelenden başka bir şey yoktur. Burası geceleri ve hafta sonları tamamen ıssız olan türde bir şehir merkezidir, umutsuzlar ve umutsuzca sıkıcı olanlarla yarı yarıya dolan birkaç gece kulübü dışında. Ben tekyönlü sokaklar labirentinde Margo'nun tarifine göre yol alırken, kaldırımda uyuyan ya da bankta oturan birkaç insan gördük ama hiç kimse hareket etmiyordu. Margo camı aşağı indirdi, yüzüme doğru esen boğuk havayı hissettim, geceleri olması gerekenden daha ılıktı. Margo'ya bir bakınca yüzünün her tarafında uçuşan saç tellerini gördüm. Margo'nun orada olduğunu görmeme rağmen, bu büyük ve boş binaların arasında kendimi tamamen yalnız hissettim; sanki kıyametten sonra hayatta kalmışım ve dünya bana bahşedilmiş gibi, bütün bu hayret verici ve sonsuz dünya keşfedilmek üzere benimmiş gibi.

"Bana sadece tur mu attırıyorsun?" diye sordum.

"Hayır," dedi. "SunTrust binasına ulaşmaya çalışıyorum. Kuşkonmaz'ın tam yanında."

"Ya," dedim, çünkü bu gece ilk defa faydalı bir bilgi almıştım. "Orası güneyde." Birkaç blok daha ilerleyip döndüm. Margo mutlu bir şekilde eliyle işaret etti ve evet, Kuşkonmaz işte orada, tam önümüzdeydi.

Kuşkonmaz teknik olarak ne bir kuşkonmaz filizi ne de kuşkonmaz parçalarından oluşuyor. Sadece yaklaşık dokuz metrelik bir kuşkonmaz parçasına esrarengiz bir benzerlik taşıyan bir heykel... Bununla birlikte şunlara benzediğini de duymuştum:

1. Yeşil camdan fasulye sapı
2. Soyut bir ağaç temsili
3. Daha yeşil, daha camsı, daha çirkin bir Washington Anıtı
4. Neşeli Yeşil Dev'in neşeli yeşil devasa penisi

Her halükârda, heykelin gerçek ismi olan Işık Kulesi gibi *görünmüyordu*. Bir parkometrenin önüne çektim ve Margo'ya baktım. Onu bir anlığına ortalama bir mesafeye gözü dalmış halde yakaladım, boş gözlerle Kuşkonmaz'a değil, onun ötesine bakıyordu. Bu bir şeylerin ters olabileceğini düşündüğüm ilk andı "erkek arkadaşım bir pislik" tersliği değil, gerçek bir *terslik*. Bir şeyler söylemeliydim. Şüphesiz, bir şeyin ardına bir şey ve bir şey daha söylemeliydim ama yalnızca, "Neden beni Kuşkonmaz'a getirdiğini sorabilir miyim?" dedim.

Başını bana çevirdi ve gülümsedi. Margo o kadar güzeldi ki sahte gülümsemeleri bile inandırıcıydı. "İlerlememizi kontrol etmeliyiz. Ve bunu yapmak için en iyi yer SunTrust binasının tepesi."

Gözlerimi devirdim. "Hayır. Kesinlikle olmaz. Haneye tecavüz yok demiştin."

"Bu haneye tecavüz değil. Sadece içeri gireceğiz çünkü kilitlenmemiş bir kapı söz konusu."

"Margo, bu çok saçma. Tabii ki..."

"Kabul ediyorum, gece boyunca farklı hanelere izinsizce girdik. Becca'nın evine izinsiz girdik. Jase'in evine izinsiz girdik. Burada ise sadece içeri gireceğiz. Hiçbiri tam anlamıyla haneye tecavüz sayılmaz. Teoride polisler bizi haneye izinsiz girmekle suçlayabilirler ama bizi haneye tecavüzle suçlayamazlar. Yani sözümü tuttum."

"Mutlaka, SunTrust binasının bir güvenlik görevlisi falan vardır," dedim.

"Var," dedi, emniyet kemerini açarken. "Tabii ki var. Adı Gus."

Ön kapıdan içeri girdik. Geniş, yarım daire şeklinde bir masanın arkasında, ince bir keçisakalı olan ve Regents Güvenlik üniforması giyen genç bir adam oturuyordu. "Nasılsın, Margo?" dedi.

"Selam Gus," diye cevap verdi Margo.

"Çocuk kim?"

AYNI YAŞTAYIZ! diye bağırmak istedim ama Margo'nun benim yerime konuşmasına izin verdim. "Bu benim iş arkadaşım, Q. Q, bu Gus."

"Nasılsın, Q?" diye sordu Gus.

Ah, sadece şehirde dolaşıp ölü balık dağıtıyoruz, pencere kırıyoruz, çıplak adamların fotoğrafını çekiyoruz, sabah saat üç buçukta gökdelen lobilerinde takılıyoruz, böyle şeyler işte. "Pek bir şey yok," diye cevap verdim.

"Asansörler bu gece çalışmıyor," dedi Gus. "Saat üçte kapatmak zorunda kaldım. Yine de buyurun, merdivenleri kullanın."

"Çok iyi. Görüşürüz, Gus."

"Görüşürüz, Margo."

"Tanrı aşkına, SunTrust binasındaki güvenlik görevlisini nereden tanıyorsun?" diye sordum merdivenlere gelir gelmez.

"Biz birinci sınıftayken o son sınıftaydı," diye cevap verdi. "Acele etmeliyiz, tamam mı? Vakit geçiyor." Margo merdivenleri ikişer ikişer çıkmaya başladı, bir kolu tırabzanda yukarı doğru uçuyordu, ben de ona ayak uydurmaya çalıştım ama yapamadım. Margo herhangi bir spor yapmıyordu ama koşmayı severdi... Onu tek başına müzik dinleyerek Jefferson Park'ta koşarken birkaç kez görmüştüm. Ne var ki ben koşmayı ve hatta herhangi bir fiziksel eforla meşgul olmayı sevmiyordum. Ama şimdi, istikrarlı bir şekilde ona ayak uydurmaya çalışıyordum, alnımdaki teri silerek ve bacaklarımdaki yanmayı görmezden gelerek. Yirmi beşinci kata ulaştığımda, Margo sahanlıkta durmuş beni bekliyordu.

"Şuna bir bak," dedi. Merdivenin yanındaki kapıyı açtı ve içinde iki araba uzunluğunda meşe bir masa ve tabandan tavana pencerelerle çevrili uzun bir cephesi olan kocaman bir odaya girdik. "Konferans salonu," dedi. "Bütün binadaki en iyi manzaraya sahip." Pencerelerin yanında yürürken onu takip ettim. "Tamam, işte şurada," dedi eliyle işaret ederek. "Jefferson Park. Evlerimizi görüyor musun? Işıklar hâlâ kapalı, bu iyi." Birkaç adım yana gitti. "Jase'in evi. Işıklar kapalı, artık polis arabaları yok. Mükemmel, ancak bu, Jase'in eve vardığını da gösteriyor olabilir maalesef." Becca'nın evi görülmeyecek kadar uzaktaydı, buradan bile.

Margo kısa bir süre sessiz kaldı, sonra camın tam kenarına yaklaşıp alnını yasladı. Ben geride kaldım ama tişörtümü tuttu ve beni ileri doğru çekti. Tek bir cama ortak ağırlığımızı vermek istemiyordum ama beni çekmeye devam etti, yanımda sıkılmış yumruğunu hissedebiliyordum ve sonunda başımı mümkün olduğu kadar yavaşça cama koyup etrafa baktım.

Yukarıdan bakınca Orlando oldukça iyi aydınlatılmış görünüyordu. Altımızda, kavşaklarda yanıp sönen GEÇMEYİN işaretlerini görebiliyordum, sokak lambaları şehrin her yerini kusursuz bir örgü gibi kuşatıyordu, şehir merkezi bitip Orlando'nun uçsuz bucaksız banliyölerinin dolambaçlı ve çıkmaz sokakları başlayana kadar.

"Çok güzel," dedim.

Margo dudak büktü. "Gerçekten mi? Cidden böyle mi düşünüyorsun?"

"Yani, peki, belki de öyle değil," dedim, aslında öyle olmasına rağmen. Orlando'yu bir uçaktan gördüğümde, bana yeşil bir okyanusa batmış bir LEGO seti gibi görünmüştü. Buradan, geceleyin, gerçek fakat ilk defa görebildiğim bir yermiş gibi görünüyordu. Konferans salonunda ve o kattaki diğer ofislerde yürürken her şeyi görebildim. Okul oradaydı. Jefferson Park oradaydı. Uzakta Disney World vardı. Wet'n Wild oradaydı. Margo'nun tırnaklarını boyadığı, benim nefes almak için uğraştığım 7-Eleven oradaydı. İşte hepsi buradaydı... bütün dünyam. Ve onu sadece bir binanın içinde yürüyerek görebiliyordum. "Daha etkileyici," dedim yüksek sesle. "Uzaktan yani. Üstlerindeki aşınmaları göremiyorsun, anlatabiliyor muyum bilmiyorum. Pası, yabani otları ya da boyanın çatladığını göremiyorsun. Bu yeri, birinin bir zamanlar hayal ettiği gibi görüyorsun."

"Yakından her şey daha çirkin," dedi.

"Sen değilsin," dedim, doğru düzgün düşünemeden.

Alnı hâlâ cama dayalıyken bana döndü ve gülümsedi. "Sana bir tavsiye: Kendine güvendiğin zaman sevimlisin. Güvenmediğinde ise daha az sevimlisin." Ben bir şey söylemeye fırsat bulamadan manzaraya geri döndü ve konuşmaya başladı: "Burada güzel olmayan şey işte şu: Buradan pası, çatlak boyaları filan göremiyorsun ama bu yerin gerçekte ne olduğunu anlıyorsun. Hepsinin nasıl da sahte olduğunu görüyorsun. Plastikten yapılmış kadar bile sağlam değil. Kâğıttan bir kent. Yani şuna bir bak, Q, bütün şu çıkmaz sokaklara, aynı yere dönen caddelere, parçalanması için inşa edilmiş bütün şu evlere bak. Kâğıttan evlerinde yaşayan bütün şu kâğıttan insanlar, kendilerini ısıtmak için geleceği yakıyorlar. Bütün kâğıttan çocuklar, bir serserinin kâğıttan büfeden onlar için aldığı birayı içiyor. Herkes bir şeylere sahip olma çılgınlığıyla kendini kaybetmiş. Bütün bu şeyler kâğıt inceliğinde ve kâğıt kırılganlığında. Ve bütün insanlar da. On sekiz yıldır burada yaşıyorum ve hayatımda bir kez olsun gerçekten önemli bir şeyle ilgilenen tek bir insanla karşılaşmadım."

"Bunu kişisel algılamamaya çalışacağım," dedim. İkimiz de gözlerimizi dikmiş mürekkep gibi karanlığa, çıkmaz sokaklara ve çeyrek dönümlük bahçelere bakıyorduk. Ama Margo'nun omzu benim koluma dayalıydı ve ellerimizin üst kısımları birbirine değiyordu, Margo'ya bakmamama rağmen, cama yaslanmak neredeyse ona yaslanmakmış gibi hissettiriyordu.

"Üzgünüm," dedi. "Bunca zamandır seninle takılıyor olsaydım belki benim için her şey farklı olurdu... Of, Tanrım. Tırnak içinde arkadaşlarımı önemsediğim için bile kendimden nefret ediyorum. Yani olay 'ah Jason yüzünden çok üzülüyorum' filan değil. Ya da Becca yüzünden. Hatta Lacey yüzünden bile değil... gerçi onu seviyordum. Ama bu geriye kalan son ipti. Kesinlikle önemsiz bir ipti ama son ipti ve her kâğıttan kızın en azından bir tane ipe ihtiyacı vardır, değil mi?"

Ve ben de şunu dedim. Dedim ki: "Yarın öğlen yemeğinde bizim masamızda hoş karşılanırsın."

"Çok tatlısın," diye karşılık verdi sesi giderek kısılırken. Bana döndü ve yavaşça başını salladı. Gülümsedim. Gülümsedi. Gülümsemesine inandım. Merdivenlere yürüdük ve sonra koşarak aşağı indik. Her katın sonunda, onu güldürmek için son basamaktan atlayıp topuklarımı tıkırdattım, o da güldü. Onu neşelendirdiğimi düşündüm. Neşelendirilebileceğini düşündüm. Eğer kendime güvenirsem belki aramızda bir şeyler olur diye düşündüm.

Yanılıyordum.

7.

Anahtarlar kontakta ama motor henüz çalışmazken minivanda otururken Margo, "Ebeveynlerin saat kaçta kalkar bu arada?" diye sordu.

"Bilmem, altı çeyrek falan." Saat 03:51'di. "Yani, iki ya da daha fazla saatimiz var ve dokuz bölümü bitirdik."

"Biliyorum ama en zahmetli olanı sona sakladım. Her neyse, hepsini tamamlayacağız. Onuncu Bölüm... Bir kurban seçmek için Q'nun sırası."

"Ne?"

"Ben bir ceza seçtim bile. Şimdi sen sadece kim üstüne kudretli öfkemizi yağdıracağımızı seç."

"Kudretli öfkemizi kimin üstüne yağdıracağımızı," diye düzelttim, yüzünü buruşturarak başını salladı. "Ve gerçekten öfkemi üstüne yağdıracağım kimse yok," dedim çünkü hakikaten yoktu. Bana her zaman, düşmanlara sahip olmak için önemli biri olmak gerekir gibi gelmişti. Örnek: Tarihsel olarak, Almanya Lüksemburg'dan daha fazla düşmana sahip olmuştu. Margo Roth Spiegelman Almanya'ydı. Ve Büyük Britanya. Ve Birleşik Devletler. Ve Çarlık Rusyası. Bense Lüksemburg'um. Sadece boş boş oturuyor, koyunlara göz kulak oluyor ve halk şarkıları söylüyordum.

"Chuck'a ne dersin?" diye sordu.

"Hımm," dedim. Chuck Parson dizginlenmeden önce, bütün o yıllar boyunca *oldukça* korkunçtu. Kafeteryadaki taşıma bandı faciası bir yana, bir keresinde beni okulun dışında otobüs beklerken yakalamış ve kolumu çevirip, "İbne olduğunu söyle," deyip durmuştu. Bütün amacı buydu, "on iki kelimelik bir sözcük dağarcığım var, bu yüzden geniş çeşitliliği olan hakaretler bekleme" tipi bir hakaret. Ve korkunç derecede çocukça olmasına rağmen sonunda ibne olduğumu söylemek zorunda kalmıştım ve bu gerçekten canımı sıkmıştı çünkü 1. Beni bırak, bu sözcüğün kimse tarafından kesinlikle kullanılmaması gerektiğini düşünüyorum, 2. Görüldüğü üzere, eşcinsel değilim ve dahası 3. Eşcinsel olmakta yanlış olan hiçbir şey olmamasına rağmen, Chuck Parson sanki ibne olduğunu söylemek dünyadaki en büyük hakaretmiş gibi davranıyordu ki kolumu kürekkemiğime doğru gittikçe daha fazla çevirirken bunu söylemeye çalışmıştım ve o sadece, "Eğer ibne olmakla bu kadar gurur duyuyorsan, neden ibne olduğunu itiraf etmiyorsun, ibne?" deyip durmuştu.

Olay mantığa geldiğinde Chuck Parson'ın Aristo sayılmadığı şüphe götürmezdi. Ama yaklaşık iki metre boyunda ve yüz yirmi kiloydu ki bu kayda değer bir özellikti.

"Chuck aleyhinde gerçekten iyi sebepler bulmak mümkün," diye kabul ettim. Sonra arabayı çalıştırdım ve tekrar eyaletler arası yola doğru koyuldum. Nereye gittiğimizi bilmiyordum ama lanet olası şehir merkezinde kalmıyorduk.

"Crown Dans Okulu'nu hatırlıyor musun?" diye sordu. "Bu gece bunu düşünüyordum."

"Ah. Evet."

"Bunun için üzgünüm bu arada. Neden ona eşlik ettiğim hakkında hiçbir fikrim yok."

"Evet. Hiç önemli değil," dedim ama kahrolası Crown Dans Okulu'nu hatırlamak beni kızdırdı. "Evet. Chuck Parson. Nerede oturduğunu biliyor musun?" diye sordum.

"Kindar tarafını ortaya çıkarabileceğimi biliyordum. College Park'ta. Princeton'dan çık." Eyaletler arası yolun girişindeki yokuşa döndüm ve gazı kökleyerek çıktım. "Hop," dedi Margo. "Chrysler'ı bozma."

Altıncı sınıfta Margo, Chuck ve ben dâhil bir grup çocuk, ebeveynlerimiz tarafından Crown Küçük Düşürülme, Aşağılanma ve Dans Okulu'nda salon dansı eğitimi almaya zorlanmıştık. İşler şu şekilde yürüyordu: Erkekler bir tarafta, kızlar diğer tarafta duruyordu, sonra öğretmen bize söylediğinde erkekler kızların yanına gidip, "Bu dansı bana lütfeder misiniz?" diye soruyordu ve kızlar da "Tabii," diyordu. Kızların hayır demesine *izin verilmiyordu.* Fakat bir gün –fokstrot yapıyorduk– Chuck Parson bütün kızları bana hayır demeye ikna etti. Başka birine değil. Sadece bana. Böylece karşıya geçip Mary Beth Shortz'a doğru yürüdüm ve "Bu dansı bana lütfeder misiniz?" dedim, o da hayır dedi. Sonra başka bir kıza sordum, sonra başka birine, sonra yine hayır diyen Margo'ya, sonra başka birine ve sonra da ağlamaya başladım.

Dans okulunda reddedilmekten daha kötü olan tek şey, dans okulunda reddedildiğiniz için ağlamaktır ve bundan da daha kötü olan tek şey, dans hocasına gidip gözyaşlarınızın arasında, "Kızlar bana hayır diyor ama öyle yapmamaları gerekiyooor," demektir. Dolayısıyla tabii ki ağlayarak öğretmenin yanına gittim ve ortaokulun çoğunu, bu utanç verici olayı unutmaya çalışarak harcadım. Yani uzun lafın kısası, Chuck Parson bir altıncı sınıf öğrencisine, özellikle korkunç bir şeymiş gibi görünmeyen fokstrotu yapmamı sonsuza kadar engellemişti. Artık bu olay yüzünden gerçekten kızgın değildim... ya da bunca yıldır bana yaptığı diğer her şeye. Ama kesinlikle Chuck acı çektiği için hayıflanmayacaktım.

"Bekle, benim olduğumu bilmeyecek, değil mi?"

"Yo. Neden?"

"Onu incitecek kadar bile umursadığımı düşünmesini istemiyorum." Bir elimi orta konsolun üzerine koydum ve Margo elime hafifçe vurdu. "Endişelenme," dedi. "Kimin tüylerini söktürdüğünü asla bilmeyecek."

"Sanırım az önce bir tanımı yanlış kullandın ama ne anlama geldiğini de bilmiyorum."

"Senin bilmediğin bir sözcük biliyorum," dedi Margo melodik bir sesle. "KELİME HAZİNESİNİN YENİ KRALİÇESİYİM! SENİN YERİNİ GASBETTİM!"

"*Gasbetmek* kelimesini hecele," dedim.

"Hayır," diye cevapladı gülerek. "*Gasbetmek* karşılığında tacımdan vazgeçmeyeceğim. Daha iyisini yapmalısın."

"Peki." Gülümsedim.

Evlerin çoğu otuz yıl önce inşa edildiği için, Orlando'nun tarihî bölgesi olarak görülen semte, College Park'a doğru ilerledik. Margo, Chuck'ın tam adresini ya da evinin nasıl göründüğünü ya da kesin olarak hangi sokakta yaşadığını bile hatırlayamadı ("Vassar'da olduğundan neredeyse yüzde doksan beş falan eminim.") Nihayet Chrysler, Vassar Sokağı'nda üç blok dolaştıktan sonra, Margo sol tarafı işaret etti ve "Şuradaki," dedi.

"Emin misin?" diye sordum.

"Yüzde doksan yedi nokta iki falan eminim. Yani yatak odasının tam şurada olduğundan oldukça eminim," dedi eliyle işaret ederek. "Bir keresinde bir parti vermişti ve polisler geldiğinde penceresinden kaçmıştım. Bunun aynı pencere olduğundan oldukça eminim."

"Başımız belaya girebilirmiş gibi görünüyor."

"Ama pencere açıksa işin içinde haneye tecavüz olmayacak. Sadece eve gireceğiz. Ve *az önce* SunTrust'ta içeri girme eylemi gerçekleştirdik ve çok büyük bir mesele yoktu ortada, değil mi?"

Güldüm. "Beni sert bir çocuğa dönüştürüyorsun sanırım."

"Maksat bu. Tamam, malzemeler: Veet'i, sprey boyayı ve vazelini al."

"Tamam." Dediklerini aldım.

"Şimdi kendini kaybetme, Q. İyi haber şu ki, Chuck kış uykusuna yatan bir ayı gibi uyuyor... Biliyorum çünkü geçen sene onunla edebiyat dersi aldım ve Bayan Johnston ona *Jane Eyre*'le vurduğunda bile uyanmadı. Bu yüzden yatak odasının penceresine çıkacağız, pencereyi açacağız, ayakkabılarımızı çıkaracağız, sonra çok sessiz bir şekilde içeri gireceğiz ve ben Chuck'la eğleneceğim. Sonra seninle evin farklı taraflarına gideceğiz ve tüm kapı kollarını vazelinle kaplayacağız, böylece birileri uyansa bile bizi yakalamak için evden çıkarken felaket zor anlar yaşayacaklar. Sonra Chuck'la biraz daha eğlenip evini biraz boyayacağız ve oradan çıkacağız. Ve konuşmak yok."

Elimi şah damarıma koydum ama gülümsüyordum.

Margo elime uzanıp parmaklarını benimkilere geçirerek sıktığında, birlikte arabadan uzaklaşıyorduk. Ben de onunkileri sıkıp ona baktım. Ciddiyetle başını salladı, ben de ona salladım ve sonra elimi bıraktı. Çabucak pencereye çıktık. Tahta çerçeveyi usulca yukarı ittim. Çok az gıcırdadı ama tek bir hareketle açıldı. İçeri baktım. Karanlıktı fakat yatakta birinin olduğunu görebiliyordum.

Pencere Margo için biraz yüksekti, bu yüzden ellerimi birleştirdim, Margo çoraplı ayağıyla elimin üstüne bastı ve onu yukarı doğru ittim. Sessizce eve girişi bir ninjayı kıskandırırdı. Bense yukarı zıplayıp başımı ve omuzlarımı pencereye ulaştırmaya, karmaşık bir vücut dalgalanması yoluyla, tırtıl gibi dans ederek ev içine girmeye çalıştım. Her şey iyi gitmiş olabilirdi, yalnız hayalarım pencere eşiğine takıldı ve acıdan inledim ki bu oldukça büyük bir hataydı.

Bir başucu lambası yandı. Ve orada, yatakta yatan, yaşlı bir adamdı... açık bir şekilde Chuck Parson değildi. Gözleri dehşetle açılmıştı; hiçbir şey söylemedi.

"Hımm," dedi Margo. Kaçıp gitmeyi ve arabaya koşmayı düşündüm ama Margo'nun hatırına orada kaldım, gövdemin üst kısmı evin içinde yere paralel bir halde. "Hımm, sanırım yanlış evdeyiz." Geri döndü ve ısrarcı bir şekilde bana baktı, ancak o zaman Margo'nun çıkışını engellediğimi fark ettim. Bu nedenle kendimi pencerenin dışına ittim, ayakkabılarımı kaptım ve tabanları yağladım.

Her şeyi yeniden planlamak için arabayla College Park'ın diğer tarafına gittik.

"Bence bu seferki suçu paylaşıyoruz," dedi Margo.

"Hımm, *yanlış evi sen seçtin*," dedim.

"Doğru ama ses çıkaran *sendin*." Bir dakikalığına sessiz kaldık, arabayla daireler çiziyorduk, sonra nihayet konuştum: "Muhtemelen Chuck'ın adresini internetten bulabiliriz. Radar okulun sistemine bağlanabiliyor."

"Harika," dedi Margo.

Bunun üstüne Radar'ı aradım ama telefon beni sesli mesaja yönlendirdi. Evini aramaya niyetlendim ama ebeveynleri benimkilerle arkadaştı, yani bu işe yaramazdı. Sonunda Ben'i aramak aklıma geldi. Radar değildi ama Radar'ın bütün şifrelerini biliyordu. Aradım. Sesli mesaja yönlendirildim ama telefon çaldıktan sonra. Bu yüzden tekrar aradım. Sesli mesaj. Tekrar aradım. Sesli mesaj. Margo, "Belli ki açmayacak," dedi, ben numarayı tekrar girerken. "Ah, açacak," dedim. Ve sadece dört defa daha aradıktan sonra açtı.

"Evinde on bir çıplak tavşancık olduğunu ve yalnızca Babacık Ben'in sağlayabileceği Özel His'i istediklerini söylemek için arıyor olsan iyi olur."

"Radar'ın öğrenci sistemine giriş şifresini kullanıp bir adrese bakman lazım. Chuck Parson."

"Hayır."
"Lütfen," dedim.
"Hayır."
"Bunu yaptığına memnun olacaksın, Ben. Söz veriyorum."
"Evet evet, az önce yaptım. Hayır derken yapıyordum, yardım etmekten başka çarem yok. 422 Amherst. Hey, sabahın dört buçuğunda neden Chuck Parson'ın adresini istiyorsun?"
"Biraz uyu, Benners."
"Bunun bir rüya olduğunu farz edeceğim," diye cevapladı Ben ve telefonu kapattı.

Amherst sadece birkaç blok ötedeydi. 418 numaranın önüne park ettik, malzemelerimizi toparladık ve Chuck'ın evinin çimenliğini koşarak geçtik, çimlerdeki sabah çiyleri paçalarıma düşüyordu.

Rastgele Yaşlı Adam'ınkinden neyse ki daha alçak olan Chuck'ın penceresinden sessizce içeri tırmandım ve Margo'yu önce yukarı, sonra içeri çektim. Chuck Parson sırtüstü uyuyordu. Margo parmak uçlarında durarak ona yaklaştı ve ben de arkasında durdum, kalbim küt küt atıyordu. Eğer uyanırsa ikimizi de öldürürdü. Margo Veet'i çıkardı, avucunun içine tıraş kremi gibi görünen şeyden bir miktar sıktı, sonra usulca ve dikkatle Chuck'ın sağ kaşına sürdü. Chuck kıpırdamadı bile.

Sonra vazelini açtı... Kapak kulakları sağır edecek yükseklikte bir *plop* sesi çıkardı ama Chuck yine uyanma belirtisi göstermedi. Margo elime vazelini boca etti, sonra evin farklı taraflarına doğru gittik. Önce girişe gittim ve vazelini ön kapı koluna bolca sürdüm, sonra bir yatak odasının açık kapısına gittim ve iç taraftaki kolu vazelinleyip odanın kapısını sessizce, sadece belli belirsiz bir gıcırtıyla kapattım.

Sonunda Chuck'ın odasına geri döndüm —Margo çoktan gelmişti— ve birlikte Chuck'ın kapısını kapatıp kapı koluna vazelin sürdük.

Yatak odasındaki penceresinin her yerine kalan vazelinden bolca sürdük, dışarı çıkarken kapattıktan sonra pencerenin açılmasını zorlaştıracağını umuyorduk.

Margo saatine bir göz attı ve iki parmağını yukarı kaldırdı. Bekledik. O iki dakika boyunca sadece birbirimize gözlerimizi dikip baktık ve ben onun gözlerindeki maviliği izledim. Çok hoştu... karanlık ve sessizlik, her şeyi mahvedecek bir şey söyleme ihtimalim olmadan. Ve onun gözleri de bana bakıyordu, sanki bende görmeye değer bir şey varmış gibi.

Margo o sırada başını salladı, ben de Chuck'a yaklaştım. Elimi tişörtüme sardım, Margo'nun bana söylediği gibi öne eğildim ve –yapabildiğim kadar usulca– parmağımı Chuck'ın alnına bastırıp çabucak Veet'i çektim. Chuck Parson'ın sağ kaşındaki bütün tüyleri tek tek onunla birlikte geldi. Chuck'ın gözleri açıldığında, tişörtümde sağ kaşıyla onun üstünde duruyordum. Margo yıldırım hızıyla yorganını alıp Chuck'a fırlattı ve başımı kaldırıp baktığımda küçük ninja çoktan pencerenin dışına çıkmıştı. Chuck, "ANNE! BABA! HIRSIZ HIRSIZ!" diye çığlık atarken, yapabildiğim kadar hızlı bir şekilde onu takip ettim.

Çaldığımız tek şey kaşındı, demek istedim ama ayaklarım önde, kendimi pencereden dışarı sallandırırken ağzımı bile açmadım. Chuck'ın evinin cephesine sprey boyayla *M* yazan Margo'nun tam yanına indim, sonra ikimiz de ayakkabılarımızı kaptığımız gibi oradan toz olup arabaya gittik. Dönüp eve baktığımda ışıklar açıktı ama henüz kimse dışarı çıkmamıştı, iyi vazelinlenmiş kapı kolunun zekâ dolu basitliğinin bir kanıtı. Bay (ya da belki bayan, tam olarak görememiştim) Parson oturma odasının perdelerini açıp dışarı bakıncaya kadar, biz arabayı geri geri sürerek Princeton Caddesi'ne ve eyaletler arası yola geri dönüyorduk.

"Evet!" diye bağırdım. "Tanrım, bu harikaydı."

"Gördün mü? Kaşsız yüzünü yani. Sürekli olarak kararsız bir şekilde bakıyor olacak. 'Ah, gerçekten mi? Sadece bir kaşım olduğunu mu söylüyorsun? Haklı olabilirsin,' gibi. Ve o göt suratlıya seçim yaptırma fikri harika: Solu da mı tıraş etmesi daha iyi olur, yoksa sağı boyaması mı? Ah gerçekten harika. Nasıl da annesini çağırdı küçük pislik."

"Bir saniye, *sen* neden ondan nefret ediyorsun?"

"Ondan nefret ettiğimi söylemedim. Küçük bir pislik olduğunu söyledim."

"Ama onunla her zaman bir bakıma arkadaştınız," dedim, ya da en azından ben öyle olduğunu düşünmüştüm.

"Evet, şey, ben her zaman birçok insanla bir bakıma arkadaştım," dedi. Eğildi ve başını sıska omzuma koydu, saçları boynuma dökülüyordu. "Yorgunum," dedi.

"Kafein," dedim. Arkaya uzandı ve ikimiz için birer Mountain Dew aldı, iki büyük yudumda içtim.

"Şimdi SeaWorld'e gidiyoruz," dedi. "On Birinci Bölüm."

"Ne, Willy'yi özgür falan mı bırakacağız?"

"Hayır," dedi. "Sadece SeaWorld'e gideceğiz, hepsi bu. Orası şimdiye kadar izinsiz girmediğim tek eğlence parkı."

"SeaWorld'e izinsiz giremeyiz," dedim ve mobilya mağazasının boş park yerine çekip arabayı durdurdum.

"Zaman açısından biraz sıkıntılıyız," dedi bana, sonra arabayı çalıştırmak için uzandı.

Elini bir kenara ittim. "SeaWorld'e izinsiz giremeyiz," diye tekrarladım.

"Al işte, yine haneye tecavüz meselesi." Margo bir ara verip başka bir Mountain Dew açtı. Işık kutudan yüzüne yansıdı ve bir saniyeliğine, söylemek üzere olduğu şeye gülümsediğini görebildim. "Tecavüz filan yok. Bunu SeaWorld'e izinsiz girmek olarak düşünme. Geceyarısı SeaWorld'ü bedavaya gezmek olarak düşün."

8.

"Peki, öncelikle, yakalanacağız," dedim. Arabayı çalıştırmamıştım, çalıştırmamamın nedenlerini sıralıyordum ve beni görüp göremediğini merak ediyordum.

"Tabii ki yakalanacağız. Ne olmuş?"

"Bu yasadışı."

"Q, SeaWorld seni ne tür bir belaya bulaştırabilir? Yani, Tanrım, bu gece senin için yaptığım bunca şeyden sonra, benim için tek bir şey yapamıyor musun? Çeneni kapatıp sakinleşsen ve her lanet olası küçük macerada dehşete düşmesen olmaz mı?" Sonra alçak sesle, "Yani, Tanrım. Biraz cesur ol," dedi.

İşte bunun üstüne kızdım. Konsolun öbür tarafına, Margo'ya doğru eğilebileyim diye başımı emniyet kemerinin altından geçirdim. "SENİN, BENİM için yaptığın bunca şeyden sonra öyle mi?" dedim neredeyse bağırarak. Kendine güven mi istiyordu? İşte kendime güveniyordum. "Kimse benim aradığımı anlamasın diye, BENİM sevgilimi beceren BENİM arkadaşımın babasını sen mi aradın? 'Ah benim için çok değerli' olduğun için değil de, arabaya ihtiyacım vardı ve sen de yakındaydın diye dünyanın çevresinde BENİM kıçıma şoförlüğü sen mi yaptın? Bu gece benim için yediğin haltlar bu tür şeyler mi?"

Bana bakmıyordu. Sadece gözünü ileriye dikmiş, mobilya mağazasının cephesine bakıyordu. "Sana ihtiyacım olduğunu mu sanıyorsun? Ben annemle babamın yatağının altından kasayı çalarken Myrna Mountweazel'a uyusun diye Benadryl verebileceğimi düşünmüyor musun? Ya da sen uyurken odana gizlice girip arabanın anahtarını alabileceğimi? Sana ihtiyacım olmadı, seni aptal. Seni *seçtim*. Sonra sen de beni seçtin." O anda bana baktı. "Ve bu bir tür söz gibi bir şey. En azından bu geceliğine. Hastalıkta ve sağlıkta. İyi günde, kötü günde. Zenginlikte ve yoksullukta. Şafak bizi ayırana kadar."

Arabayı çalıştırıp park yerinden çıktım fakat bütün o takım çalışması ıvır zıvırı bir yana, hâlâ başımın eti yenerek bir şeye zorlanıyormuşum gibi hissediyordum ve son sözü ben söylemek istiyordum. "İyi. Ama SeaWorld ya da her neyse, Duke Üniversitesi'ne zalim Quentin Jacobsen'ın, yanında vahşi bakışlı bir genç kızla, sabahın dört buçuğunda, tesislerine zorla girdiğini söyleyen bir mektup gönderdiğinde Duke Üniversitesi fena kızacak. Annemle babam da fena kızacak."

"Q, Duke'a gideceksin. Çok başarılı bir avukat falan olacaksın, evleneceksin, çocukların olacak, bütün o küçük hayatı yaşayacaksın, sonra öleceksin ve son dakikalarında, huzurevinde kendi safranda boğulurken kendine diyeceksin ki: 'Peki, lanet olası hayatımın tümünü boşa harcamış olabilirim ama en azından lise son sınıfta Margo Roth Spiegelman'la SeaWorld'e izinsiz girdim. En azından bir *diem*'i *carpe* yaptım.'"

"*Noctem*," diye düzelttim.

"Tamam, Dilbilgisi Kralı tekrar sensin. Tahtını geri kazandın. Şimdi beni SeaWorld'e götür."

I-4'te sessizce ilerlerken, kendimi gri takım elbiseli adamın öldüğü günü düşünürken buldum. *Belki Margo'nun beni seçmesinin nedeni bu*, diye düşündüm. Tam o anda, nihayet, Margo'nun ölü adam ve iplerle ilgili söylediklerini hatırladım... ayrıca kendisi ve iplerle ilgili söylediklerini de.

"Margo," dedim suskunluğumuzu bozarak.

"Q," dedi.

"Dedin ki... Adam öldüğünde, belki de içindeki tüm ipler kopmuştur dedin ve sonra demin bunu kendin için de söyledin, son ipin koptuğunu."

Güler gibiydi. "Fazla endişeleniyorsun. Birkaç çocuğun beni bir cumartesi sabahı, üstüme sinekler üşüşmüş halde Jefferson Park'ta bulmasını istemem." Can alıcı noktayı dile getirmeden önce biraz bekledi. "Bu kader için fazla gösterişçiyim."

Güldüm, rahatladım ve eyaletler arası yoldan çıktım. International Bulvarı'na döndük, dünyanın turizm başkenti. International Bulvarı'nda binlerce dükkân vardı ve hepsi tam anlamıyla aynı şeyi satıyordu: çer çöp. Denizkabuğu şeklinde biçimlendirilmiş çer çöp, anahtarlıklar, cam kaplumbağalar, Florida şeklinde buzdolabı mıknatısları, pembe plastik flamingolar, ne olursa. Aslında I-Bulvarı'nda gerçek armadillo pisliği satan dükkânlar bile vardı... poşeti 4.95 dolara.

Ama sabah 04:50'de turistler uyuyordu. Biz ardı ardına dükkânları ve park yerlerini geçip giderken bulvar tamamen ölüydü, diğer her şey gibi.

"SeaWorld ağaçlı bulvarı geçtikten hemen sonra," dedi Margo. Yine minivanın arka tarafındaydı, bir sırt çantasını ya da onun gibi bir şeyi karıştırıyordu. "Bütün uydu haritalarını alıp saldırı planımızı çizmiştim ama lanet şeyleri bir türlü bulamıyorum. Ama her neyse, bulvardan sağa sap, solunda hediyelik eşya dükkânı olacak."

"Solumda yaklaşık on yedi bin tane hediyelik eşya dükkânı var."

"Doğru ama bulvardan sonra sadece bir tane olacak."

Sahiden de yalnızca bir tane vardı, böylece boş park yerine çekip arabayı doğruca bir sokak lambasının altına park ettim, çünkü I-Bulvarı'nda arabalar sürekli çalınıyordu. Ancak gerçekten mazoşist bir araba hırsızı Chrysler'ı çalmayı düşünecek olsa bile, anneme ertesi gün okul olan bir gecenin ilerlemiş saatlerinde arabanın neden ve nasıl kaybolduğunu açıklama düşüncesinden yine de hazzetmemiştim.

Dışarıda minivanın arkasına yaslanarak durduk, hava o kadar ılık ve yoğundu ki kıyafetlerimin üstüme yapıştığını hissettim. Sanki göremediğim insanlar bana bakıyormuş gibi tekrar korkmaya başladım. Çok uzun zamandır çok karanlıktı ve endişe dolu saatler nedeniyle karnım ağrıyordu. Margo haritaları buldu ve sokak lambasının ışığı altında, sprey boyalı mavi parmağı güzergahımızı takip etti. "Sanırım tam şurada bir çit var," dedi, bulvarı geçtikten hemen sonra karşılaştığımız tahtadan bir yeri işaret ederek. "İnternette burayla ilgili bir şeyler okudum. Sarhoş bir adam gecenin bir yarısı parka girip Shamu'yla yüzmeye karar vermiş ki hayvan da onu öldürmüş."

"Cidden mi?"

"Evet, yani o adam sarhoşken bunu yapabiliyorsa, biz ayıkken kesinlikle yapabiliriz. Sonuçta biz ninjayız."

"Şey, belki *sen* bir ninjasın," dedim.

"Sen sadece gerçekten gürültücü, sakar bir ninjasın," dedi Margo, "ama ikimiz de ninjayız." Saçını kulaklarının arkasına attı; kapüşonunu başına çekip ipiyle hışırdatarak büzdü; sokak lambası solgun yüzünün keskin hatlarını aydınlatıyordu. Belki ikimiz de ninjaydık fakat ekipmanı olan yalnızca oydu.

"Tamam," dedi. "Haritayı ezberle." Margo'nun bizim için kurguladığı yaklaşık bir kilometrelik yolculuğun açık ara farkla en korkutucu bölümü hendekti. SeaWorld üçgen şeklindeydi. Bir tarafı, Margo'nun yürüttüğü tahmine göre, gece bekçilerinin devriye gezdiği bir cadde tarafından korunuyordu. İkinci taraf, çevresi en az bir kilometre olan bir göl tarafından gözetiliyordu ve üçüncü tarafta bir drenaj kanalı vardı; haritada yaklaşık iki şeritli bir yol kadar geniş görünüyordu. Ve Florida'da, göllerin yakınında suyla dolu drenaj kanalları varsa, orada genellikle timsahlar olur.

Margo beni iki omzumdan tutup kendine çevirdi. "Muhtemelen yakalanacağız ve yakalandığımızda bırak ben konuşayım. Sen sadece şirin görünüp şu tuhaf masum-kendinden emin tavrını sergilersen, her şey yolunda gider."

Arabayı kilitledim, kabarmış saçımı yatırmaya çalıştım ve "Ben bir ninjayım," diye fısıldadım. Margo'nun duymasını amaçlamamıştım ama birden karşılık verdi. "Kesinlikle öylesin! Şimdi gidelim."

I-Bulvarı'nın öteki tarafına koştuk, sonra uzun çalılar ile meşelerden oluşan yeşilliğin içinde pusuya yattık. Zehirli sarmaşık hakkında endişelenmeye başlamıştım ama ninjalar zehirli sarmaşık hakkında endişelenmeyecekleri için hendeğe doğru yürürken, kollarım önde, dikenli çalıları ve fundalığı kenara iterek öncülük ettim. Nihayet ağaçlar bitti ve meydan ortaya çıktı, böylece sağımdaki bulvarı ve tam karşımızda olan hendeği görebildim. Eğer birkaç araba olsaydı, insanlar yoldan bizi görebilirlerdi ama hiç araba yoktu. Birlikte yeşilliklerin arasından koşmak için harekete geçtik ve sonra bulvara doğru keskin bir dönüş yaptık. Margo, "Şimdi, şimdi!" dedi ve ben fırlayıp anayolun altı şeridini geçtim. Yol boş olduğu halde, bu kadar büyük bir caddeyi koşarak geçmekle ilgili bir şey hem heyecan verici hem de yanlışmış gibi geliyordu.

Karşıya geçmeyi başardık ve bulvarın yanındaki dize kadar uzanan otların içine çöktük. Margo, SeaWorld'ün uçsuz bucaksız, devasa park alanı ile hendekteki karanlık durgun su arasındaki ağaç sırasını işaret etti. Bir dakika bu ağaç sırası boyunca koştuk, sonra Margo tişörtümün arkasından çekti ve sessizce, "Şimdi hendeğe," dedi.

"Bayanlar önden," dedim.

"Hayır, gerçekten. Seni tutmayayım," diye karşılık verdi.

Ve ben timsahları ya da iğrenç yosun tabakasını düşünmedim. Sadece koşmaya başladım ve yapabildiğim kadar uzağa atladım. Belime kadar gelen suyun içine indim, sonra uzun adımlarla karşıya geçtim. Su iğrenç kokuyor ve tenimde sümüksü bir his yaratıyordu ama en azından belimden yukarısı ıslak değildi. Ya da en azından Margo her tarafıma su sıçratarak atlayana kadar değildi. Arkamı dönüp ben de ona su sıçrattım. Yalancıktan öğürdü.

"Ninjalar, diğer ninjalara su sıçratmazlar," diye yakındı.

"Gerçek ninja hiçbir şekilde su sıçratmaz," dedim.

"Tuşe."

Margo'nun kendini hendekten yukarı çekmesini izliyordum. Ve timsahların yokluğundan gerçekten memnundum. Ve nabzım biraz hızlı atmasına rağmen kabul edilir bir hızdaydı. Ve Margo'nun fermuarı açık kapüşonlu ceketinin altındaki siyah tişörtü ıslanıp üstüne yapışmıştı. Kısacası birçok şey oldukça iyi gidiyordu ki göz ucuyla Margo'nun yanında, suda sürünerek ilerleyen bir şey olduğunu fark ettim. Margo sudan çıkmaya başladı, aşil tendonunun gerginleştiğini görebiliyordum ve daha ben bir şey söyleyemeden yılan saldırıp paçasının tam aşağısından sol bileğini ısırdı.

"Kahretsin!" dedi Margo, aşağı baktı ve sonra tekrar, "Kahretsin!" dedi. Yılan hâlâ ayağındaydı. Aşağı uzanıp yılanı kuyruğundan yakaladım ve Margo'nun bacağından söküp hendeğin içine fırlattım. "Ah, Tanrım," dedi. "Neydi o? Zehirli su yılanı mıydı?"

"Bilmiyorum. Uzan, uzan," dedim ve bacağını tutup kot pantolonunu yukarı çektim. Yılanın dişlediği yerden iki kan damlası çıkmıştı, eğilip ağzımı yaranın üstüne koydum ve yapabildiğim kadar güçlü bir şekilde emerek zehri çıkarmaya çalıştım. Tükürdüm, bacağına geri dönecektim ki "Bekle, onu görüyorum," dedi. Dehşete düşmüş bir halde zıpladım ve Margo, "Hayır hayır, Tanrım, sadece küçük bir yılan," dedi. Hendeğin içini gösteriyordu, parmağını takip ettim ve yüzeyin yakınında, bir projektör ışığının kenarında yüzen küçük yılanı görebildim. İyi aydınlatılmış mesafeden yaratık bir yavru kertenkeleden daha korkutucu görünmüyordu.

"Tanrı'ya şükür," dedim Margo'nun yanına oturup soluklanırken.

Isırığa bakıp kanamanın çoktan durduğunu gördükten sonra, "Bacağımla yiyişmek nasıldı?" diye sordu.

"Oldukça iyi," dedim ki bu doğruydu. Vücudunu benimkine biraz yasladı ve üst kolunu kaburgalarımda hissettim.

"*Tam olarak* bu nedenle, bu sabah tıraş olmuştum. Düşündüm ki 'Birinin ne zaman baldırına yapışıp yılan zehri emmeye çalışacağını bilemezsin.'"

Önümüzde tel örgüler vardı ama sadece yaklaşık iki metre yüksekliktydi. Margo'nun ifade ettiği gibi, "İnanılır gibi değil, önce yılanlar, şimdi de tel örgü mü yani? Bu güvenlik bir ninja için hakaret sayılır." Çabucak tırmandı ve sanki tel örgü bir merdivenmiş gibi tutunarak aşağı indi. Ben de düşmemeyi başardım.

İçinde hayvanların olabileceği kocaman opak havuzlara sıkıca yapışarak, küçük bir ağaç sırasının arasından koştuk, sonra asfalt bir patikaya çıktık ve çocukken Shamu'nun üstüme su sıçrattığı büyük amfiyi gördüm. Yürüme platformu boyunca sıralanmış küçük hoparlörlerden yumuşak bir müzik çalıyordu. Belki de hayvanları sakinleştirmek içindi. "Margo," dedim, "SeaWorld'deyiz."

O da "Cidden," dedi, sonra koştu, ben de onu takip ettim. Fok balığı havuzunun yanında durduk ama içinde hiç fok yokmuş gibi görünüyordu.

"Margo," dedim tekrar. "SeaWorld'deyiz."

"Tadını çıkar," dedi ağzını fazla oynatmadan. "Çünkü güvenlik geliyor." Bele kadar gelen çalıların arasına atladım ama Margo koşmayınca durdum. SEAWORLD GÜVENLİK yeleği giyen bir adam bize yaklaştı ve oldukça rahat bir tavırla, "Nasılsınız gençler?" diye sordu. Elinde bir kutu tutuyordu... biber gazı olduğuna dair fikir yürüttüm.

Sakin kalmak için, kendi kendime düşünmeye başladım. Sıradan kelepçelerden mi taşıyor yoksa özel SeaWorld kelepçeleri mi var? Birbirine geçen iki kavisli yunus şeklinde falan mı acaba?

"Biz de tam çıkıyorduk aslında," dedi Margo.

"Ona şüphe yok," dedi adam. "Mesele yürüyerek mi çıkacaksınız yoksa Orange County şerifi tarafından zorla dışarı mı atılacaksınız."

Margo, "Eğer senin için fark etmeyecekse," dedi, "yürümeyi tercih ederiz." Gözlerimi kapadım. Bu, demek istedim Margo'ya, hazırcevaplık yapmanın zamanı değil. Ama adam güldü.

"Birkaç yıl önce büyük havuza atlayan bi adamın öldürüldüğünü biliyosunuz, bize izinsiz girerlerse kimseyi bırakamıcamız söylendi, güzel olsalar da olmasalar da." Margo fazla yapışık görünmesin diye tişörtünü çekiştirdi. Ancak o zaman adamın Margo'nun göğüsleriyle konuştuğunu fark ettim.

"Peki, o zaman sanırım bizi tutuklamak zorundasın."

"Ama olay şu. Yola çıkmak, eve gidip bi bira içmek ve biraz uyumak üzereydim ve eğer polisi ararsam, gelmek için hiç mi hiç acele etmeyecekler. Sadece sesli düşünüyorum," dedi, sonra Margo onaylayarak gözlerini kaldırdı. Bir elini ıslak cebine götürüp hendekteki suyla sırılsıklam olmuş yüz dolarlık banknot çıkardı.

Bekçi, "Peki, en iyisi siz şimdi çıkın. Yerinizde olsaydım balina havuzunun yanından geçerek dışarı çıkmazdım. Havuzun her yanında bütün gece çalışan güvenlik kameraları var ve birinin sizin burda olduğunuzu fark etmesini istemeyiz."

"Başüstüne," dedi Margo ağırbaşlı bir tavırla ve bunun üstüne adam karanlığın içine doğru uzaklaştı. "Ah," diye mırıldandı Margo adam uzaklaşınca, "o sapığa para vermeyi gerçekten istemiyordum. Ama boş ver. Para harcanmak içindir." Onu doğru düzgün duyamıyordum bile; olan tek şey, tenimden dalga dalga yayılan rahatlama hissiydi. Bu saf keyif, öncesinde yaşanan bütün endişelere değerdi.

"Tanrı'ya şükür bizi ihbar etmeyecek," dedim.

Margo karşılık vermedi. Benim arkamda bir yerlere bakıyordu, gözleri kısık, neredeyse kapalıydı. "Universal Stüdyoları'na girdiğimde de tam olarak böyle hissetmiştim," dedi kısa bir süre sonra. "Çok güzel falan ama görülecek pek bir şey yok. Turlar çalışmıyor. Güzel olan her şey kilitli. Hayvanların çoğu geceleri farklı havuzlara konuyor." Başını çevirdi ve SeaWorld'e değer biçercesine baktı. "Sanırım işin keyfi içeride olmak değil."

"İşin keyfi ne?" diye sordum.

"Planlamak olsa gerek. Bilmiyorum. Bir şeyler yapmak asla umduğun kadar iyi hissettirmiyor."

"Bu bana oldukça iyi hissettiriyor," diye itiraf ettim. "Görecek hiçbir şey olmasa bile." Bir banka oturdum, Margo da bana katıldı. İkimiz de fok havuzuna bakıyorduk ama içinde hiç fok yoktu, yalnızca plastikten yapılmış kaya gibi çıkıntıları olan boş bir ada gibiydi. Yanımdaki Margo'nun kokusunu duyabiliyordum; ter ve hendekteki yosun, leylak kokulu şampuanı ve badem ezmesi gibi kokan teni.

İlk defa yorgun hissettim ve ikimizi SeaWorld'deki bir çimenlikte beraber uzanırken düşündüm; ben sırtüstü, o yan yatmış ve kolunu bana dolamış halde, başı omzumda, yüzü bana dönük. Hiçbir şey yapmıyoruz... sadece gökyüzünün altında uzanıyoruz ve gece o kadar iyi aydınlatılmış ki yıldızların ışıltısını bastırıyor. Belki nefesini boynumda hissediyorum ve belki sabaha kadar orada öylece kalıyoruz, sonra insanlar parka gelince yanımızdan yürüyüp geçiyorlar, bizi görüp bizim de turist olduğumuzu düşünüyorlar ve onların arasında gözden kayboluyoruz.

Ama hayır. Daha görülecek tek kaşlı Chuck vardı, hikâye anlatılacak Ben ve dersler ve bando odası ve Duke ve gelecek...

"Q," dedi Margo.

Yukarı, ona doğru baktım ve bir anlığına neden adımı söylediğini anlamadım ama sonra birdenbire yarı uykulu halimden silkinip kendime geldim. Ve duydum. Hoparlörlerden gelen hafif müziğin sesi açılmıştı, ancak artık hafif müzik değil... gerçek müzikti. *Stars Fell on Alabama* adlı, babamın sevdiği şu eski caz şarkıydı. Beş para etmez hoparlörlerden bile şarkıyı söyleyenin bin tane lanet notayı tek seferde söyleyebileceğini anlamak mümkündü.

Beşiklerimizden ölü adama, ölü adamdan tanışıklığımıza, oradan bugüne kadar uzanan, onunla benim aramdaki kopmamış bağı hissetim. Ve ona benim için işin keyfinin planlamak ya da yapmak ya da orayı terk etmek olmadığını, keyifli olanın iplerimizin kesişip ayrıldığını, sonra tekrar birleştiğini görmekte olduğunu söylemek istedim... ama bunlar söylemek için fazla dandik gibi göründü ki zaten o da ayağa kalkıyordu.

Margo'nun masmavi gözleri parıldadı ve hemen ardından bana inanılmaz derecede güzel göründü; kot pantolonu ıslak, bacaklarına yapışık haldeydi, yüzü gri ışıkta parlıyordu.

Ayağa kalkıp elimi uzattım ve "Bu dansı bana lütfeder misiniz?" dedim. Margo reverans yaptı, elini uzattı ve "Elbette," dedi, sonra elim kalçası ile beli arasındaki kıvrımda, onun eli de benim omzumdaydı. Ve ardından adım-adım-yana adım, adım-adım-yana adım... Fok havuzunun başından sonuna kadar fokstrot yaptık ve yıldızların kaymasıyla ilgili şarkı hâlâ devam ediyordu. Margo, "Altıncı sınıf tarzı yavaş dans," dedi, yerlerimizi değiştirdik, onun elleri omuzlarımda ve benim elim onun kalçasındaydı, dirseklerimiz kilitlenmiş, aramızda yarım metre. Sonra biraz daha fokstrot yaptık... şarkı bitene kadar. Bir ayağımı öne attım ve Margo'nun geriye doğru eğilmesini sağladım, tam da Crown Dans Okulu'nda bize öğrettikleri gibi. Ben onu eğdiğimde bir bacağını kaldırıp bütün ağırlığını bana bıraktı. Ya bana güveniyordu ya da düşmek istiyordu.

9.

I-Bulvarı'ndaki 7-Eleven'dan kurulama bezleri aldık ve hendekten gelen çamur ile pis kokuyu giysilerimizden ve cildimizden temizlemek için elimizden geleni yaptık; benzin deposunu Orlando çevresinde gezinmemizden önce olduğu yere kadar doldurdum. Annem işe giderken, Chrysler'ın koltukları biraz ıslak olacaktı ama oldukça dikkatsiz olduğundan fark etmeyeceğini umdum. Annemle babam genelde gezegendeki en iyi yetiştirilmiş ve "SeaWorld'e izinsiz girmesi olası olmayan" insan olduğuma inanırlardı çünkü psikolojimin sağlığı onların profesyonel yeteneklerinin kanıtıydı.

Otoyoldan uzak durup ara yolları kullanarak eve gitmek için acele etmedim. Margo'yla radyo dinliyor ve hangi istasyonun *Stars Fell on Alabama*'yı çaldığını çözmeye çalışıyorduk ama sonra Margo radyoyu kapatıp, "Neticede, bunun bir başarı olduğunu düşünüyorum," dedi.

"Kesinlikle," dedim, bununla birlikte şimdiden ertesi günün nasıl olacağını merak ediyordum. Margo okuldan önce takılmak için bando odasının orada boy gösterecek miydi? Benimle ve Ben'le öğle yemeği yiyecek miydi? "Yarın her şeyin farklı olup olmayacağını gerçekten merak ediyorum," dedim.

"Evet," dedi. "Ben de." Konuyu sonuçsuz bir şekilde bıraktı ve sonra, "Hey, yarından bahsetmişken, bu kayda değer akşamki sıkı çalışmana ve kendini adamana bir teşekkür olarak sana küçük bir hediye vermek istiyorum," dedi. Ayaklarının altında bir şey arayıp fotoğraf makinesini çıkardı. "Al bunu," dedi. "Ve Küçük Penisin Gücü'nü akıllıca kullan."

Güldüm ve makineyi cebime koydum. "Eve vardığımızda fotoğrafı bilgisayara yükleyeceğim ve sonra okulda sana geri mi vereceğim?" diye sordum. Hâlâ şöyle demesini istiyordum: *Evet, okulda, her şeyin farklı olacağı, toplum içinde arkadaşın olacağım ve apaçık bir şekilde sevgilisiz olacağım yerde,* ama yalnızca, "Evet, ya da ne zaman olursa," dedi.

Jefferson Park'a döndüğümde saat 05:42'ydi. Jefferson Caddesi'nden Jefferson Adliyesi'ne doğru ilerledik, sonra kendi sokağımıza, Jefferson Yolu'na döndük. Son bir kez daha farları kapatıp rölantide garaja doğru ilerledim. Ne diyeceğimi bilmiyordum ve Margo da hiçbir şey söylemiyordu. Bir 7-Eleven poşetini çöple doldurduk, Chrysler'ın son altı saat hiç olmamış gibi görünmesi için uğraşıyorduk. Margo başka bir poşette bana vazelinden kalanları, sprey boyayı ve kalan son dolu Mountain Dew'u verdi. Beynim bitkinlikle mücadele ediyordu.

İki elimde poşetlerle, minivanın önünde bir anlığına ona bakarak duraksadım. "Şey, müthiş bir geceydi," dedim sonunda.

"Buraya gel," dedi, öne doğru bir adım attım. Bana sarıldı, poşetler benim de ona sarılmamı zorlaştırdı ama bıraksaydım birini uyandırabilirdim. Parmak uçlarında durduğunu hissedebiliyordum, dudakları kulağıma dayalıydı ve açıkça, "Seninle. Takılmayı. Özleyeceğim," dedi.

"Yapmak zorunda değilsin," diye karşılık verdim yüksek sesle. Hayal kırıklığımı saklamaya çalışıyordum. "Eğer onlardan artık hoşlanmıyorsan," dedim, "benimle takıl. Arkadaşlarım aslında iyi sayılırlar."

Dudakları bana o kadar yakındı ki gülümsediğini hissedebiliyordum. "Korkarım bu mümkün değil," diye fısıldadı. Sonra beni bıraktı ama adım adım geri çekilirken bana bakmaya devam etti. Sonunda kaşlarını kaldırdı ve gülümsedi ve gülümsemesine inandım. Bir ağaca tırmanmasını, ardından ikinci kattaki yatak odası penceresinin önündeki çıkıntıya çıkmasını izledim. Penceresini zorlayarak açtı ve içeri emekledi.

Kilitlenmemiş ön kapıma doğru gittim, mutfaktan odama kadar parmak uçlarımda yürüdüm, kot pantolonumu sıyırdım ve arkaya, pencere telinin yanındaki dolabın bir köşesine attım, Jase'in fotoğrafını bilgisayara yükledim ve aklım ona okulda söyleyeceğim şeylerle uğuldarken yatağa girdim.

İKİNCİ KISIM
Çimen

1.

Çalar saatim 06:32'de çalmaya başladığında, yalnızca yarım saat kadar uyumuştum. Ama çalar saatin çaldığını kendim fark etmedim, omuzlarımdaki elleri hissedene ve annemin, "Günaydın, uykucu," diyen uzaktan gelen sesini duyana kadar.

"Ahh," diye karşılık verdim. Belirgin bir şekilde, 05:55'tekinden daha yorgun hissediyordum ve okulu asabilirdim ancak hiç devamsızlık yapmamıştım ve tüm derslere girmenin özellikle etkileyici, hatta pek takdire şayan olmadığını bilmeme rağmen başladığım işin arkasını getirmek istiyordum. Bir de Margo'nun yanımda nasıl davranacağını görmek istiyordum.

Mutfağa girdiğimde babam sofrada kahvaltı ederlerken anneme bir şey anlatıyordu. Beni görünce ara verdi ve "Nasıl uyudun?" diye sordu.

"Fevkalade," dedim ki bu doğruydu. Kısa ama iyi.

Gülümsedi. "Tam da annene sürekli tekrar eden bir anksiyete rüyası gördüğümü anlatıyordum," dedi. "Üniversitedeyim. Ve İbranice dersi alıyorum fakat profesör İbranice konuşmuyor ve sınavlar da İbranice değil... abuk sabuk bir dildeler. Ama herkes uydurma bir alfabeden oluşan bu uydurma dil İbraniceymiş gibi davranıyor. Sonuçta sınava giriyorum ve çözemediğim bir alfabeyi kullanarak bilmediğim bir dilde yazmak zorunda kalıyorum."

"İlginç," dedim, aslında öyle olmamasına rağmen. Başkalarının rüyaları kadar sıkıcı olan hiçbir şey yoktur.

"Bu ergenliğinin bir metaforu," diye başladı annem. "Anlayamadığın bir dilde yazmak —yetişkinlik—, tanımadığın bir alfabe kullanmak —olgun sosyal iletişim—." Annem ıslah evlerinde ve çocuk hapishanelerinde çatlak gençlerle çalışıyordu. Sanırım benim için asla cidden endişelenmemesinin nedeni bu... Ayin yapacağım diye kemirgenlerin kafalarını koparmadığım ve kendi yüzüme işemediğim sürece benim bir başarı olduğumu düşünüyordu.

Normal bir anne şöyle diyebilirdi: "Hey, esrar âleminden dönmüş gibi görünüyorsun ve belli belirsiz yosun kokuyorsun. Birkaç saat önce bir ihtimal yılan tarafından sokulmuş Margo Roth Spiegelman'la dans etmiş olabilir misin?" Ama hayır. Rüyaları tercih ediyorlardı.

Duş aldım, bir tişört ile kot pantolon giyindim. Geç kalmıştım ama ne de olsa her zaman geç kalıyordum.

"Geç kaldın," dedi annem, mutfağa dönmeyi başardığımda. Beynimdeki sisi, spor ayakkabılarımı nasıl bağlayacağımı hatırlamama yetecek kadar dağıtmaya çalıştım.

"Farkındayım," diye cevap verdim halsiz bir şekilde.

Annem arabayla beni okula götürdü. Daha önce Margo'nun olduğu koltuğa oturdum. Annem araba sürerken sessizdi ki bu iyi bir şeydi, çünkü başım arabanın camına dayalı halde uyuyordum.

Annem okula varınca, son sınıfların park alanında Margo'nun her zamanki yerinin boş olduğunu gördüm. Geç kaldığı için onu suçlayamazdım. Arkadaşları benimkiler kadar erken toplanmıyordu.

Bandocuların yanına doğru yürürken Ben bağırdı: "Jacobsen, rüya mı görüyordum yoksa sen..." Ona bakıp belli belirsiz başımı salladım ve cümlenin ortasında vites değiştirdi: "...ve ben dün gece, muzlardan yapılmış bir yelkenliyle seyahat ederek, Fransız Polinezyası'nda vahşi bir macera mı yaşadık?"

"Çok lezzetli bir yelkenliydi," diye cevap verdim. Radar bana bakıp sallana sallana bir ağacın gölgesine doğru yürüdü. Onu takip ettim. "Angela'ya Ben için bir kız sordum. Nafile." Neşeli bir şekilde konuşan Ben'e bir bakış attım, o konuştukça ağzının içinde dans eden bir içecek karıştırıcısı vardı.

"Berbat," dedim. "Yine de sorun yok. İkimiz beraber takılacağız ve Diriliş maratonu falan yapacağız."

Sonra Ben yanımıza geldi ve "Bana çaktırmadığınızı mı sanıyorsunuz? Çünkü hayatımı oluşturan tavşancıksız balo trajedisi hakkında konuştuğunuzu biliyorum." Arkasını dönüp içeri doğru yürüdü. Radar'la onu takip ettik, birinci sınıflar ile ikinci sınıfların oturup aralarında çalgı aletlerinin kılıfları arasında muhabbet çevirdikleri bando odasının yanından geçerken konuşuyorduk.

"Neden gitmek istiyorsun ki?" diye sordum.

"Dostum, bu *mezuniyet balomuz.* Bir tavşancığın en aşk dolu lise anısı olmak için son şansım." Gözlerimi devirdim.

Derse beş dakika kaldığını gösteren ilk zil çaldı ve insanlar, Pavlov'un köpekleri gibi aceleyle koşuşturarak koridorları doldurmaya başladılar. Ben ve Radar'la, Radar'ın dolabının yanında durduk. "Peki, Chuck Parson'ın adresini almak için neden sabahın üçünde beni aradın?"

Bize doğru gelen Chuck Parson'ı gördüğümde, bu soruyu nasıl en iyi şekilde cevaplayabilirim diye kafa patlatıyordum. Ben'in böğrünü dirseğimle dürttüm ve göz ucuyla Chuck'ı gösterdim. Tesadüfen Chuck en iyi stratejinin solu da tıraş etmek olduğuna karar vermişti. "Vay anasını," dedi Ben.

Hemen ardından Chuck burnumun dibine girince dolaba doğru büzüldüm, alnı müthiş bir şekilde tüysüzdü. "Siz göt suratlılar neye bakıyorsunuz?"

"Hiçbir şeye," dedi Radar. "Kesinlikle kaşlarına bakmıyoruz." Chuck, Radar'a işaret çekti, avcunun içiyle yanımdaki dolaba vurdu ve uzaklaştı.

"Bunu sen mi yaptın?" diye sordu Ben inanmayarak.

"Hiç kimseye söylemeyin," dedim ikisine de. Sonra sessizce, "Margo Roth Spiegelman'laydım," diye ekledim.

Ben'in sesi heyecanla yükseldi. "Dün gece Margo Roth Spiegelman'la mıydın? SABAH ÜÇTE!" Başımı salladım. "Baş başa?" Başımı salladım. "Ah Tanrım, onunla işi pişirdiysen, bana her şeyi anlatmalısın. Bana Margo Roth Spiegelman'ın göğüslerinin nasıl göründüğü ve ele nasıl geldiğiyle ilgili bir dönem ödevi yazmak zorundasın. Otuz sayfa, en az!"

"Fotoğraf gerçekliğinde bir kara kalem çalışması yapmanı istiyorum," dedi Radar.

"Bir heykel de kabul edilebilir," diye ekledi Ben.

Radar elini biraz kaldırdı. "Evet, Margo Roth Spiegelman'ın göğüsleriyle ilgili bir şiir yazman mümkün mü diye merak ediyordum. Altı kelimen şunlar: *pembe, yuvarlak, diri, dolgun, esnek* ve *yumuşacık.*"

"Şahsen," dedi Ben, "bu kelimelerden en azından birinin babababa olması gerektiğini düşünüyorum."

"O kelimeye aşina olduğumu sanmıyorum," dedim.

"Bu bir tavşancığa patentli Ben Starling Sürat Motoru verdiğimde ağzımdan çıkan ses." Tam bu noktada, Ben bir göğüs dekoltesiyle karşı karşıya kalması gibi pek mümkün olmayan bir durumda ne yapacağını taklit etti.

"Tam şu anda," dedim, "neden olduğunu bilmeseler de Amerika' nın dört bir yanındaki binlerce kız korkudan titriyor ve iliklerine kadar iğreniyor. Her neyse, Margo'yla işi pişirmedim, sapık."

"Her zamanki gibi," dedi Ben. "Bir tavşancığa istediğini verebilecek tek erkeğim ve buna hiç fırsatı olmayan tek kişiyim."

"Ne şaşırtıcı bir tesadüf," dedim. Hayat her zaman olduğu gibiydi... yalnızca daha yorgundum. Dün gecenin hayatımı değiştireceğini ummuştum ama değiştirmemişti... en azından şimdilik.

İkinci zil çaldı. Aceleyle derse gittik.

İlk matematik dersinde aşırı derecede yorgun hissetmeye başladım. Yani uyandığımdan beri yorgundum ama yorgunluk ile matematiğin birleşmesi haksızlık gibi geliyordu. Uyanık kalmak için Margo'ya bir not karalıyordum –asla ona göndereceğim bir şey değildi, sadece önceki geceden en sevdiğim anların bir özetiydi– ama bu bile beni uyanık tutamadı. Bir noktada, kalemim hareket etmeyi bıraktı ve görüş alanımı gittikçe daralırken buldum, ardından tünel görüşünün yorgunluğun bir belirtisi olup olmadığını hatırlamaya çalıştım. Öyle olması gerektiğine karar verdim çünkü önümde tek bir şey vardı ve o da tahtadaki Bay Jiminez'di, beynimin algılayabildiği tek şey buydu ve bunun üstüne Bay Jiminez, "Quentin?" dediği zaman, aşırı derecede kafam karışmıştı çünkü benim evrenimde olan tek şey Bay Jiminez'in tahtaya yazı yazmasıydı ve onun hayatımda nasıl hem işitsel hem de görsel bir varlığı olduğunu idrak edemiyordum.

"Evet?" diye sordum.

"Soruyu duydun mu?"

"Evet?" diye sordum tekrar.

"Ve cevap vermek için mi elini kaldırdın?" Yukarı baktım, hakikaten elim yukarı kalkmıştı ama nasıl kalktığını bilmiyordum, yalnızca nasıl indirmeyi başaracağımı biliyor gibiydim. Ancak hatırı sayılır bir mücadeleden sonra, beynim koluma kendini indirmesini söyleyebildi ve kolum denileni yapabildi, sonra nihayet, "Sadece tuvalete gidebilir miyim diye sormam gerekiyordu," dedim.

O da, "Tabii," dedi, sonra başka biri elini kaldırıp diferansiyel denklemle ilgili bir soruyu cevapladı.

Tuvalete gidip yüzüme su çarptım, sonra lavabonun üstüne eğilip aynaya yanaştım ve kendimi inceledim. Kanlanmış gözlerimi ovuşturarak düzeltmeye çalıştım ama yapamadım. Sonra aklıma harika bir fikir geldi. Tuvaletlerden birine girdim, klozet kapağını kapatıp oturdum, yan tarafa dayandım ve uykuya daldım. İkinci ders zili çalmadan önce yaklaşık on altı milisaniye uyuyabilmiştim. Kalkıp Latince dersine, sonra fiziğe girdim, ardından nihayet teneffüs geldi, Ben'i kafeteryada buldum ve "Gerçekten kısa bir uykuya ihtiyacım var," dedim.

"Haydi, SESIB'la öğle yemeğine çıkalım," dedi.

SESIB, Ben'in üç ağabeyi tarafından da fütursuzca kullanılmış, on beş yıllık bir Buick'ti ve Ben'e verildiği zaman, esasen izole bant ve dolgu macunundan oluşuyordu. Tam adı Sert Sür Islak Bırak'tı ama biz ona kısaca SESIB diyorduk. SESIB benzinle değil ama bitmek tükenmek bilmez insan umudu yakıtıyla çalışırdı. Haşlak denecek kadar sıcak olan vinil koltuğuna oturur ve çalışmasını umardınız, sonra Ben anahtarı çevirir ve motor birkaç kere teklerdi; cılız, cansız, son çırpınışlarını yapan karaya vurmuş bir balık gibi. Sonra daha fazla umut ederdiniz ve motor birkaç defa daha teklerdi. Biraz daha umut ederdiniz ve nihayet çalışırdı.

Ben, SESIB'ı çalıştırıp klimayı açtı. Dört pencerenin üçü açılmıyordu bile ama klima ihtişamlı bir şekilde çalışıyordu, yine de ilk birkaç dakika deliklerden yalnızca sıcak hava fışkırıyor ve arabanın içindeki sıcak, bayat havayla karışıyordu. Neredeyse uzanmış gibi olayım diye, yolcu koltuğunu arkaya yatırdım ve Ben'e her şeyi anlattım: penceremdeki Margo'yu, Walmart'ı, intikamı, SunTrust binasını, yanlış eve girmemizi, SeaWorld'ü, "seninle takılmayı özleyeceğim"i.

Bir kere bile sözümü kesmedi —Ben sözünü kesmeme bakımından iyi bir arkadaştı— fakat bitirdiğimde, hemen bana aklındaki en acil soruyu sordu.

"Bekle, Jase Worthington hakkında... ne kadar küçüklükten bahsediyoruz?"

"Büzülme bir rol oynamış olabilir çünkü kayda değer bir endişe yaşıyordu ama... hiç kalem gördün mü?" diye sordum, Ben başını salladı. "Peki, hiç silgi gördün mü?" Tekrar başını salladı. "Peki, bir şeyi sildikten sonra kâğıtta kalan küçük silgi kırıntılarını hiç gördün mü?" Biraz daha başını salladı. "Ben üç kırıntı uzunluğunda ve bir kırıntı genişliğinde diyorum," dedim. Ben, Jason Worthington ve Chuck Parson gibi çocuklardan çok çekmişti, bu yüzden bu durumun biraz keyfini çıkarmayı hak ettiğini düşünüyordum. Ama gülmedi bile. Sadece yavaşça başını salladı, huşuya kapılmıştı.

"Tanrım, Margo tam bir baş belası."

"Biliyorum."

"Ya Jimi Hendrix ve Janis Joplin gibi yirmi yedi yaşında trajik bir şekilde ölecek türde bir insan ya da tersine, ilk Nobel Müthişlik Ödülü'nü falan kazanmak için yaşayacak."

"Evet," dedim. Margo Roth Spiegelman hakkında konuşmaktan nadiren yorulurdum ama zaten nadiren bu kadar yorgun olurdum. Çatlak vinil koltuk başlığına tekrar yaslandım ve hemen uykuya daldım. Uyandığımda kucağımda bir not ile bir Wendy's hamburgeri duruyordu. *Derse gitmek zorunda kaldım, dostum. Bandodan sonra görüşürüz.*

Daha sonra, son dersimden sonra, bando odasının dışında, beton duvarın üstünde otururken içeriden gelen inleyen kakofoniyi yok saymaya çalışarak Ovid çevirisi yaptım. Bando çalışması sırasında fazladan bir saat boyunca okulda takılırdım çünkü Ben ve Radar olmadan okulu terk etmek, otobüsteki yalnız son sınıf öğrencisi olmanın dayanılmaz utancına katlanmak anlamına geliyordu.

Onlar dışarı çıktıktan sonra Ben, Radar'ı Lacey'nin oturduğu yerin yakınında bulunan Jefferson Park "köy merkezi"nin tam yanındaki evine bıraktı. Sonra beni eve götürdü. Margo'nun arabasının garaj yoluna da park edilmemiş olduğunu fark ettim. Yani uyumak için okulu asmamıştı. Okulu başka bir macera için asmıştı... *bensiz* bir macera. Muhtemelen gününü başka düşmanlarının yastıklarına tüy dökücü krem falan sürerek geçirmişti. Eve girerken kendimi biraz dışlanmış hissettim ama elbette ona asla, hiçbir şekilde katılmayacağımı biliyordu... okul gününü gereğinden fazla önemsiyordum. Ve bunun Margo için yalnızca tek bir gün olacağını kimbilebilirdi ki. Belki Mississippi'ye doğru üç günlük bir gezintiye çıkmıştı ya da geçici olarak sirke katılıyordu. Ama bunlardan hiçbiri değildi tabii ki. Hayal edemeyeceğim bir şeydi, asla hayal etmeyeceğim bir şey, çünkü Margo gibi olamazdım.

Bu sürede eve ne hikâyelerle döneceğini merak ettim. Ve onları bana, öğle yemeğinde karşımda oturarak anlatıp anlatmayacağını. Belki, diye düşündüm, seninle takılmayı özleyeceğim derken bunu kastediyordu. Orlando'nun kâğıtlığından soluklanmak için bir yerlere doğru yola koyulacağını biliyordu. Ama kimbilir ne zaman geri gelecekti. Okulun son haftalarını her zamanki arkadaşlarıyla geçiremezdi, yani belki her şeye rağmen benimle geçirecekti.

Söylentilerin başlaması için Margo'nun uzun süre gitmesine gerek yoktu. O gece yemekten sonra Ben aradı. "Margo'nun telefonuna cevap vermediğini duydum. Facebook'ta biri dedi ki, onlara Disney Tommorrowland'de gizli bir depoya taşınabileceğini söylemiş."

"Bu çok aptalca," dedim.

"Biliyorum. Yani, Tomorrowland açık ara farkla Disney'in en boktan parkı. Başka biri de Margo'nun internette bir çocukla tanıştığını söyledi."

"Çok saçma," dedim.

"Tamam, peki ama ne olmuş olabilir?"

"Bir yerlerde bizim sadece hayal edebileceğimiz şekilde kendi başına eğleniyordur," dedim.

Ben kıkır kıkır güldü. "Kendisiyle mi oynuyor diyorsun?"

Sızlandım. "Yapma, Ben. Sadece Margo tarzı şeyler yapıyordur demek istedim. Hikâyeler yaratıyor. Dünyaları sarsıyor."

O gece yan yatıp pencereden, dışarıdaki görünmeyen dünyaya baktım. Uyumaya çalıştım ama gözlerim sürekli açıldı... sadece kontrol etmek için. Margo Roth Spiegelman'ın pencereme dönüp yorgun kıçımı asla unutamayacağım bir geceye daha sürüklemesini ummaktan başka bir şey yapamıyordum.

2.

Margo o kadar sık çekip giderdi ki okulda Margo'yu Bulun toplantıları falan düzenlenmese de yokluğunu hepimiz hissettik. Lise ne bir demokrasidir ne de bir diktatörlük... ne de genel inanca karşı olan anarşik bir düzen. Lise ilahi yönetme hakkı olan bir monarşidir. Ve Kraliçe tatile çıktığı zaman işler değişir. Daha spesifik olmak gerekirse, işler kötüleşir. Örneğin Becca'nın Kanlı Ben hikâyesini dünyaya salması, Margo'nun ikinci sınıfta Mississippi'ye gitmesi sırasında yaşanmıştı. Şimdi de durum farklı değildi. Baraja parmağını sokmuş olan küçük kız kaçmıştı. Sel kaçınılmazdı.

O sabah ilk defa zamanında çıkıp Ben'le okula gittim. Bando odasının dışında, herkesi olağandışı bir şekilde sessiz halde bulduk. Arkadaşımız Frank büyük bir ciddiyetle, "Dostum," dedi.

"Ne oldu?"

"Chuck Parson, Taddy Mac ve Clint Bauer, Clint'in Tahoe'sunu alıp birinci ve ikinci sınıflara ait on iki bisikleti ezip geçtiler."

"Berbat," dedim başımı sallayarak.

Arkadaşımız Ashley, "Ayrıca, dün biri telefon numaralarımızı erkekler tuvaletine yazmış, şeyle... pis bir şeyle," diye ekledi.

Tekrar başımı salladım, sonra sessizliğe katıldım. Onları şikâyet edemezdik; ortaokulda pek çok kez denemiştik ve kaçınılmaz olarak daha fazla cezayla sonuçlanmıştı. Genellikle Margo gibi birinin herkese nasıl olgunlaşmamış ahmaklar olduklarını hatırlatmasını beklemek zorundaydık.

Ama Margo bana bir karşı saldırı başlatma yolu vermişti. Bize doğru son hızla koşan cüsseli birisini göz ucuyla gördüğümde tam bir şey söylemek üzereydim. Siyah bir kar maskesi giyiyor ve geniş, yeşil bir tazyikli su tabancası taşıyordu. Beni koşarak geçerken omzuma çarptı, dengemi kaybederek sol tarafımın üstüne, çatlak betona düştüm. Kapıya ulaştığında, geri dönüp bana bağırdı: "Bizimle dalga geçersen hezimeti alırsın." Ses tanıdık değildi.

Ben ile bir başka arkadaş beni kaldırdı. Omzum acıyordu ama ovuşturmak istemedim. "İyi misin?" diye sordu Radar.

"Evet, iyiyim." Artık omzumu ovuşturuyordum.

Radar başını salladı. "Hezimete *uğramak* ve hatta hezimete *uğratılmak* mümkünken, hezimeti 'almanın' mümkün olmadığını birinin ona söylemesi gerekiyor." Güldüm. Biri başıyla park alanını gösterdi, başımı kaldırınca bize doğru yürüyen birinci sınıftan iki çocuğu gördüm, tişörtleri sıska bedenlerine ıslak ve pörsümüş bir halde yapışmıştı.

Aralarından biri, "Çişti!" diye bize doğru bağırdı. Diğeri hiçbir şey söylemedi; sadece ellerini tişörtünden uzakta tutuyordu, ne var ki bu pek işe yaramıyordu. Tişörtünden kollarına doğru kıvrıla kıvrıla inen sıvı derecikleri gördüm.

"Hayvan çişi miydi, yoksa insan çişi mi?" diye sordu biri.

"Nereden bileyim! Çiş alanında uzman mıyım ben?"

Çocuğa yaklaştım. Tamamen kuru gibi görünen tek yerine, başının üstüne elimi koydum. "Bunu düzelteceğiz," dedim. İkinci zil çaldı, Radar'la aceleyle matematik dersine koştuk. Sırama geçerken kolumu çıtlattım ve acı omzuma yayıldı. Radar bir notu daire içine aldığı defterini tıklattı: *Omzun iyi mi?*

Ben de defterimin köşesine yazdım: *O birinci sınıflarla karşılaştırılırsa, sabahı gökkuşaklarıyla dolu bir çayırda yavru köpeklerle sıçrayıp oynayarak geçirdim.*

Radar, Bay Jiminez'in ona bir bakış atmasına yetecek kadar güldü. *Bir planım var ama onun kim olduğunu çözmemiz gerekiyor,* diye yazdım.

Radar karşılık olarak, *Jasper Hanson,* diye yazıp birkaç kere daire içine aldı. Bu şaşırtıcıydı işte.

Nereden biliyorsun?

Radar, *Sen fark etmedin mi? Salak herif kendi futbol formasını giyiyordu,* diye yazdı.

Jasper Hanson bizden bir alt sınıftaydı. Onu her zaman zararsız, hatta bir nevi iyi biri olarak düşünmüştüm... beceriksizce "dostum nasıl gidiyor" diye soranlar gibi. Birinci sınıfların üstüne çiş püskürtmesini bekleyeceğiniz türde bir çocuk değildi. Aslında Winter Park Lisesi'nin idari bürokrasisinde Jasper Hanson, Atletizm ve Suistimalden Sorumlu Müsteşar Yardımcısıydı. Böyle bir çocuk, İdrar Püskürtme Başkan Vekilliğine terfi ediyorsa acilen harekete geçilmesi gerekir.

Bunun üstüne o öğleden sonra eve gittiğimde, bir e-posta hesabı açıp eski dostum Jason Worthington'a bir e-posta yazdım.

Kimden: intikamcı@gmail.com
Kime: jworthington90@yahoo.com
Konu: Sen, Ben, Becca Arrington'ın Evi, Penisin, vs.

Sevgili Bay Worthington,

İş arkadaşlarınızın Chevy Tahoe vasıtasıyla tahrip ettiği bisikletlerin sahibi olan 12 kişinin her birine 200$ nakit temin edilmeli. Görkemli servetiniz göz önünde bulundurulursa, bu bir sorun teşkil etmeyecektir.

Erkekler tuvaletindeki şu grafiti durumu son bulmalı.

Su tabancaları? Çişle? Gerçekten mi? Büyüyün biraz. Okul arkadaşlarınıza saygılı davranmalısınız, özellikle sosyal bakımdan sizden daha az talihli olanlara. Muhtemelen klanınızın üyelerine de benzer düşünceli davranışlarda bulunmaları için talimat vermelisiniz.

Bu görevlerin bazılarının tamamlanmasının çok zor olacağının farkındayım. Fakat öte yandan ekteki fotoğrafı dünyayla paylaşmamak da çok zor olacak.

Saygılarımla,
Dostane Ezeli Düşman Komşunuz

Cevap on iki dakika sonra geldi.

Bak, Quentin, ve evet bunun sen olduğunu biliyorum. O birinci sınıflara çiş fışkırtan ben değilim, biliyorsun. Üzgünüm ama diğer insanların hareketlerini kontrol falan edemiyorum.

Cevabım:

Bay Worthington,

Chuck ve Jasper'ı kontrol etmediğinizi anlıyorum. Ama görüyorsunuz ki ben de benzer bir durumdayım. Sol omzumda duran küçük şeytanı kontrol edemiyorum. Şeytan diyor ki: "FOTOĞRAFIN ÇIKTISINI AL FOTOĞRAFI ÇIKTISINI AL OKULUN HER YERİNE YAPIŞTIR YAP ŞUNU YAP ŞUNU YAP ŞUNU." Sonra sağ omzumda, küçük, küçücük beyaz bir melek var. Ve melek diyor ki:

"Dostum, bütün o birinci sınıfların paralarını pazartesi sabah erkenden almalarını umuyorum."
Ben de, küçük melek. Ben de.

İyi dileklerimle,
Dostane Ezeli Düşman Komşunuz

Jase cevap vermedi ve vermesine de gerek yoktu. Her şey söylenmişti.

Akşam yemeğinden sonra Ben geldi, Angela'yla randevuya çıkan Radar'ı aramak için yaklaşık her yarım saatte bir durarak Diriliş oynadık. Her biri sonuncusundan daha sinir bozucu ve daha müstehcen olan on bir mesaj bıraktık. Kapı zili çaldığında, saat dokuzu geçmişti. Annem, "Quentin!" diye bağırdı. Radar olduğunu düşündüğümüz için oyunu durdurup oturma odasına gittik. Kapımın önünde Chuck Parson ve Jason Worthington duruyordu. Onlara doğru yaklaştım, Jason, "Hey, Quentin," dedi, ben de başımla selam verdim. Jason bana bakıp, "Üzgünüm, Quentin," diye mırıldanan Chuck'a bir bakış attı.

"Niçin?" diye sordum.

"Jasper'a o birinci sınıflara çiş fışkırtmasını söylediğim için," diye mırıldandı. Durdu ve sonra, "Bir de bisikletler için," dedi.

Ben sarılacakmış gibi kollarını açtı. "Gel buraya, kardeşim," dedi.

"Ne?"

"Gel buraya," dedi tekrar. Chuck öne doğru bir adım attı. "Daha yakına," dedi Ben. Chuck şimdi tamamen girişte duruyordu, Ben'den yaklaşık yarım metre uzaklıkta. Aniden Ben, Chuck'ın karnına bir yumruk attı. Chuck yüzünü bile buruşturmamıştı ama hemen Ben'i benzetmek için harekete geçti. Jase neyse ki kolunu yakaladı. "Sakin ol, kardeşim," dedi. "Canın bile acımadı." Jase elini el sıkışmak için uzattı. "Cesaretini sevdim, kardeşim," dedi. "Yani, tam bir götsün. Ama yine de." Elini sıktım.

Sonra Jase'in Lexus'una binip garaj yolunda geri geri giderek, gittiler. Ön kapıyı kapatır kapatmaz, Ben feryat kopardı. *"Ahhhhhhh.* Ah, sevgili Tanrım, elim." Yumruğunu sıkmayı denedi ve irkildi. "Sanırım Chuck Parson karnına bir ders kitabı yapıştırmıştı."

"Onlara karın kası deniyor," dedim.

"Ah, evet. Onlar hakkında bir şeyler duymuştum." Sırtına hafifçe vurdum ve Diriliş oynamak için tekrar yatak odasına yöneldik. Tam oyunu tekrar başlatmıştık ki Ben, "Bu arada, Jase'in 'kardeşim' dediğini fark ettin mi? *Kardeşim* kelimesini geri getirdim. Sadece kendi muhteşemliğimin saf gücüyle."

"Evet, cuma geceni oyun oynayarak ve birine beklenmedik bir yumruk atmaya çalışırken kırdığın elini ovalayarak geçiriyorsun. Jason Worthington'ın yükselmek için seni örnek almasına şaşmamalı."

"En azından Diriliş'te *iyiyim*," dedi ve hemen ardından bir takım olmamıza rağmen beni sırtımdan vurdu.

Bir süre daha oynadık, ta ki Ben *gamepad*'i göğsünde, öylece yerde kıvrılıp uyuyana kadar. Ben de yorgundum... uzun bir gün olmuştu. Margo'nun pazartesi her halükârda dönmüş olacağını düşündüm ama yine de sıkıcılığı engelleyen kişi olmaktan birazcık gurur duydum.

3.

Artık her sabah Margo'nun odasında herhangi bir yaşam belirtisi olup olmadığını kontrol etmek için, odamın penceresinden dışarı bakıyordum. Bambu jaluzilerini her zaman kapalı tutardı ama o gittikten sonra annesi ya da başka biri jaluzileri açmıştı, böylece mavi duvardan ve beyaz tavandan ufak bir parça görebiliyordum. O cumartesi sabahı, gitmesinin üstünden kırk sekiz saat geçmişken, henüz eve dönmediğini hesaplamıştım ama yine de jaluzinin hâlâ açık olduğunu görünce bir hayal kırıklığı kıpırtısı hissettim.

Dişlerimi fırçaladım, ardından uyandırmak amacıyla Ben'i kısa bir süre tekmeledikten sonra, üstümde bir şort ve tişörtle odadan çıktım. Yemek masasında beş kişi vardı. Annem, babam. Margo'nun annesi ve babası. Bir de uzun boylu, iri yarı, aşırı büyük gözlüklü, gri takım giyen, karton bir dosya tutan siyahi bir adam.

"Şey, selam," dedim.

"Quentin," dedi annem, "çarşamba gecesi Margo'yu gördün mü?"

Yemek odasına girip yabancı adamın karşısında durarak duvara yaslandım. Bu soruya cevabımı çoktan düşünmüştüm. "Evet," dedim. "Geceyarısı gibi penceremde ortaya çıktı, bir dakika konuştuk, sonra Bay Spiegelman onu yakaladı ve Margo eve geri döndü."

"Ve bu... Onu bundan sonra gördün mü?" diye sordu Bay Spiegelman. Oldukça sakin görünüyordu.

"Hayır, neden?" diye sordum.

Margo'nun annesi tiz bir sesle cevapladı. "Şey," dedi, "görünüşe göre Margo evden kaçtı. Yine." İç çekti. "Bu kaçıncı Josh... dördüncü defa mı?"

"Ah, sayısını unuttum," diye cevap verdi babası sinirli bir şekilde.

Bunun üzerine siyahi adam araya girdi. "Beş kez rapor ediyorsunuz." Adam bana doğru başını salladı ve "Dedektif Otis Warren," dedi.

"Quentin Jacobsen," dedim.

Annem ayağa kalkıp ellerini Bayan Spiegelman'ın omuzlarına koydu. "Debbie," dedi, "çok üzgünüm. Çok sinir bozucu bir durum." Bu numarayı biliyordum. Empatik dinleme adı verilen bir psikoloji hilesiydi. Anlaşıldığını düşünsün diye kişinin hissettiği şeyi söylersiniz. Annem bana bunu sürekli yapardı.

"Sinirim bozulmadı," diye karşılık verdi Bayan Spiegelman. "Artık bıktım."

"Doğru," dedi Bay Spiegelman. "Bu öğleden sonra bir çilingir gelecek. Kilitleri değiştiriyoruz. Margo on sekiz yaşında. Yani, dedektif az önce yapacak hiçbir şeyimizin olmadığını söyledi..."

"Şey," diye sözünü kesti Dedektif Warren, "tam olarak böyle söylemedim. *Reşit olmayan* bir kayıp olmadığını, bu nedenle evi terk etme hakkı olduğunu söyledim."

Bay Spiegelman annemle konuşmaya devam etti. "Üniversite masraflarını karşılayacağız elbette ama bu... bu aptallığı destekleyemeyiz. Connie, o on sekiz yaşında! Ve hâlâ çok bencil! Bunun sonuçlarını görmesi gerekiyor."

Annem ellerini Bayan Spiegelman'dan çekti. "Ben *sevgi dolu* sonuçlar görmesi gerektiğini savunurdum," dedi annem.

"O senin kızın değil, Connie. On yıldır bir paspasmışsın gibi seni ezip geçmedi. Düşünmemiz gereken bir çocuğumuz daha var."

"Ve bir de kendimiz," diye ekledi Bay Spiegelman. Sonra bana baktı. "Quentin, küçük oyununa seni de sürüklemeye çalıştıysa üzgünüm. Bunun bizim için ne kadar... ne kadar utanç verici olduğunu tasavvur edebilirsin. Sen çok iyi bir çocuksun, o ise... şey."

Kendimi duvardan iterek dik durdum. Margo'nun ebeveynlerini biraz tanıyordum ama bu kadar şirret davrandıklarını hiç görmemiştim. Çarşamba gecesi Margo'nun onlara kızdığına şaşmamak gerekirdi. Dedektife bir bakış attım. Dosyanın sayfalarını çeviriyordu. "Ekmek kırıntılarından iz bıraktığı biliniyor, doğru mu?"

"İpuçları," dedi Bay Spiegelman, artık ayaktaydı. Dedektif dosyayı masaya koymuştu, Margo'nun babası dedektifle birlikte bakmak için öne eğildi. "Her yerde ipuçları. Mississippi'ye kaçtığı gün, harf şeklinde eriştelerden yapılmış bir çorba içti ve çorba kâsesinde tam dört harf bıraktı: Bir *M*, bir *I*, bir *S* ve bir *P*. Biz parçaları birleştiremediğimizde hayal kırıklığına uğramıştı, oysa nihayet döndüğünde ona da söyledim: 'Tek bildiğimiz Mississippi'yken seni nasıl bulabiliriz? Orası büyük bir eyalet, Margo!'"

Dedektif boğazını temizledi. "Ve Disney World'ün içinde bir gece geçirdiğinde, yatağına Minnie Mouse bırakmış."

"Evet," dedi annesi. "İpuçları. Aptal ipuçları. Ama onları asla *takip* edemezsiniz, inanın bana."

Dedektif başını defterinden kaldırdı. "Haberi yayacağız elbette ama eve gelmeye zorlanamaz, yakın gelecekte onun tekrar çatınızın altında olmasını beklememelisiniz."

"Onu çatımızın altında *istemiyorum*." Bayan Spiegelman gözüne bir mendil götürdü, buna rağmen sesi hiç de ağlıyormuş gibi gelmiyordu. "Korkunç olduğunu biliyorum ama gerçek bu."

"Deb," dedi annem terapist sesiyle.

Bayan Spiegelman sadece başını salladı... Çok küçük bir sallama. "Ne yapabiliriz? Dedektife anlattık. Kayıp bildiriminde bulunduk. O bir yetişkin, Connie."

"O *sizin* yetişkininiz," dedi annem, hâlâ sakin bir şekilde.

"Ah, yapma, Connie. Onu evin dışında bırakmanın bir lütuf olması hastalıklı mı? Elbette, hastalıklı. Ama o bu ailedeki bir hastalık! Bulunmayacağını ilan eden, daima hiçbir yere varmayan ipuçları bırakan, sürekli evden kaçan birini nasıl ararsın? Arayamazsın!"

Annemle babam bakıştılar, sonra dedektif bana doğru konuştu. "Evlat, acaba özel olarak konuşabilir miyiz?" Başımla onayladım. Kendimizi annemle babamın odasında bulduk, o rahat bir koltuğa yerleşti, ben yatağın köşesine oturdum.

"Evlat," dedi koltuğa oturur oturmaz, "izninle sana biraz tavsiye vereyim: Asla devlet için çalışma. Çünkü devlet için çalıştığında, insanlar için çalışırsın. Ve insanlar için çalıştığında, insanlarla etkileşime girmek zorunda kalırsın, Spiegelman'larla bile." Biraz güldüm.

"Sana karşı dürüst olayım, evlat. Bu insanlar nasıl ebeveyn olunacağını benim nasıl diyet yapılacağını bildiğim kadar biliyorlar. Onlarla daha önce de çalıştım ve onlardan hoşlanmadım. Annesiyle babasına Margo'nun nerede olduğunu söyleyip söylememen umurumda değil ama bana söylersen minnettar olurum."

"Bilmiyorum," dedim. "Gerçekten."

"Evlat, bu kız hakkında düşünüyordum. Yaptığı bu şeyleri... Disney World'e izinsiz giriyor mesela, değil mi? Mississippi'ye gidiyor ve çorbasına harflerden ipucu bırakıyor. Evlere tuvalet kâğıdı saldırısı yapmak için büyük bir kampanya düzenliyor."

"*Bunu* nereden biliyorsunuz?" İki yıl önce Margo bir gecede iki yüz eve tuvalet kâğıdı saldırısı yapılmasına öncülük etmişti. Söylememe gerek yok, bu maceraya davet edilmemiştim.

"Önceden bu olayda görev almıştım. Yani evlat, yardımına ihtiyacım olan nokta şu: Bu şeyleri kim planlıyor? Bu çılgın projeleri. Margo bunların hepsinin sözcüsü, her şeyi yapabilecek kadar çılgın olan kişi. Ama kim planlıyor? Bir ton eve saldırmak için ne kadar tuvalet kâğıdı gerektiğini gösteren diyagramlarla dolu defterleri kim dolduruyor?"

"Hepsi Margo'nun işi sanırım."

"Ama bir ortağı olabilir, bütün bu büyük ve zekice şeyleri yapmasına yardım eden ve belki de sırrına ortak olan kişi; apaçık ortada olan biri değil, en iyi arkadaşı ya da erkek arkadaşı değil. Belki hemen aklına gelmeyecek birisi," dedi. Nefes aldı, sözünü kestiğimde bir şeyler daha söylemek üzereydi.

"Nerede olduğunu bilmiyorum," dedim. "Yemin ederim."

"Sadece kontrol ediyorum, evlat. Her halükârda, bir şeyler biliyorsun, değil mi? O zaman haydi oradan başlayalım." Ona her şeyi anlattım. Adama güvenmiştim. Ben konuşurken birkaç not aldı ama hiçbiri çok detaylı değildi. Ve adama anlatmam, onun deftere karalaması, ebeveynlerinin kötü olması... Margo'nun gerçekten kaybolmuş olabileceği ihtimaliyle ilgili bir duygunun ilk kez içimi doldurmasına sebep oldu. Konuşmayı bitirdiğimde, endişeden nefesimin kesilmeye başladığını hissettim. Dedektif bir süre hiçbir şey demedi. Sadece koltukta öne doğru eğilip ne görmeyi bekliyorsa onu görene kadar benden öteye doğru baktı, sonra konuşmaya başladı.

"Dinle, evlat. Genelde şöyle olur: Biri –genellikle bir kız– özgür ruhludur, ebeveynleriyle fazla iyi geçinemez. Bu çocuklar bağlanmış helyum dolu balonlar gibidir. İpe karşı çabalarlar, çabalarlar, sonra bir şey olur, ip kopar ve o anda uçup giderler. Belki de balonu bir daha göremezsin. Kanada'ya falan iner, bir restoranda iş bulur ve balon daha fark etmeden otuz yıldır aynı lokantada, aynı kasvetli serserilere kahve servis ediyordur. Ya da belki bundan üç-dört yıl sonra veya üç-dört gün sonra, rüzgâr balonu eve geri getirir çünkü ya paraya ihtiyacı vardır ya aklı başına gelmiştir ya da erkek kardeşini özlemiştir. Ama dinle evlat, o ip sürekli kopar."

"Evet ama..."

"Daha bitirmedim, evlat. Bu balonlarla ilgili olay şu ki onlardan gerçekten çok fazla var. Gökyüzü tıka basa onlarla dolu, oradan oraya dolaşırken birbirleriyle rastlaşıyorlar ve bu lanet balonların her biri öyle ya da böyle benim masamı boyluyor ve bir süre sonra insan beziyor. Her yerde balonlar, hepsinin bir annesi veya babası ya da Tanrı korusun, ikisi birden var ve bir süre sonra onları tek tek göremiyorsun. Gökyüzündeki bütün balonlara bakıyorsun ve bütün balonları görebiliyorsun ama tek bir balon asla göremiyorsun." O sırada ara verip sert bir nefes aldı, sanki bir şeyin farkına varmış gibiydi. "Ama sonra, arada bir, kafasına oranla fazla saçı olan kocaman gözlü bir çocukla konuşur ve ona yalan söylemek istersin, çünkü iyi bir çocuğa benziyordur. Sonra o çocuk için kendini kötü hissedersin çünkü *senin* gördüğün balon dolu gökyüzünden daha kötü olan tek şey onun gördüğü şeydir: Sadece tek bir balon tarafından sekteye uğrayan açık, mavi bir gökyüzü. Ama ip bir kere koptuğunda bunu geri alamazsın, evlat. Ne dediğimi anlıyor musun?"

Başımı aşağı yukarı salladım, anladığımdan *pek* emin olmasam da. Ayağa kalktı. "Ben yakında döneceğini düşünüyorum, evlat. Eğer yardımı olacaksa."

Margo'nun balon halini hayal etmek hoşuma gitmişti ama dedektif konuya şiirsel yaklaşırken bende, aslında hissettiğim ani sancıdan ziyade endişe gördüğünü düşündüm. Margo'nun geri döneceğini biliyordum. Sönecek ve tekrar Jefferson Park'a doğru süzülecekti. Her zaman öyle yapmıştı.

Dedektifi tekrar yemek odasına doğru takip ettim, sonra Spiegelman'ların evine dönüp biraz Margo'nun odasını incelemek istediğini söyledi. Bayan Spiegelman bana sarıldı ve "Sen her zaman çok iyi bir çocuk oldun; seni de bu maskaralığın içine çektiyse üzgünüm," dedi. Bay Spiegelman elimi sıktı ve gittiler. Kapı kapanır kapanmaz babam, "Vay canına," dedi.

"Vay canına," diye katıldı annem.

Babam kolunu bana doladı. "Bunlar çok rahatsız edici hareketler, değil mi ahbap?"

"Göte benziyorlar," dedim. Ebeveynlerim onların önünde küfretmemden hoşlanırdı. İfadelerinden bundan memnun olduklarını görürdüm. Bu benim onlara güvendiğimi, onların önünde kendim olduğumu gösteriyordu. Ama buna rağmen üzgün görünüyorlardı.

"Margo ne zaman bir yaramazlık yapsa, annesiyle babası ciddi bir narsistik yaranın acısını çekiyor," dedi babam.

"Bu da onları etkili bir biçimde ebeveynlik yapmaktan alıkoyuyor," diye ekledi annem.

"Gerçekten götler," diye tekrar ettim.

"Aslına bakarsan," dedi babam, "muhtemelen haklılar. Margo büyük ihtimalle ilgiye muhtaç. Ve Tanrı biliyor, bu ikisi benim ebeveynlerim olsaydı benim de ilgiye ihtiyacım olurdu."

"Margo döndüğünde," dedi annem, "harap olacak. Bu şekilde terk edilmek!.. En çok sevilmeye ihtiyacın olduğunda dışarıda bırakılmak..."

"Belki geldiğinde burada yaşayabilir," dedim ve söylerken bunun ne kadar şahane bir fikir olduğunu fark ettim. Annemin de gözleri aydınlandı ama sonra babamın ifadesinde bir şey gördü ve bana her zamanki ölçülü tavrıyla cevap verdi.

"Şey, isterse gelebilir ancak bu durumun da bazı sıkıntıları var... Spiegelman'ların bitişiğinde olmak gibi. Ama okula döndüğünde, lütfen ona onu buraya davet ettiğimizi ve bizimle kalmak istemezse üstünde konuşmaktan mutlu olacağımız birçok seçeneği olduğunu söyle."

O sırada Ben geldi, saçlarının yataktan yeni kalkmışkenki hali yer çekimi kuvveti anlayışımıza meydan okur gibiydi. "Bay ve Bayan Jacobsen... sizi görmek ne güzel."

"Günaydın, Ben. Gece kaldığının farkında değildim."

"Ben de değildim aslında," dedi. "Bir sorun mu var?"

Ben'e dedektifi, Spiegelman'ları ve Margo'nun teknik olarak kayıp bir yetişkin olmasını anlattım. Bitirdiğimde başını salladı ve "Bunu muhtemelen dumanı üstünde bir tabak Diriliş sırasında tartışmalıyız," dedi. Gülümseyip onu tekrar odama kadar takip ettim. Kısa süre sonra Radar geldi ve o gelir gelmez takımdan atıldım, çünkü zor bir görevle karşı karşıyaydık ve aslında aramızda oyuna sahip tek kişi olmama rağmen, Diriliş'te pek iyi değildim. Ben onların hortlaklar tarafından istila edilmiş bir uzay istasyonunda gezinmelerini izlerken, Ben, "Goblin, Radar, goblin," dedi.

"Görüyorum."

"Gel buraya seni küçük serseri," dedi Ben, elinde *gamepad*'i çevirirken. "Babacık seni Styks Nehri'nde[7] bir yelkenliye koyacak."

"Az önce tahrik edici konuşmanda Yunan mitolojisini mi kullandın?"

Radar güldü. Ben düğmelere vurmaya ve bağırmaya başladı: "Ye bunu, goblin! Zeus'un Metis'i yediği gibi ye bunu!"

"Pazartesiye kadar dönmüş olacağımı düşünüyorum," dedim. "Dersleri fazla ekmek istemezsin, Margo Roth Spiegelman olsan bile. Belki mezuniyete kadar burada kalabilir."

Radar, Diriliş oynayan birinin hayattan kopmuş haliyle bana cevap verdi. "Neden gittiğini bile anlamıyorum, sebebi sadece *cüce saat altı yönünde dostum ışın tabancanı kullan*, kaybettiği aşkı yüzünden falan mı? Onun bu tür şeylere *mahzen nerede solda mı* duyarsız olduğunu düşünürdüm."

"Hayır," dedim. "O yüzden olduğunu sanmıyorum. Sadece o yüzden değildi en azından. Orlando'dan nefret ediyor, buraya kâğıttan kent dedi. Yani hani her şey çok sahte ve dayanıksız diye. Sanırım sadece bu durumdan kurtulup bir tatil yapmak istedi."

---

7 Yunan mitolojisinde ölülerin ruhlarını yer altına taşıyan nehir. (ç.n)

Pencereden dışarı baktım ve o anda birinin –dedektif olduğunu tahmin ediyordum– Margo'nun odasındaki jaluziyi indirmiş olduğunu gördüm. Ama jaluziyi görmüyordum. Onun yerine jaluzinin arkasına bantlanmış siyah-beyaz bir poster görüyordum. Fotoğrafta, omuzları hafifçe düşük, dosdoğru karşıya bakan bir adam vardı. Ağzından bir sigara sarkıyordu. Omzuna bir gitar asılmıştı ve gitara şu kelimeler çizilmişti: BU MAKİNA FAŞİSTLERİ ÖLDÜRÜR.

"Margo'nun penceresinde bir şey var." Oyunun müziği durdu ve Radar ile Ben yanımda diz çöktüler. "Yeni mi?" diye sordu Radar.

"O jaluziyi milyonlarca kez görmüşümdür," diye cevapladım, "ama o posteri daha önce hiç görmedim."

"Tuhaf," dedi Ben.

"Margo'nun annesiyle babası daha bu sabah onun bazen ipuçları bıraktığını söyledi," dedim. "Ama asla eve dönmesinden önce onu bulabilecekleri kadar, ne bileyim, somut bir şey değilmiş."

Radar çoktan cep bilgisayarını çıkarmış, Omnictionary'de o cümleyi araştırıyordu. "Fotoğraftaki Woody Guthrie," dedi. "Folk müzik şarkıcısı, 1912-1967 yıllarında yaşamış. İşçi sınıfıyla ilgili şarkılar söylemiş. *This Land Is Your Land*. Biraz Komünist. Hımm, Bob Dylan'a ilham vermiş." Radar şarkılarından birinin bir kısmını çaldı... çok tiz, cızırtılı bir ses sendikalarla ilgili bir şarkı söylüyordu.

"Bu sayfanın çoğunu yazan çocuğa bir e-posta atıp Margo ile Woody Guthrie arasında belirgin bir bağlantı olup olmadığına bakacağım," dedi Radar.

"Onun şarkılarını sevdiğini hayal bile edemiyorum," dedim.

"Cidden," dedi Ben. "Bu adamın sesi gırtlak kanserine yakalanmış, alkolik Kurbağa Kermit gibi geliyor."

Radar pencereyi açıp başını dışarı uzattı. "Kesinlikle bunu senin için bırakmış gibi görünüyor, Q. Yani, bu pencereyi görebilecek başka birini tanıyor mu?" Hayır anlamında başımı salladım.

Bir an sonra Ben ekledi: "Adamın bize bakış şekli... şey gibi, 'dikkatinizi bana verin.' Kafası şey gibi hani... Sahnede duruyormuş gibi değil de bir kapı eşiğinde falan duruyormuş gibi."

"Sanırım, içeri girmemizi istiyor," dedim.

4.

Odamdan ön kapıyı ya da garajı göremediğimiz için salonda oturmamız gerekiyordu. Böylece Ben, Diriliş oynamaya devam ederken Radar'la çıkıp salona gittik ve büyük pencereden Spiegelman'ların ön kapısını izlemeye devam ederek Margo'nun annesiyle babasının evi terk etmelerini bekleyerek televizyon izliyormuş gibi yaptık. Dedektif Warren'ın siyah Ford Crown Victoria'sı hâlâ garaj yolundaydı.

Yaklaşık on beş dakika sonra dedektif gitti ama ne garaj kapısı ne de ön kapı bir saat boyunca tekrar açıldı. Radar'la HBO'da yarı-eğlenceli bir esrar konulu komedi izliyorduk, Radar, "Garaj kapısı," dediğinde hikâyeye kaptırmaya başlamıştım. Koltuktan atlayıp arabada kim olduğunu görmek için pencereye yaklaştım. Bay ve Bayan Spiegelman oradaydı. Ruthie hâlâ evdeydi. "Ben!" diye bağırdım. Kaşla göz arasında Ben dışarıdaydı, Spiegelman'lar Jefferson Yolu'ndan dönüp Jefferson Caddesi'ne yönelirken koşarak dışarı, sıcak ve nemli sabaha doğru çıktık.

Spiegelman'ların çimenliğinden geçerek ön kapılarına doğru yürüdük. Kapı zilini çaldım ve Myrna Mountweazel'in patilerinin parkede çıkardığı sesleri duydum, sonra deli gibi havlamaya, yan camdan gözünü dikmiş bize bakmaya başladı. Ruthie kapıyı açtı. Tatlı bir kızdı, herhalde on bir yaşındaydı.

"Hey, Ruthie."

"Selam Quentin," dedi.

"Hey, annenle baban burada mı?"

"Az önce çıktılar," dedi, "Target'a gitmek için." Margo'nun büyük gözleri onda da vardı ama onunkiler elaydı. Başını kaldırıp bana baktı, dudakları endişeyle büzüldü. "Polis memuruyla tanıştın mı?"

"Evet," dedim. "İyi birine benziyordu."

"Annem, Margo üniversiteye erken gitmiş gibi diyor."

"Evet," dedim, bir gizemi çözmenin en kolay yolunun çözülecek bir gizem olmadığına karar vermek olduğunu düşünerek. Ama Margo'nun bir gizeme giden ipuçları bırakmış olduğu, şimdi bana net bir şekilde görünüyordu.

"Dinle Ruthie, Margo'nun odasına bakmamız gerekiyor," dedim. "Ama sorun şu ki... bu olay, tıpkı Margo'nun senden çok gizli şeyler yapmanı istediği zamanlar olduğu gibi. Burada biz de aynı durumdayız."

"Margo odasında insanlar olmasından hoşlanmaz," dedi Ruthie. "Ben hariç. Bazen de annem."

"Ama biz onun arkadaşlarıyız."

"Arkadaşlarının da odasında olmasından hoşlanmaz," dedi Ruthie.

Ona doğru eğildim. "Ruthie, lütfen."

"Ve annemle babama söylememi de istemiyorsun," dedi.

"Doğru."

"Beş dolar," dedi. Onunla pazarlık etmek üzereydim ama Radar beş dolarlık bir banknot çıkarıp ona uzattı. "Eğer garaj yolunda arabayı görürsem size haber veririm," dedi Ruthie komplo kurarmış gibi.

Yaşlanan ama her zaman coşkulu olan Myrna Mountweazel'ı okşamak için dizlerimin üstüne çöktüm, sonra koşarak üst kata, Margo'nun odasına çıktık. Elimi kapı koluna koyarken, neredeyse on yaşından beri Margo'nun odasının tamamını görmediğim aklıma geldi.

İçeri girdim. Margo'dan beklenebileceğinden çok daha tertipliydi ama herhalde annesi az önce her şeyi düzenlemişti. Sağımda, elbiselerle tıka basa dolu bir dolap vardı. Kapının arkasında, tokalı düz ayakkabılardan yüksek topuklulara kadar birkaç düzine ayakkabı dizili bir ayakkabı rafı duruyordu. O dolaptan çok fazla şey kayıp olabilirmiş gibi görünmüyordu.

"Ben bilgisayardayım," dedi Radar. Ben panjuru kurcalıyordu.

"Poster bantlanmış," dedi. "Sadece selobant. Güçlü bir şey değil."

Büyük sürpriz bilgisayar masasının yanındaki duvardaydı: plaklarla dolu, benim boyumda ve iki katı uzunlukta kitaplıklar. Yüzlerce plak. "John Coltrane'in *A Love Supreme*'i pikapta," dedi Ben.

"Tanrım, o harika bir albüm," dedi Radar bilgisayardan başını kaldırmadan. "Kız ağzının tadını biliyor." Kafam karışmış bir halde Ben'e baktım, sonra Ben, "Saksafon çalıyordu," dedi. Başımı salladım.

Hâlâ bilgisayara bir şeyler yazan Radar, "Q'nun Coltrane'i hiç duymamış olmasına inanamıyorum. Trane'in çalışı Tanrı'nın varlığına dair karşılaştığım en ikna edici kanıt," dedi.

Plakları incelemeye başladım. Şarkıcılara göre alfabetik olarak dizilmişlerdi, bu yüzden G'leri aramak için gözlerimle taradım. Dizzy Gillespie, Jimmie Dale Gilmore, Green Day, Guided by Voices, George Harrison. "Woody Guthrie *hariç* dünyadaki her müzisyen var gibi," dedim. Sonra geri dönüp A'lardan başladım.

Ben'in, "Bütün okul kitapları hâlâ burada," dediğini duydum. "Bir de komodininde bazı başka kitaplar var. Gazete yok."

Ama Margo'nun müzik koleksiyonu nedeniyle dikkatim dağılmıştı. *Her şeyi* seviyordu, bütün bu eski plakları dinlediğini hayal bile edemezdim. Koşarken müzik dinlediğini görmüştüm ama bu tür bir saplantıdan hiç şüphelenmemiştim. Grupların çoğunu hiç duymamıştım ve yeni olanlar için plak üretilmesine şaşırmıştım.

A'ları gözden geçirmeye devam ettim, sonra B'lere geçtim, Beatles, Blind Boys of Alabama ve Blondie'yi geçtikten sonra daha hızlı göz gezdirmeye başladım, Billy Bragg'in *Mermaid Avenue*'sunun arka kapağını, Buzzcocks'a bakana dek göremeyecek kadar hızlı. Durdum, geri döndüm ve Billy Bragg plağını çekip çıkardım. Önde bir kentteki sıra sıra evlerin bir fotoğrafı vardı. Ama arkada Woody Guthrie bana bakıyordu, dudaklarından bir sigara sarkıyor, BU MAKİNA FAŞİSTLERİ ÖLDÜRÜR yazan bir gitar tutuyordu.

"Hey," dedim. Ben bana baktı.

"Vay anasını," dedi. "İyi buldun." Radar sandalyeyle etrafında döndü ve "Etkileyici. İçinde ne var acaba?" dedi.

Ne yazık ki içinde sadece bir plak vardı. Plak tamamen bir plak gibi görünüyordu. Plağı Margo'nun plakçalarına koydum, en sonunda nasıl çalıştıracağımı çözdüm ve iğneyi indirdim. Ses, Woody Guthrie şarkıları söyleyen bir adama aitti. Woody Guthrie'den daha iyi söylüyordu.

"Nedir bu, sadece çılgın bir tesadüf mü?"

Ben albüm kapağını tutuyordu. "Bak," dedi. Şarkı listesini işaret ediyordu. İnce uçlu siyah kalemle, *Walt Whitman's Niece* adlı şarkı daire içine alınmıştı.

"İlginç," dedim. Margo'nun annesi Margo'nun ipuçlarının asla hiçbir yere çıkmadığını söylemişti ama artık Margo'nun ipuçlarından bir zincir yaratmış olduğunu biliyordum... ve görünüşe göre bunu benim için yapmıştı. Hemen sonra onun SunTrust binasındaki halini, kendime güvendiğimde daha iyi olduğumu söyleyişini düşündüm. Plağı çevirip çaldım. *Walt Whitman's Niece* ikinci yüzdeki ilk şarkıydı. Fena değildi aslında.

O sırada kapı eşiğinde Ruthie'yi gördüm. Bana baktı. "Bizim için herhangi bir ipucun var mı, Ruthie?" Başını salladı. "Çoktan baktım," dedi asık suratla. Radar bana bakıp başıyla Ruthie'yi işaret etti.

"Lütfen anneni bizim için beklemeye devam edebilir misin?" diye sordum. Başını salladı ve gitti. Kapıyı kapattım.

"Ne var?" diye sordum Radar'a. Bizi bilgisayarın başına çağırdı. "Gitmeden önceki hafta, Margo Omnictionary'ye girmiş. Kullanıcı adıyla oturum açtığı dakikalardan bunu anlayabiliyorum. Ama tarama geçmişini silmiş, bu yüzden neye baktığını söylemem."

"Hey Radar, Walt Whitman'ın kim olduğuna bak," dedi Ben.

"Şairdi," diye cevap verdim. "On dokuzuncu yüzyılda."

"Harika," dedi Ben gözlerini devirerek. "Şiir."

"Bunda ne sorun var?" diye sordum.

"Şiir fazla emo," dedi. "Ah, acı. Acı. Sürekli yağmur yağıyor. Ruhumda."

"Evet, sanıyorum bu Shakespeare," dedim onu duymazlıktan gelip. "Walt Whitman'ın yeğeni var mıymış?" diye sordum Radar'a. Zaten Whitman'ın Omnictionary sayfasındaydı. İri yarı, koca sakallı bir adamdı. Hiç okumamıştım ama iyi bir şair gibi *görünüyordu*.

"Ah, ünlü biri değil. İki erkek kardeşi olduğu yazıyor ama çocukları olup olmadığından bahsedilmiyor. Büyük ihtimalle bulabilirim, istersen." Başımı salladım. Bu doğru gibi gelmiyordu. Odayı araştırmaya geri döndüm. Plak koleksiyonunun alt rafında bazı kitaplar vardı –ortaokul yıllıkları, eskimiş bir *The Outsiders*– ve bazı gençlik dergilerinin eski sayıları. Walt Whitman'ın yeğeniyle alakalı hiçbir şey yoktu.

Komodinindeki kitaplara göz gezdirdim. İlgi çekici bir şey yoktu. "Eğer Whitman'ın bir şiir kitabı olsaydı, mantıklı olurdu," dedim. "Ama varmış gibi görünmüyor."

"Var!" dedi Ben heyecanla. Kitaplıkta diz çöktüğü yere gidince gördüm. Alt rafta, iki yıllık arasında sıkışıp kalmış ince cildi gözden kaçırmıştım. Walt Whitman. *Çimen Yaprakları*. Kitabı çekip çıkardım. Kapakta Whitman'ın bir fotoğrafı vardı, parlak gözleri bana bakıyordu.

"Fena değil," dedim Ben'e.

Başını salladı. "Evet, şimdi buradan çıkabilir miyiz? Bana eskikafalı diyebilirsiniz ama Margo'nun annesiyle babası döndüğünde burada olmamayı tercih ederim."

"Atladığımız bir şey var mı?"

Radar ayağa kalktı. "Gerçekten oldukça düz bir çizgi çiziyormuş gibi görünüyor; o kitabın içinde bir şeyler olmalı. Tuhaf, gerçi... yani kusura bakma ama eğer hep ebeveynleri için ipuçları bıraktıysa, neden bu sefer senin için bıraksın?"

Omzumu silktim. Cevabı bilmiyordum ama elbette umutlarım vardı: Belki Margo'nun benim güvenimi görmesi gerekiyordu. Belki bu sefer *benim* tarafımdan bulunmak *istiyordu*. Belki... tam da o uzun gecede beni seçtiği gibi, yine beni seçmişti. Ve belki onu bulan kişiyi bilinmeyen hazineler bekliyordu.

Ben ile Radar bizim eve döndükten kısa süre sonra gittiler, ikisi de kitaba göz gezdirip herhangi belirgin bir ipucu bulamamıştı. Öğle yemeği için buzdolabından biraz soğuk lazanya alıp Walt'la birlikte odama gittim. *Çimen Yaprakları*'nın Penguin Classics edisyonunun ilk baskısıydı. Girişten bir parça okudum, sonra kitabın sayfalarını çevirip göz gezdirdim. Mavi renkle altı çizilmiş bir sürü mısra vardı, hepsi destan gibi uzun *Kendi Şarkım* isimli şiirdendi. Ve şiirde yeşil renkle altı çizilmiş iki dize vardı:

SöküN kilitleri kapılardan!
Sökün kapıları kasalarından!

Öğleden sonramın çoğunu bu sözü anlamlandırmaya çalışarak geçirdim, bunun belki de Margo'nun bana daha sert bir çocuk falan haline gelmemi söyleme şekli olduğunu düşünerek. Ama mavi renkle altı çizili her şeyi de tekrar tekrar okudum:

Artık olayları ne ikinci ne üçüncü elden almalısın...
  ne ölünün gözlerinden bakmalısın... ne de kitaplardaki
  vesveselerle beslenmelisin.

Ebedî bir yolculukta ağır ağır ilerliyorum

Hepsi ileriye ve dışarıya akıyor... ve bozulmuyor hiçbir şey,
Ve ölmek herkesin varsaydığından daha farklı ve daha talihli.

Memnun kalacağım, dünyadaki hiç kimse farkına varmazsa,
Ve memnun kalacağım, her biri ve hepsi farkına varsa da.

Kendi Şarkım'ın son üç kıtasının da altı çizilmişti.

Toprağa, sevdiğim çimenden büyümeye bırakıyorum kendimi,
Eğer tekrar istiyorsan, tabanlarının altında ara beni.

Kim olduğumu ya da ne ifade ettiğimi zar zor bileceksin benim,
Fakat sağlıklı olmalıyım yine de senin için,
Ve kanını süzüp beslemeliyim.

İlk seferinde alıp getirmekte başarısız olursan beni, koru
  cesaretini,
Bir yerde kaçırırsan beni, ara diğerini,
Bir yerde duruyorum bekleyerek seni

Hafta sonu okumak, benim için bıraktığı şiir parçalarında onu görmeye çalışmakla geçti. Dizelerle bir yere varamıyordum ama yine de onlar hakkında düşünmeye devam ettim çünkü onu hayal kırıklığına uğratmak istemiyordum. Bütün ipleri çekmemi, durup beni beklediği yeri bulmamı, ekmek kırıntılarından bıraktığı izleri ondan başka çıkışı olmayana kadar takip etmemi istiyordu.

5.

Pazartesi sabahı sıradışı bir olay meydana geldi. Geç kalmıştım, bu normaldi; sonra annem beni okula bıraktı, bu normaldi; sonra bir süre dışarıda herkesle konuşarak durdum, bu normaldi; sonra Ben ve Radar içeri yöneldiler, bu da normaldi. Ama biz çelik kapıyı çekip açar açmaz, Ben'in yüzü panik ve heyecan karışımı bir ifade aldı... sanki az önce bir sihirbaz kalabalığın arasından iki parçaya ayırma numarası yapmak için onu seçmiş gibi. Koridorun ilerisine doğru bakışını takip ettim.

Kot mini etek. Dar beyaz tişört. Düşük yaka. Alışılmadık derecede buğday ten. Bacakları önemsemenizi sağlayacak bacaklar. Kusursuzca model verilmiş kıvırcık, kahverengi saçlar. BALO KRALİÇESİ OLARAK BEN yazan bir rozet. Lacey Pemberton. Bize doğru yürüyordu. *Bando odasının* yanına.

"*Lacey Pemberton*," diye fısıldadı Ben, Lacey bizden yaklaşık üç adım uzakta olduğu ve onu açıkça duyabildiği halde ve hakikaten adını duymasının üstüne yüzünde yapmacık bir gülümseme hızla görünüp kayboldu.

"Quentin," dedi bana, her şeyden önce adımı bilmesini inanılmaz buldum. Başıyla işaret etti ve bando odasını geçerek dolaplara doğru onu takip ettim. Ben de bana ayak uydurdu.

"Selam, Lacey," dedim durduğunda. Parfümünün kokusunu alabiliyordum, cipindeki kokusunu da hatırlamıştım, tıpkı Margo'yla koltuğunu yere indirdiğimizde kedi balığının çıkardığı sesi hatırladığım gibi.

"Margo'yla olduğunu duydum."

Ona bakmakla yetindim.

"O gece, hani balık olayı sırasında? Arabamda? Ve Becca'nın dolabında? Jase'in penceresinde?"

Bakmaya devam ettim. Ne söylemem gerektiğinden emin değildim. İnsan, Lacey Pemberton'la hiç konuşmadan uzun ve macera dolu bir hayat yaşayabilir ve bu nadir fırsatla karşılaştığında, kendini yanlış ifade etmek istemez. Böylece Ben, benim yerime konuştu.

"Evet, takılmışlar," dedi, sanki Margo'yla sıkı fıkıymışız gibi.

"Bana kızgın mıydı?" diye sordu Lacey kısa bir süre sonra. Aşağı bakıyordu; kahverengi göz farını görebiliyordum.

"Ne?"

Bunun üzerine sessizce konuştu, sesi azıcık çatladı ve birdenbire sanki Lacey Pemberton, Lacey Pemberton değildi. Tam bir... insan gibiydi. "Bana, bilirsin, bir şey hakkında kızgın mıydı?"

Bir süre buna nasıl cevap vereceğimi düşündüm. "Ah, Jase ve Becca hakkında ona hiçbir şey söylemediğin için biraz hayal kırıklığına uğramıştı ama Margo'yu tanırsın. Atlatacaktır."

Lacey koridorda ilerlemeye başladı. Ben'le gitmesine izin verdik ama sonra yavaşladı. Onunla yürümemizi istedi. Ben beni dirseğiyle dürttü ve birlikte yürümeye başladık. "Jase ile Becca'yı *bilmiyordum* bile. Mesele bu. Tanrım, umarım bunu yakında ona açıklayabilirim. Bir süre boyunca, belki gerçekten gitmiştir diye endişelendim ama sonra dolabını inceledim, çünkü şifresini biliyorum ve hâlâ bütün resimleri falan orada, bütün kitapları orada yığılı."

"Bu iyi," dedim.

"Evet ama dört gün falan oldu. Bu onun için neredeyse bir rekor. Ve bu gerçekten berbat bir durum çünkü Craig biliyormuş, bana söylemediği için ona o kadar kızdım ki ondan ayrıldım ve şimdi bir balo kavalyem yok, en iyi arkadaşım da bir yerlerde, New York'ta falan, ASLA yapmayacağım bir şeyi yaptığımı düşünüyor." Ben'e bir bakış attım. Ben de bana bir bakış attı.

"Derse yetişmeliyim," dedim. "Ama neden New York'ta olduğunu söylüyorsun?"

"Sanırım gitmesinden iki gün önce falan Jase'e, New York'un Amerika'da bir insanın gerçekten yarı-yaşanabilir bir hayat yaşayabileceği tek yer olduğunu söylemiş. Belki öylesine söylüyordu. Bilmiyorum."

"Tamam, gitmeliyim," dedim.

Ben'in Lacey'yi onunla baloya gelmesi için asla ikna edemeyeceğini biliyordum ama en azından bir fırsatı hak ettiğini düşündüm. Koridorlardan dolabıma doğru koşarken yanından geçtiğim Radar'ın başını ovuşturdum. Angela ve bandodan, birinci sınıftaki bir kızla konuşuyordu. Birinci sınıftaki kıza, "Bana teşekkür etme. Q'ya teşekkür et," dediğini duydum, sonra kız bağırarak, "İki yüz dolar için teşekkürler!" dedi. Geriye bakmadan, "Bana teşekkür etme, Margo Roth Spiegelman'a teşekkür et!" diye bağırdım, ne de olsa ihtiyacım olan araçları bana o vermişti.

Dolabıma vardım ve matematik defterimi aldım ama ikinci zil çaldıktan sonra bile orada öylece kalakaldım, insanlar sanki onların yolundaki orta şeritmişim gibi iki yöne doğru yanımdan geçerek koşuştururken koridorun ortasında kıpırdamadan duruyordum. Başka bir çocuk iki yüz dolar için bana teşekkür etti. Gülümsedim. Okul, oradaki dört yılım boyunca olduğundan daha *benimmiş* gibi geliyordu. Bisikletsiz bando inekleri için bir miktar adalet sağlamıştık. Lacey Pemberton benimle konuşmuştu. Chuck Parson özür dilemişti.

Bu koridorları o kadar iyi tanıyordum ki... ve sonunda onlar da beni tanıyorlarmış gibi gelmeye başlıyordu. Üçüncü zil çaldığında kalabalık git gide azalırken orada durdum. Ancak daha sonra matematiğe girdim ve Bay Jiminez başka bir bitmek bilmez derse başladıktan hemen sonra yerime oturdum.

Margo'nun *Çimen Yaprakları*'nı okula getirmiştim, Bay Jiminez tahtaya bir şeyler çiziktirirken sıranın altında, Kendi Şarkım'ın altı çizili bölümlerini tekrar okumaya başladım. Görebildiğim kadarıyla New York'la ilgili doğrudan bir gönderme yoktu. Birkaç dakika sonra kitabı Radar'a uzattım, defterinin bana en yakın köşesine bir not yazmadan önce bir süre kitaba baktı. *Yeşil renkle çizilenler bir şey ifade ediyor olmalı. Belki aklının kapısını açmanı istiyordur?* Omuzlarımı silktim ve karşılık olarak, *Belki de şiiri iki farklı günde, iki farklı kalemle okudu*, yazdım.

Birkaç dakika sonra, saate yalnızca otuz yedinci kez bakarken, Ben Starling'in sınıfın kapısının dışında durduğunu gördüm, elinde bir izin kâğıdıyla saçma sapan bir dans ediyordu.

Öğlen arası zili çaldığında dolabıma koştum ama her nasılsa Ben beni geçmişti, oradaydı ve her nasılsa Lacey Pemberton'la konuşuyordu. Lacey'nin üstüne doğru eğiliyor, yüzüne doğru konuşabilmek için âdeta üstüne çıkıyordu. Ben'le konuşmak bazen bana bile klostrofobik hissettirirdi ki ben seksi bir kız bile değildim.

"Selam, çocuklar," dedim onlara ulaştığımda.

"Selam," diye karşılık verdi Lacey, Ben'den geriye doğru belirgin bir adım atarak. "Ben bana Margo'yla ilgili güncel bilgileri veriyordu. Biliyor musun, odasına kimse girmemişti. Annesiyle babasının, arkadaşlarını getirmesine izin vermediğini söylerdi."

"Gerçekten mi?" Lacey başıyla onayladı. "Margo'nun bin kadar plağı olduğunu biliyor muydun?"

Lacey ellerini kaldırdı. "Hayır, Ben de bunu söylüyordu! Margo müzikten hiç bahsetmezdi. Yani radyoda falan bir şeyi sevdiğini söylerdi. Ama... hayır. Margo çok *tuhaf.*"

Omuzlarımı silktim. Belki Margo tuhaftı ya da geri kalanlarımız tuhaftı. Lacey konuşmaya devam etti. "Ama biz de tam Walt Whitman'ın New York'lu olduğundan bahsediyorduk."

"Ve Omnictionary'ye göre, Woody Guthrie de uzun süre orada yaşamış," dedi Ben.

Başımı salladım. "Margo'yu New York'ta hayal edebiliyorum. Yine de bir sonraki ipucunu çözmeliyiz. Kitapla bitmiyordur bence. Altı çizili dizelerde bir şifre falan olmalı."

"Evet, öğle yemeğinde kitaba bakabilir miyim?"

"Tabii," dedim. "Ya da istersen kütüphanede sana bir kopyasını çıkarabilirim."

"Yok, okusam yeter. Yani şiir hakkında hiçbir şey bilmem. Ah, her neyse... Orada bir kuzenim var, New York Üniversitesi'nde, ona çıktısını alabileceği bir el ilanı gönderdim. İlanları müzik mağazalarına asmasını söyleyeceğim. Yani orada çok fazla müzik mağazası olduğunu biliyorum ama yine de..."

"İyi fikir," dedim. Kafeteryaya doğru yürümeye başladılar, ben de onları takip ettim.

Ben, "Hey," diye seslendi Lacey'ye, "elbisen ne renk?"

"Hımm, safir gibi, neden?"

"Sadece smokinimin uyacağından emin olmak istedim," dedi Ben. Ben'in gülümseyişinin hiç bu kadar sulu ve gülünç olduğunu görmemiştim ve bu gerçekten önemli bir detaydı çünkü Ben normalde gayet sulu ve gülünç bir insandı.

Lacey başını salladı. "Peki ama fazla *uygun* olmak istemeyiz. Belki sen geleneksel takılırsın: Siyah smokin ile siyah yelek?"

"Kuşak giysem mi?"

"Peki, o olur ama gerçekten kalın pilileri olanlardan almasan daha iyi olur."

Konuşmaya devam ettiler –anlaşılan, pili kalınlığının ideal ölçüsü saatler boyunca konuşulabilir bir konuydu– ama Pizza Hut sırasında beklerken dinlemeyi bırakmıştım. Ben balo eşini bulmuştu, Lacey de saatlerce halinden memnun bir şekilde balodan konuşacak bir erkek bulmuştu. Artık herkesin bir eşi vardı... ben hariç ve ben baloya gitmiyordum. Götürmek isteyeceğim tek kız bir tür ebedî yolculukta ağır ağır ilerliyordu.

Oturduğumuzda Lacey, *Kendi Şarkım*'ı okumaya başladı ve hiçbirinin hiçbir şeye ve kesinlikle Margo'ya benzemediğine katıldı. Hâlâ Margo'nun bize ne söylemeye çalıştığını bilmiyorduk, tabii bir şey söylemeye çalışıyorduysa. Lacey kitabı bana geri verdi ve tekrar baloyla ilgili konuşmaya başladılar.

Bütün öğleden sonra, altı çizili sözlere bakmanın hiçbir faydası yokmuş gibi hissetmeye devam ettim ama sonra sıkılıp arka cebime uzanarak kitabı kucağıma koydum ve satırlara bakmaya geri döndüm. Günün sonunda, yedinci derste edebiyat dersi vardı ve *Moby Dick*'i yeni okumaya başlıyorduk, bu yüzden Dr. Holden on dokuzuncu yüzyılda balık tutmakla ilgili oldukça fazla konuşuyordu. *Moby Dick*'i sıramda, Whitman'ı kucağımda tuttum ama edebiyat dersinde olmak bile yardımcı olamadı. İlk defa, saate bakmadan birkaç dakika devam ettim, bu yüzden zil çalınca şaşırdım ve sırt çantamı toplamam diğer herkesten uzun sürdü. Çantamı bir omzuma asıp çıkarken Dr. Holden bana gülümseyip, "Demek Walt Whitman," dedi.

Mahcup bir halde başımı salladım.

"İyi kitap," dedi. "O kadar iyi ki derste okuman benim için neredeyse sorun değil. Neredeyse." *Üzgünüm* diye mırıldandım, sonra çıkıp son sınıfların park alanına gittim.

Ben ile Radar bandodayken, kapıları açık halde SESIB'da oturdum; hafif, serin bir meltem esiyordu. Ertesi günkü siyaset bilimi sınavıma hazırlanmak için *Federalist Yazılar*'dan bir şeyler okudum ama aklım bitmeyen döngüsüne takılıp durdu: Guthrie, Whitman, New York ve Margo. Kendini folk müziğe gömmek için New York'a mı gitmişti? Benim bilmediğim folk müziksever bir Margo mu vardı? Belki onların bir zamanlar yaşadığı bir evde mi kalıyordu? Ve neden bunu *bana* anlatmak istiyordu?

Yan aynadan Ben ile Radar'ın yaklaştığını gördüm, Radar hızlıca SESIB'a doğru yürürken saksafon çantasını sallıyordu. Halihazırda açık olan kapıdan aceleyle arabaya bindiler, Ben kontağı çevirdi ve SESIB tekledi, biz umut ettik, o yine tekledi, biz biraz daha umut ettik ve nihayet öksürerek hayata aktı. Ben önce hızla park alanının dışına çıkıp okuldan uzaklaştı ve ardından bana doğru haykırdı: "BU SAÇMALIĞA İNANABİLİYOR MUSUN!" Sevincini zapt edemiyordu.

Arabanın kornasına vurmaya başladı ama elbette korna çalışmadı, bu yüzden her vurduğunda haykırdı: "BİP! BİP! BİP! EĞER SADIK TAVŞANCIK LACEY PEMBERTON'LA BALOYA GİDİYORSAN ÖT! ÖT, TATLIM, ÖT!"

Eve dönüş yolu boyunca Ben hemen hemen hiç çenesini kapatamadı. "Bunun sebebi ne biliyor musun? Çaresizliğin yanında yani. Sanırım Becca Arrington'la, Becca'nın dalavereci olması yüzünden filan kavga ediyorlar ve bütün o Kanlı Ben meselesi yüzünden kendisini kötü hissetmeye başladığını düşünüyorum. Bunu *söylemedi* ama bir nevi öyle *davrandı*. Yani sonuçta, Kanlı Ben bana biraz o-yun-cuk getirecek." Tamam, Ben adına seviniyordum ama Margo'ya ulaşma oyununa odaklanmak istiyordum.

"Çocuklar, sizin bir fikriniz var mı?"

Kısa bir süre sessizlik oldu, sonra Radar dikiz aynasından bana baktı. "O kapı şeyi diğerlerinden farklı işaretlenmiş tek şey ve ayrıca en rastgele olanı; içinde ipucu olanın gerçekten o olduğunu düşünüyorum. Neydi bu arada?"

"Sökün kilitleri kapılardan! / Sökün kapıları kasalarından!" diye cevapladım.

Radar, "Kuşkusuz, Jefferson Park, dar görüşlülüğün kapılarını kasalarından sökmek için en iyi yer değil," diye kabullendi. "Belki Margo'nun söylediği budur. Orlando'yla ilgili dediği şu kâğıttan kent şeyi gibi? Belki gitme nedeninin bu olduğunu söylüyordur."

Ben dur ışığı yüzünden yavaşladı, sonra Radar'a bakmak için arkasını döndü. "Kardeşim," dedi, "siz çocukların Margo tavşancığına çok fazla itibar ettiğinizi düşünüyorum."

"Nasıl yani?" diye sordum.

"Sökün kilitleri kapılardan," dedi. "Sökün kapıları kasalarından."

"Evet," dedim. Işık yeşile döndü ve Ben gaza bastı. SESİB parçalara ayrılacakmış gibi zangırdadı ama sonra hareket etmeye başladı.

"Bu *şiir* değil. *Metafor* değil. Bunlar talimat. Margo'nun odasına gidip kilidi kapıdan ve kapıyı da kasasından sökmemiz gerekiyor."

Radar dikiz aynasından bana baktı, ben de ona baktım. "Bazen," dedi Radar bana, "o kadar embesil oluyor ki pırlantaya dönüşüyor."

6.

Bizim garaj yoluna park ettikten sonra, Margo'nun evini benimkinden ayıran çimenlikten karşıya geçtik, tıpkı cumartesi yaptığımız gibi. Kapıyı Ruthie açtı ve annesiyle babasının saat altıya kadar evde olmayacaklarını söyledi; Myrna Mountweazel etrafımızda heyecanla koşarak daireler çizdi; üst kata çıktık. Ruthie garajdan bize bir alet çantası getirdi, sonra hepimiz bir süre Margo'nun odasına giden kapıya baktık. Becerikli insanlar değildik.

"Hay lanet, cehennem gibi iş," dedi Ben.

"Ruthie'nin önünde küfretme," dedim.

"Ruthie, cehennem desem senin için sakıncası olur mu?"

"Biz cehenneme inanmıyoruz," diye yanıtladı.

Radar araya girdi. "Millet," dedi. "Millet. Kapı." Darmadağınık alet çantasını kurcalayıp bir yıldız tornavida çıkardı ve diz çöktü, kilidin olduğu kapı kolunu söküyordu. Daha büyük bir tornavida alıp menteşeleri sökmeye çalıştım ama hiçbir vida yok gibi görünüyordu. Kapıya biraz daha baktım. En sonunda Ruthie sıkıldı ve televizyon izlemek için aşağı indi.

Radar kapı kolunu gevşetti ve her birimiz, sırayla, kolun etrafındaki boyasız, cilasız tahtanın içine dikkatle baktık. Mesaj yoktu. Not yoktu. Sıkılmış bir halde, nasıl açacağımı merak ederek menteşeler üzerinde çalışmaya devam ettim. İşleyişini anlamaya çalışarak kapıyı açıp kapattım. "Şu şiir o kadar uzun ki," dedim, "yaşlı Walt en azından bir iki dizeyi bize kapıyı kasasından *nasıl* sökeceğimizi anlatmak için ayırır diye düşünüyor insan."

Radar'ın Margo'nun bilgisayarında oturduğunu, ancak bana cevap verdiğinde fark ettim. "Omnictionary'ye göre," dedi, "bir kapı menteşesine bakıyoruz. Ve tornavidayı menteşeyi yerinden çıkarmak için bir kaldıraç olarak kullanıyormuşsun. Şans eseri bir vandalın kapı menteşelerinin osuruklarla güçlendirildikleri için sağlam olduklarını yazdığını keşfettim. Ah, Omnictionary. Hiç eksiksiz bilgi verecek misin acaba?"

Omnictionary bize ne yapacağımızı söyler söylemez, yapmanın şaşırtıcı derecede kolay olduğu ortaya çıktı. Kapıyı üç menteşeden çıkardım, sonra Ben kapıyı ayırdı. Menteşeleri ve kapı aralığının cilasız tahtasını inceledim. Hiçbir şey yoktu.

"Kapıda hiçbir şey yok," dedi Ben. Ben'le kapıyı yerine yerleştirdik ve Radar tornavidanın arkasıyla menteşeleri yerine oturttu.

Radar'la Kutup Hiddeti adlı bir oyun oynamak için Ben'in mimari olarak benimkiyle aynı olan evine gittik. Bir buzulun üstünde oyuncuların birbirini boya toplarıyla vurduğu "oyun içinde oyun" tarzındaydı. Rakibi hayalarından vurunca fazladan puan alınıyordu. Çok karmaşıktı gerçekten. "Kardeşim, Margo kesinlikle New York'ta," dedi Ben. Bir köşeden çıkan tüfeğinin ucunu gördüm ama ben hareket edemeden bacaklarımın arasından beni vurdu. "Kahretsin," diye homurdandım.

Radar, "Geçmişte, ipuçları bir yeri göstermiş gibi görünüyor. Jase'e söylüyor; bize her ikisi de hayatlarının çoğunu New York'ta geçirmiş iki kişiyle ilgili ipuçları bırakıyor. Kulağa mantıklı geliyor," dedi.

Ben, "Dostum, istediği bu," dedi. Tam Ben'e doğru sürünürken oyunu durdurdu. "Senden New York'a *gitmeni* istiyor. Ya bunu, onu bulmanın tek yolu olarak ayarlamışsa? Sahiden *gitmeyi*."

"Ne? Orası on iki milyon falan nüfuslu bir şehir."

"Burada bir köstebeği olabilir," dedi Radar. "Eğer gidersen ona bunu söyleyecek biri."

"Lacey!" dedi Ben. "Bu kesinlikle Lacey. Evet! Bir uçağa binip hemen New York'a gitmelisin. Ve Lacey bunu öğrendiğinde, Margo seni havaalanından alacak. Evet. Kardeşim, seni evine götüreceğim, eşyalarını toplayacaksın, sonra arabayla kıçını havaalanına götüreceğim ve sen de sadece acil durumlar için kenarda tuttuğun kredi kartınla bir uçak bileti alacaksın ve sonra Margo senin ne sert bir çocuk, Jase Worthington'ın olmayı ancak *hayal edebileceği* türde sert bir çocuk olduğunu anladığında, *üçümüz* de baloya seksi kızları götürüyor olacağız."

Kısa sürede New York'a giden bir uçak olduğundan şüphem yoktu. Orlando'dan, kısa sürede *her yere* giden bir uçak vardır. Ama geriye kalan her şeyden şüphem vardı. "Eğer Lacey'yi ararsan..." dedim.

"İtiraf etmeyecektir!" dedi Ben. "Yaptıkları bütün yanlış yönlendirmeleri düşün... Muhtemelen onun köstebek olduğundan şüphelenme diye yalnızca kavga ediyormuş gibi davrandılar."

Radar, "Bilmiyorum, gerçekten makul gelmiyor," dedi. Konuşmaya devam etti ama onu tam dinlemiyordum. Dondurulmuş ekrana bakarak düşünüp taşındım. Eğer Margo ile Lacey yalandan kavga ediyorlarsa, Lacey erkek arkadaşından yalandan mı ayrılmıştı? Endişesi de mi yalandı? Lacey kuzeninin New York'taki müzik mağazalarına koyduğu el ilanlarına karşılık olarak gönderilen –hiçbirinde gerçek bir bilgi olmayan– düzinelerce e-posta cevaplıyordu. Köstebek falan değildi ve Ben'in planı aptalcaydı. Yine de en azından bir plan olması bile hoşuma gitmişti. Fakat okulun bitmesine iki buçuk hafta kalmıştı ve New York'a gidersem en az iki günü kaçıracaktım... Kredi kartımla uçak bileti aldığım için annemle babamın beni öldüreceğinden bahsetmeme gerek bile yoktu. Hakkında ne kadar çok düşünürsem o kadar aptalca geliyordu. Yine de eğer Margo'yu yarın görebilseydim... Ama hayır. "Okulu asamam," dedim sonunda. Oyunu tekrar başlattım. "Yarın Fransızca sınavım var."

"Romantizmin gerçekten ilham verici," dedi Ben.

Birkaç dakika daha oynadım, sonra Jefferson Park'tan karşıya geçerek eve yürüdüm.

Bir keresinde annem, kendisiyle çalışmak zorunda kaldığı deli bir çocuğu anlatmıştı. Dokuz yaşında, babası ölene kadar tamamen normal bir çocukmuş. Bir sürü dokuz yaşında çocuğun bir sürü ölmüş babası olmuştu muhtemelen ve çoğu zaman çocuklar delirmiyorlardı ama tahminimce bu çocuk bir istisnaydı.

Sonuçta şöyle bir şey yapmış: Bir kalem ile şu çelik pergellerden almış ve bir kâğıdın üzerine çemberler çizmeye başlamış. Bütün çemberler tam olarak iki santimetre çapındaymış. Çemberleri, kâğıdın tamamı siyah olana kadar çiziyor, sonra başka bir kâğıt alıp daha fazla çember çiziyormuş ve bunu her gün sürekli yapıyormuş. Derslere dikkatini vermeyip sınav kâğıtlarının filan her yerine çember çiziyormuş ve annem çocuğun sorununun, kaybıyla başa çıkmak için yarattığı rutinin yıkıcı hale gelmesi olduğunu söylemişti. Yani her neyse, sonra annem babası için falan ağlamasını sağlamış ve çocuk çember çizmeyi bırakıp galiba sonsuza kadar mutlu yaşamış. Ama bazen çember çocuğu düşünürüm çünkü onu bir nevi anlıyorum. Her zaman rutini sevdim. Sanırım hiçbir zaman can sıkıntısını sıkıcı bulmadım. Margo gibi birine bunu açıklayabileceğimden emin değildim ama hayatta çemberler çizmek bende makul bir tür delilik izlenimi bırakıyordu.

Bu yüzden New York'a gitmeme konusunda kendimi iyi hissetmeliydim... Nasılsa aptalca bir fikirdi. Ama o gece ve sonraki gün kendi rutinimde yol alırken beni yiyip bitirdi, sanki rutinin kendisi beni ona kavuşmaktan daha da uzaklaştırıyor gibiydi.

7.

Salı akşamı, gitmesinin üzerinden altı gün geçmişken ebeveynlerimle konuştum. Büyük bir *karar* falan değildi; sadece konuştum. Babam sebzeleri doğrayıp annem tavada biftek kızartırken mutfak tezgâhında oturuyordum. Babam o kadar kısa bir kitabı okumak için ne kadar fazla zaman harcadığımla ilgili beni ağır bir şekilde eleştiriyordu ve ben, "Aslında edebiyat için değil; galiba Margo onu bulmam için bırakmış gibi," dedim. Sessizleştiler, sonra onlara Woody Guthrie ve Whitman'ı anlattım.

"Eksik bilgilerle böyle oyunlar oynamayı sevdiği açık," dedi babam.

"İlgi istediği için onu suçlayamam," dedi annem, sonra bana bakarak ekledi: "Ama bu onun esenliğini senin sorumluluğun yapmaz."

Babam havuçları ve soğanları tavaya sıyırdı. "Evet, doğru. İkimiz de onu görmeden teşhis koyamayız belki ama yakında eve döneceğini düşünüyorum."

"Tahminde bulunmamalıyız," dedi annem sessizce, sanki onları duyamıyormuşum gibi. Babam karşılık vermek üzereydi ama araya girdim.

"*Ben* ne yapmalıyım?"

"Mezun ol," dedi annem. "Ve Margo'nun kendine bakabileceğine inan, bu konuda harika bir yetenek sergiliyor."

"Katılıyorum," dedi babam ama akşam yemeğinden sonra, ben odama dönüp sessizde Diriliş oynarken, onların da fısır fısır konuştuklarını duyabiliyordum. Kelimeleri duyamıyordum belki ama endişeyi hissedebiliyordum.

O gece ilerleyen saatlerde, Ben cep telefonumu aradı.

"Hey," dedim.

"Kardeşim," dedi.

"Evet," diye cevapladım.

"Lacey'yle ayakkabı alışverişine gitmek üzereyim."

"*Ayakkabı* alışverişi mi?"

"Evet. Saat ondan geceyarısına kadar her şey yüzde otuz indirimli. Balo ayakkabılarını seçmesine yardım etmemi istiyor. Yani birkaç ayakkabısı var ama dün evindeydim ve onların pek... neyse işte, sonuçta balo için mükemmel olan ayakkabıları istersin. Bu yüzden onları iade edecek, sonra Burdines'e gideceğiz ve şey yapacağız..."

"Ben," dedim.

"Evet?"

"Dostum, Lacey'nin balo ayakkabıları hakkında konuşmak istemiyorum. Ve sana nedenini söyleyeyim: Balo ayakkabılarıyla ilgilenmememe sebep olan bir şeyim var. Ona penis deniyor."

"Gerçekten çok gerginim ve ondan gerçekten hoşlandığımı düşünmekten vazgeçemiyorum, sadece 'seksi bir balo eşi' şeklinde değil, 'aslında gerçekten havalı ve onunla takılmaktan hoşlanıyorum' şeklinde gibi. Ve ne bileyim, belki baloya gideceğiz, dans pistinin ortasında öpüşeceğiz falan ve herkes aman Tanrım falan olacak ve benimle ilgili düşündükleri her şey öylece pencereden uçup gidecek..."

"Ben," dedim. "Aptalca gevezelik etmeyi bırakırsan her şey olması gerektiği gibi gider." Bir süre daha konuşmaya devam etti ama sonunda telefonu kapatabildik.

Uzandım ve baloyla ilgili kendimi hüzünlü hissetmeye başladım. Baloya *gitmediğim* gerçeğiyle ilgili her türlü üzüntüyü reddediyordum ama –aptalca, utanç verici bir şekilde– Margo'yu bulup tam balo zamanında eve gelmeye ikna etmeyi düşündüm, cumartesi gecesi geç saatlerde falan, sonra kot pantolon ve pasaklı tişörtlerle Hilton'un balo salonuna girerdik, son dans için tam zamanında orada olurduk ve herkes bizi işaret edip Margo'nun dönüşüne hayret ederken dans ederdik, sonra oranın canını çıkarana kadar fokstrot yapıp Friendly's'e dondurma almaya giderdik. Yani evet, Ben gibi, ben de gülünç balo fantezileri kuruyordum. Ama en azından ben *kendiminkileri yüksek sesle söylemiyordum.*

Ben bazen öylesine bencil bir ahmak oluyordu ki kendime neden hâlâ onu sevdiğimi hatırlatmak zorunda kalıyordum. Hiç değilse bazen şaşırtıcı derecede parlak fikirleri olurdu. Kapı olayı iyi bir fikirdi. İşe yaramamıştı fakat iyi bir fikirdi. Ama belli ki Margo onun bana başka bir şey ifade etmesini amaçlamıştı.

Bana.

İpucu *benimdi.* Kapılar benimdi!

Garaja giderken, annemle babamın televizyon izlediği salondan geçmek zorunda kaldım. "İzlemek ister misin?" diye sordu annem. "Olayı çözmek üzereler." Şu cinayeti çözme dizilerinden biriydi.

"Hayır, sağ ol," dedim ve onları geçip mutfaktan garaja rüzgâr gibi geçtim. En geniş düz uçlu tornavidayı buldum, sonra onu hâkî şortumun kemerine sokup kemerimi sıktım. Mutfaktan bir kurabiye aldım, tekrar salondan geçtim, yürüyüş şeklim hafiften tuhaf görünüyor olmalıydı ve onlar televizyondaki gizemin çözümlenmesini izlerlerken, ben odamın kapısından üç menteşeyi çıkardım. Sonuncusu çıkınca kapı gıcırdadı ve düşmeye başladı, bu yüzden bir elimle duvara yaslayıp tamamen açtım, kapıyı iterken ufacık bir kâğıt parçasının –yaklaşık olarak başparmağımın tırnağı boyutundaydı– kapının üst menteşesinden aşağı doğru uçtuğunu gördüm. Her zamanki Margo işte. Benimkine saklayabilecekken neden kendi odasına bir şey saklayacaktı ki? Bunu ne zaman yaptığını merak ediyordum... nasıl içeri girdiğini. Gülümsemekten kendimi alamadım.

Orlando Sentinel gazetesinin bir parçasıydı, kenarları yamuktu ve biraz yırtılmıştı. *Sentinel* olduğunu anlamıştım çünkü yırtılmış bir kenarında *"do Sentinel Mayıs 6,2."* yazıyordu. Margo'nun gittiği gün. Mesaj kesinlikle ondandı. El yazısını tanıyordum.

8328 bartlesville Caddesi

Tornavidayla menteşeleri yerine oturtmadan kapıyı yerine koyamazdım, bu kesinlikle ebeveynlerimi alarm durumuna geçirirdi, bu yüzden kapıyı yalnızca menteşelerine dayayıp tamamen açık bıraktım. Bilgisayarıma gidip 8328 Bartlesville Caddesi'nin haritasını aradım. Bu caddeyi hiç duymamıştım.

55.6 kilometre uzaklıktaydı, ta Colonial Bulvarı'nda, neredeyse Florida, Christmas Kasabası yakınlarındaydı. Binanın uydu görüntüsüne zum yaptığımda yapı, ön cephesinde mat gümüş bir alan olan, arka cephesi çimenle düzenlenmiş siyah bir dikdörtgen gibi göründü. Bir karavandı belki. Ölçeği anlamak çok zordu çünkü çok fazla yeşille çevrelenmişti.

Ben'i arayıp durumu anlattım. "Yani haklıydım!" dedi. "Lacey'ye söylemek için sabırsızlanıyorum, çünkü o da gerçekten iyi bir fikir olduğunu düşünmüştü!"

Lacey yorumunu duymazlıktan geldim. "Sanırım gideceğim," dedim.

"Şey, evet, tabii ki gitmelisin. Ben de geliyorum. Pazar sabahı gidelim. Bütün gece sürecek balodan yorulmuş olacağım ama olsun."

"Hayır, bu gece gidiyorum demek istedim," dedim.

"Kardeşim, hava *karanlık*. Gizemli bir adresi olan, tanımadığın bir binaya *karanlıkta* gidemezsin. Hiç korku filmi izlemedin mi?"

"Margo orada olabilir," dedim.

"Evet, ve yalnızca genç çocukların pankreaslarıyla beslenen bir şeytan da orada olabilir," dedi. "Tanrım, en azından yarına kadar bekle, gerçi bandodan sonra Lacey'nin süs çiçeğini sipariş etmem lazım, sonra da Lacey'nin internetten bana mesaj atma ihtimaline karşı evde olmak istiyorum çünkü çok fazla mesajlaşıyoruz…"

Sözünü kestim. "Hayır, bu gece. Onu görmek istiyorum." Çemberin daraldığını hissedebiliyordum. Eğer acele edersem bir saat içinde ona bakıyor olabilirdim.

"Kardeşim, gecenin bir yarısı şüpheli bir adrese gitmene izin vermiyorum. Gerekirse kıçına elektrik şoku veririm."

"Yarın sabah," dedim, daha çok kendi kendime. "Yarın sabah gideceğim." Okula devamlılığımın tam olmasından bıkmıştım nasılsa. Ben sessizdi. Ön dişlerinden hava üflediğini duydum.

"Bir şeyler kapmışım gibi hissediyorum," dedi. "Ateş. Öksürük. Ağrılar. Sızılar." Gülümsedim. Kapattıktan sonra Radar'ı aradım.

"Diğer hatta Ben'le konuşuyorum," dedi. "Ben seni geri arayayım."

Bir dakika sonra aradı. Ben merhaba bile diyemeden Radar, "Q, şu korkunç migrenim başladı. Yarın okula gidebilmem mümkün değil," dedi. Güldüm.

Telefonu kapattıktan sonra, soyunup tişört ve boxer'la kaldım, çöp kutumu bir çekmeceye boşaltıp kutuyu yatağın yanına koydum. Alarmımı lanet olasıca bir erken saate, altıya ayarladım ve sonraki birkaç saatimi boş yere uyumaya çalışarak geçirdim.

8.

Ertesi sabah annem odama girdi ve "Dün gece kapıyı bile kapatmadın, uykucu," dedi, gözlerimi açıp, "Sanırım yediğim bir şeyden zehirlendim," dedim. Sonra içinde kusmuk olan çöp kutusunu işaret ettim.

"Quentin! Ah, Tanrım. Ne zaman oldu bu?"

"Altı gibi," dedim ki bu doğruydu.

"Niye bize gelmedin?"

"Çok yorgundum," dedim ki bu da doğruydu.

"Hasta hissederek mi uyandın?" diye sordu.

"Evet," dedim ki bu doğru değildi. Alarmım altıda çalmaya başladığı için uyanmış, sonra gizlice mutfağa gidip bir tahıllı gofret yiyip portakal suyu içmiştim. On dakika sonra boğazıma iki parmağımı sokmuştum. Bunu önceki gece yapmak istememiştim çünkü bütün gece odayı kokutsun istemiyordum. Kusmak berbattı ama çabucak bitmişti.

Annem kovayı götürdü, mutfakta temizlediğini duyabiliyordum. Temiz kovayla geri döndü, dudakları endişeyle bükülmüştü. "Peki, izin almam gerekiyormuş gibi..." diye başladı ama sözünü kestim.

"Sahiden iyiyim," dedim. "Sadece midem bulanıyor. Yediğim bir şeyden."

"Emin misin?"

"Kötüleşirsem ararım," dedim. Alnımdan öptü. Tenimde yapışkan rujunu hissedebiliyordum. Gerçekten hasta değildim ama yine de bir şekilde beni daha iyi hissettirmeyi başarmıştı.

"Kapıyı kapatmamı ister misin?" diye sordu bir eli kapıdayken. Kapı menteşelerine tutunuyordu ama zar zor.

"Yo yo, hayır," dedim, sanırım fazla gergin bir halde.

"Tamam," dedi. "İşe giderken okulu arayacağım. Eğer bir şeye ihtiyacın olursa bana haber ver. Ne olursa. Ya da eve gelmemi istersen. Ve her zaman babanı arayabilirsin. Öğleden sonra seni kontrol edeceğim, tamam mı?"

Başımı salladım ve çarşafı tekrar çeneme doğru çektim. Kova temizlenmiş olmasına rağmen, deterjanın altından kusmuğun kokusunu alabiliyordum, her nedense kokusu bana tekrar kusmak istememe sebep olan, kusma eylemini hatırlattı ama Chrysler'ın garaj yolundan geri geri gittiğini duyana kadar, ağzımdan daha yavaş nefes aldım. Saat 07:32'ydi. İlk defa diye düşündüm, vaktinde gidebilirdim. Okula değil, kuşkusuz. Ama yine de.

Duş alıp dişlerimi fırçaladım ve koyu renk kot pantolonum ile düz siyah bir tişört giydim. Margo'nun gazete parçasını cebime koydum. Menteşeleri yerlerine çaktım ve toplandım. Sırt çantama ne atmam gerektiğini tam olarak bilmiyordum ama kapı kasası açan tornavidayı, uydu haritasının çıktısını, yol tarifini, bir şişe suyu ve Margo'nun orada olma ihtimaline karşı Whitman'ı ekledim. Kitap hakkında ona soru sormak istiyordum.

Ben ile Radar dakikası dakikasına saat sekizde geldiler. Arka koltuğa oturdum. Mountain Goats'un bir şarkısına bağırarak eşlik ediyorlardı.

Ben arkasını dönüp yumruğunu bana doğru uzattı. Bu selamlamadan nefret etmeme rağmen hafifçe yumrukladım. "Q!" diye bağırdı müziği bastırarak. "Bu ne kadar iyi hissettiriyor, değil mi?"

Ben'in ne demek istediğini çok iyi anlıyordum: Mayısta, bir çarşamba sabahı Margo'ya ve onu bulmakla her ne Margosal ödül kazanılacaksa ona doğru giden bir arabada arkadaşlarınla Mountain Goats dinlemeyi kastediyordu. "Matematiği yener," diye cevap verdim. Müzik konuşamayacağımız kadar yüksekti. Jefferson Park'tan çıktığımız anda, dünya müzik zevkimizin iyi olduğunu öğrensin diye bozuk olmayan tek pencereyi aşağı indirdik.

Hayatım boyunca arabayla önlerinden geçtiğim sinema salonları ile kitapçıları geçerek, Colonial Bulvarı'na doğru devam ettik. Ama bu seferki daha farklı ve iyiydi çünkü matematik dersi sırasında gerçekleşiyordu, çünkü Radar ve Ben'le gerçekleşiyordu, çünkü Margo'yu bulacağıma inandığım yere giderken gerçekleşiyordu. Nihayet yaklaşık otuz beş kilometre sonra Orlando, kalan son portakal ağaçlarına ve gelişmemiş çiftliklere yol verdi... bu sonsuz düz arazi çalılıklarla örtülmüştü, meşe ağaçlarının dallarından, rüzgârsız sıcak havada hareketsiz duran parazitimsi bitkiler sarkıyordu. Bu, benim genç bir izciyken armadillo peşinde sinek ısırıklı geceler geçirdiğim Florida'ydı işte. Şimdi caddeye pikaplar hâkimdi ve her kilometrede, anayoldan ayrılan bir semt görmek mümkündü... hiçlikten tıpkı izolasyonlu cephelerden oluşan bir volkan gibi yükselen evleri sebepsiz yere saran dar sokaklar.

Daha uzakta, GROVEPOINT ACRES yazan çürümüş, tahta bir tabela gördük. Çatlak asfalt yol yalnızca altmış metre uzunluktaydı ve ucu, gri görünen geniş bir toprak alanda son buluyor, Grovepoint Acres'ın, annemin deyimiyle bir semtimsi yani tamamlanamadan önce terk edilmiş bir semt olduğunu gösteriyordu. Semtimsiler daha önce arabayla gezerken annemle babam tarafından birkaç defa bana gösterilmişti ama hiç bu kadar ıssızını görmemiştim.

Radar müziği kapatıp, "Yaklaşık bir buçuk kilometre sonra olmalı," dediğinde Grovepoint Acres'ı yaklaşık sekiz kilometre geçmiştik.

Derin bir nefes aldım. Okuldan başka bir yerde olmanın heyecanı azalmaya başlamıştı. Burası Margo'nun saklanacağı ya da ziyaret edeceği bir yer gibi görünmüyordu. New York'tan bambaşka bir yerdi. Bu, insanların bu yarımadaya neden yerleşmeyi düşündüklerini merak ederek üstünden uçup gittiği Florida'ydı işte. Boş asfalta baktım, sıcaklık görüşümü bozuyordu. İleride, parlak alanda titreyen fabrika satış mağazası tipinde bir alışveriş merkezi gördüm.

"Şu mu?" diye sordum öne eğilip işaret ederek.

"Öyle olmalı," dedi Radar.

Ben radyonun düğmesine basıp arabayı uzun zamandan beri gri kumlu toprağın ele geçirdiği park alanına çekerken hepimiz sessizleştik. Bir zamanlar buradaki dört mağaza için tabelalar konmuştu. Yolun kenarında yaklaşık iki buçuk metre yüksekliğinde paslanmış bir direk duruyordu. Ama tabela uzun zaman önce gitmişti, bir kasırga yüzünden ya da zaman içinde çürüyerek kopmuştu. Mağazalar biraz daha iyi dayanmıştı: tek katlı, düz çatısı olan bir binaydı ve bazı yerlerde yalın beton sütunlar görülebiliyordu. Çatlak boyalar bir yuvaya yapışmış böcekler gibi büzülmüştü. Su lekeleri, vitrinlerin arasında kahverengi soyut resimler oluşturmuştu. Camlara çarpık sunta levhalar çakılmıştı. Korkunç bir düşünceyle çarpıldım; bilincin semalarına bir kez girdiği zaman geri alınamayacak türden bir düşünceydi: Burası bana yaşanılacak türde bir yer gibi görünmüyordu. Burası ölünecek türde bir yerdi.

Araba durur durmaz, burnum ve ağzım ölümün iğrenç kokusuyla kaplandı. Genzime çiğ acılıkla yükselen kusmuğu yutmak zorunda kaldım. Ancak şimdi, bütün bu kaybedilmiş zamandan sonra, hem Margo'nun oyununu hem de kazanmanın ödülünü ne kadar korkunç bir şekilde yanlış anladığımı fark ediyordum.

Arabadan çıkıyorum, Ben yanımda duruyor ve Radar da onun yanında. Birden bunun eğlenceli olmadığını, "benimle takılmak için yeterince iyi olduğunu kanıtla" tarzı bir şey olmadığını anlıyorum. O gece Orlando'da gezinirken Margo'yu duyabiliyorum. Bana, "Birkaç çocuğun beni bir cumartesi sabahı üstüme sinekler üşüşmüş halde Jefferson Park'ta bulmasını istemem," deyişini duyabiliyorum. Birkaç çocuk tarafından Jefferson Park'ta bulunmayı istememek, ölmeyi istememekle aynı şey değil.

Koku dışında, canlıları ölüden uzak tutmak için tasarlanmış bu hastalıklı derecede keskin olan pis koku dışında, burada uzun zamandır herhangi birinin olduğuna dair hiç kanıt yok. Kendime Margo'nun böyle kokamayacağını söylüyorum ama elbette kokabilir. Hepimiz kokabiliriz. Terin ve derinin yani ölümden başka bir şeylerin kokusunu almak için kolumu burnuma doğru kaldırıyorum.

Radar, "MARGO?" diye sesleniyor. Binanın paslanmış mazgalına tünemiş bir alaycı kuş cevap olarak iki hecelik bir çığlık atıyor. Radar tekrar, "MARGO!" diye bağırıyor. Hiçbir şey yok. Ayağıyla kuma bir parabol kazıyor ve iç çekiyor. "Kahretsin."

Bu binanın önünde dururken, korku hakkında bir şey öğreniyorum. Korkunun, başına önemli bir şey —bu önemli şey korkunç bile olsa— gelmesini isteyen birinin boş fantezileri olmadığını öğreniyorum. Korku, yabancı birinin ölüsünü görmekten iğrenmek ve Becca Arrington'ın evinin dışında bir tüfeğin ateşlendiğini duymanın nefes kesiciliği değil. Bu, nefes egzersizleriyle idare edilemez. Bu korku daha önce tanıdığım korkularla mukayese edilemez. Bu, bütün olası duyguların en temeli, var oluşumuzdan önce bizimle olan, bu bina var olmadan, dünya var olmadan önce olan bir his. Bu, balıkları karaya süründüren ve akciğer geliştirmelerine neden olan korku, bize koşmayı öğreten korku, bize ölülerimizi gömdüren korku.

Koku beni çaresizlikle dolu bir panik tarafından ele geçirilmiş halde bırakıyor... ciğerlerimin havasız kalması gibi bir panik değil, atmosferin kendisinin havasız kalması gibi bir panik. Sanırım hayatımın çoğunu korkarak geçirdim çünkü gerçek korku geldiğinde kendimi onun için hazırlamaya, vücudumu eğitmeye çalışıyordum. Ama hazır değilim.

"Kardeşim, gitmeliyiz," diyor Ben. "Polisleri falan aramalıyız." Henüz birbirimize bakmadık. Hâlâ binaya bakıyoruz, bu uzun zamandır terk edilmiş, cesetlerden başka hiçbir şey barındırma ihtimali olmayan binaya.

"Hayır," diyor Radar. "Yo yo yo. Eğer aranacak bir şey olursa ararız. Adresi Q için bıraktı. Polisler için değil. İçeriye girmek için bir yol bulmak zorundayız."

"*İçeriye mi?*" diyor Ben kuşkulu bir şekilde.

Ben'in sırtını sıvazlıyorum ve bütün gün boyunca ilk defa üçümüz önümüze değil, birbirimize bakıyoruz. Bu, durumu katlanılabilir hale getiriyor. Onları görmekle ilgili bir şey bana sanki biz onu bulana kadar Margo ölmeyecekmiş gibi hissettiriyor. "Evet, içeriye," diyorum.

Artık Margo kim ya da kimdi bilmiyorum ama onu bulmam gerekiyor.

9.

Binanın arkasından dolaşıyoruz ve dört çelik kapı ile altın-yeşil otluk alanı benek benek kaplayan cüce palmiyelerden başka bir şey bulamıyoruz. Pis koku burada daha kötü ve yürümeye devam etmekten korktuğumu hissediyorum. Ben ile Radar benim tam arkamda, sağımda ve solumdalar. Birlikte bir üçgen oluşturuyoruz, yavaşça yürüyoruz, gözlerimiz etrafı tarıyor.

"Bu bir rakun!" diye bağırıyor Ben. "Ah, Tanrı'ya şükür. Bir rakun. Tanrım." Radar'la, sığ bir drenaj çukurunun yanındaki Ben'e katılmak için binadan uzaklaşıyoruz. Kocaman, şişmiş bir rakun keçeleşmiş tüyleriyle ölü yatıyor, gözle görülür bir travma yok, kürkü dökülüyor, kaburgalarından biri ortaya çıkmış. Radar arkasını dönüp öğürüyor ama dışarı hiçbir şey çıkmıyor. Radar'ın yanında eğilip kürek kemiklerinin arasına elimi koyuyorum ve nefeslendiğinde, "Kahretsin, şu lanet ölü rakunu gördüğüme o kadar sevindim ki," diyor.

Ama her şeye rağmen, burada Margo'yu canlı olarak hayal edemiyorum. Whitman'ın bir intihar mektubu olabileceği aklıma geliyor. Altını çizdiği şeyleri düşünüyorum: "Ölmek herkesin varsaydığından daha farklı ve talihli." "Toprağa, sevdiğim çimenle büyümeye bırakıyorum kendimi, / Eğer tekrar istiyorsan, tabanlarının altında ara beni." Şiirin son dizesini düşününce, bir anlığına bir umut dalgası hissediyorum: "Ben bir yerde duruyorum bekleyerek seni." Ama sonra *ben* kelimesinin bir insan olması gerekmediğini düşünüyorum. *Ben*, bir ceset de olabilir.

Radar rakundan uzaklaşıp dört çelik kapıdan birinin koluna asılıyor. Ölüye dua etmek istiyorum aslında –bu rakun için Kadiş okumam gerekiyormuş gibi– ama nasıl yapacağımı bile bilmiyorum. Onun için çok üzülüyorum ve onu bu şekilde görmekten bu kadar mutlu olduğum için çok üzülüyorum.

"Biraz açılıyor," diye bağırıyor Radar bize doğru. "Gelip yardım edin."

Radar'ın beline kollarımızı dolayıp kapıyı Ben'le geriye doğru çekiyoruz. Radar çekerken kendine fazladan güç sağlamak için ayağını duvara dayıyor, sonra birdenbire üstüme yığılıyorlar, Radar'ın terden ıslanmış tişörtü yüzüme yapışıyor. Bir anlığına heyecanlanıyorum, içeri girdiğimizi düşünüyorum. Ama sonra Radar'ın kapı kolunu tuttuğunu görüyorum. Güçlükle kalkıp kapıya bakıyorum. Hâlâ kilitli.

"Boktan, kırk yıllık lanet olasıca kapı kolu," diyor Radar. Onun bu şekilde konuştuğunu daha önce hiç duymamıştım.

"Sorun değil," diyorum. "Bir yol var. Olmalı."

Binanın önüne doğru bütün yolu tekrar yürüyoruz. Kapı yok, delik yok, gözle görülür bir tünel yok. Ama içeri girmem gerek. Ben ile Radar pencereden suntaları çıkarmaya çalışıyorlar ama hepsi çivilenmiş. Radar suntayı tekmeliyor ama sunta yol vermiyor. Ben bana dönüyor. "Bu levhaların hiçbirinin arkasında cam yok," diyor, sonra koşarak binadan uzaklaşmaya başlıyor, o giderken spor ayakkabıları kumları sıçratıyor.

Ona kafamın karıştığını gösteren bir bakış atıyorum. "Suntayı parçalayacağım," diye açıklıyor.

"Yapamazsın." Ben, hafif üçlümüzün en küçüğü. Eğer biri levhaları kırmayı deneyecekse, bu ben olmalıyım.

Ellerini yumruk haline getiriyor, sonra parmaklarını uzatıyor. Ben ona doğru yürürken, benimle konuşmaya başlıyor. "Annem beni üçüncü sınıfta dövülmekten korumaya çalıştığı zaman, tekvandoya yazdırdı. Yalnızca üç ders falan gittim ve sadece tek bir şey öğrendim ama o şey bazen işe yarıyor: O tekvando ustasının kalın bir tahtayı yumruklamasını izlerdik ve hepimiz, dostum, bunu nasıl yaptı falan gibi bakardık ve usta bize eğer eliniz tahtanın içinden geçecekmiş gibi hareket ederseniz ve elinizin tahtadan geçeceğine inanırsanız o zaman öyle olur, dedi."

O harekete geçip bir bulanıklık halinde yanımdan koşup geçerken, ben onun aptalca mantığını reddetmek üzereyim. Levhaya yaklaşırken hızlanmaya devam ediyor ve sonra, tamamen korkusuzca, olabilecek son saniyede havaya sıçrayıp vücudunu yana doğru çeviriyor —omzu gücün ağırlığını taşımak için dışarıda— ve tahtaya çarpıyor. Kısmen, Ben'in tahtayı parçalayıp içeri girmesini ve çizgi film karakteri gibi Ben şeklinde bir oyuk bırakmasını bekliyorum. Bunun yerine levhadan sekip kumlu toprak denizinin ortasındaki parlak bir çimen parçasına, kıçüstü düşüyor. Ben, omzunu ovuşturarak yana doğru yuvarlanıyor. "Kırıldı," diye beyan ediyor.

Ona doğru koşarken omzunu kastettiğini farz ediyorum ama sonra ayağa kalkıyor ve sunta levhada Ben yüksekliğindeki çatlağa bakıyorum. Tekmelemeye başlıyorum ve çatlak yatay olarak genişliyor, sonra Radar'la parmaklarımızı çatlağın içine geçirip asılmaya başlıyoruz. Terin gözlerimi yakmasını engellemek için gözlerimi kısarak bakıyorum ve çatlak girintili çıkıntılı bir açıklık yaratmaya başlayana kadar bütün gücümle ileri geri asılıyorum. Sessiz bir çalışmayla Radar'la, en sonunda ara vermesi gerekene kadar açıklığa baskı yapıyoruz, sonra Ben onun yerine geçiyor. Nihayet levhadan büyük, iri bir parçayı mağazanın içine doğru yumruklayabiliyoruz. Ayaklarım önde tırmanıyor, kâğıt yığını gibi gelen bir şeylerin üzerinde körlemesine yere iniyorum.

Binaya oyduğumuz delik içeri biraz ışık veriyor ama alanın boyutlarını ya da tavan olup olmadığını bile çıkaramıyorum. İçerideki hava o kadar bayat ve sıcak ki soluk almak ya da vermek farksız geliyor.

Arkamı dönüyorum ve çenem Ben'in alnına çarpıyor. Ortada bir neden olmamasına rağmen, kendimi fısıldarken buluyorum. "Şey var mı..."

Sözümü bitiremeden, "Hayır," diye fısıldıyor Ben karşılık olarak. "Radar, el feneri getirdin mi?"

Radar'ın delikten geçtiğini duyuyorum. "Anahtarlığımda bir tane var. Çok büyük bir şey değil gerçi."

Işık yanıyor ve hâlâ çok iyi göremiyorum ama metal raflardan oluşan bir labirentle dolu büyük bir odaya adım attığımızı anlayabiliyorum. Yerdeki kâğıtlar eski bir takvimden yapraklar, günler odanın etrafına dağılmış, hepsi sararmış ve fareler tarafından kemirilmiş. Buranın bir zamanlar küçük bir kitapçı olup olmadığını merak ediyorum, bununla beraber bu raflar tozdan başka bir şey tutmayalı on yıllar olmuş.

Radar'ın arkasında sıraya giriyoruz. Üstümüzde bir şeyin gıcırdadığını duyuyorum ve hepimiz hareket etmeyi bırakıyoruz. Paniğimi bastırmaya çalışıyorum. Radar ile Ben'in nefeslerini ve ayaklarını yere sürtmelerini duyabiliyorum. Buradan çıkmak istiyorum ama neticede gıcırdayanın Margo olması mümkün. Kokain bağımlıları da.

"Döşemeler yerine oturuyor," diye fısıldıyor Radar ama her zamankinden daha az emin görünüyor. Orada hareket edemez halde duruyorum. Bir dakika sonra Ben'in sesini duyuyorum. "En son bu kadar korktuğumda altıma işemiştim."

"En son bu kadar korktuğumda," diyor Radar, "dünyayı büyücüler için güvenli hale getirmek amacıyla Karanlık Lord'la yüzleşmek zorunda kalmıştım."

Zayıf bir girişimde bulunuyorum. "En son bu kadar korktuğumda anneciğimin odasında uyumak zorunda kalmıştım."

Ben kıkırdıyor. "Q, eğer senin yerinde olsaydım, her zaman o kadar korkardım. Her. Gece."

Gülme havamda değilim ama onların kahkahaları odayı daha güvenli hissettiriyor ve böylece araştırmaya başlıyoruz. Her raf sırasını inceliyoruz ve yerde duran 1970'lerden kalma birkaç *Reader's Digest* sayısından başka bir şey bulamıyoruz. Bir süre sonra, gözlerim karanlığa alışıyor ve gri ışıkta farklı hızlarda, farklı yönlere doğru yürümeye başlıyoruz.

"Herkes odadan ayrılana kadar, kimse odayı terk etmiyor," diye fısıldıyorum ve karşılık olarak *tamam* diye fısıldıyorlar. Odanın duvarlarından birine yanaşıyorum ve burası terk edildikten sonra birinin burada bulunduğunu gösteren ilk delili buluyorum. Duvara yarım daire şeklinde, girintili çıkıntılı, bel hizasında bir tünel kazılmış. Yukarıya turuncu sprey boyayla, aşağıdaki deliği işaret eden yardımcı bir okla birlikte, CÜCE DELİĞİ kelimeleri yazılmış. "Çocuklar," diyor Radar, o kadar yüksek sesle söylüyor ki, sadece bir anlığına büyü bozuluyor. Sesini takip edip onu karşı duvarda dururken buluyorum, el feneri başka bir Cüce Deliği'ni aydınlatıyor.

Duvar yazısı bilhassa Margo'nunmuş gibi görünmüyor ama kesin bir şey söylemek zor. Ne de olsa sprey boyayla tek bir harf yazdığını görmüştüm.

Radar ışığı deliğin içine tutuyor, ben de çömelip içeri giriyorum. Bu oda bir köşedeki rulo yapılmış halı dışında tamamen boş. Fener yeri tararken, betonun üzerinde bir zamanlar halının olduğu yerdeki yapıştırıcı lekelerini görebiliyorum. Odanın karşısında, duvara kazılmış sadece başka bir delik daha görebiliyorum, bu sefer duvarda yazı yok.

O Cüce Deliği'nden sürünerek elbise askıları dizili bir odaya geçiyorum, paslanmaz çelik direkler hâlâ üstünde su lekeleri olan duvarlara tutturulmuş halde duruyor. Bu oda daha iyi ışık alıyor, bunun çatıda bir sürü delik olmasından kaynaklandığını fark etmem kısa bir zamanımı alıyor... katranlı kâğıt aşağı doğru sallanıyor ve çatıda çelik kirişlerin ortaya çıktığı yerleri görebiliyorum.

Önümde Ben, "Hediyelik eşya dükkânı," diye fısıldıyor ve hemen haklı olduğunu anlıyorum.

Odanın ortasındaki beş vitrin bir beşgen oluşturuyor. Bir zamanlar turistleri, turist ıvır zıvırlarından uzak tutan cam, çoğunlukla tuzla buz olmuş. Gri boya, garip ve güzel motiflerle duvardan soyuluyor, boyanın her çatlağı, çürümeden meydana gelen bir kar tanesi gibi.

Garip bir biçimde hâlâ biraz eşya var: Çocukluğumun geçmişteki bir bölümünden hatırladığım bir Mickey Mouse telefonu. Güveler tarafından yenmiş ama hâlâ katlı olan GÜNEŞLİ ORLANDO tişörtleri hâlâ vitrinde, üzerlerine kırık camlar saçılmış. Cam vitrinlerin altında Radar haritalar ile artık var olmayan Timsah Dünyası, Kristal Bahçeler ve eğlence parklarının reklamını yapan eski turist broşürleriyle dolu bir kutu buluyor. Ben beni yanına çağırıp sessizce vitrinde tek başına duran, yeşil camdan bir timsah biblosunu işaret ediyor, neredeyse toza gömülmüş. Hatıralarımızın değeri bu sanırım: bu saçmalıkları verebilmeniz mümkün değil.

Önce boş odadan, sonra raflı odadan geçerek geri dönüyor ve son Cüce Deliği'nden sürünerek geçiyoruz. Bu oda bir ofise benziyor fakat bilgisayar yok ve büyük bir aceleyle terk edilmiş gibi görünüyor, sanki çalışanları uzaya falan ışınlanmış gibi. Dört sıra halinde yirmi masa duruyor. Bazı masaların üzerinde hâlâ kalemler var ve bütün masaların özelliği düz bir halde üstlerinde yatan aşırı büyük takvimler olması. Her takvim Şubat 1986'yı gösteriyor. Ben kumaş kaplı bir sandalyeyi itiyor ve sandalye, ritmik bir gıcırdamayla dönüyor. Bir masanın yanına Martin-Gale Mortgage Şirketi'nin reklamını yapan binlerce yapışkanlı not piramit şeklinde yığılmış. Açık kutularda, eski nokta vuruşlu yazıcılardan çıkan, Martin-Gale

Mortgage Şirketi'nin gelir-giderlerinin detaylarını gösteren kâğıt desteleri var. Masalardan birinin üstünde birisi, semtlerin broşürlerini tek katlı bir karttan ev oluşturacak şekilde dizmiş. İçlerinde bir ipucu olabilir diye düşünerek broşürleri yayıyorum ama yok.

Radar, "1986'dan sonra hiçbir şey yok," diye fısıldayarak parmaklarıyla kâğıtları karıştırıyor. Masa çekmecelerini gözden geçirmeye başlıyorum. Kulak çöpleri ile kravat iğneleri buluyorum. Düzineler halinde, eski tarz fontları ve tasarımları olan karton ambalajlarla paketlenmiş dolmakalemler ve kurşun kalemler. Kâğıt peçeteler. Bir çift golf eldiveni.

"Çocuklar, siz bir şey görüyor musunuz?" diye soruyorum. "Son yirmi yıl içinde herhangi birinin burada bulunduğuna dair bir ipucu?"

"Cüce Delikleri'nden başka hiçbir şey yok," diye cevaplıyor Ben. Burası bir mezar, her şey toza bürünmüş.

"O zaman Margo neden bizi buraya yönlendirdi?" diye soruyor Radar. Artık konuşuyoruz.

"Bilmem," diyorum. Belli ki Margo burada değil.

"Bazı yerler var," diyor Radar, "daha az tozlu. Boş odada tozsuz bir dikdörtgen var, sanki bir şey kaldırılmış gibi. Ama bilemiyorum."

"Ve şu boyanmış bölüm var," diyor Ben. İşaret ediyor ve Radar'ın feneri, ofisin karşı duvarının bir kısmının beyaz astar boyasıyla boyandığını gösteriyor, sanki biri odaya bir değişiklik yapma fikrine kapılmış ancak yarım saat sonra bu projeden vazgeçmiş gibi. Duvara doğru yürüyorum ve yakınlaşınca, beyaz boyanın altında kırmızı bir duvar yazısı olduğunu görebiliyorum. Ama kırmızı duvar yazısından yalnızca tek tük izler görebiliyorum... bir şeyler anlamak için kesinlikle yeterli değil. Duvarın tam karşısında açık bir boya kutusu var. Diz çöküp parmağımı boyanın içine bastırıyorum. Yüzeyi sert ama kolayca kırılıyor ve parmağım beyaza bulanmış halde dışarı çıkıyor. Boya parmağımdan damlarken hiçbir şey söylemiyorum çünkü hepimiz yakın zamanda birinin buraya geldiğine dair aynı sonuca varıyoruz, sonra bina tekrar gıcırdıyor ve Radar feneri düşürüp küfrediyor.

"Bu çok ürkütücü," diyor.

"Çocuklar," diyor Ben. Fener hâlâ yerde, onu almak için geriye bir adım atıyorum ama sonra Ben'in bir yeri işaret ettiğini görüyorum. Duvarı işaret ediyor. Dolaylı ışık sayesinde, duvar yazısındaki harfler, astar boya tabakasının altından okunur hale geliyor, hemen Margo'nun olduğunu anladığım hayali grilikte bir yazı görüyorum.

KÂĞITTAN KENTLERE GİDECEKSİN
VE ASLA GERİ DÖNMEYECEKSİN

Feneri yerden alıp doğrudan boyanın üstüne doğrultuyorum ve mesaj yok oluyor. Ama feneri duvarın başka bir bölümüne doğrulttuğum zaman yazıyı yine okuyabiliyorum. "Kahretsin," diyor Radar alçak sesle.

Şimdi de Ben, "Kardeşim, artık gidebilir miyiz? Çünkü en son bu kadar korktuğumda... siktir et. Ödüm kopuyor. Bu boktan olayda komik bir durum yok," diyor.

Bu boktan olayda komik bir durum yok, belki de Ben'in, hissettiğim dehşete ulaşabildiği en yakın mesafe. Ve benim için bu yeterince yakın. Hızlıca Cüce Deliği'ne doğru yürüyorum. Duvarların üstümüze geldiğini hissedebiliyorum.

10.

Ben ile Radar beni eve bıraktılar... okulu asmalarına rağmen bando provasını asma. Uzun süre, *Kendi Şarkım*'la tek başıma oturdum ve aşağı yukarı onuncu kez bütün şiiri baştan sona dek okumaya çalıştım ama mesele şuydu ki, şiir seksen sayfa falan uzunluğunda, tuhaf ve fazla tekrarlıydı ve her kelimesini anlayabilmeme rağmen, bütün olarak hiçbir şey anlayamıyordum. Altı çizili bölümlerin muhtemelen önemli olan tek bölümler olduğunu bilsem de, intihar mektubu tarzında bir şiir olup olmadığını anlamak istiyordum. Fakat bir anlam çıkaramıyordum.

Dedektifi aramaya karar verecek kadar korkuya kapıldığımda, şiirde on kafa karıştırıcı sayfa geçmiştim. Çamaşır sepetindeki şorttan dedektifin kartvizitini bulup çıkardım. İkinci çalışta cevap verdi.

"Warren."

"Selam, eee, ben Quentin Jacobsen. Margo Roth Spiegelman'ın bir arkadaşıyım ama?"

"Tabii, evlat, seni hatırlıyorum. Nasılsın?"

Ona küçük alışveriş merkezindeki ipuçlarını ve kâğıttan kentleri, SunTrust binasının tepesinden Orlando'ya nasıl kâğıttan kent dediğini ama çoğul olarak kullanmadığını, bana bulunmak istemediğini söyleyişini, onu ayakkabı tabanlarının altında bulma meselesini anlattım. Bana terk edilmiş binalara izinsiz girmememi söylemedi ya da neden bir okul gününde sabahın onunda terk edilmiş bir binada olduğumu bile sormadı. Sadece ben konuşmamı bitirene kadar bekledi ve "Tanrım, evlat, neredeyse bir dedektif olmuşsun. Şimdi tek ihtiyacın olan bir silah, cesaret ve üç eski eş. Yani teorin nedir?" dedi.

"Kendini, eee, öldürmüş olabileceğinden endişeleniyorum."

"Bu kızın kaçmaktan başka bir şey yaptığı aklımın ucundan bile geçmedi, evlat. Durumunu anlayabiliyorum ama bunu daha önce yaptığını hatırlamalısın. İpuçları... bütün bu girişime heyecan katıyor. Doğrusu, evlat, onu bulmanı isteseydi –ölü ya da diri– çoktan bulmuş olurdun."

"Ama siz de..."

"Evlat, talihsiz olan şu ki, o yasal olarak özgür iradesi olan bir yetişkin. Sana biraz tavsiye vereyim: Bırak o eve gelsin. Yani bir noktada gökyüzüne bakmayı bırakmak zorunda kalacaksın ya da bir gün aşağı bakıp kendinin de uçup gittiğini göreceksin."

Ağzımda kötü bir tatla telefonu kapattım... Beni Margo'ya götürecek şeyin Warren'ın şiiri olmadığını anlamıştım. Margo'nun sonda altını çizdiği satırları düşünmeye devam ettim: "Toprağa, sevdiğim çimenle büyümeye bırakıyorum kendimi, / Eğer tekrar istiyorsan, tabanlarının altında ara beni." O çimen, Whitman'ın ilk birkaç sayfada yazdığına göre, "mezarların kesilmemiş güzel saçları" idi. Ama mezarlar neredeydi? Kâğıttan kentler neredeydi?

"Kâğıttan kentler" sözü hakkında benden daha fazla bir şey bilip bilmediğini görmek için Omnictionary'ye girdim. Kokarcakıç adlı bir kullanıcı tarafından yaratılmış, aşırı derecede düşünceli ve yararlı bir girdi vardı: "Kâğıttan Kent, içinde kâğıt fabrikası olan bir şehirdir." Bu Omnictionary'nin kusuruydu: Radar tarafından yazılan şeyler eksiksiz ve aşırı derecede yararlıydı; kokarcakıç'ın editlenmemiş yazısıysa hiç tatmin edici değildi. Ama bütün interneti taradığımda, Kansas'taki gayrimenkullerle ilgili bir forumda yaklaşık kırk girdi alta gömülmüş ilginç bir şey buldum.

Madison Evleri inşa edilmeyecekmiş gibi görünüyor; kocamla oradan bir ev aldık ama bu hafta birisi depozitomuzu bize geri ödeyeceklerini çünkü projeyi finanse edecek kadar ev satmadıklarını söylemek için aradı. Kansas için bir kâğıttan kent daha! –Cawker, Kansas'tan Marge.

Bir semtimsi! Semtimsilere gideceksin ve asla geri dönmeyeceksin. Derin bir nefes aldım ve bir süre gözümü dikip ekrana baktım.

Sonuç kaçınılmaz görünüyordu. İçindeki kopmuş ve karar verilmiş her şeye rağmen Margo, sonsuza kadar ortadan yok olmayı kabullenmemişti. Ve ilk iplerinin koptuğu *bizim* semtimizin hayalî bir versiyonunda bedenini bırakmaya –bana bırakmaya– karar vermişti. Bedeninin rastgele çocuklar tarafından bulunmasını istemediğini söylemişti... ve bütün tanıdıkları arasından onu bulmak için beni seçmiş olması mantıklıydı. Beni farklı bir şekilde incitmiş olmayacaktı. Bunu daha önce yapmıştım. Sahada deneyimim vardı.

Radar'ın çevrimiçi olduğunu gördüm ve ekranımda bir mesajı çıkıverdiğinde, onunla konuşmak için üstüne tıkladım.

OMNICTIONARIAN96: Selam.
DİRİLİŞÇİQ: Kâğıttan kentler = semtimsiler. Sanırım bedenini bulmamı istiyor. Çünkü bunu kaldırabileceğimi düşünüyor. Çünkü çocukken o ölü adamı bulduk.

Ona internet adresini gönderdim.

OMNICTIONARIAN96: Yavaş ol. Bırak adrese bakayım.
DİRİLİŞÇİQ: Tmm.
OMNICTIONARIAN96: Tamam, bu kadar hastalıklı olma. Hiçbir şeyi kesin olarak bilmiyorsun. Margo muhtemelen iyi.
DİRİLİŞÇİQ: Hayır, düşünmüyorsun.

OMNICTIONARIAN96: Tamam, düşünmüyorum. Ama bu delil karşılığında, eğer biri yaşıyorsa...

DİRİLİŞÇİQ: Evet, sanırım. Gidip uzanacağım. Annemle babam yakında eve gelir.

Ama sakinleşemedim, bu yüzden yataktan Ben'i arayıp ona teorimi anlattım.

"Oldukça hastalıklı bir saçmalık, kardeşim. Ama Margo iyidir. Hepsi oynadığı oyunun bir parçası."

"Bu konu hakkında biraz düşüncesiz davranıyorsun."

İç çekti. "Neyse ne, bu biraz da onun aptallığı, yani, okulun son üç haftasını çalmak filan... Seni endişelendirdi, Lacey'yi endişelendirdi ve balo üç gün içinde falan, biliyorsun. Sadece eğlenceli bir balo geçiremez miyiz?"

"Sen ciddi misin? Margo *ölmüş* olabilir, Ben."

"Ölmemiştir. İlgi istiyor. Yani, ebeveynlerinin boktan olduğunu biliyorum ama onu bizden daha iyi tanıyorlar, değil mi? Ve onlar da böyle düşünüyor."

"Öyle göt kafalı olabiliyorsun ki," dedim.

"Her neyse, kardeşim. İkimiz de uzun bir gün geçirdik. Çok fazla heyecan yaşadık. KİB." Gerçek hayatta internet dili kullandığı için onunla dalga geçmek istedim ama enerjim olmadığını hissettim.

Ben'le telefonu kapattıktan sonra Florida'daki semtimsilerin bir listesini aramak için tekrar internete girdim. Hiçbir yerde bir liste bulamadım ama bir süre "terk edilmiş semtler" ve "Grovepoint Acres" diye aradıktan sonra, Jefferson Park'a üç saatlik mesafede bulunan beş yer listelemeyi başardım. Orta Florida'nın bir haritasını yazıcıdan çıkarıp haritayı bilgisayarımın üzerindeki duvara raptiyeledim, sonra beş yerin her biri için bir raptiye ekledim. Haritaya bakarak aralarında hiçbir bağlantı bulamadım. Rastgele ücra kenar mahallelere dağılmışlardı ve hepsine ulaşmam en az bir haftamı alırdı. Neden bana belirli bir yer belirtmemişti? Bütün bu cehennem gibi korkunç ipuçları. Bütün bu trajedi imaları. Ama hiçbir yer yoktu. Tutunacak hiçbir şey yoktu. Çakıl taşlarından bir dağa tırmanmaya çalışmak gibiydi.

Ertesi gün Ben, balo alışverişi için etrafta Lacey'nin cipiyle gezineceğinden bana SESIB'ı ödünç almam için izin verdi. Böylece ilk defa bando odasının dışında oturmak zorunda kalmadım... yedinci zil çaldı ve koşarak Ben'in arabasına gittim. Ben'in SESIB'ı çalıştırma yeteneğinden yoksun olduğumdan son sınıfların park alanına ilk ulaşanlardan ve oradan en son ayrılanlardan biriydim ama sonunda motoru çalıştırdım ve Grovepoint Acres'a doğru hareket ettim.

Arabayla Colonial Bulvarı'nda şehir dışına doğru yavaşça sürerek, internette kaçırmış olabileceğim başka semtimsileri kollayarak ilerledim. Arkama uzun bir araba kuyruğu dizildi, onları geciktirdiğim için huzursuz hissettim; arkamdaki arazi aracındaki adamın benim haddinden fazla tedbirli bir sürücü olduğumu düşünüp düşünmediği gibi, bu kadar önemsiz, gülünç ıvır zıvırlara endişelenecek yerimin hâlâ var olabilmesine hayret ettim. Margo'nun ortadan kayboluşunun beni değiştirmesini isterdim ama değiştirmemişti, tam olarak değil.

Arabalardan oluşan kuyruk, gönülsüz bir cenaze alayı gibi arkamda kıvrıla kıvrıla giderken, kendimi yüksek sesle Margo'yla konuşurken buldum. *Bütün ipleri çekeceğim. Güvenini sarsmayacağım. Seni bulacağım.*

Tuhaf bir biçimde, onunla bu şekilde konuşmak beni sakinleştirdi. Olasılıkları hayal etmemi engelledi. Tekrar yamuk duran, tahta Grovepoint Acres tabelasına geldim. Sola, çıkmaz asfalt yola dönerken arkamdakilerden gelen ferahlama iç çekişlerini neredeyse duyabiliyordum. Evsiz bir garaj yolu gibi görünüyordu. SESIB'ı çalışır halde bırakıp indim. Yakından, Grovepoint Acres'ın başta göründüğünden daha fazla tamamlanmış olduğunu görebildim. Tozlu zemine çıkmazlarla sonlanan iki toprak yol kazılmıştı, yollar oldukça aşınmış olmasına rağmen, ana hatlarını zar zor görebiliyordum. İki yolda da ileri geri yürürken, her nefesimle birlikte burnumda sıcaklığı hissedebiliyordum. Yakıcı güneş hareket etmeyi zorlaştırıyordu ama ben biraz hastalıklı olmasına rağmen iyi hissettiren gerçeği biliyordum: Sıcaklık ölümü kokuturdu ve Grovepoint Acres pişmiş hava ve araba egzozu dışında bir şey kokmuyordu... Margo'nun orada bulunduğuna dair delil aradım: ayak izleri, toprağa yazılmış bir şey ya da bir hatıra. Ancak bu isimsiz toprak yollarda yıllardır yürüyen ilk kişi gibi görünüyordum. Zemin düzdü ve henüz pek fazla çalı büyümemişti, bu nedenle her yönde epey uzağı görebiliyordum. Çadır yoktu. Kamp ateşi yoktu. Margo yoktu.

SESIB'a geri dönüp I-4'e sürdüm, sonra şehrin kuzeydoğusuna, Holly Meadows denilen bir yere gittim. Sonunda bulana kadar, üç defa Holly Meadows'un yanından geçtim... etraftaki tek şey, meşe ağaçları ve çiftlik arazileriydi ve girişinde bir işaret olmayan Holly Meadows fazla göze batmıyordu. Ama meşe ve çam ağaçlarının olduğu ilk yoldan ayrılan toprak yolda birkaç metre ilerler ilerlemez ortalık Grovepoint Acres kadar ıssızlaştı. Esas toprak yol yavaşça buharlaşıp toprak arazisine dönüştü. Görebildiğim başka yol yoktu ama etrafta yürürken, yerde duran birkaç sprey boyalı tahta kazık buldum; bir zamanlar arsaların sınır göstergeleri olduklarını tahmin ediyordum. Şüpheli hiçbir şey göremiyor ya da kokusunu alamıyordum ancak yine de göğsüme baskı yapan bir korku hissettim, başta nedenini anlayamadım ama sonra onu gördüm: İnşaat için araziyi temizlediklerinde, arka sınırına yakın bir yerde kimsesiz bir meşe ağacı bırakmışlardı. Ve bu eğri büğrü ağaç, kalın kabuklu dallarıyla Jefferson Park'ta Robert Joyner'ı bulduğumuz yerdekine o kadar benziyordu ki Margo'nun orada, ağacın öbür tarafında olduğuna emindim âdeta.

O anı ilk defa gözümün önüne getirmek zorunda kaldım: Margo Roth Spiegelman, ağacın gövdesine yaslanmış, gözleri donuk, siyah kan ağzından dışarı akıyor, her yeri şişmiş ve bozulmuş çünkü onu bulmam çok uzun sürmüş. Onu daha erken bulmam için bana güvenmişti. Son gecesinde bana güvenmişti. Ve ben onu yüzüstü bırakmıştım. Havada "daha sonra yağmur yağabilir" tadından başka tat olmasa da Margo'yu bulduğuma emindim.

Ama hayır. Bu sadece bir ağaçtı, boş gümüş rengi toprakta tek başına bir ağaç. Ağacın gövdesine dayanarak oturdum ve soluklandım. Bunu yalnız başıma yapmaktan nefret ediyordum. Nefret ediyordum. Eğer Robert Joyner'ın beni buna hazırladığını düşündüyse yanılmıştı. Robert Joyner'ı tanımıyordum. Robert Joyner'ı sevmiyordum.

Toprağı yumrukladım, sonra tekrar tekrar yumrukladım, ben ağacın dışarı çıkmış köklerine vuruncaya kadar, kumlar ellerimin arasından etrafa saçılıyordu, devam ettim, acı hızla avuçlarımdan ve bileklerimden geçerek artıyordu. O zamana kadar Margo için ağlamamıştım ama sonunda o anda ağladım, yeri yumruklayarak ve duyacak kimse olmadığı için bağırarak: Onu özledim onu özledim onu özledim onu özledim onu özlüyorum.

Kollarım yorulup gözlerim kuruduktan sonra bile oturdum ve ışık grileşene kadar onu düşünerek orada kaldım.

11.

Ertesi gün okulda, Ben'i bando odasının kapısının yanında alçak dallı bir ağacın gölgesinde Lacey, Radar ve Angela'yla konuşurken buldum. Onlar balo ve Lacey'nin Becca'ya nasıl düşmanlık beslediği falan hakkında konuşurken benim için dinlemek zor oldu. Onlara ne gördüğümü anlatmak için fırsat kolluyordum ama sonra fırsat bulduğumda ve sonunda, "İki semtimsiye oldukça uzun süre baktım ama pek bir şey bulamadım," dediğimde gerçekten de söylenecek yeni bir şey olmadığını fark ettim.

Hiç kimse o kadar da endişeli görünmüyordu, Lacey dışında. Ben semtimsiler hakkında konuşurken başını salladı. "Dün gece internette, intihar eğilimi olan kişilerin kızgın olduğu insanlarla ilişkilerini bitirdiğini okudum. Ve eşyalarını hediye ediyorlarmış. Geçen hafta Margo bana beş tane falan kot pantolon verdi, bana daha iyi uyduklarını söyledi ki bu doğru bile değil, çünkü o çok daha, şey, kıvrımlı hatlara sahip." Lacey'yi severdim ama Margo'nun bahsettiği şu Lacey'nin Margo'ya hep zarar vermeye çalışması meselesini anlıyordum.

Bize bu hikâyeyi anlatmasıyla ilgili bir şeyler ağlamaya başlamasına neden oldu, Ben kolunu ona doladı ve Lacey başını Ben'in omzuna dayadı, bunu yapması zordu çünkü topuklularıyla Lacey, Ben'den uzundu.

"Lacey, sadece bir konum bulmamız gerekiyor. Yani, arkadaşlarınla konuş. Hiç kâğıttan kentlerden bahsetti mi? Hiç belirli bir yerden bahsetti mi? Onun için bir anlamı olan bir semt var mıydı?" Omuzlarını silkip Ben'in omzuna gömüldü.

"Kardeşim, onu zorlama," dedi Ben. İç çektim ama çenemi kapattım.

"Ben internet işlerindeyim," dedi Radar, "ama kullanıcı adı, gittiğinden beri Omnictionary'ye girmedi."

Ve birdenbire balo konusuna geri döndüler. Lacey hâlâ üzgün ve dikkati dağılmış görünerek Ben'in omzundan kalktı ama Ben ile Radar birbirlerine süs çiçeği alma hikâyelerini anlatırken gülmeye çalıştı.

Gün her zamanki gibi geçti... yavaş çekimde, saate binlerce ağlamaklı bakış atarak. Ama artık daha da katlanılmazdı çünkü okulda harcadığım her dakika, onu bulmakta başarısız olduğum başka bir dakikaydı.

O gün azıcık ilgi çekici olan tek dersim, Dr. Holden'ın hepimizin *Moby Dick*'i okumuş olduğumuzu varsayarak Kaptan Ahab ile onun şu beyaz balinayı bulup öldürme saplantısını anlatarak kitabı benim için tamamen mahvettiği edebiyat dersiydi. Ama onun konuşurken gittikçe heyecanlanmasını izlemek eğlenceliydi. "Ahab kadere sövüp sayan çılgın bir adam. Romanda Ahab'ın başka bir şey istediğini görmediniz, değil mi? Tek bir saplantısı var. Ve geminin kaptanı olduğu için kimse onu durduramıyor. Eğer final ödevlerinizde ondan bahsetmeyi seçerseniz saplantılı olduğu için Ahab'ın bir aptal olduğunu iddia edebilirsiniz... Ancak bu kaybetmeye mahkûm olduğu mücadeleyi devam ettirmesinde trajik biçimde kahramanca bir şeyler olduğunu da tartışabilirsiniz. Ahab'ın umudu delilik benzeri bir şey mi, yoksa tam da insanlığın tanımı mı?" Aslında kitabı okumadan final ödevini kıvırabileceğimi fark ederek söylediklerinden yazabildiğim kadarını yazdım. O konuşurken, Dr. Holden'ın bir şeyler okumakta alışılmadık derecede iyi olduğu aklıma geldi. Ve Whitman'ı sevdiğini söylemişti.

Böylece zil çaldığında, *Çimen Yaprakları*'nı çantamdan çıkardım, sonra herkes aceleyle ya eve ya da dersle alakasız yerlere giderken çantanın fermuarını yavaşça çektim. Zaten geç kalmış bir ödev için fazladan vakit isteyen birinin arkasında bekledim, sonra çocuk gitti.

"İşte en sevdiğim Whitman okuyucusu," dedi.

Zorlanarak gülümsedim. "Margo Roth Spiegelman'ı tanıyor musunuz?" diye sordum.

Masasına oturup benim de oturmam için işaret etti. "Hiç dersime girmedi," dedi Dr. Holden, "ama kesinlikle duydum. Evden kaçtığını biliyorum."

"Bu şiir kitabını bana bıraktı sayılır, şey, ortadan kaybolmadan önce." Kitabı ona uzattım ve Dr. Holden yavaşça sayfaları çevirmeye başladı. Çevirirken konuşmaya devam ettim. "Altı çizili bölümler hakkında çok fazla düşündüm. *Kendi Şarkım*'ın sonuna giderseniz, ölmekle ilgili şu şeylerin altını çizmiş. Şey gibi: 'Eğer tekrar istiyorsan, tabanlarının altında ara beni.'"

"Bunu senin için bıraktı," dedi Dr. Holden sessizce.

"Evet," dedim.

Tekrar çevirip yeşil renkle altı çizilmiş sözün üzerine tırnağıyla hafifçe vurdu. "Kapı kasalarındaki olay ne? Bu, şiirde harika bir andır, Whitman'ın sana bağırdığını *hissedebilirsin*: 'Açın kapıları! Aslında, sökün kapıları!'"

"Aslında kapımın kasasının içine başka bir şey bırakmış."

Dr. Holden güldü. "Vay canına. Zekice. Ama bu öyle harika bir şiir ki... onun böylesine düz bir okumaya indirgendiğini görmekten nefret ediyorum. Ve neticede çok iyimser olan bir şiire, çok karanlık bir şekilde tepki vermiş gibi görünüyor. Bu şiir bağlanmışlığımız hakkındadır... her birimizin çimen yaprakları gibi aynı kök sistemini paylaşması hakkında."

"Ama yani altını çizdiklerinden intihar mektubu gibi görünüyor," dedim. Dr. Holden tekrar son kıtaları okudu ve başını kaldırıp bana baktı.

"Bu şiiri umutsuz bir şeye ayrıştırmak ne büyük bir hata. Umarım durum bu değildir, Quentin. Eğer bütün şiiri okursan, yaşamın kutsal ve değerli olduğundan başka bir sonuca nasıl varabilirsin, anlamıyorum. Ama... kimbilir. Belki de aradığı şey için şiirde bir göz gezdirdi. Genelde şiirleri böyle okuruz. Ama öyleyse Whitman'ın ondan istediğini tamamen yanlış anlamış."

"Nedir o?"

Kitabı kapattı ve bakışına karşılık vermemi imkânsız hale getirecek bir şekilde yüzüme baktı. "Sen ne düşünüyorsun?"

"Bilmiyorum," dedim masasındaki puanlanmış ödev yığınına bakarak. "Birçok defa düz bir şekilde okumayı denedim ama fazla ilerleyemedim. Çoğunlukla sadece altını çizdiği bölümleri okudum. Şiiri Margo'yu anlamaya çalışmak için okuyorum, Whitman'ı anlamaya çalışmak için değil."

Bir kalem alıp bir zarfın arkasına bir şeyler yazdı. "Dur. Bunu yazıyorum."

"Neyi?"

"Demin söylediğini," diye açıkladı.

"Neden?"

"Çünkü sanırım Whitman'ın isteyebileceği şey tam olarak bu. Senin *Kendi Şarkım*'ı sadece bir şiir olarak değil, aynı zamanda başkasını anlamanın bir yolu olarak görmen. Ama sadece alıntılar ve ipuçlarından oluşan bu parçaları okumak yerine, acaba bunu bir şiir olarak mı okumalısın. *Kendi Şarkım*'daki şair ile Margo Spiegelman arasında ilginç bağlantılar olduğunu düşünüyorum... bütün o vahşi karizma ve seyahat tutkusu. Yalnızca ufak parçalarını okursan, bir şiir amacına ulaşmaz."

"Peki, teşekkürler," dedim. Kitabı alıp ayağa kalktım. Kendimi daha iyi hissettiğim söylenemezdi.

O öğleden sonra Ben'le eve gittik ve ebeveynleri şehir dışında olan arkadaşımız Jake'in verdiği bir balo öncesi partisi için Radar'ı almaya gidene kadar Ben'in evinde kaldım. Ben, benim de gitmemi istedi ama havamda değildim.

Yürüyerek Margo'yla ölü adamı bulduğumuz parktan geçerek eve döndüm. O sabahı hatırladım ve hatırlamamla karnımda bir şeyin döndüğünü hissettim... ölü adam yüzünden değil, onu ilk önce *Margo'nun* bulduğunu hatırladığım için. Kendi muhitimdeki bir oyun alanında bile, kendi başıma bir ceset bulmaktan acizdim... bunu şimdi nasıl yapacaktım ki?

O gece eve geldiğimde, *Kendi Şarkım*'ı tekrar okumaya çalıştım ama Dr. Holden'ın tavsiyesine rağmen, şiir hâlâ anlamsız sözcüklerden oluşan bir karmaşaya dönüşüyordu.

Ertesi sabah erken saatte, sekizden biraz sonra kalktım ve bilgisayarıma gittim. Ben çevrimiçiydi, bu yüzden ona bir mesaj gönderdim.

DİRİLİŞÇİQ: Parti nasıldı?
OBİRBÖBREKENFEKSİYONUYDU: Boktan, tabii ki. Benim gittiğim her parti boktan.
DİRİLİŞÇİQ: Üzgünüm kaçırdım. Erken kalkmışsın. Gelip Diriliş oynamak ister misin?
OBİRBÖBREKENFEKSİYONUYDU: Şaka mı yapıyorsun?
DİRİLİŞÇİQ: Ee... hayır?
OBİRBÖBREKENFEKSİYONUYDU: Bugün günlerden ne, biliyor musun?
DİRİLİŞÇİQ: Cumartesi 15 Mayıs?

OBİRBÖBREKENFEKSİYONUYDU: Kardeşim, on bir saat ve on dört dakika içinde balo başlıyor. Dokuz saatten az bir süre içinde Lacey'yi almam lazım. Daha SESIB'ı yıkayıp cilalamadım bile, bu arada kirletmekte iyi iş çıkarmışsın. Ondan sonra duş almak, tıraş olmak, burun kıllarımı düzeltmek ve kendimi yıkayıp cilalamak zorundayım. Tanrım, o konuya hiç girmeyeyim. Yapacak çok işim var. Bak, fırsatım olursa seni daha sonra ararım.

Radar da çevrimiçiydi, bu yüzden ona mesaj attım.

DİRİLİŞÇİQ: Ben'in sorunu ne?

OMNICTIONARIAN96: Yavaş ol, kovboy.

DİRİLİŞÇİQ: Üzgünüm, sadece Ben'in balonun çok önemli olduğunu düşünmesine kızdım.

OMNICTIONARIAN96: Benim bu kadar erken kalkmamın tek nedeni smokinimi almam gerektiği için gerçekten gitmek zorunda olmam, bunu duyunca da oldukça kızacaksın, değil mi?

DİRİLİŞÇİQ: Tanrım. Cidden mi?

OMNICTIONARIAN96: Q, yarın, ondan sonraki gün ve ondan sonraki gün ve ömrümün geri kalanındaki bütün günler, araştırmana katılmaktan mutlu olurum. Ama bir kız arkadaşım var. Güzel bir balo geçirmek istiyor. Ben de güzel bir balo geçirmek istiyorum. Margo Roth Spiegelman'ın güzel bir balo geçirmemizi istememesi benim suçum değil.

Ne diyeceğimi bilemedim. Haklıydı belki de. Belki de Margo unutulmayı hak ediyordu. Ama her halükârda, *ben* onu unutamazdım.

Annemle babam hâlâ yataktaydı, televizyonda eski bir film izliyorlardı. "Minivanı alabilir miyim?" diye sordum.

"Tabii, neden?"

"Baloya gitmeye karar verdim," diye aceleyle cevapladım. Bu yalan söylerken aklıma geldi. "Bir smokin seçtikten sonra Ben'lere gitmeliyim. İkimiz de damsız gidiyoruz." Annem gülümseyerek doğruldu.

"Peki, bence bu harika, tatlım. Senin için çok iyi olacak. Fotoğraf çekelim diye geri dönecek misin?"

"Anne, damsız baloya gittiğime dair fotoğrafa ihtiyacın var mı gerçekten? Yani hayatım yeterince utanç verici olmadı mı?" Güldü.

"Eve dönme saatinden önce gel," dedi babam ki bu geceyarısıydı.

"Kesinlikle," dedim. Onlara yalan söylemek o kadar kolaydı ki Margo'yla geçen o geceden önce bunu neden daha fazla yapmadığımı kendime sordum.

Kissimmee ve eğlence parklarına doğru giderek I-4 yoluna çıktım, sonra Margo'yla SeaWorld'e izinsiz girdiğimiz I-Bulvarı'nı geçtim, ondan sonra Haines City'ye doğru giden 27. Karayolu'na çıktım. Haines City'de birçok göl vardır ve Florida'da nerede göl varsa, göllerin etrafında toplanan zenginler de vardır, bu yüzden burası bir semtimsi için pek olası bir yer gibi değildi. Fakat bulduğum internet sitesi, oranın kimsenin geliştirmeyi başaramadığı arazinin kocaman bir parseli olduğu konusunda iddialıydı. Orayı hemen tanıdım çünkü yol üstündeki diğer semtlerin hepsinin etrafı duvarlarla çevrilmişti, oysa Quail Hollow sadece zemine çakılmış plastik bir tabelaydı. İçeri saparken, SATILIK, MERKEZİ BÖLGE ve BÜYÜK GELİŞİM FIR$ATLARI! yazan küçük plastik tabelalar gördüm.

Önceki semtimsilerin aksine, birileri Quail Hollow'u ayakta tutuyordu. Hiç ev inşa edilmemişti ama arsalar tetkik çubuklarıyla işaretlenmişti ve çimler yeni biçilmişti. Bütün sokaklar asfaltlanmış ve sokak tabelalarıyla isimlendirilmişti. Semtin merkezinde mükemmel bir şekilde dairesel bir göl kazılmış ve sonra nedense boşaltılmıştı. Minivanla ilerlerken gölün yaklaşık üç metre derinliğinde ve yaklaşık 100 metre çapında olduğunu görebildim. Bir hortum, kraterin dibinden geçerek, çelik ve alüminyum bir çeşmenin dipten göz hizasına doğru yükseldiği orta kısma doğru kıvrıla kıvrıla gidiyordu. Kendimi gölün boş olduğuna şükrederken buldum, böylece suya bakmak ve Margo'nun, onu bulmak için tüple dalmamı bekleyerek, dipte bir yerlerde olup olmadığını merak etmek zorunda kalmayacaktım.

Margo'nun Quail Hollow'da olamayacağından emindim. Burası, ister bir insan ister bir ceset olun, saklanmaya uygun olamayacak kadar diğer semtlere bitişikti. Ama ne olursa olsun baktım ve sokaklarda boş boş gezerken kendimi çok umutsuz hissettim. Orası olmadığı için mutlu olmak istedim. Ama Quail Hollow değildiyse, sıradaki yer olacaktı ya da ondan sonraki ya da ondan sonraki... Ya da belki de onu hiç bulamayacaktım. Bu daha iyi bir kader miydi?

Devriyemi hiçbir şey bulmadan bitirdim ve ana yola geri döndüm. Arabalara servis veren bir yerden öğle yemeği aldım, sonra batıya, küçük alışveriş merkezine doğru sürerken yemeği yedim.

12.

Küçük alışveriş merkezinin park alanına çekerken, bizim levhada açtığımız deliği kapatmak için mavi elektrik bandı kullanıldığını fark ettim. Bizden sonra buraya kimin gelmiş olabileceğini merak ettim.

Dolaşıp arabayı arka tarafa sürdüm ve minivanı on yıllardır bir çöp kamyonuyla karşılaşmamış paslı bir çöp konteynırının yanına park ettim. Eğer gerekirse elektrik bandını delip geçebileceğimi düşündüm; mağazalara açılan çelik arka kapıların görünürde hiç menteşeleri olmadığını fark ettiğimde ön tarafa doğru gidiyordum.

Margo sayesinde menteşelerle ilgili bir iki şey öğrenmiştim ve bütün o kapıları çekerken neden hiç şansımız olmadığını kavradım: İçeri doğru açılıyorlardı. Mortgage şirketinin ofisine gidip kapıyı ittim. Herhangi bir direnç göstermeden açıldı. Tanrım, o kadar aptaldık ki. Şüphesiz binayla ilgilenen her kimse, kilitlenmemiş kapıdan haberdardı ki bu elektrik bandını daha da yersiz hale getiriyordu.

O sabah hazırladığım sırt çantasını çıkardım ve babamın yüksek güçlü Maglite'ını alıp odayı aydınlattım. Çatı kirişinden büyükçe bir şey hızla kaçtı. Ürperdim. Küçük kertenkeleler ışığın aydınlattığı yerlerden zıplayarak kaçıştılar.

Tavandaki delikten gelen tek bir ışık hüzmesi odanın ön köşesini aydınlatıyordu ve sunta levhanın arkasından güneş ışığı içeriye sızıyordu ama ben çoğunlukla fenere güvendim. Masa sıralarının arasında, çekmecelerde bulup orada bıraktığımız eşyalara bakarak ileri geri yürüdüm. Art arda masaların üstünde aynı işaretlenmemiş takvimi görmek, insanın içine işleyecek kadar tüyler ürperticiydi: Şubat 1986. Şubat 1986. Şubat 1986. Haziran 1986. Şubat 1986. Arkaya dönüp ışığı odanın tam ortasındaki masaya yansıttım. Takvim hazirana gitmişti. Eğilip yaklaştım ve önceki ayların koparılmış olduğu tırtıklı bir kenar ya da kalemin kâğıtta iz bıraktığı yerlerde bazı işaretler görmeyi umarak takvim yaprağına baktım ama diğer takvimlerden farklı bir şey yoktu, tarih hariç.

Boynumla omzumun arasına sıkıştırdığım fenerle haziran masasına özel bir dikkat göstererek masa çekmecelerini tekrar incelemeye başladım: birkaç peçete, birkaç tane hâlâ sivri uçlu olan kurşun kalem, Dennis McMahon adında birine yönelik mortgage'larla ilgili notlar, boş bir Marlboro Lights paketi ve neredeyse dolu bir kırmızı oje şişesi.

Bir elime feneri diğer elime ojeyi alıp şişeye yakından baktım. O kadar kırmızıydı ki neredeyse siyahtı. Bu rengi daha önce de görmüştüm. Bu oje o gece minivanın panelinin üstündeydi. Birden, kirişlerdeki koşuşturmalar ve binanın içindeki gıcırdamalar önemsizleşti... sapıkça bir coşku hissettim. Aynı şişe olup olmadığını bilemezdim tabii ki ama kesinlikle aynı renkti.

Şişeyi etrafında döndürdüm ve şişenin dışında, tartışmasız bir şekilde, mavi sprey boyanın lekesini gördüm. Onun sprey boyayla boyanmış parmaklarından geliyordu. Artık emin olabilirdim. O sabah yollarımızı ayırdıktan *sonra* Margo buraya gelmişti. Belki de hâlâ burada kalıyordu. Belki de yalnızca gece geç saatte ortaya çıkıyordu. Belki de mahremiyetini korumak için levhayı *o* bantlamıştı.

Tam o anda, sabaha kadar orada kalmaya kesin olarak karar verdim. Eğer Margo burada uyumuşsa ben de uyuyabilirdim. Böylece kendimle aramda kısa bir sohbet başladı.

Ben: Ama fareler.

Ben: Evet ama tavanda kalıyor gibi görünüyorlar.

Ben: Ama kertenkeleler.

Ben: Ah, haydi ama. Küçükken kuyruklarını koparırdın. Kertenkelelerden korkmazsın.

Ben: Ama *fareler*.

Ben: Fareler seni gerçekten yaralayamaz nasılsa. Onlar senden, senin onlardan korktuğundan daha çok korkuyorlar.

Ben: Peki ama fareler ne olacak?

Ben: Kapa çeneni.

Sonuçta fareler pek önem taşımadı çünkü Margo'nun hayatta olduğu bir yerdeydim. Onu benden sonra gören bir yerdeydim ve bunun sıcaklığı bu küçük alışveriş merkezini neredeyse rahat bir hale getirdi. Yani, anneciği tarafından kucaklanan bir bebek falan gibi hissetmedim ama artık nefesim her ses duyduğumda kesilmiyordu. Ve rahat olunca araştırma yapmak daha kolay geldi. Bulunacak daha fazla şey olduğunu biliyordum ve şimdi onları bulmaya hazır hissediyordum.

Labirent gibi rafları olan odaya giden bir Cüce Deliği'nden sürünerek ofisten çıktım. Bir süre aralarında ileri geri yürüdüm. Odanın sonunda, sonraki Cüce Deliği'nden boş odaya doğru emekledim. Karşı duvarın önündeki sarılmış halının üstüne oturdum. Çatlak beyaz boya sırtımın arkasında çıtırdadı. Bir süre orada kaldım; ben kendimi seslere alışmaya bırakırken tavandaki delikten gelen ışık huzmesinin yerde birkaç santimetre kayacağı kadar uzun bir süre.

Bir süre sonra sıkılıp son Cüce Deliği'nden emekleyerek hediyelik eşya dükkânına geçtim. Hızlıca tişörtlere baktım. Turist broşürlerinin kutusunu vitrinin altından çekip Margo'dan elle karalanmış bir mesaj arayarak broşürleri inceledim ama hiçbir şey bulamadım.

Kendimi artık kütüphane diye adlandırırken bulduğum odaya geri döndüm. Parmağımla *Reader's Digest*'in sayfalarını çevirdim ve 1960'lardan kalma bir *National Geographic* yığını buldum ama kutu o kadar tozla kaplanmıştı ki Margo'nun kutuya hiç dokunmadığını biliyordum.

Ancak boş odaya geri döndüğümde insan yerleşimine dair delil bulmaya başladım. Sarılmış halının olduğu, çatlak ve boyası soyulmuş duvarda dokuz tane raptiye deliği keşfettim. Deliklerin dördü kareye yakın bir şekil oluşturuyordu, sonra beş delik de karenin içinde vardı. Margo'nun burada birkaç poster asacak kadar uzun süre kalmış olabileceğini düşündüm ancak aradığımızda odasında belirgin olarak kayıp bir şey yoktu.

Halıyı kısmen açtım ve anında başka bir şey buldum: bir zamanlar yirmi dört tane gofret içeren düzleşmiş, boş bir kutu. Margo'yu burada, küflü halıyı koltuk olarak kullanıp duvara yaslanırken ve bir gofret yerken hayal edebiliyordum. Yapayalnız ve yiyecek olarak yalnızca bu gofretlerden var. Belki de günde bir defa bir sandviç ile birkaç Mountain Dew almak için bir markete gidiyor ama günlerinin çoğunu burada, bu halının üstünde ya da yanında geçiriyor. Bu hayal gerçek olamayacak kadar içler acısı görünüyordu... bütün bunların çok yalnız ve çok fazla *na*-Margo olduğu dikkatimi çekti. Fakat son on günün bütün delilleri birikince şaşırtıcı bir sonuç ortaya çıkıyordu: Margo'nun kendisi bile –en azından bazı zamanlar– çok *na*-Margo'ydu.

Halıyı daha fazla açtım ve neredeyse kâğıt inceliğinde mavi örgü bir battaniye buldum. Battaniyeyi alıp yüzüme doğru tuttum ve orada, Tanrım, evet... Margo'nun kokusu. Leylaklı şampuan, bademli cilt losyonu ve bütün bunların altında teninin bayıltıcı tatlılığı.

Ve onu yine gözümde canlandırabiliyordum: Her gece halıyı yarıya kadar açıyor, böylece yan tarafının üstüne yatarken kalçası yalın betona dayanmıyor. Battaniyenin altına emekliyor, halının geri kalanını yastık olarak kullanıyor ve uyuyor. Ama neden burada? Burası evden nasıl daha iyi olabilir? Ve madem o kadar harika, neden terk ediyor? Bunlar tasavvur edemeyeceğim şeyler ve fark ediyorum ki bunları Margo'yu tanımadığım için tasavvur edemiyorum. Nasıl koktuğunu biliyordum, benim önümde nasıl davrandığını biliyordum, başkalarının önünde nasıl davrandığını biliyordum, Mountain Dew'u, macerayı ve dramatik jestleri sevdiğini biliyordum, eğlenceli, zeki ve geri kalanımızdan genellikle *daha fazla* olduğunu biliyordum. Ama onu neyin buraya getirdiğini ya da neyin burada tuttuğunu ya da neyin gitmesine sebep olduğunu bilmiyordum. Neden binlerce plağı olduğunu, buna rağmen kimseye müziği sevdiğini bile söylemediğini bilmiyordum. Geceleri, jaluzileri kapalı, kapısı kilitliyken, odasının gizli mahremiyetinde ne yaptığını bilmiyordum.

Ve belki de bu, her şeyden önce yapmam gereken şeydi. Margo'nun, Margo olmazken neye benzediğini keşfetmem gerekiyordu.

Bir süre orada, onun gibi kokan battaniyeyle birlikte, tavana bakarak uzandım. Çatıdaki bir çatlaktan, ikindi vakti gökyüzünden ince bir parça görebiliyordum, parlak maviye boyanmış pürüzlü bir tuval gibiydi. Burası uyumak için kusursuz bir yer olurdu: İnsan, geceleri üstüne yağmur yağmadan yıldızları görebilirdi.

Haber vermek için annemle babamı aradım. Babam cevap verdi, Radar ve Angela'yla buluşmak için arabayla yolda olduğumuzu ve gece Ben'de kalacağımı söyledim. İçki içmememi söyledi, ben de ona içmeyeceğim dedim, baloya gittiğim için benimle gurur duyduğunu söyledi, ben gerçekte yaptığım şey için benimle gurur duyup duymayacağını merak ettim.

Burası sıkıcıydı. Yani kemirgenleri ve gizemli "bina parçalanıyor" sızlanmalarını bir kez atlatınca, *yapacak* hiçbir şey yoktu. İnternet yoktu, televizyon yoktu, müzik yoktu. Sıkılıyordum, bu yüzden onun burayı seçmiş olması tekrar kafamı karıştırdı; çünkü

Margo her zaman can sıkıntısına karşı sınırlı toleransı olan bir insan olarak dikkatimi çekmişti. Bir harabede yaşama fikrini mi sevmişti? Pek mümkün değildi. Margo SeaWorld'e izinsiz girerken tasarımcı markalı bir kot pantolon giyiyordu.

Beni *Kendi Şarkım*'a, ondan aldığım tek hediyeye geri döndüren alternatif bir uyarıcının eksikliğiydi. Tavandaki deliğin tam altında, beton zeminin su lekeli bir parçasına geçtim, bağdaş kurup oturdum ve ışık kitabı aydınlatsın diye vücudumun açısını ayarladım. Ve nedense, sonunda şiiri okuyabildim.

Mesele şu ki, şiir çok yavaş başlıyor... Bir tür uzun giriş bölümü var fakat doksanıncı dize civarında Whitman, sonunda birazcık da olsa hikâye anlatmaya başlıyor ve burası benim için şiirin hızlandığı yer. Sonuçta Whitman çimenlerin üstünde boş boş oturuyor (ki kendisi bunu aylaklık etmek olarak adlandırıyor) ve sonra:

> *Bir çocuk dedi ki, Çimen nedir? ellerine doldurup getirerek bana;*
> *Nasıl cevap verebilirdim çocuğa?......Ne olduğunu bilmiyorum ondan daha fazla.*
> *Sanırım, yaratılışımın işareti olmalı, umut verici yeşilliğin örgüsünden çıkan dışarı.*

Dr. Holden'ın bahsettiği umut işte buydu... Çimen Whitman'ın umudu için bir metafordu. Ama hepsi bu değil. Şöyle devam ediyor:

> *Ya da sanırım o Tanrı'nın mendili,*
> *Kokulu bir hediye ve kasıtlı olarak düşürülen bir yadigâr,*

Sanki çimen Tanrı'nın yüceliği gibi bir şey için bir metafor gibi...

Ya da sanırım çimenin kendisi bir çocuk...
Ve bundan biraz sonra,

Ya da sanırım o yeknesak bir hiyeroglif,
Ve bunun anlamı, Fark gözetmeden geniş alanlarda ve dar
alanlarda filizlenmek,
Beyaz halkların arasında olduğu gibi siyah halkların içinde
de büyümek.

Yani belki de çimen bizim eşitliğimiz ve temeldeki bağlanmışlığımız için bir metafor, tıpkı Dr. Holden'ın dediği gibi. Ve sonra sonunda, çimen için şöyle diyor:

Ve şimdi bana mezarların kesilmemiş güzel saçları gibi görünüyor.

Yani çimen aynı zamanda ölüm... gömülmüş bedenlerimizden dışarı çıkarak büyüyor. Çimen aynı anda o kadar farklı şeyleri ifade ediyordu ki hayret vericiydi. Yani çimen yaşam için, ölüm için, eşitlik için, bağlanmışlık için, çocuklar için, Tanrı için ve umut için bir metafordu.

Bu fikirlerden hangisinin, eğer herhangi biriyse, şiirin özü olduğunu anlayamamıştım. Ama çimeni ve onu anlayabilmenin tüm o farklı yollarını düşünmek bana Margo'yu anladığım ve yanlış anladığım bütün yolları düşündürttü. Onu görebilmek için yol eksikliği yoktu. Onun başına gelenler üzerine odaklanmıştım ama şimdi çimenin çeşitliliğini anlamaya çalışan aklımla ve hâlâ burnumda olan battaniyedeki kokusuyla *kimi* aradığımın en önemli soru olduğunu fark ediyordum. Eğer "Çimen nedir?" sorusunun böylesine karmaşık bir cevabı varsa, "Margo Roth Spiegelman kim?" sorusunun da öyle olduğunu düşündüm. Her yerde bulunduğu için anlaşılmaz hale gelen bir metafor gibi, onun bana bıraktıklarında, sonsuz hayaller ve sınırsız bir Margo'lar grubu için yeterince yer vardı.

Margo'yu daraltmak zorundaydım ve burada yanlış anladığım ya da anlamadığım şeyler olması gerektiğini düşünüyordum. Çatıyı tutup koparmak ve bir seferde tek fener ışığı yerine, her yeri aynı anda görebileyim diye bütün bu yeri aydınlatmak istedim. Margo'nun battaniyesini bir kenara koyup tüm farelerin duyacağı kadar yüksek sesle, "Burada Bir Şeyler Bulacağım!" diye bağırdım.

Ofisteki her masayı tekrar gözden geçirdim fakat Margo'nun, yalnızca çekmecesinde oje olan ve takvimi hazirana ayarlanmış masayı kullandığı gittikçe daha aşikâr görünüyordu.

Bir Cüce Deliği'nden çömelerek geçtim ve terk edilmiş rafların arasında tekrar yürüyerek geri dönüp kütüphanede ilerledim. Her rafta bana Margo'nun o alanı bir şey için kullandığını gösteren tozsuz şekiller aradım ama hiçbir şey bulamadım. Fakat sonra süratle hareket eden fenerim, mağazanın tahta çakılmış ön penceresinin hemen yanında, odanın bir köşesindeki rafın tepesinde bir şeye rastladı. Bu bir kitabın sırtıydı.

Kitabın üstünde "Yol Boyu Amerika: Seyahat Rehberiniz" yazıyordu ve 1998'de yayımlanmıştı, bu yer terk edildikten *sonra*. Boynum ile omzumun arasına sıkıştırdığım fenerle kitabın sayfalarını çevirdim. Kitapta ziyaret edilebilecek yüzlerce ilgi çekici yer sıralanıyordu; Darwin, Minnesota'daki dünyanın en büyük iplik yumağından, Omaha, Nebraska'daki dünyanın en büyük pul topuna. Birisi görünüşte rastgele birçok sayfanın köşesini kıvırmıştı. Kitap çok tozlu değildi. Belki SeaWorld bir macera kasırgasının yalnızca ilk durağıydı. Evet. Bu mantıklı geliyordu. Bu Margo'ydu. Bir şekilde bu yeri keşfetmiş, malzeme toplamak için buraya gelmiş, bir iki gece geçirmiş ve sonra yola koyulmuştu. Turist tuzakları arasında oradan oraya gittiğini hayal edebiliyordum.

Son ışık, tavandaki deliklerden kaçarken, diğer kitap raflarının üstünde başka kitaplar buldum. "Nepal Gezi Rehberi"; "Kanada'nın

Önemli Manzaraları"; "Arabayla Amerika"; "Fodor'un Bahamalar Rehberi"; "Haydi Bhutan'a Gidelim". Bütün bu kitaplar arasında hiçbir bağlantı yok gibi görünüyordu, hepsinin seyahat hakkında olması ve hepsinin alışveriş merkezi terk edildikten sonra yayımlanmış olması dışında. Maglite'ı çenemin altına sıkıştırdım, kitapları belimden göğsüme kadar uzanan bir yığın halinde kucaklayıp artık yatak odası olarak hayal ettiğim boş odaya taşıdım.

Böylece balo gecesini Margo'yla geçirmiş gibi oldum, sadece tam olarak hayal ettiğim gibi değildi. Baloyu birlikte basmak yerine, sarılmış halısına dayanarak dizlerimin üstüne serili pasaklı battaniyesiyle oturdum, ağustos böcekleri üstümde ve etrafımda öterken, karanlıkta hareketsiz oturup fenerle sırayla seyahat rehberlerini okudum.

Belki o da burada ahenksiz karanlıkta oturmuş, bir tür çaresizliğin onu ele geçirdiğini hissetmişti ve belki ölümü düşünmemek imkânsız gibi gelmişti. Bunu hayal edebiliyordum, elbette.

Ama şunu da hayal edebiliyordum: Margo'nun çeşitli indirimli satışlardan bu kitapları rastgele bulduğunu ve eline geçirdiği tüm seyahat rehberlerini bir çeyrekliğe ya da daha azına satın aldığını. Sonra bu kitapları meraklı gözlerden uzakta okumak için –ortadan kaybolmasından bile önce– buraya geldiğini. Gideceği yerlere karar vermeye çalışarak onları okuduğunu. *Evet.* Saklanarak yol alacaktı; ardından esen bir rüzgâr yardımıyla bir günde yüzlerce kilometre kateden, gökyüzünde süzülen bir balon. Ve bu hayalde Margo hayattaydı. Beni buraya bir güzergâhın parçalarını birleştirmem için gereken ipuçlarını vermek için mi getirmişti? Belki. Elbette bir güzergâhın yakınında bile değildim. Kitaplardan anlaşıldığı kadarıyla Jamaika, Namibya, Topeka ya da Pekin'de olabilirdi. Fakat bakmaya daha yeni başlamıştım.

13.

Rüyamda, ben sırtüstü yatarken Margo'nun başı omzumdaydı, aramızda yalnızca halının köşesi ve beton zemin vardı. Kolu göğsüme sarılıydı. Orada öylece uyuyarak yatıyorduk. Tanrı yardımcım olsun. Amerika'da kızlarla yatmayı, *sadece* yatmayı hayal eden tek genç. Sonra telefonum çaldı. Ellerimin beceriksizce arayarak açılmış halının üstündeki telefonu bulması, telefon iki kere daha çalana kadar sürdü. Saat sabah 03:18'di. Ben arıyordu.

"Günaydın, Ben," dedim.

"EVEET!!!!!" diye çığlık atarak cevap verdi ve o anda, Margo hakkında bütün öğrendiklerimi ve hayal ettiklerimi ona açıklamaya çalışmak için iyi bir zaman olmadığını anladım. Neredeyse nefesindeki içkinin kokusunu alabiliyordum. O tek kelime, onun bağırma şekliyle, Ben'in hayatı boyunca bana söylediği her şeyden daha çok ünlem işareti içeriyordu.

"Bundan balonun iyi gittiğini anlıyorum?"

"EVEEET! Quentin Jacobsen! Q! Amerika'nın en büyük Quentin'i! Evet!" O sırada sesi uzaklaştı ama onu hâlâ duyabiliyordum. "Millet, hey, kapayın çenenizi, bekle, kapayın çenenizi... QUENTIN! JACOBSEN! TELEFONUMUN İÇİNDE!" Daha sonra bir tezahürat oldu ve Ben'in sesi geri döndü. "Evet, Quentin! Evet! Kardeşim, buraya gelmelisin."

"Orası neresi?" diye sordum.

"Becca'lar! Nerede olduğunu biliyor musun?"

Nerede olduğunu tam olarak biliyordum. Becca'nın bodrumuna gitmiştim. "Nerede olduğunu biliyorum ama geceyarısı oldu, Ben. Ve ben şu anda..."

"EVEEET!!! Hemen gelmelisin. Hemen!"

"Ben, daha önemli şeyler oluyor," diye karşılık verdim.

"AYIK ŞOFÖR!"

"Ne?"

"Sen benim seçilmiş ayık şoförümsün! Evet! Öylesine seçilmişsin ki! Telefonu açmana bayıldım! Çok müthiş! Altıda evde olmalıyım! Ve beni oraya götürmen için seni seçiyorum! EVEEET!"

"Geceyi orada geçiremez misin?" diye sordum.

"HAYIIIR! Yuuuh. Yuuh Quentin. Hey, millet! Quentin'i yuhalayın!" Ve sonra yuhalandım. "Herkes sarhoş. Ben sarhoş. Lacey sarhoş. Radar sarhoş. Kimse süremez. Altıda evde. Anneme söz verdim. Yuh, Uykucu Quentin! Yaşasın Seçilmiş Ayık Şoför! EVEEET!"

Derin bir nefes aldım. Eğer Margo ortaya çıkacak olsaydı, üçe kadar ortaya çıkardı. "Yarım saate orada olacağım!"

"EVET EVET EVET EVET EVET EVET EVET EVET EVET EVET EVET EVEEEET!!!! EVET! EVET!"

Telefonu kapattığımda, Ben hâlâ onaylama evetlerine devam ediyordu. Kısa bir süre kendime kalkmayı telkin ederek orada uzandım ve sonra kalktım. Hâlâ yarı uykulu halde, Cüce Delikleri'nden emekleyerek kütüphaneden geçip ofise gittim, sonra arka kapıyı çekip açtım ve minivana bindim.

Gece dörtten kısa bir süre önce Becca Arrington'ın mahallesine döndüm. Becca'nın sokağının iki tarafı boyunca park edilmiş düzinelerce araba vardı ve içeride daha da fazla insan olacağını biliyordum çünkü çoğu, limuzinle oraya bırakılmıştı. SESİB'dan birkaç araba uzaklıkta boş bir yer buldum.

Ben'i hiç sarhoş görmemiştim. Bir keresinde onuncu sınıfta, bando partisinde bir şişe pembe "şarap" içmiştim. İçeri girerken tadı dışarı çıkarkenki kadar kötüydü. Cassie Hiney'lerin Winnie the Pooh temalı banyosunda, pembe sıvıyı bir Eeyore resminin her yerine saçarak kusarken, benimle birlikte oturan Ben'di. Sanırım bu deneyim ikimizin de alkollü etkinliklerle arasını bozdu. En azından bu geceye kadar.

Şimdi, Ben'in sarhoş olacağını biliyordum. Onu telefonda duymuştum. Hiçbir ayık insan bir dakikada bu kadar çok "evet" demez. Bununla birlikte, Becca'ların ön taraftaki çimenliğinde sigara içen birkaç kişiyi iterek geçtikten sonra kapıyı açıp eve girdiğimde, Jase Worthington ile iki beyzbol oyuncusunun, smokinli Ben'i bir bira fıçısının üstünde baş aşağı tuttuğunu görmeyi beklemiyordum. Bira fıçısının hortumu Ben'in ağzındaydı ve bütün oda ona kilitlenmişti. Hepsi bir ağızdan, "On sekiz, on dokuz, yirmi," diye tezahürat ediyordu ve bir anlığına Ben'le uğraştıklarını falan düşündüm. Ama hayır, Ben o bira hortumunu annesinin sütüymüş gibi emerken, ağzının kenarlarından küçük bira dereleri akıyordu çünkü gülümsüyordu. "Yirmi üç, yirmi dört, yirmi beş," diye bağırdılar, coşkularını duymak mümkündü. Anlaşılan dikkate değer bir şey gerçekleşiyordu.

Hepsi öyle saçma, öyle utanç verici görünüyordu ki. Hepsi kâğıttan eğlencelerini yapan kâğıttan çocuklar gibi görünüyordu. Kalabalığın arasında kendime yol açarak Ben'e doğru ilerledim ve Radar ile Angela'ya rastlayınca şaşırdım.

"Bu saçmalık da ne böyle?" diye sordum.

Radar saymaya ara verip bana baktı. "Evet!" dedi. "Seçilmiş Şoför geldi! Evet!"

"Bu gece neden herkes çok fazla 'evet' diyor?"

"İyi soru," diye bağırdı Angela. Yanaklarını şişirip iç geçirdi. Neredeyse benim kadar sıkılmış görünüyordu.

"Çok doğru, iyi bir soru!" dedi Radar, iki elinde de bira dolu kırmızı, plastik birer bardak tutuyordu.

"İkisi de onun," diye açıkladı Angela sakin bir şekilde.

"Neden seçilmiş şoför *sen* değilsin?" diye sordum.

"Seni istediler," dedi. "Seni buraya getireceğini düşündüler." Gözlerimi devirdim. O da aynı hislerle, kendininkileri devirerek karşılık verdi.

"Ondan gerçekten hoşlanıyor olmalısın," dedim, başımı, iki birayı da başının üstünde tutmuş, saymaya eşlik eden Radar'a doğru sallayarak. Herkes sayabiliyor olmaları gerçeğinden oldukça gurur duyuyor gibi görünüyordu.

"Şu anda bile bir bakıma sevimli," diye karşılık verdi.

"İğrenç," dedim.

Radar bira bardaklarından biriyle beni dürttü. "Oğlumuz Ben'e bak! Konu fıçı duruşuysa bir tür otistik bilgin oluyor. Görünüşe göre tam şu anda bir dünya rekoru falan kırıyor."

"Fıçı duruşu ne?" diye sordum.

Angela, Ben'i işaret etti. "Şu," dedi.

"Ya," dedim. "Şey, bu... yani, baş aşağı asılmak ne kadar zor olabilir ki?"

"Winter Park tarihindeki en uzun fıçı duruşu altmış iki saniyeymiş," diye açıkladı. "Ve bu Tony Yorrick tarafından yapılmış." Tony biz birinci sınıftayken mezun olan ve artık Florida Üniversitesi'nin Amerikan futbolu takımında oynayan şu devasa çocuktu.

Ben'in rekor kırmasına filan gönülden inanıyordum tabii ama herkes, "Elli sekiz, elli dokuz, altmış, altmış bir, altmış iki, altmış üç!" diye bağırırken onlara katılmayı başaramıyordum. Sonra Ben hortumu ağzından çekip çıkardı ve çığlık attı: "EVEEET! EN BÜYÜK BEN OLMALIYIM! DÜNYAYI ALTÜST ETTİM!" Jase'le birkaç beyzbolcu, Ben'i düz çevirip omuzlarının üzerinde taşıyarak etrafta gezdirdiler. Sonra Ben, beni fark etti, işaret ederek duyduğum en yüksek, en tutkulu sesle, "EVEEET!" diye haykırdı. Yani futbolcular bile Dünya Kupası'nı kazandıklarında bu kadar heyecanlanmazlar.

Ben beyzbolcuların omuzlarından atlayıp biçimsiz bir hareketle yere indi, sonra ayağa kalkarken birazcık sallandı. Kolunu omzuma doladı. "EVET!" dedi tekrar. "Quentin burada! Büyük Adam! Haydi, lanet fıçı duruşunda dünya rekortmeninin en iyi arkadaşı Quentin için ses çıkartın!" Jase başımı ovaladı ve "Adamımsın Q!" dedi, sonra kulağımın dibinde seslenen Radar'ı duydum: "Bu insanlar için halk kahramanları gibiyiz. Angela'yla balo sonrası partimizi bırakıp buraya geldik çünkü Ben, kral gibi karşılanacağımı söyledi. Yani tezahürat ederek adımı söylüyorlardı. Anlaşılan hepsi Ben'in çok eğlenceli falan olduğunu düşünüyor ve bu yüzden bizi de seviyorlar."

Radar'a ve diğer herkese, "Vay canına," dedim.

Ben arkasını döndü, onun Cassie Hiney'yi yakalayıp tutmasını izledim. Elleri Cassie'nin omuzlarındaydı, Cassie de ellerini Ben'in omzuna koydu ve Ben, "Balodaki eşim neredeyse balo kraliçesi oluyordu," dedi, Cassie de "Biliyorum. Bu harika," dedi ve Ben, "Son üç yıldır seni her gün öpmek isterdim," dedi, Cassie de "Sanırım öpmelisin," dedi ve sonra Ben, "EVET! Bu *müthiş*!" dedi. Ama Cassie'yi öpmedi. Sadece bana döndü ve "Bu çok *müthiş*," dedi. Sonra Cassie'yi de beni de unutmuş gibi durmaya başladı; sanki Cassie Hiney'yi öpme fikri, onu gerçekten öpmenin yapamayacağı kadar iyi hissettirmiş gibi.

Cassie bana, "Bu parti harika, değil mi?" dedi, ben de "Evet," dedim, o, "Bando partilerinin zıttı gibi, değil mi?" dedi. Ben de "Evet," dedim, "Ben aptal biri ama onu seviyorum," dedi. Ben de "Evet," dedim. "Üstelik gerçekten yeşil gözleri var," diye ekledi ve ben de "Hı hı," dedim, sonra, "Herkes senin daha sevimli olduğunu söylüyor ama ben, Ben'den hoşlanıyorum," dedi ve ben de "Peki," dedim, o, "Bu parti harika, değil mi?" dedi. Ben de "Evet," dedim.

Sarhoş biriyle konuşmak, aşırı derecede mutlu ve beyni ciddi derecede hasarlı üç yaşındaki bir çocukla konuşmak gibiydi.

Cassie tam uzaklaşırken, Chuck Parson bana doğru geldi. "Jacobsen," dedi, bir gerçeğe parmak basıyormuşçasına.

"Parson," diye karşılık verdim.

"Lanet olası kaşımı sen tıraş ettin, değil mi?"

"Tıraş etmedim aslında," dedim. "Tüy dökücü krem kullandım."

Oldukça sert bir şekilde beni göğsümün tam ortasından dürttü. "Tam bir dangalaksın," dedi ama gülüyordu. "Bu iş taşaklı olmayı gerektirir, kardeşim. Şimdi kukla ustası gibi bir şey oldun. Yani belki sadece sarhoşum ama şu anda senin o dangalak kıçını biraz seviyorum."

"Teşekkür ederim," dedim. Kendimi bütün bu saçmalıktan, bütün bu "lise bitiyor, bu yüzden hepimiz derinlerde birbirimizi sevdiğimizi açığa vurmalıyız" saçmalığından o kadar kopuk hissediyordum ki. Ve Margo'yu bu partide hayal ettim ya da bunun gibi binlercesinde. Yaşam gözlerinden çekilmiş gibi. Chuck Parson'ın ona bir şeyler gevelediğini dinlemesini ve çıkış yollarını, yaşam ve ölüm içeren çıkış yollarını düşünmesini hayal ettim. İki yolu da eşit netlikte hayal edebiliyordum.

"Bira ister misin, saksocu?" diye sordu Chuck. Orada olduğunu bile unutmuş olabilirdim ama nefesindeki içki kokusu varlığını görmezden gelmeyi zorlaştırıyordu. Sadece başımı salladım ve Chuck uzaklaştı.

Eve gitmek istiyordum ama Ben'i acele ettiremeyeceğimi biliyordum. Bu muhtemelen hayatındaki tek harika geceydi. Buna hakkı vardı.

Bu yüzden bir merdiven bulup bodruma indim. Karanlıkta o kadar uzun kalmıştım ki hâlâ karanlığı arzuluyordum ve sadece biraz sessiz, biraz karanlık bir yerde uzanıp yine Margo'yu hayal etmek istiyordum. Fakat Becca'nın yatak odasının yanından geçerken bazı boğuk sesler –daha özel bir ifadeyle, inleme gibi sesler– duydum ve bu yüzden, sadece aralık bırakılmış kapısının önünde duraksadım.

Jase'in üst bölümünün üçte ikisini görebiliyordum, tişörtsüzdü, Becca'nın üstündeydi ve Becca bacaklarını ona dolamıştı. Kimse çıplak falan değildi ama o istikamete doğru gidiyorlardı. Belki daha iyi bir insan arkasını dönebilirdi ama benim gibi insanların Becca Arrington gibi insanları çıplak görmeye çok fırsatı olmaz, bu nedenle odayı gözetleyerek orada, kapının eşiğinde kaldım. Sonra yuvarlandılar ve Becca, Jason'ın üstüne çıktı, Jason'ı öperken iç çekiyor ve bluzunu çıkarmak için aşağı uzanıyordu. "Sence seksi miyim?" diye sordu.

"Tanrım, evet, çok seksisin, Margo," dedi Jase.

"Ne!?" dedi Becca öfkeyle ve Becca'yı çıplak görmeyeceğim, benim için hızlı bir şekilde netleşti. Çığlık atmaya başladı; geri geri kapıdan uzaklaştım; Jase beni fark etti ve "Senin sorunun ne?" diye çığlık attı. Becca, "Siktir et onu. O kimin umurunda? Ben ne olacağım?! Neden beni değil de Margo'yu düşünüyorsun?" diye bağırdı.

O an, bu durumdan çıkıp gitmem için en iyi zaman gibi görünüyordu, bunun üstüne kapıyı kapatıp banyoya gittim. İşemem gerekiyordu ama daha çok ihtiyacım olan insan sesinden uzak kalmaktı.

Bütün takım uygun bir şekilde ayarlandıktan sonra, çişimi yapmaya başlamam her zaman birkaç saniyemi alırdı, bu yüzden bir saniyeliğine bekleyerek orada dikildim; sonra işemeye başladım. Banyo küvetinin oradan bir kız sesi, "Kim var orada?" dediğinde, tam kuvvet akışa, "rahatlamayla tüylerin ürpermesi" aşamasına yeni geçmiştim.

"Ah, Lacey?" dedim.

"Quentin? Burada ne halt ediyorsun?" İşemeyi bırakmak istedim ama yapamadım elbette. İşemek, bir kere başladığınızda bırakması çok ama çok zor olan iyi bir kitap gibidir.

"Eee, işiyorum," dedim.

"Nasıl gidiyor?" diye sordu perdenin arkasından.

"Eee, iyi?" Son damlayı salladım, şortumun fermuarını çektim ve yüzüm kızardı.

"Küvette takılmak ister misin?" diye sordu. "Bu sevişmek için yeşil ışık yaktığım anlamına gelmiyor."

Kısa bir süre sonra, "Tabii," dedim. Duş perdesini açtım. Lacey bana gülümsedi, sonra dizlerini göğsüne doğru çekti. Karşısına oturdum, sırtım soğuk, eğimli seramiğe dayalıydı. Bacaklarımız iç içe geçmişti. Lacey şort, kolsuz bir tişört ve şu küçük şirin sandaletlerden giyiyordu. Göz makyajı yalnızca birazcık bulaşmıştı. Saçı kısmen toplanmış, hâlâ balo için şekillendirilmiş haldeydi ve bacakları bronzlaşmıştı. Lacey Pemberton'ın oldukça güzel olduğunu kabul etmek gerekiyordu. Size Margo Roth Spiegelman'ı unutturabilecek türde bir kız değildi ama birçok şeyi unutturabilecek türde bir kızdı.

"Balo nasıldı?" diye sordum.

"Ben gerçekten tatlı," diye cevap verdi. "Eğlendim. Ama sonra Becca'yla büyük bir kavga ettik, bana fahişe dedi ve sonra koltukta ayağa kalkıp bütün partiyi susturdu ve herkese cinsel yolla bulaşan bir hastalığım olduğunu söyledi."

İrkildim. "Tanrım," dedim.

"Evet. Rezil oldum diyebiliriz. Bu sadece... Tanrım. Bu berbat gerçekten, çünkü... öyle aşağılayıcı ki ve o da öyle olacağını biliyordu ve... bu berbat. Bu yüzden küvete geldim, sonra Ben inip buraya geldi ve ona beni yalnız bırakmasını söyledim. Ben'le ilgili bir sorunum yoktu ama o dinlemekte falan pek iyi değil. Biraz sarhoş. Hastalığım bile yok. *Vardı*. Tedavi edildi. Her neyse. Ama ben sürtük değilim. Tek bir çocuk yüzünden. Tanrım, ona söylediğime bile inanamıyorum. Becca etrafta yokken sadece Margo'ya söylemeliydim."

"Üzgünüm," dedim. "Olay şu ki, Becca sadece kıskanıyor."

"Neden kıskansın ki? O balo kraliçesi. Jase'le çıkıyor. O yeni Margo."

Seramiğe dayalı popom acıyordu, bu yüzden yeniden yerleşmeye çalıştım. Dizlerim onun dizlerine değiyordu. "Hiç kimse yeni Margo olmayacak," dedim. "Her neyse, istediği şey sende var. İnsanlar senden hoşlanıyor. İnsanlar senin daha sevimli olduğunu düşünüyor."

Lacey çekinerek omuzlarını silkti. "Sence yüzeysel miyim?"

"Şey, evet." Becca'nın bluzunu çıkarmasını umarak, yatak odasının dışında duran kendimi düşündüm. "Ama ben de öyleyim," diye ekledim. "Herkes öyle." Sık sık, *keşke Jase Worthington'ın vücuduna sahip olsaydım,* diye düşünürdüm. *Nasıl yürüyeceğini biliyormuş gibi yürüseydim. Nasıl öpüleceğini biliyormuş gibi öpseydim.*

"Ama aynı şekilde değil. Ben'le aynı şekilde yüzeyseliz. İnsanların senden hoşlanmasıysa senin umurunda değil."

Bu hem doğru hem de değildi. "İstediğimden daha çok önemsiyorum," dedim.

"Margo olmadan her şey berbat," dedi. Lacey de sarhoştu ama onun sarhoş hali çok sorun değildi.

"Evet," dedim.

"Beni o yere götürmeni istiyorum," dedi. "O alışveriş merkezine. Ben bana oradan bahsetti."

"Evet, ne zaman istersen gidebiliriz," dedim. Ona bütün gece orada olduğumu, Margo'nun ojesini ve battaniyesini bulduğumu anlattım.

Lacey, açık ağzından nefes alarak bir süre sessiz kaldı. Sonunda konuştuğunda neredeyse fısıldıyordu. Bir soru gibi kelimelere dökülmüş, bir açıklama olarak dile getirilmiş bir cümle: "O öldü, değil mi."

"Bilmiyorum, Lacey. Bu geceye kadar öyle düşünüyordum ama şimdi bilmiyorum."

"O öldü ve hepimiz... bunları yapıyoruz."

Altı çizilmiş Whitman'ı düşündüm: "Memnun kalacağım, dünyadaki hiç kimse farkına varmazsa, / Ve memnun kalacağım, her biri ve hepsi farkına varsa da." "Belki istediği budur, hayatın devam etmesi," dedim.

"Bu kulağa benim bildiğim Margo gibi gelmiyor," dedi; kendi Margom'u, Lacey'nin Margo'sunu, Bayan Spiegelman'ın Margo'sunu ve hepimizi, onun, eğlence parklarının farklı aynalarındaki yansımalarına bakarken düşündüm. Bir şeyler söyleyecektim ama Lacey'nin açılmış ağzı gerçekten gevşek bir çeneye dönüştü ve başını banyo duvarının soğuk, gri fayansına yaslayıp uykuya daldı.

İki kişi çişini yapmak için banyoya geldikten sonra Lacey'yi uyandırmaya karar verdim. Saat sabahın beşiydi ve Ben'i eve götürmem gerekiyordu.

"Lace, uyan," dedim ayakkabımla terliğine dokunarak.

Başını salladı. "Bu şekilde çağırılmayı seviyorum," dedi. "Biliyor musun, şu anda benim en iyi arkadaşım gibisin."

"Çok mutlu oldum," dedim, sarhoş, yorgun ve yalan söylüyor olmasına rağmen. "Bak, beraber üst kata çıkacağız ve eğer biri senin hakkında bir şey söylerse onurunu koruyacağım."

"Tamam," dedi. Ve böylece birlikte üst kata çıktık; partideki insanlar biraz azalmıştı ama hâlâ fıçının yanında, Jase de dâhil, birkaç beyzbol oyuncusu vardı. Çoğunlukla zeminin her yerinde uyku tulumlarının içinde uyuyan insanlar vardı; bazıları çekyata sıkışmıştı. Angela ile Radar iki kişilik bir koltukta uzanıyorlardı, Radar'ın bacakları yan taraftan sarkıyordu. Gece orada kalıyorlardı.

Tam fıçının yanındaki çocuklara Ben'i görüp görmediklerini sormak üzereydim ki Ben koşarak salona girdi. Kafasına açık mavi renkli bir bone takmıştı ve elinde, birbirine yapıştırıldığını düşündüğüm, sekiz tane boş Milwaukee's Best Light[8] kutusundan oluşturulmuş bir kılıç tutuyordu.

"SENİ GÖRÜYORUM!" diye bağırdı Ben, kılıçla beni işaret ederek. "QUENTIN JACOBSEN'I GÖRDÜM! EVEEET! Gel buraya! Dizlerinin üstüne çök!" diye bağırdı.

"Ne? Ben, sakin ol."

"ÇÖK!"

İtaatkâr bir şekilde ona bakarak çöktüm.

Bira kılıcını aşağı indirip iki omzuma hafifçe dokundurdu. "Süper yapıştırıcılı bira kılıcının gücü adına, seni şoförüm ilan ediyorum!"

"Teşekkürler," dedim. "Arabada kusma."

"EVET!" diye bağırdı. Sonra kalkmaya çalıştığımda, beni boştaki eliyle geri itip bira kılıcıyla tekrar hafifçe vurdu. "Süper yapıştırıcılı bira kılıcının gücü adına, mezuniyette senin cübbenin altında çıplak olacağını ilan ediyorum."

"Ne?" O sırada ayağa kalktım.

"EVET! Ben, sen ve Radar! Cübbelerimizin altında çıplak! Mezuniyette! Öyle müthiş olacak ki!"

"Aslında," dedim, "oldukça ateşli *olacak*."

"EVET!" dedi. "Yapacağına yemin et! Radar'a çoktan yemin ettirdim. RADAR, YEMİN ETMEDİN Mİ?"

Radar hafifçe başını çevirip gözlerini araladı. "Ettim," diye mırıldandı.

"Peki o zaman, ben de yemin ederim," dedim.

"EVET!" Sonra Ben, Lacey'ye döndü. "Seni seviyorum."

---

8   Bir Amerikan bira markası. (ç.n.)

"Ben de seni seviyorum, Ben."

"Hayır, *ben seni seviyorum*. Bir kızın erkek kardeşini ya da bir arkadaşın arkadaşını sevdiği gibi değil. Seni sarhoş bir adamın gelmiş geçmiş en iyi kızı sevdiği gibi seviyorum." Lacey gülümsedi.

Öne bir adım attım, Ben'i daha büyük bir utançtan kurtarmaya çalışarak bir elimi omzuna koydum. "Eğer seni altıya kadar eve götürmemiz gerekiyorsa artık çıkmalıyız," dedim.

"Tamam," dedi. "Yalnızca Becca'ya bu müthiş parti için teşekkür etmeliyim."

Böylece Lacey'yle, Ben'i alt kata doğru takip ettik, Ben, Becca'nın yatak odasının kapısını açtı ve "Partin o kadar iyiydi ki! Sen oldukça berbat olsan da!.. Sanki kalbin kan yerine, berbatlığın sıvı halini pompalıyor gibi! Ama bira için teşekkürler!" dedi. Becca tek başına, çarşaflarının üstünde uzanıyor ve tavana bakıyordu. Ben'e bakmadı bile. Sadece, "Ah, cehenneme kadar yolun var, bok suratlı. Umarım sevgilin sana kasık bitlerini geçirir," diye mırıldandı.

Sesinde dalga geçmenin belirtisi bile olmadan Ben, "Seninle konuşmak harikaydı!" diye karşılık verdi ve kapıyı kapattı. Az önce aşağılandığına dair en ufak bir fikri olduğunu sanmıyorum.

Sonra tekrar üst kattaydık ve kapıdan çıkmaya hazırlanıyorduk. "Ben," dedim, "bira kılıcını burada bırakmak zorunda kalacaksın."

"Doğru," dedi, kılıcın ucunu tutup kuvvetlice çektim ama Ben bırakmayı reddetti. Sarhoş suratına doğru haykırmaya başlayacaktım ki kılıcı *bırakamadığını* fark ettim.

Lacey kahkaha attı. "Ben, kendini bira kılıcına mı yapıştırdın?"

"Hayır," diye cevap verdi Ben. "Süper bir şekilde yapıştırdım. Böylece kimse onu benden çalamayacak!"

"İyi düşünmüşsün," dedi Lacey duygusuz bir ifadeyle.

Lacey'yle, süper yapıştırıcıyla doğrudan Ben'in eline yapıştırılmış olan dışında, bütün bira kutularını koparmayı başardık. Ne kadar kuvvetli çekersem çekeyim, Ben'in eli gevşek bir şekilde kutuyu takip etti, sanki bira ip, eli de kuklaymış gibi. Sonunda Lacey, "Gitmeliyiz," dedi. Böylece gittik. Emniyet kemeriyle Ben'i minivanın arka koltuğuna bağladık. Lacey yanına oturdu çünkü "kusmayacağından ya da kendini bira eliyle öldüresiye dövmeyeceğinden falan emin olmalıydı."

Ama Ben, Lacey'nin onun hakkında konuşurken rahat hissedemeyeceği kadar ileri gitmişti. Eyaletler arası yolda ilerlerken Lacey, "Bu kadar çabalaması biraz abartı. Yani fazla gayret ettiğini biliyorum ama bu, neden bu kadar kötü bir şey olsun ki? Aslında tatlı birisi, değil mi?" dedi bana.

"Öyle sanırım," dedim. Ben'in kafası oraya buraya sallanıyordu, görünüşe göre bir omurgaya bağlı değildi. Bende tatlı olduğuna dair bir etki bırakmamıştı ama her neyse.

Önce Jefferson Park'ın diğer tarafında Lacey'yi bıraktım. Lacey eğilip Ben'in dudağına bir öpücük kondurduğunda, Ben, "Evet," diye mırıldanacak kadar canlandı.

Lacey evine doğru giderken şoför tarafındaki kapıya yaklaştı. "Teşekkürler," dedi. Sadece başımı salladım.

Arabayı semtin öbür tarafına doğru sürdüm. Gece de gündüz de değildi. Ben, arkada sessizce horluyordu. Evinin önünde kenara çektim, indim, minivanın sürgülü kapısını açtım ve emniyet kemerini çıkardım.

"Eve gitme zamanı, Benners."

Burnunu çekti, başını salladı, sonra uyandı. Gözlerini ovuşturmak için ellerini yukarı kaldırdı ve sağ eline yapışık boş Milwaukee's Best Light kutusu bulunca şaşırmış gibi göründü. Elini yumruk yapmaya çalıştı ve kutuyu biraz ezdi ama yerinden çıkarmadı. Kısa bir süre kutuya baktı, sonra başını salladı. "Canavar[9] bana yapışıp kalmış," diye bildirdi.

---

9   Milwaukee's Best birası "The Beast" yani "Canavar" olarak da adlandırılmaktadır. (ç.n.)

Minivandan inip sendeleyerek evinin kaldırımına çıktı ve ön verandada durunca, gülümseyerek arkasını döndü. Ona el salladım. Bira da el salladı.

14.

Birkaç saat uyudum ve sonra sabahı, önceki gün keşfettiğim seyahat rehberlerini inceleyerek geçirdim. Radar ile Ben'i aramak için öğlene kadar bekledim. Önce Ben'i aradım. "Günaydın, gün ışığı," dedim.

"Ah, Tanrım," dedi Ben, rezilliğin ızdırabı sesinden akıyordu. "Ah, tatlı İsa, gel ve küçük kardeşin Ben'i rahatlat. Ah, Tanrım. Beni merhametinle yıka."

"Birçok Margo gelişmesi oldu," dedim heyecanla, "yani buraya gelmen gerekiyor. Radar'ı da arayacağım."

Ben beni duymamış gibi görünüyordu. "Hey, bu sabah annem saat dokuzda odama geldiğinde, esnemek için elimi ağzıma götürürken ikimiz de elime bir bira kutusunun yapışmış olduğunu keşfettik?"

"Bir bira kılıcı yapmak için, süper yapıştırıcıyla bir sürü birayı birbirine yapıştırdın ve sonra elini de ona yapıştırdın."

"Ah, evet. Bira kılıcı. Bu bir şeyler çağrıştırıyor."

"Ben, buraya gel."

"Kardeşim. Bok gibi hissediyorum."

"O zaman ben, senin evine geleyim. Ne kadar sonra?"

"Kardeşim, buraya gelemezsin. On bin saat uyumak zorundayım. On bin galon su içmek ve on bin tane Advil almak zorundayım. Yarın okulda görüşürüz."

Derin bir nefes aldım ve sesim kızgın çıkmasın diye uğraştım. "Dünyanın en sarhoş partisinde ayık olmak ve senin hantal kıçını eve götürmek için gecenin bir yarısı, bütün Florida boyunca araba sürdüm ve bu..." Konuşmaya devam edecektim ama Ben'in telefonu kapattığını fark ettim. Suratıma kapatmıştı. Göt herif.

Zaman geçtikçe sadece daha çok sinirlendim. Margo'yu hiç umursamaması bir yana... Ben, beni de hiç umursamıyordu. Belki de arkadaşlığımız her zaman uygun koşullarla alakalı olmuştu... Birlikte bilgisayar oyunu oynamak için benden daha havalı kimsesi yoktu. Ve artık bana iyi davranmak ya da benim önemsediğim şeyleri önemsemek zorunda değildi çünkü Jase Worthington'ı vardı. Okulun fıçı duruşu rekorunu kırmıştı. Seksi bir balo eşi vardı. Ruhsuz götler kardeşliğine katılmak için sahip olduğu ilk fırsatın üzerine atlamıştı.

Suratıma kapattıktan beş dakika sonra, cep telefonunu tekrar aradım. Açmadı, bu yüzden mesaj bıraktım. "Chuck gibi havalı mı olmak istiyorsun, Kanlı Ben? Hep istediğin şey bu muydu? Peki, tebrikler. Artık bu elinde. Ve onu hak ediyorsun çünkü sen de bok gibisin. Geri arama."

Sonra Radar'ı aradım. "Hey," dedim.

"Hey," diye açtı. "Az önce duşta kustum. Seni sonra arayabilir miyim?"

"Tabii," dedim, sesimdeki öfkeyi gizlemeye çalışarak. Sadece Margo'nun dünyasını çözümlemem için *birinin* bana yardım etmesini istiyordum. Ama Radar, Ben değildi; yalnızca birkaç dakika sonra geri aradı.

"O kadar iğrençti ki temizlerken kustum ve sonra *onu* temizlerken tekrar kustum. Bir devinim makinesi gibi. Eğer sadece beni beslemeye devam etseydin, sonsuza kadar öylece kusmaya devam edebilirdim."

"Buraya gelebilir misin? Ya da ben senin evine gelebilir miyim?"

"Evet, elbette. Ne oldu?"

"Margo hayattaydı ve ortadan kaybolmasından en azından bir gece sonra alışveriş merkezindeydi."

"Sana geliyorum. Dört dakika."

Radar tam tamına dört dakika sonra penceremde göründü. "Ben'le büyük bir kavga ettiğimi bilmelisin," dedim, o içeri tırmanırken.

"Ara buluculuk yapmak için fazla akşamdan kalmayım," diye cevapladı Radar sessizce. Yatağa uzandı, gözleri yarı kapalı, kazınmış saçlarını ovuşturdu. "Sanki yıldırım çarpmış gibiyim." Burnunu çekti. "Tamam, yeni haberleri ver." Sandalyeye oturdum ve faydalı olma ihtimali bulunan hiçbir detayı atlamamaya gayret ederek, Radar'a Margo'nun tatil evindeki akşamımı anlattım. Radar'ın bulmacalarda benden daha iyi olduğunu biliyordum ve bu bulmacanın parçalarını birleştireceğini umuyordum.

"Ondan sonra Ben aradı, ben de partiye gittim," diyene kadar konuşmak için bekledi.

"O kitap sende mi, köşeleri kıvrılmış olan?" diye sordu. Kalkıp yatağın altında kitabı aradım, sonunda çekip çıkardım. Radar kitabı başının üstüne kaldırdı, baş ağrısıyla gözlerini kısarak sayfaları çevirdi.

"Yaz şunu," dedi. "Omaha, Nebraska. Sac City, Iowa. Alexandria, Indiana. Darwin, Minnesota. Hollywood, Kaliforniya. Alliance, Nebraska. Tamam. Margo'nun –şey, ya da bu kitabı kim okuduysa onun– ilginç bulduğu bütün yerler bunlar." Yataktan kalkıp beni sandalyeden kaldırdı ve sandalyede dönerek bilgisayara geçti. Radar'ın bilgisayara yazı yazarken sohbeti devam ettirmekte şaşırtıcı bir yeteneği vardı. "Birçok istikameti girmene izin veren bir mash-up[10] harita uygulaması var ve bu program çeşitli güzergâhlar

---

10 Birden fazla veri kaynağını kullanarak yeni bir uygulama veya arayüz oluşturma tekniği. (ç.n.)

gösteriyor. Margo'nun bu programı bileceğinden değil... ama yine de görmek istiyorum."

"Bütün bunları nereden biliyorsun?" diye sordum.

"Hımm, hatırlatma notu: Ben. Bütün. Hayatımı. Omnictionary'de. Geçiriyorum. Bu sabah eve gitmem ve çabucak duşa girmem arasındaki saatte, mavi benekli fener balığı sayfasını tamamen yeniden yazdım. Bir *sorunum* var. Tamam, şuna bak," dedi. Eğildim ve Birleşik Devletler haritasına çizilmiş bir sürü girintili çıkıntılı güzergâh gördüm. Hepsi Orlando'da başlıyor ve Hollywood, Kaliforniya'da bitiyordu.

"Belki Los Angeles'ta kalacaktır?" diye bir fikir öne sürdü Radar.

"Belki," dedim. "Güzergâhını bilmenin yolu yok yine de."

"Doğru. Ayrıca başka hiçbir şey Los Angeles'ı işaret etmiyor. Jase'e söylediği şey New York'u işaret ediyor. 'Kâğıttan kentlere git ve asla geri dönme' ise yakınlardaki bir semtimsiyi gösteriyor gibi. Oje belki de hâlâ buralarda olduğunu gösteriyor, ne dersin? Olası Margo bölgeleri listemize artık dünyanın en büyük patlamış mısır topunun yerini de ekleyebiliriz diyorum."

"Seyahat etmek Whitman'ın sözlerinden birine uyuyor: 'Ebedî bir yolculukta ağır ağır ilerliyorum.'"

Radar bilgisayarın önünde kambur bir halde kaldı. Yatağa oturmaya gittim. "Hey, sadece ABD'nin haritasını çıkarabilir misin, böylece bu noktaların yerlerini belirleyebilirim," dedim.

"Bunu internette de yapabilirim," dedi.

"Evet ama haritaya bakabilmek istiyorum." Birkaç saniye sonra yazıcı çalıştı ve ABD haritasını, duvardaki semtimsilerin işaretlendiği haritanın yanına yerleştirdim. Margo'nun (ya da başka birinin) kitapta işaretlediği altı yerin her biri için haritaya bir raptiye koydum. Bir şekil ya da harf oluşturup oluşturmadıklarını görmek için onlara bir takımyıldız gibi bakmaya çalıştım... ama hiçbir şey göremedim. Tamamen rastgele bir dağılımdı, sanki Margo gözlerini bağlayıp haritaya dart okları fırlatmış gibi.

İç çektim. "Ne iyi olurdu biliyor musun?" diye sordu Radar. "Eğer onun e-postasını ya da internette herhangi bir yeri kontrol ettiğine dair bir kanıt bulabilseydik. Her gün adını arıyorum; Omnictionary'ye o kullanıcı adıyla girerse beni uyaracak otomatik bir programım var. 'Kâğıttan kentler' sözünü arayan kişilerin IP adreslerini takip ediyorum. İnanılmaz derecede sinir bozucu."

"Bütün bunları yaptığını bilmiyordum," dedim.

"Evet, şey. Yalnızca başkasından yapmasını isteyeceğim şeyi yapıyorum. Onunla arkadaş olmadığımı biliyorum ama bulunmayı hak ediyor."

"Bulunmak istediği sürece."

"Evet, sanırım istememesi mümkün. Hâlâ her şey mümkün." Başımı salladım. "Evet, peki... tamam," dedi. "Bilgisayar oyunu sırasında beyin fırtınası yapabilir miyiz?"

"Gerçekten havamda değilim."

"O zaman Ben'i arayabilir miyiz?"

"Hayır. Ben göt herifin teki."

Radar yan yan bana baktı. "Tabii ki öyle. Senin sorunun ne biliyor musun, Quentin? İnsanlardan kendileri gibi olmamalarını bekliyorsun. Yani, senin düzenli bir şekilde geç kalmandan, Margo Roth Spiegelman'dan başka hiçbir şeyle ilgilenmiyor olmandan ve hiçbir zaman bana kız arkadaşımla nasıl gittiğini falan sormamandan nefret edebilirdim ama umurumda değil dostum, çünkü sen sensin. Annemle babamın bir ton zenci Noel babası var ama bu da sorun değil. Onlar da onlar. Ben arkadaşlarım ya da kız arkadaşım aradığında bazen telefona cevap vermeyecek kadar bir referans sitesine saplantılıyım. Bu da sorun değil. Bu benim. Her halükârda beni seviyorsun. Ve ben de seni seviyorum. Eğlencelisin, akıllısın ve geç gelebilirsin ama eninde sonunda gelirsin."

"Teşekkürler."

"Evet, şey. Sana iltifat etmiyordum. Sadece söylüyorum: Ben'in senin gibi olması gerektiğini düşünmeyi bırak ve o da senin onun gibi olman gerektiğini düşünmeyi bıraksın ve lanet olsun, hepiniz sakinleşin."

"Pekâlâ," dedim sonunda ve Ben'i aradım. Radar'ın burada olduğu ve bilgisayar oyunu oynamak istediği haberi akşamdan kalmalığının mucizevi bir şekilde iyileşmesini sağladı.

"Peki," dedim telefonu kapattıktan sonra. "Angela nasıl?"

Radar güldü. "İyi, dostum. Gerçekten iyi. Sorduğun için teşekkürler."

"Hâlâ bakir misin?" diye sordum.

"Mahremiyeti bozamam. Bununla beraber, evet. Ah ve bu sabah ilk kavgamızı ettik. Waffle House'ta kahvaltı ediyorduk ve Angela zenci Noel babaların ne kadar müthiş olduğunu, onları biriktirdikleri için annemle babamın ne kadar harika insanlar olduğunu çünkü Tanrı'nın ve Noel babanın beyaz olması gibi konuları kültürümüzde herkesin kabul ettiğini varsaymamanın bizim için ne kadar önemli olduğunu ve zenci Noel babanın bütün siyahi toplumunu nasıl güçlendirdiğini anlatıyordu."

"Sanırım bir bakıma ona katılıyorum," dedim.

"Evet, şey, iyi bir fikir ama zırvalık. Ebeveynlerim zenci Noel babayı yaymaya çalışmıyor. Öyle olsaydı, zenci Noel baba *yaparlardı*. Bunun yerine dünya stoğunun tamamını satın almaya çalışıyorlar. Pittsburgh'da dünyadaki en büyük ikinci koleksiyona sahip bir adam var ve sürekli koleksiyonu ondan satın almaya çalışıyorlar."

Ben kapı eşiğinden seslendi. Bir süredir oradaydı anlaşılan. "Radar, o sevimli tavşancığa çakmaktaki başarısızlığın çağımızdaki en büyük insanlık trajedisi."

"Nasılsın, Ben?" dedim.

"Dün gece eve bıraktığın için teşekkürler, kardeşim."

15.

Sınavlara sadece bir hafta kalmasına rağmen, pazartesi gecesini *Kendi Şarkım*'ı okuyarak geçirdim. Son iki semtimsiye gitmek istemiştim ama arabayı Ben'in kullanması gerekiyordu. Artık şiirdeki ipuçlarını Margo'nun kendisini aradığım kadar aramıyordum. Kendimi tekrar tekrar okurken bulduğum başka bir bölüme geldiğimde, *Kendi Şarkım*'ı bu sefer yarılamayı başarmıştım.

"Sanırım uzun bir süre dinlemekten başka hiçbir şey yapmayacağım," diye yazıyor Whitman. Sonra iki sayfa boyunca sadece duyuyor: bir buharın ıslığını duyuyor, insanların sesini duyuyor, bir opera duyuyor. Çimenin üstünde oturuyor ve seslerin içinden geçip gitmesine izin veriyor. Ve bu benim de yapmaya çalıştığım şey sanırım: Margo'nun bütün küçük seslerini dinlemek. Çünkü hepsi bir şey ifade etmeden önce, duyulmalı. Uzun süredir Margo'yu gerçekten *duymamıştım* –onun çığlık attığını görmüş ve güldüğünü sanmıştım– ve şu anda bunun, bu muazzam uzaklıktan bile, onun operasını duymaya çalışmanın benim işim olduğunu anlıyordum.

Eğer Margo'yu duyamıyorsam, en azından onun bir zamanlar duyduğu şeyi dinleyebilirdim, bu yüzden Woody Guthrie şarkılarının yeniden düzenlendiği albümleri indirdim. Bilgisayarın başına oturdum, gözlerim kapalı, dirseklerim masaya dayalı halde, şarkı söyleyen sesi dinledim. Daha önce hiç duymadığım bir şarkının içinde, on iki gün sonra hatırlamakta zorluk çektiğim o sesi duymaya çalıştım.

Annem eve geldiğinde hâlâ dinliyordum... ama artık bir başka favorisini, Bob Dylan'ı. "Baban geç gelecek," dedi annem kapalı kapının arkasından. "Hindi köftesi yapabilirim diye düşündüm ama?.."

"Gayet güzel," diye cevapladım, sonra tekrar gözlerimi kapayıp müziği dinledim. Babam ikinci albümün yarısına geldiğim sırada beni yemeğe çağırana kadar oturduğum yerde doğrulmadım.

Yemekte annem ile babam Ortadoğu politikaları hakkında konuşuyorlardı. Birbirleriyle tamamen aynı fikirde olmalarına rağmen falancanın yalancı, filancanın yalancı *ve* hırsız olduğunu ve bunların çoğunun istifa etmesi gerektiğini söyleyerek bağırmayı yine de başarabiliyorlardı. Ketçap sürülmüş ve soğanlarla kaplanmış haliyle nefis olan hindi köftesine odaklandım.

"Tamam, yeter," dedi annem bir süre sonra. "Quentin, günün nasıldı?"

"İyi," dedim. "Sınavlara hazırlanıyorum sanırım."

"Bunun okulunun son haftası olduğuna inanamıyorum," dedi babam. "Gerçekten dünmüş gibi geliyor..."

"Öyle," dedi annem. Kafamda bir ses bağırmaya başladı: UYARI NOSTALJİ ALARMI, UYARI UYARI UYARI. Ebeveynlerim harika insanlar ama felç edici aşırı duygusallık gösterilerine meyilliler.

"Seninle gurur duyuyoruz," dedi annem. "Tanrım, önümüzdeki sonbaharda seni özleyeceğiz."

"Evet, şey, fazla erken konuşmayın. Hâlâ edebiyattan kalabilirim."

Annem güldü ve sonra; "Ah, dün Genç Hristiyan Erkekler Birliği'nde kimi gördüm tahmin et? Betty Parson. Gelecek sonbahar Chuck'ın Georgia Üniversitesi'ne gideceğini söyledi. Onun için sevindim; hep mücadele etti."

"Göt herifin teki," dedim.

"Şey," dedi babam, "zorbaydı. Ve davranışları içler acısıydı."
Bu ebeveynlerimin tipik haliydi: Onlara göre, kimse sadece boktan değildi. İnsanlarda sadece berbat olmaktan başka yanlış olan bir şeyler vardı: Sosyal adaptasyon bozuklukları vardı... ya da kişilik bozuklukları vardı ya da her neyse.

Annem ipleri eline aldı. "Ama Chuck'ın öğrenme zorluğu var. Her türlü sorunu var... tıpkı herkes gibi. Akranlarını bu şekilde görmek senin için zor biliyorum ama yaşlandığında onları –kötü çocukları, iyi çocukları ve bütün çocukları– insan olarak görmeye başlarsın. Onlar sadece önemsenmeyi hak eden insanlar. Farklı derecelerde hasta, farklı derecelerde nörotik, farklı derecelerde kendini kanıtlamış. Ama biliyorsun, Betty'den her zaman hoşlandım ve her zaman Chuck için umudum vardı. Yani üniversiteye gidiyor olması iyi, sence de öyle değil mi?"

"Doğrusu, anne, öyle ya da böyle onu gerçekten umursamıyorum." Ama şunu düşündüm, eğer herkes sadece insansa, nasıl oluyor da annemle babam hâlâ İsrail ve Filistin'deki bütün politikacılardan nefret edebiliyorlardı? *Onlar* hakkında insanmış gibi konuşmuyorlardı.

Babam bir şeyleri çiğnemeyi bitirdi ve sonra çatalını indirip bana baktı. "İşimi ne kadar uzun süre yaparsam," dedi, "insanların iyi aynalardan yoksun olduklarını o kadar fark ediyorum. Birinin bize nasıl göründüğümüzü göstermesi öyle zor ve bizim de birine nasıl hissettiğimizi göstermemiz öyle zor ki."

"Bu gerçekten çok hoş," dedi annem. Birbirlerinden hoşlanmaları hoşuma gidiyordu. "Ama temelde, diğer insanların da bizim gibi insan olduğunu anlamak bize zor gelmiyor mu? Onları Tanrı olarak idealleştiriyor ya da hayvan olarak reddediyoruz."

"Doğru. Bilinç dar pencerelere de yol açıyor. Bunun hakkında hiç bu şekilde düşündüğümü sanmıyorum."

Arkama yaslanıyordum. Dinliyordum. Ve Margo'ya dair, pencereler ve aynalarla ilgili bir şeyler duyuyordum. Chuck Parson bir insandı. Benim gibi. Margo Roth Spiegelman da bir insandı. Ve onun hakkında hiç bu şekilde düşünmemiştim, tam olarak değil; bu önceki bütün tasavvurlarımın başarısızlığıydı. Başından beri –yalnızca gittiğinden beri değil, on yıl öncesinden beri– Margo'yu, dinlemeden, onun benim kadar dar bir pencere yarattığını bilmeden hayal ediyordum. Ve bu yüzden onu bir insan olarak tasavvur edememiştim; korkabilen, bir oda dolusu insanın içinde dışlanmış hissedebilen, paylaşmak için fazla kişisel olduğundan plak koleksiyonu hakkında çekingen olabilen bir insan. Bir sürü insanın kaçtığı şehirde yaşamaya kaçabilmek için seyahat rehberleri okuyabilen biri. Kimse onun bir insan olduğunu düşünmediği için gerçekten konuşacak kimsesi olmayan biri.

Ve birdenbire Margo Roth Spiegelman'ın, Margo Roth Spiegelman değilken nasıl hissettiğini anladım: Boş hissediyordu. Tırmanılamayacak duvarların onu kuşattığını hissediyordu. Onu, üstünde yalnızca gökyüzünün o dar parçasıyla, halının üstünde uyurken düşündüm. Belki Margo orada rahat hissetmişti çünkü insan olan Margo her zaman böyle yaşıyordu: Kapatılmış pencerelerle terk edilmiş bir odada, içeri sızan tek ışık çatıdaki deliklerden gelirken. *Evet.* Her zaman yaptığım –ve dürüst olmak gerekirse, onun her zaman beni yapmaya yönlendirdiği– esas hata şuydu: Margo bir mucize değildi. Bir macera değildi. İyi ve kıymetli bir şey değildi. O bir genç kızdı.

16.

Saat her zaman cezalandırıcıydı ama düğümleri çözmeye yaklaştığımı hissetmem, salı günü, zamanın tamamen durmuş gibi görünmesine neden oldu. Hepimiz okuldan hemen sonra alışveriş merkezine gitmeye karar vermiştik ve beklemek katlanılmazdı. Edebiyat dersinin bittiğini haber veren zil nihayet çaldığında koşarak aşağı indim ve Ben ile Radar bando provasını bitirinceye kadar gidemeyeceğimizi fark ettiğimde, neredeyse kapıdan çıkmıştım. Bando odasının dışında oturdum ve sırt çantamdan, öğle yemeğinden beri sakladığım, peçetelere sarılmış tek kişilik bir pizza aldım. Lacey Pemberton yanıma oturduğunda ilk çeyreğini bitirmiştim. Ona da bir dilim ikram ettim. Geri çevirdi.

Margo hakkında konuştuk elbette. Ortak sorunumuz. "Kestirmem gereken şey," dedim, pizzanın yağını kot pantolonuma silerek, "bir yer. Ama semtimsilerle çözmeye yaklaşıp yaklaşmadığımı bile bilmiyorum. Bazen tamamen alakasız bir yöne gittiğimizi düşünüyorum."

"Evet. Bilmiyorum. Doğrusu, her şey bir yana, onun hakkında bir şeyler keşfetmeyi seviyorum. Yani önceden bilmediğim şeyleri. Onun gerçekte kim olduğu hakkında hiçbir fikrim yok. Doğrusu onu çılgınca güzel şeyler yapan, çılgın ve güzel bir arkadaştan başka birisi olarak hiç düşünmedim."

"Doğru ama bunları bir anda aklına estiği için yapmadı," dedim. "Yani bütün maceralarının belli bir... Bilmiyorum."

"Zarafet," dedi Lacey. "O tanıdığım, yetişkin olmayan ve tam bir zarafete sahip olan tek kişi."

"Evet."

"Bu yüzden onu ışıksız, iğrenç, tozlu bir odada düşünmek zor."

"Evet," dedim. "Farelerle."

Lacey dizlerini göğsüne doğru çekip cenin şeklini aldı. "Iyy. Bu hiç de Margo'ya göre değil."

Her nasılsa en kısamız olmasına rağmen, Lacey ön koltuğa oturdu. Arabayı Ben sürüyordu. Yanımda oturan Radar, el bilgisayarını çıkarıp Omnictionary üzerine çalışmaya başladığında, oldukça yüksek sesle iç geçirdim.

"Sadece Chuck Norris sayfasındaki Vandalizmi siliyorum," dedi. "Mesela, Chuck Norris'in uçan tekme konusunda uzman olduğunu düşünmeme rağmen, şunun söylenmesinin doğru olduğunu sanmıyorum: 'Chuck Norris'in gözyaşları kanseri tedavi edebiliyor ama ne yazık ki hiç ağlamadı.' Her neyse, Vandalizm-silme beynimin yüzde dördünü falan meşgul ediyor."

Radar'ın beni güldürmeye çalıştığını anlamıştım ama sadece tek bir şey hakkında konuşmak istiyordum. "Margo'nun bir semtimside olduğuna ikna olmadım. Belki de 'kâğıttan kentler' sözüyle kastettiği bu değil bile. Bir sürü yer iması var ama *belirli* bir şey yok."

Radar bir saniyeliğine başını kaldırdı, sonra tekrar ekrana döndü. "Şahsen, anlaşılması için yeterince ipucu bıraktığını sandığı, saçma bir gezi yaparak çok uzaklara gittiğini düşünüyorum. Bu yüzden şu anda Omaha, Nebraska'da dünyanın en büyük pul topunu ziyaret ettiğini ya da Minnesota'da dünyanın en büyük iplik topuna göz attığını falan düşünüyorum."

Ben dikiz aynasından bir bakış atarak, "Yani Margo'nun, Dünyanın En Büyük Topları'nın peşinde ulusal bir tur yaptığını mı düşünüyorsun?" dedi. Radar başıyla onayladı.

"Peki," diye devam etti Ben, "birinin artık ona eve dön demesi gerekiyor, çünkü dünyanın en büyük toplarını tam burada, Orlando, Florida'da bulabilir. 'Benim testislerim' diye bilinen özel bir vitrine yerleştirilmişler."

Radar güldü ve Ben devam etti: "Yani, cidden. Hayalarım kadar büyük ki, McDonald's'tan kızarmış patates sipariş ettiğinde, dört boydan birini seçebiliyorsun: küçük, orta, büyük ve hayalarım."

Lacey göz ucuyla Ben'e baktı. "Hiç. Yakışık. Almıyor."

"Üzgünüm," diye mırıldandı Ben. "Bence Orlando'da," dedi. "Onu arayışımızı izliyor. Ve ebeveynlerinin aramayışını izliyor."

"Ben hâlâ New York diyorum," dedi Lacey.

"Hepsi hâlâ mümkün," dedim. Her birimiz için bir Margo... ve her biri pencereden daha çok aynaya benziyor.

Küçük alışveriş merkezi birkaç gün önceki gibi görünüyordu. Ben aracı park etti ve onları iterek-açılan kapıdan geçirip ofise götürdüm. Herkes içeri girer girmez usulca, "Henüz fenerleri açmayın. Gözlerinize alışmaları için bir şans verin," dedim. Koluma batan tırnaklar hissetim. "Sorun değil, Lace," diye fısıldadım.

"Ay," dedi. "Yanlış kol." Fark ettim ki Ben'i arıyordu.

Yavaşça, oda puslu gri bir görünüm kazandı. Hâlâ çalışanları bekleyen, sıralanmış masaları görebiliyordum. Fenerimi yaktım ve sonra diğerleri de kendilerinkileri yaktılar. Öteki odaları incelemek için Cüce Deliği'ne doğru giden Ben ile Lacey birlikte kaldılar. Radar benimle Margo'nun masasına doğru yürüdü. Haziranda donakalmış kâğıt takvime daha yakından bakmak için diz çöktü.

Bize yaklaşan hızlı adımları duyduğumda Radar'ın yanına eğiliyordum.

"*Birileri var*," diye fısıldadı Ben aceleyle. Lacey'yi çekiştirerek, Margo'nun masasının arkasına çöktü.

"Ne? Nerede?"

"Yan odada!" dedi. "Maske takıyorlar. Resmî görünümlüler. Gitmeliyiz."

Radar fenerini Cüce Deliği'ne doğru tuttu ama Ben kuvvetlice vurup feneri yere indirdi. "Buradan. Çıkmak. Zorundayız." Lacey bana bakıyordu, büyük gözlerle ve muhtemelen yanılarak, ona güvende olacağımıza söz verdiğim için biraz kızmış bir şekilde.

"Tamam," diye fısıldadım. "Tamam, herkes dışarı, kapıdan. Çok sakin, çok hızlı bir şekilde." Gürleyen bir sesin bağırdığını duyduğumda daha yürümeye yeni başlamıştım. "KİM VAR ORADA!"

Kahretsin. "Eee," dedim, "sadece geziyoruz." Söylemek için aşırı derecede korkunç bir şeydi. Cüce Deliği'nden gelen beyaz ışık beni kör etti. Bu, Tanrı'nın kendisi bile olabilirdi.

"Niyetiniz nedir?" Bu seste belli belirsiz sahte bir İngilizlik vardı.

Ben'in yanımda ayağa kalkmasını izledim. Yalnız olmamak iyi hissettiriyordu. "Bir ortadan kaybolma olayını araştırmak için buradayız," dedi büyük bir güvenle. "Hiçbir şeyi kırmayacaktık." Işık kapandı, ikisi de kot pantolon, tişört giymiş ve iki filtresi olan maskeler takmış üç silüeti görene kadar gözlerimi kırpıştırarak körlüğü giderdim. İçlerinden biri maskesini alnına kaldırıp bize baktı. Bu keçisakallı, düz ve geniş ağzı tanıdım.

"Gus?" diye sordu Lacey. Ayağa kalktı. SunTrust güvenlik görevlisi.

"Lacey Pemberton. Tanrım. Ne yapıyorsun burada? Maskesiz hem de? Burada bir ton asbest var."

"*Sen* burada ne yapıyorsun?"

"Araştırıyorum," dedi. Her nasılsa Ben diğer adamlara yaklaşıp tokalaşmak için onlara elini uzatacak kadar güven dolmuştu.

Kendilerini As ve Marangoz olarak tanıttılar. Bahse varım bunlar takma adlarıydı.

Etraftan birkaç tane döner sandalye çektik ve çember oluşturacak şekilde oturduk. "Sunta levhayı siz mi kırdınız?" diye sordu Gus.

"Şey, ben kırdım," diye açıkladı Ben.

"İçeriye başka kimsenin girmesini istemediğimiz için onu biz bantladık. Eğer insanlar yoldan içeri girilecek bir yol görürlerse, araştırma hakkında bir bok bilmeyen birçok kişi içeri girer. Dilenciler, keşler filan."

Onlara doğru bir adım attım. "Yani, siz, şey, Margo'nun buraya geldiğini biliyor musunuz?" dedim.

Gus cevap veremeden, As maskenin ardından konuştu. Sesi hafifçe değişmişti ama anlaması kolaydı. "Dostum, Margo bütün bu lanet olası zaman boyunca buradaydı. Buraya yalnızca yılda birkaç defa geliriz; burada asbest var, hem o kadar iyi bir yer bile değil. Ama muhtemelen, son birkaç yıldır buraya geldiğimiz zamanların, yani, yarısında falan onu gördük. Seksiydi, değil mi?"

"-di?" diye sordu Lacey manalı bir şekilde.

"Kaçtı, değil mi?"

"Bununla ilgili ne biliyorsun?" diye sordu Lacey.

"Hiçbir şey. Margo'yu onunla gördüm," dedi Gus, bana doğru başını sallayarak, "birkaç hafta önce. Ondan sonra kaçtığını duydum. Birkaç gün sonra burada olabileceği aklıma geldi, bu yüzden buraya geldik."

"Burayı neden bu kadar sevdiğini hiç anlamadım. Burada pek bir şey yok," dedi Marangoz. "Keşif için iyi değil."

Lacey, Gus'a, "*Keşif* derken ne demek istiyorsun?" diye sordu.

"Kentsel keşif. Terk edilmiş binalara gireriz, araştırırız, fotoğraflarını çekeriz. Hiçbir şey almayız; hiçbir şey bırakmayız. Biz sadece gözlemciyiz."

"Bu bir hobi," dedi As. "Biz daha okuldayken Gus, Margo'nun keşif gezilerinde peşine takılmasına izin verdi."

"Harika bir gözü vardı, on üç yaşında falan olmasına rağmen," dedi Gus. "Her yere girmenin bir yolunu buluyordu. O zamanlar fırsat buldukça gidiyorduk ama şimdi haftada üç kere falan çıkıyoruz. Her tarafta böyle yerler var. Clearwater'ın orada terk edilmiş bir akıl hastanesi var. Hayret verici. Delileri kayışla bağlayıp elektroşok verdikleri yeri görebilirsiniz. Ve buranın batısında eski bir hapishane var. Ama Margo fazla ilgili değildi. Bir yerlere izinsiz girmeyi sever ama sonra sadece orada *kalmak* isterdi."

"Evet, Tanrım bu çok can sıkıcıydı," diye ekledi As.

Marangoz, "Fotoğraf falan bile çekmezdi. Ya da etrafta koşuşturup bir şeyler bulmazdı. Sadece içeri girmek ve oturmak falan isterdi. Şu siyah defterini hatırlıyor musunuz? Öylece bir köşede oturur ve yazardı, evindeymiş ve ödev falan yapıyormuş gibi," dedi.

"Doğrusu," dedi Gus, "bütün bunların gerçekte neyle ilgili olduğunu hiç anlamadı. Macera. Depresyonda gibi görünüyordu aslında."

Konuşmaya devam etmelerini istedim çünkü söyledikleri her şeyin Margo'yu hayal etmeme yardım edeceğini düşündüm. Ama birdenbire Lacey ayağa kalkıp sandalyesini geriye doğru tekmeledi. "Ve siz, ona aslında neden depresyonda olduğunu sormayı hiç düşünmediniz öyle mi? Ya da neden bu kıçı kırık mekânlarda takıldığını? Bu sizi hiç rahatsız etmedi mi?" Artık Gus'ın tepesinde duruyor, bağırıyordu. Gus da ayağa kalktı, Lacey'den on beş santimetre uzundu ve sonra Marangoz, "Tanrım, biri şu fahişeyi sakinleştirsin," dedi.

"Ah, işte bunu demeyecektin!" diye bağırdı Ben ve ben daha ne olup bittiğini anlayamadan, Ben Marangoz'a saldırdı ve Marangoz sandalyesinden biçimsiz bir şekilde omzunun üstüne düştü. Ben bacaklarını açıp adamın üstüne oturdu ve hem öfkeyle hem de beceriksiz bir şekilde maskesini tokatlayıp yumruklayarak ve

"FAHİŞE OLAN O DEĞİL, SENSİN!" diye bağırarak adamı dövmeye başladı. Ayağa kalktım ve Radar kolunu yakalarken Ben'in öteki kolunu yakalayıp tuttum. Onu çekip uzaklaştırdık ama hâlâ bağırıyordu. "Şu anda çok sinirliyim! Bu adamı yumruklamaktan zevk alıyorum! Onu yumruklamaya devam etmek istiyorum!"

"Ben," dedim, sesimin sakin çıkmasına, sesimin annem gibi çıkmasına çalışarak. "Ben, her şey yolunda. Ne demek istediğini anladık."

Gus ile As, Marangoz'u yerden kaldırdı ve Gus, "Tanrım, buradan çıkıyoruz, tamam mı? Burası tamamen sizin," dedi.

As kamera takımlarını topladı ve aceleyle arka kapıdan çıktılar. Lacey, Gus'ı nereden tanıdığını bana açıklamaya başladı. "O son sınıftaydı, biz..." Ama elimi sallayarak sözünü kestim. Hiçbirinin önemi yoktu nasılsa.

Radar neyin önemi olduğunu biliyordu. Hemen takvime döndü, gözleri kâğıttan üç santimetre uzaklıktaydı. "Mayıs sayfasına bir şey yazıldığını sanmıyorum," dedi. "Kâğıt oldukça ince ve hiç iz göremiyorum. Ama kesin olarak söylemek imkânsız." Daha fazla ipucu aramak için uzaklaştı ve Cüce Deliği'nden geçerlerken, Lacey ile Ben'in fenerlerinin ışığının azaldığını gördüm ama ben Margo'yu hayal ederek öylece orada, ofiste dikildim. Kendinden dört yaş büyük olan bu adamları, terk edilmiş binalara girerken takip ettiğini düşündüm. Bu benim gördüğüm Margo'ydu. Ama sonra, binaların içinde, her zaman hayal ettiğim Margo olmaktan çıkıyor. Herkes araştırmaya giderken, fotoğraflar çekip duvarlardan atlarken, Margo bir şeyler yazarak yerde oturuyor.

Ben, yan kapıdan bağırdı: "Q! Bir şey bulduk!"

Tişörtümün iki koluyla yüzümdeki teri sildim ve kendimi yukarı çekmek için Margo'nun masasını kullandım. Odanın diğer tarafına yürüdüm, Cüce Deliği'nden süründüm ve sarılmış halının üstündeki duvarı tarayan üç fenere doğru ilerledim.

"Bak," dedi Ben, duvarda bir kare çizmek için ışığı kullanarak. "Bahsettiğin küçük delikler vardı ya?"

"Evet?"

"Oraya, yukarıya raptiyelenmiş notlar olmalılar. Deliklerin arasındaki boşluklardan, kartpostal ya da resim olduklarını düşünüyoruz. Belki yanında götürdü," dedi Ben.

"Evet, belki," dedim. "Keşke Gus'ın bahsettiği defteri bulabilseydik."

"Evet, söylediğinde, o defteri hatırladım," dedi Lacey, fenerimin ışığı yalnızca onun bacaklarını aydınlatıyordu. "Hep yanında olan bir tane vardı. Hiç yazdığını görmedim ama sadece bir ajanda falan olduğunu düşündüm. Tanrım, hiç sormadım. Arkadaşı bile olmayan Gus'a kızdım. Ama ben ona ne sordum ki?"

"Cevap vermezdi nasılsa," dedim. Margo'nun, kendi gizlenişine dâhil olmamış gibi davranmak dürüstçe değildi.

Bir saat daha etrafta gezindik ve tam ben bu gezintinin faydasız olduğuna emin olduğumda, fenerim, buraya ilk geldiğimizde kartlardan bir eve benzetilmiş olan semt broşürlerine rast geldi. Broşürlerden biri Grovepoint Acres içindi. Diğer broşürleri yayarken nefesim kesildi. Kapının yanında duran sırt çantama koşup bir kalem ve defterle geri döndüm ve reklamı yapılan bütün semtlerin isimlerini yazdım. Birini hemen tanıdım: Collier Farms... Listemdeki henüz ziyaret etmediğim iki semtimsiden biri. Semtlerin isimlerini yazmayı bitirdim ve defteri çantama geri götürdüm. Bana bencil diyebilirsiniz ama eğer onu bulursam, bunu tek başıma yapmak istiyordum.

17.

Cuma günü annem işten eve geldiği anda, ona Radar'la bir konsere gideceğimi söyledim ve sonra Collier Farms'ı görmek için arabayla kırsal Seminole County'nin dışına doğru gitmeye başladım. Broşürlerdeki diğer semtlerin hepsinin var olduğu ortaya çıktı –çoğu, şehrin kuzey tarafındaydı– ki burası uzun zaman önce tamamen yerleşik düzene geçmişti.

Collier Farms sapağını fark edebildim çünkü görülmesi zor toprak yolları görmede uzman gibi bir şey olmuştum. Fakat Collier Farms gördüğüm diğer semtimsilere hiç benzemiyordu, çünkü sanki elli yıl önce terk edilmiş gibi yabani bir şekilde çalılarla kaplanmıştı. Diğer semtimsilerden daha eski olup olmadığını ya da her şeyin daha hızlı büyümesine neden olan bataklıklı bir zemini olup olmadığını bilmiyordum ancak Collier Farms'ın giriş yolu ben oraya döndükten hemen sonra geçit vermez hale geldi çünkü yolun iki tarafında da sık bir dikenli çalı korusu yetişmişti.

Arabadan çıkıp yürüdüm. Aşırı büyümüş otlar bacaklarımı sıyırıyor ve spor ayakkabılarım her adımda çamura batıyordu. Orada bir yerlerde, geri kalan her şeyden bir metre yukarıda olan bir toprak parçasının üstüne kurulmuş, onu yağmurdan koruyan bir çadırı olmasını ummaktan başka çarem yoktu. Yavaşça yürüyordum çünkü diğer yerlerde olduğundan daha fazla görülecek şey, daha çok saklanacak yer vardı, ayrıca bu semtimsinin, alışveriş merkezine doğrudan bir bağlantısı olduğunu biliyordum. Zemin o kadar yoğundu ki her düz alanda, bir insana uyacak büyüklükteki her yeri kontrol ederken yavaş yavaş yürümek zorunda kalıyordum. Yolun sonunda, çamurun içinde mavi-beyaz karton bir kutu gördüm ve bir saniyeliğine bu kutu, alışveriş merkezinde gördüğüm gofretlerinkinin aynısı gibi göründü. Ama, hayır. Bu, çürümekte olan on ikilik bir bira kutusuydu. Ağır adımlarla minivana döndüm ve kuzeyde yer alan, daha uzaktaki Logan Pines isimli bir yere doğru yola çıktım.

Oraya ulaşmam bir saatimi aldı, artık Ocala Ulusal Ormanı'nın yakınlarındaydım ve Orlando kent sınırlarının içinde bile değildim. Birkaç kilometre ilerlemiştim ki Ben aradı.

"Nasılsın?"

"Şu kâğıttan kentlere doğru yola mı koyuldun?" diye sordu.

"Evet, bildiklerimden sonuncusuna geldim neredeyse. Henüz bir şey yok."

"Peki, dinle, kardeşim, Radar'ın ebeveynleri birdenbire şehri terk etmek zorunda kaldılar."

"Her şey yolunda mı?" diye sordum. Radar'ın büyükannesi ile büyükbabasının oldukça yaşlı olduklarını ve Miami'de bir bakımevinde yaşadıklarını biliyordum.

"Evet, al bakalım: Dünyadaki ikinci büyük zenci Noel baba koleksiyonu olan Pittsburgh'da yaşayan şu adamı biliyorsun, değil mi?"

"Evet?"

"Az önce nalları dikti."

"Şaka yapıyorsun."

"Kardeşim, zenci Noel baba koleksiyoncularının vefatı hakkında şaka yapmam. Adamın bir anevrizması varmış, bu yüzden Radar'ınkiler bütün koleksiyonunu satın almak için Pennsylvania'ya uçuyorlar. Yani, birkaç kişiyi buraya çağırıyoruz."

"Biz kim?"

"Ben, sen ve Radar. Ev sahibi biziz."

"Bilmiyorum," dedim.

Bir duraksama oldu, sonra Ben tam ismimi kullandı. "Quentin," dedi, "onu bulmak istediğini biliyorum. Senin için en önemli şeyin Margo olduğunu biliyorum. Ve bu sorun değil. Ama bir haftaya kadar falan mezun oluyoruz. Senden aramayı bırakmanı istemiyorum. Senden, hayatının yarısı boyunca tanıdığın en iyi iki arkadaşınla bir partiye gelmeni istiyorum. Senden, küçük, tatlı bir kız olup iki üç saatini şekerli şaraplardan içerek geçirmeni ve sonra iki üç saatini daha, bahsi geçen şarapları burnundan kusarak geçirmeni istiyorum. Ondan sonra terk edilmiş yerleşim birimi projelerine bakınmaya geri dönebilirsin."

Ben'in yalnızca hoşuna giden bir macerayla ilişkili olduğu zaman Margo hakkında konuşmak istemesi ve Margo kayıp, onlar kayıp değilken bile, arkadaşlarım yerine Margo'ya odaklandığım için bende bir sorun olduğunu düşünmesi beni rahatsız etti. Ama Ben Ben'di, Radar'ın dediği gibi. Ve nasılsa Logan Pines'tan sonra arayacak hiçbir şeyim yoktu. "Tek bir yere gitmek zorundayım, ondan sonra geleceğim."

Logan Pines, Orta Florida'daki son semtimsi –ya da en azından benim bildiğim son semtimsi– olduğu için buraya dair pek umut beslemiştim. Ama tek çıkmaz yolunda el feneriyle gezinirken hiç çadır görmedim. Kamp ateşi yoktu. Yiyecek ambalajı yoktu. İnsana dair herhangi bir iz yoktu. Margo yoktu. Yolun sonunda, toprağa kazılmış tek bir beton temel buldum. Ama üstüne inşa edilmiş hiçbir şey yoktu, yalnızca şaşırıp kalmış ölü bir ağız gibi toprağa kazılmış delik, çalılardan oluşan kördüğüm ve her yerde biten bel hizasında otlar vardı. Eğer Margo benim bu yerleri görmemi istemişse nedenini anlayamıyordum. Ve asla geri dönmemek üzere semtimsilere gitmişse, bütün araştırmam boyunca açığa çıkarmamış olduğum bir yer biliyordu.

Jefferson Park'a dönmem bir buçuk saatimi aldı. Minivanı eve park ettim, üstümü değiştirip balıkçı yaka bir gömlek ile tek şık kot pantolonumu giydim ve Jefferson Yolu'ndan Jefferson Adliyesi'ne doğru yürüdüm, sonra Jefferson Caddesi'nden sağa döndüm. Radar'ın sokağı olan Jefferson Meydanı'nın iki tarafına da çoktan birkaç araba dizilmişti. Saat daha sekiz kırk beşti.

Kapıyı açtım ve bir kucak dolusu alçıdan yapılmış zenci Noel baba tutan Radar tarafından karşılandım. "Güzel olanların hepsini kaldırmalıyım," dedi. "Tanrı korusun, içlerinden biri kırılır."

"Yardım lazım mı?" diye sordum. Radar kanepenin iki tarafındaki sehpalarda, üç grup iç içe geçirilmemiş zenci Noel Baba matruşka bebekleri bulunan salona doğru başını salladı. Onları iç içe geçirirken, gerçekten çok güzel olduklarını fark etmekten kendimi alamadım... Elle boyanmış ve olağanüstü biçimde ayrıntılıydılar. Gerçi bunu Radar'a söylemedim, beni oturma odasındaki zenci Noel baba lambasıyla öldüresiye döver diye korktuğum için.

Matruşka bebekleri, Radar'ın Noel babaları dikkatlice şifonyere sakladığı misafir odasına taşıdım. "Hepsini bir arada gördüğün zaman, bu gerçekten mitlerimizi hayal etme şeklimizi sorgulamana sebep oluyor."

Radar gözlerini devirdi. "Evet, her sabah Lucky Charms kahvaltılık gevreğimi lanet olası bir zenci Noel baba kaşığıyla yerken, kendimi sürekli mitlerimi hayal etme şeklimi sorgularken buluyorum."

Omzumda, beni arkaya döndüren bir el hissettim. Ben'di, ayakları hızlı bir şekilde kıpırdanıyordu, çişini yapması falan gerekiyormuş gibi. "Öpüştük. Yani, o beni öptü. Yaklaşık on dakika önce. Radar'ın ebeveynlerinin yatağında."

"Bu iğrenç," dedi Radar. "Ebeveynlerimin yatak odasında oynaşmayın."

"Vay canına, bütün bunları aştığını düşünüyordum," dedim. "Tam bir pezevenk filan olduğun için."

"Kapa çeneni, kardeşim. Aklımı kaçıracağım," dedi bana bakarak, gözleri neredeyse şaşıydı. "Çok iyi olduğumu sanmıyorum."

"Neyde?"

"Öpüşmekte. Ve yani, o, yıllar boyunca öpüşme işini benden çok daha fazla yapmıştır. Beni terk edeceği kadar berbat olmak istemiyorum. Kızlar seni beğenirler," dedi bana ki bu olsa olsa *kızlar* kelimesini "bando takımındaki kızlar" olarak tanımlarsanız doğruydu. "Kardeşim, tavsiye istiyorum."

Ben'in, muhtelif vücutları sarstığı muhtelif yollarla ilgili bütün o bitmez tükenmez zırvalamalarından bahsetmeye niyetlendim ama sadece, "Söyleyebileceğim kadarıyla, iki temel kural var: 1. İzin almadan hiçbir şeyi ısırma ve 2. İnsan dili wasabi gibidir: Çok güçlüdür ve tutumlu bir şekilde kullanılmalıdır," dedim.

Ben'in gözleri aniden panikle büyüyüp parlaklaştı. İrkildim ve "Arkamda duruyor, değil mi?" dedim.

"İnsan dili wasabi gibidir," diye taklit etti Lacey, kendiminkine gerçekten benzemediğini umduğum, kalın ve şapşal bir sesle. Hızla arkama döndüm. "Aslında Ben'in dilinin güneş kremi gibi olduğunu düşünüyorum," dedi. "Sağlık için iyi ve cömert bir şekilde kullanılmalı."

"Az önce ağzımın içine kustum," dedi Radar.

"Lacey, az önce devam etme isteğimi alıp götürdün," diye ekledim.

"Keşke bunu hayal etmeyi bırakabilsem," dedi Radar.

"Fikrin kendisi o kadar çirkin ki, aslında 'Ben Starling'in dili' kelimelerini televizyonda söylemek yasadışı," dedim.

"Bu kanunu ihlal etmenin cezası ya on yıl hapis ya da bir Ben Starling dil banyosu," dedi Radar.

"Herkesin," dedim.

"Seçtiği," dedi Radar gülümseyerek.

"Hapis," diye birlikte bitirdik.

Sonra Lacey Ben'i önümüzde öptü. "Ah, Tanrım," dedi Radar, kollarını yüzünün önünde sallayarak. "Ah, Tanrım. Kör oldum. Kör oldum."

"Lütfen dur," dedim. "Zenci Noel babaları üzüyorsun."

Parti, Radar'ın evinin ikinci katındaki salonda yapıldı, yirmimiz de oradaydık. Bir duvara yaslandım, başım ile bir kadife üzerine çizilmiş Noel baba portresi arasında santimetreler vardı. Radar'da şu parçalı kanepelerden vardı ve herkes onun üstüne üşüşmüştü. Televizyonun yanındaki soğutucuda bira vardı ama kimse içmiyordu. Bunun yerine birbirleri hakkında hikâyeler anlatıyorlardı. Çoğunu daha önce duymuştum —bando kampı hikâyeleri, Ben Starling hikâyeleri ve ilk öpücük hikâyeleri— ama Lacey hiçbirini duymamıştı ve nasılsa, hâlâ eğlenceliydiler. Çoğunlukla konuşmanın dışında kaldım, ta ki Ben, "Q, nasıl mezun olacağız?" diyene kadar.

Sırıttım. "Çıplak ama cübbelerimizle," dedim.

"Evet!" Ben Dr Pepper'dan bir yudum aldı.

"Kıyafet bile *getirmeyeceğim*, böylece ödleklik etme şansım olmaz," dedi Radar.

"Ben de! Q, kıyafet getirmeyeceğine yemin et."

Gülümsedim. "Yemin ederim."

"Ben de varım!" dedi arkadaşımız Frank. Ve sonra gittikçe daha fazla kişi bu fikrin arkasında durdu. Kızlar, nedense, direniyordu.

Radar, Angela'ya, "Bunu yapmayı reddetmen, aşkımızın bütün temelini sorgulamama neden oluyor," dedi.

"Anlamıyorsun," dedi Lacey. "*Korktuğumuzdan* değil. Sadece elbiselerimizi çoktan seçtiğimiz için."

Angela, Lacey'yi işaret etti. "*Kesinlikle*. Hepiniz havanın rüzgârlı olmayacağını umsanız iyi olur," diye ekledi.

"Umarım rüzgârlı *olur*," dedi Ben. "Dünyanın en büyük topları temiz havadan faydalanır."

Lacey utanarak bir elini yüzüne koydu. "Zorlu bir erkek arkadaşsın," dedi. "Değerli ama zorlu." Güldük.

Bu, arkadaşlarımla ilgili en sevdiğim şeydi: boş boş oturup hikâyeler anlatmak. Pencere hikâyeleri ve ayna hikâyeleri. Yalnızca dinledim... Aklımdaki hikâyeler o kadar eğlenceli değildi.

Okulun ve diğer her şeyin bittiğini düşünmekten kendimi alamadım. Sadece kanepelerin dışında durup onları izlemek hoşuma gitti... Benim için sakıncası olmayan bir hüzün türüydü ve sadece dinledim, içimdeki bu bitiş girdabının bütün mutluluğunun ve hüznünün birbirini bilemesine izin vererek. Uzun zaman boyunca sanki göğsüm çatlayıp açılıyormuş gibi geldi ama tam olarak kötü bir şekilde değil.

Geceyarısından hemen önce çıktım. Bazıları hâlâ oradaydı ama benim için eve dönme saatiydi ve canım kalmak istemiyordu. Annem kanepede uyukluyordu ama beni görünce kendine geldi. "Eğlendin mi?"

"Evet," dedim. "Oldukça iyiydi."

"Tıpkı senin gibi," dedi gülümseyerek. Bu yorum bana komik geldi ama hiçbir şey söylemedim. Ayağa kalkıp beni kendine çekti ve yanağımdan öptü. "Senin annen olmak gerçekten hoşuma gidiyor," dedi.

"Teşekkürler," dedim.

Whitman'la beraber yatağa girdim, daha önce sevdiğim bölüme, bütün zamanını operayı ve insanları duyarak geçirdiği yere doğru sayfaları çevirdim.

Bütün o işittiklerinden sonra şöyle yazıyor: "Açıktayım... acı ve zehirli doluyla parçalanıyorum." Bu mükemmel, diye düşündüm: İnsanları hayal edebilmek için onları dinliyorsun ve insanların kendilerine ve birbirlerine yaptığı bütün korkunç ve harika şeyleri duyuyorsun ama sonuçta dinlemek *seni*, dinlemeye çalıştığın insanlardan daha fazla açığa çıkarıyor.

Semtimsilerde gezinmek ve onu dinlemeye çalışmak, Margo Roth Spiegelman esrarını beni araladığı kadar aralamıyor. Sonraki sayfalarda –duyan ve açıkta kalan– Whitman hayal ederek yapabildiği bütün seyahatleri yazmaya başlıyor ve çimenin üzerinde aylaklık ederek gidebildiği bütün yerleri sıralıyor. "Avuçlarım kıtaları kaplar," diye yazıyor.

Çocukken bazen atlaslara baktığım şekilde, haritaları düşünmeye devam ettim ve sadece bakma eylemi bile bir bakıma başka bir yerde olmak gibiydi. Yapmam gereken şey buydu. *Onun* haritasına giriş yolumu duymam ve hayal etmem gerekiyordu.

Ama bunu yapmaya çalışmamış mıydım? Bilgisayarımın üstündeki haritalara baktım. Muhtemel yolculuklarını çizmeye çalışmıştım ama tıpkı çimenin çok fazla şey ifade etmesi gibi Margo da çok fazla şey ifade ediyordu. Onu haritalarla saptamak imkânsız gibi görünüyordu. O çok küçük, haritaların kapladığı alansa çok büyüktü. Haritalar zaman kaybından çok daha fazlasıydı... onlar, benim kıtaları kaplayan avuçlar geliştirmedeki ve doğru düzgün hayal eden türde bir zihne sahip olmadaki mutlak acizliğimin, bütün bunların toplam verimsizliğinin fiziksel temsilleriydi.

Yataktan kalkıp haritalara doğru yürüdüm ve onları duvardan söktüm, iğneler ve raptiyeler kâğıttan fırlıyor ve yere düşüyordu. Haritaları top haline getirip çöp kutusuna attım. Yatağa dönerken, aptal gibi, bir raptiyeye bastım ve sıkkın, yorgun, semtimsilerim ve fikirlerim tükenmiş olmasına rağmen daha sonra üstlerine basmayayım diye halının üstüne saçılmış bütün raptiyeleri kaldırmak zorunda kaldım. Sadece duvarı yumruklamak istiyordum ama o lanet olası aptal raptiyeleri toplamak zorundaydım. Bitirdiğimde yatağa geri döndüm ve dişlerimi sıkarak yastığı yumrukladım.

Tekrar Whitman'ı okumaya çalışmaya başladım ama şiir ile Margo'yu düşünmenin arasında, bu gece için yeterince açıkta kalmış hissediyordum. Bu yüzden sonunda kitabı kenara koydum. Kalkıp ışığı kapatabilecek halim bile yoktu. Sadece gözlerimi dikip duvara baktım, göz kırpmalarım gittikçe uzadı. Ve her gözümü açtığımda, her bir haritanın önceden bulunduğu yeri gördüm... dört delik bir dikdörtgen oluşturuyordu ve iğne delikleri dikdörtgenin içine rastgele dağıtılmış gibiydi. Benzer bir şekli daha önce görmüştüm. Boş odada, sarılmış halının üstünde.

Bir harita. İşaretlenmiş noktalarla.

18.

Cumartesi sabahı, yediden hemen önce günışığıyla uyandım. Şaşırtıcı bir şekilde Radar çevrimiçiydi.

DİRİLİŞÇİQ: Kesinlikle uyuduğunu düşünüyordum.
OMNICTIONARIAN96: Yo, dostum. Altından beri ayaktayım, şu Malezyalı pop şarkıcısıyla ilgili sayfayı genişletiyorum. Angela hâlâ yatakta gerçi.
DİRİLİŞÇİQ: Oo, orada mı kaldı?
OMNICTIONARIAN96: Evet ama masumiyetim hâlâ el değmemiş halde. Gerçi mezuniyet gecesi... Olabilir diye düşünüyorum.
DİRİLİŞÇİQ: Hey, dün gece bir şey düşündüm. Alışveriş merkezinin duvarındaki şu küçük delikler... belki de raptiyelerle işaretlenmiş noktaları olan bir haritadır?
OMNICTIONARIAN96: Bir güzergâh gibi.
DİRİLİŞÇİQ: Kesinlikle.
OMNICTIONARIAN96: Oraya gitmek ister misin? Ange kalkana kadar beklemem lazım gerçi.
DİRİLİŞÇİQ: Harika.

Saat onda aradı. Minivanla onu aldım ve sonra, sürpriz bir saldırının onu uyandırmanın tek yolu olacağını düşünerek Ben'in evine gittik. Ama penceresinin dışında *You Are My Sunshine* söylemek bile yalnızca pencereyi açıp bize tükürmesiyle sonuçlandı. "Öğlene kadar hiçbir şey yapmayacağım," dedi otoriter bir şekilde.

Sonuçta arabada Radar'la yalnızdık. Radar, biraz Angela'dan, ondan ne kadar hoşlandığından ve farklı üniversitelere gitmelerinden sadece birkaç ay önce âşık olmanın ne kadar tuhaf olduğundan bahsetti fakat onu doğru düzgün dinlemek zordu. O haritayı istiyordum. Belirlediği yerleri görmek istiyordum. O raptiyeleri tekrar duvara saplamak istiyordum.

Ofisten geçerek içeri girdik, kütüphaneden aceleyle geçip yatak odasının duvarındaki delikleri incelemek için kısa bir süre duraksadık ve hediyelik eşya dükkânına girdik. Burası artık beni hiç korkutmuyordu. Her odaya girip yalnız olduğumuzu tespit eder etmez, kendimi evde olduğum kadar güvende hissediyordum. Bir vitrin tezgâhının altında, balo gecesi çabucak göz gezdirdiğim harita ve broşür kutusunu buldum. Kutuyu çıkarıp kaldırdım ve kırılmış bir cam tezgâhın köşelerinin üstünde dengeledim. Önce Radar haritayla ilgili bir şeyler arayarak sırasıyla içindekilere baktı, sonra ben iğne delikleri görmeyi umarak onları yaydım.

Kutunun dibine yaklaşıyorduk ki Radar BEŞ BİN AMERİKAN ŞEHRİ başlıklı siyah beyaz bir broşürü çekip çıkardı. Telif hakları 1972'den beri Esso şirketine aitti. Buruşuklukları düzeltmeye çalışarak dikkatlice haritayı açarken, köşede bir iğne deliği gördüm. "İşte," dedim sesim yükselerek. İğne deliğinin etrafında bir yırtık vardı, duvardan yırtılıp koparılmış gibi. Sararmış, ince, sınıflarda kullanılan boyutta ve olası istikamet isimlerinin kalın harflerle yazıldığı bir Birleşik Devletler haritasıydı. Haritadaki yırtıklar, bana bunu bir ipucu olarak tasarlamadığını gösteriyordu... Margo suyu bulandıracak tarzda ipuçları bırakmıyordu. Öyle ya da böyle *planlamadığı* bir şeye denk gelmiştik ve onun planlamadıklarını görünce, ne kadar çok şeyi *planlamış* olduğunu tekrar düşündüm. Ve belki, diye düşündüm, buradaki bu sessiz karanlıkta yaptığı şey buydu. Gerçek olana hazırlandığı sırada aylaklık ederken seyahat etmek, Whitman'ın yaptığı gibi.

Ofise kadar koştum ve Radar'la açılmış haritayı dikkatlice Margo'nun odasına geri taşımadan önce, Margo'nunkine yakın olan bir masada birkaç tane raptiye buldum. Radar raptiyeleri köşelere koymaya çalışırken, haritayı yukarı kaldırıp duvara yapıştırdım ama muhtemelen harita duvardan çıkarıldığı zaman dört köşeden üçü yırtılmıştı, beş işaretli yerden üçü de öyle. "Daha yukarı ve sola," dedi Radar. "Hayır, aşağı. Evet. Kıpırdama." Nihayet harita duvardaydı, sonra haritadaki delikleri duvardakilerle hizaya getirmeye başladık. Beş iğnenin hepsini oldukça kolay bir şekilde taktık. Ama iğne deliklerinin birkaçı da yırtılmıştı, bu nedenle KESİN konumlarını söylemek imkânsızdı. Ve kesin konum, beş bin yerin ismiyle kararmış bir haritada önem taşıyordu. Harfler o kadar küçük ve inceydi ki her bir konumu tahmin etmek için bile, halının üstüne çıkıp göz küremi haritanın birkaç santim yakınına getirmem gerekiyordu. Ben ortaya şehir isimleri atarken, Radar el bilgisayarını çıkarıp bu isimleri Omnictionary'de aradı.

İki yırtılmamış nokta vardı: Biri Los Angeles gibi görünüyordu ancak Güney Kaliforniya'da şehirler birbirlerine o kadar yakın kümelenmişlerdi ki yazılar üst üste biniyordu. Diğer yırtılmamış delik Şikago tarafındaydı. New York'ta yırtılmış bir delik vardı; deliğin duvardaki konumuna bakılırsa, New York'un beş bölgesinden biriydi.

"Elimizdeki bilgilerle birlikte bu mantıklı geliyor."

"Evet," dedim. "Ama Tanrım, New York'ta *neresi*? Soru bu."

"Bir şeyleri kaçırıyoruz," dedi. "Konumla ilgili bir ipucunu. Diğer noktalar hangileri?"

"New York Eyaleti'nde bir tane daha var ama şehre yakın değil. Yani, baksana, bütün kasabalar küçücük. Poughkeepsie, Woodstock ya da Catskill Park olabilir."

"Woodstock," dedi Radar. "İlginç olurdu. Margo pek hippi değil ama bütün o özgür ruh olayları ona uyuyor."

"Bilmiyorum," dedim. "Sonuncusu ya Washington D.C., ya da Annapolis ya da Chesapeake Körfezi. Bu, bir sürü yerden biri olabilir aslında."

"Eğer haritada yalnızca bir nokta olsaydı iyi olurdu," dedi Radar asık suratla.

"Ama muhtemelen bir yerden bir yere gidiyor," dedim. Ebedî yolculuğunda ağır ağır ilerleyerek.

Radar, bana New York hakkında, Catskill Dağları hakkında, millî sermaye hakkında, 1969'da Woodstock'taki festival hakkında bir şeyler okurken, bir süre halının üstünde oturdum. Hiçbir şey yardım edecekmiş gibi görünmüyordu. Sanki bütün ipleri çekmişiz ancak hiçbir şey bulamamışız gibi hissettim.

O ikindi vakti Radar'ı bıraktıktan sonra, *Kendi Şarkım*'ı okuyarak ve sınavlara gönülsüzce çalışarak evde boş boş oturdum. Pazartesi günü matematik ile Latince sınavım vardı; sanırım en zor iki dersimdi ve onları tamamen yok saymam mümkün değildi. Cumartesi gecesinin çoğunda ve pazar sabahı boyunca çalıştım ama ardından, tam akşam yemeğinden sonra aklıma pat diye bir Margo fikri geldi, bu yüzden Ovid tercümelerine çalışmayı bırakıp sohbet programına girdim. Lacey'nin çevrimiçi olduğunu gördüm. Rumuzunu Ben'den daha yeni öğrenmiştim ama artık onunla mesajlaşacak kadar arkadaş olduğumuzu düşündüm.

DİRİLİŞÇİQ: Hey, ben Q.
KARALARBAĞLAMIŞ: Selam!
DİRİLİŞÇİQ: Hiç Margo'nun her şeyi planlamak için ne kadar zaman harcadığını düşündün mü?

KARALARBAĞLAMIŞ: Mississippi'den önce çorbada harfler bırakması ve seni alışveriş merkezine yönlendirmesi gibi mi demek istiyorsun?

DİRİLİŞÇİQ: Evet, bunlar on dakikada düşüneceğin şeyler değil.

KARALARBAĞLAMIŞ: Belki de defter.

DİRİLİŞÇİQ: *Kesinlikle.*

KARALARBAĞLAMIŞ: Evet. Bugün bunu düşünüyordum, çünkü alışveriş yaptığımız bir zamanı hatırladım, içine sığacağından emin olmak için beğendiği çantalara defteri koyup duruyordu.

DİRİLİŞÇİQ: Keşke o defter bende olsaydı.

KARALARBAĞLAMIŞ: Evet, muhtemelen yanında.

DİRİLİŞÇİQ: Evet. Dolabında değil miydi?

KARALARBAĞLAMIŞ: Hayır, sadece ders kitapları, her zamanki gibi düzgün bir şekilde duruyordu.

Masamda ders çalışıp diğerlerinin çevrimiçi olmasını bekledim. Ben bir süre sonra çevrimiçi oldu, onu Lacey ile benim olduğumuz sohbet odasına davet ettim. Konuşmanın çoğunu onlar yaptı –ben hâlâ tercüme yapıyor sayılırdım–, Radar oturum açıp odaya girene kadar. Sonra o gecelik kalemimi bıraktım.

OMNICTIONARIAN96: Bugün New York'tan birisi Omnictionary'de Margo Roth Spiegelman'ı aramış.

OBİRBÖBREKENFEKSİYONUYDU: New York'ta *neresi* olduğunu söyleyebilir misin?

OMNICTIONARIAN96: Ne yazık ki hayır.

KARALARBAĞLAMIŞ: Oradaki müzik dükkânlarında hâlâ birkaç poster var. Büyük ihtimalle sadece onunla ilgili bir şeyler öğrenmeye çalışan biridir.

OMNICTIONARIAN96: Ah, doğru. Onu unutmuşum. Berbat.

DİRİLİŞÇİQ: Hey, ben girip çıkıyorum, çünkü Radar'ın Margo'nun iğneyle işaretlediği yerler arasında güzergâh haritası çıkarmayı gösterdiği şu siteyi kullanıyorum.

OBİRBÖBREKENFEKSİYONUYDU: Adres?

DİRİLİŞÇİQ: uzunyoldan.com

OMNICTIONARIAN96: Yeni bir teorim var. Mezuniyette izleyiciler arasında otururken ortaya çıkacak.

OBİRBÖBREKENFEKSİYONUYDU: Eski bir teorim var, Orlando'da bir yerlerde, bizimle dalga geçiyor ve evrenimizin merkezi olduğundan emin oluyor.

KARALARBAĞLAMIŞ: Ben!

OBİRBÖBREKENFEKSİYONUYDU: Üzgünüm ama kesinlikle haklıyım.

Ben Margo'nun güzergâhının haritasını çıkarmaya çalışırken, onlar böyle, kendi Margo'larından bahsederek devam ettiler. Eğer haritayı bir ipucu olarak belirlememişse –ve yırtık delikler bana öyle yapmadığını gösteriyordu– bizim için tasarladığı bütün ipuçlarına ve daha bile fazlasına sahip olduğumuzu düşündüm. O zaman kesinlikle ihtiyacım olan şeye sahiptim. Fakat hâlâ kendimi ondan çok uzakta hissediyordum.

19.

Pazartesi sabahı, Ovid'den sekiz yüz kelimeyle geçen üç uzun ve yalnız saatten sonra, sanki beynim kulaklarımdan akacakmış gibi hissederek koridorlarda gezindim. Ama iyi geçmişti. Öğle yemeği ve zihinlerimizin günün ikinci sınavından önce tekrar sağlamlaşması için bir buçuk saatimiz vardı. Radar dolabımın başında beni bekliyordu.

"Az önce İspanyolcayla kendimi bombaladım."

"Eminim iyi geçmiştir." Muazzam bir bursla Dartmouth'a gidiyordu. Gayet zekiydi.

"Dostum, bilmiyorum. Sözlü kısmında uyuyakalıp durdum. Ama bak, bu programı kurmak için neredeyse tüm geceyi ayakta geçirdim. Müthiş bir şey. Yaptığı şey şu: Bir kategori girmene imkân veriyor —coğrafi bir alan ya da hayvanlar âleminde bir tür falan olabilir— ve sonra tek bir sayfada aradığın kategoriyle ilgili yüz Omnictionary makalesinin ilk cümlelerini okuyabiliyorsun. Yani, şöyle, diyelim belli bir tavşan türü bulmaya çalışıyorsun ama adını hatırlayamıyorsun. Üç dakikada falan, yirmi bir tavşan türünün hepsinin girişini aynı sayfada okuyabilirsin."

"Bunu finallerden önceki gece mi yaptın?" diye sordum.

"Evet, evet biliyorum. Her neyse, sana e-postayla gönderirim. Çok inek işi bir şey."

O sırada Ben ortaya çıktı. "Yemin ederim, Q, Lacey'yle şu sitede oynayarak sabahın ikisine kadar sohbet programında takıldık, şu uzunyoldan sitesinde? Margo'nun Orlando ile şu beş nokta arasında yapmış olabileceği her olası geziyi saptayınca, bunca zamandır yanılmış olduğumu fark ettim. O Orlando'da değil. Radar haklı. Mezuniyet günü için buraya geri dönecek."

"Neden?"

"Zamanlama *mükemmel.* Orlando'dan New York'a, dağlara, Şikago'ya, Los Angeles'a, tekrar Orlando'ya arabayla gitmek tam olarak yirmi üç günlük bir yolculuk. Bu gerçekten özürlü bir şaka ama bir Margo şakası. Herkes ilgi göstersin diye kendini bir gizem havasıyla çevrele. Sonra tam bütün ilgi dağılmaya başlarken, mezuniyette ortaya çık."

"Hayır," dedim. "Mümkün değil." Şimdiye kadar Margo'yu bundan daha iyi tanımıştım. İlgi istiyordu. Buna inanırdım. Ama Margo eğlence olsun diye hayatla oynamazdı. Salt düzenbazlıktan zevk almazdı.

"Sana söylüyorum, kardeşim. Mezuniyette onu ara. Orada olacak." Sadece başımı salladım. Herkesin öğle arası aynı olduğu için, kafeterya tıka basa dolu olmanın da ötesindeydi, bu yüzden son sınıflar olarak hakkımızı kullanıp arabayla Wendy's'e gittik. Yaklaşan matematik sınavıma odaklanmaya çalıştım ama hikâyede daha fazla ip varmış gibi hissetmeye başlamıştım. Eğer Ben yirmi üç günlük gezide haklıysa, bu gerçekten çok ilginçti. Belki siyah defterinde planladığı şey buydu, uzun ve yapayalnız çıkılacak bir gezi. Her şeyi açıklamıyordu ama bir plancı olarak Margo'ya uyuyordu. Bu beni ona daha çok yaklaştırmıyordu tabii. Yırtılmış bir haritada bir noktayı saptamak zordur; üstüne üstlük bu nokta bir de hareket ediyorsa saptamak daha da zorlaşır.

Uzun bir sınav gününden sonra, *Kendi Şarkım*'ın huzurlu anlaşılmazlığına dönmek neredeyse rahatlatıcıydı. Şiirin tuhaf bir bölümüne ulaşmıştım... İnsanları duymak, dinlemek ve yanlarında gezinmekle geçen bunca zamandan sonra, Whitman duymayı ve ziyaret etmeyi bırakıyor ve diğer insanlar *olmaya* başlıyor. Aslında içlerinde yaşıyormuş gibi. Kendisi hariç gemisindeki herkesi kurtaran bir kaptanın hikâyesini anlatıyor. Şair hikâyeyi anlatabildiğini çünkü kaptan olduğunu söylüyor. "Ben o adamım... Acı çektim... Oradaydım," diye yazıyor. Birkaç dize sonra, Whitman'ın başkaları olmak için artık dinlemeye ihtiyaç duymadığı daha da netleşiyor: "Yaralı kişiye nasıl hissettiğini sormam... Ben, kendim o yaralı insan olurum."

Kitabı kenara koyup hep aramızda olan pencereden dışarı bakarak yan dönüyorum. Onu yalnızca görmek ya da duymak yeterli değil. Margo Roth Spiegelman'ı bulmak için Margo Roth Spiegelman olmalısınız.

Ve onun yapmış olabileceklerinin birçoğunu yapmıştım: Birlikteliği imkânsız bir balo çifti ayarlamıştım. Sosyal sınıf savaşının köpeklerini susturmuştum. Düşünme eylemini en iyi yaptığı yer olan farelerin istila ettiği, perili evde rahat hissetmeyi başarmıştım. Görmüştüm. Dinlemiştim. Ama henüz o yaralı insan olamamıştım.

Ertesi gün, ağır aksak fizik ve siyaset sınavlarımı geçtim ve sonra edebiyattan *Moby Dick*'le ilgili final ödevimi bitirmek için salı günü sabah ikiye kadar uyumadım. Ahab'ın bir kahraman olduğuna karar verdim. Buna karar vermek için özel bir nedenim yoktu –özellikle de kitabı okumadığım düşünülürse– ama buna karar verdim ve öyle tepki gösterdim.

Kısaltılmış sınav haftası, çarşambanın bizim için okulun son günü olduğu anlamına geliyordu. Ve bütün gün, etrafta dolaşıp hepsinin sonluluğunu düşünmemek zordu: bando odasının önünde, nesiller boyu bando ineklerini korumuş olan o meşe ağacının gölgesinde, bir çember içinde son duruşum. Kafeteryada Ben'le son pizza yiyişim. Bu okulda oturup büzdüğüm elimle, mavi bir deftere son kompozisyon karalayışım. Saate son bakışım. Chuck Parson'ın kısmen küçümseyen gülümseyişiyle koridorları kolaçan edişini son görüşüm. Tanrım. Chuck Parson için özlem duyuyordum. İçimde hastalıklı bir şey oluyordu.

Margo için de böyle olmuş olmalıydı. Yaptığı bütün o planlamaya göre, gideceğini biliyor olmalıydı ve o bile duygulardan tamamen muaf değildi. Burada iyi günler geçirmişti. İnsanın son gününde, kötü günleri hatırlamak çok zor hale gelir çünkü öyle ya da böyle, o da burada tıpkı benim yaptığım gibi bir yaşam kurmuştu. Kent kâğıttandı ama hatıralar değildi. Burada yaptıklarımın hepsi, bütün o sevgi, merhamet, şefkat, şiddet ve kin, içimde birikmeye devam ediyordu. Bu badanalanmış beton duvarlar. Benim beyaz duvarlarım. Margo'nun beyaz duvarları. Onlar arasında öyle uzun zamandır tutsaktık ki, Yunus gibi midelerinde sıkışıp kalmıştık.

Gün boyunca, Margo'nun her şeyi bu kadar detaylı ve kesin olarak planlamasının nedeni belki de bu duyguydu, diye düşünürken buldum kendimi: Gitmek isteseniz bile, bu öyle zordu ki. Hazırlanmak gerekiyordu ve belki de alışveriş merkezinde oturup planlarını karalamak hem zihinsel hem de duygusal alıştırmaydı... Margo'nun kaderini yaşarkenki halini hayal etme yoluydu.

Hem Ben'in hem de Radar'ın, mezuniyette *Pomp and Circumstance* marşını hakkıyla çalacaklarından emin olmak için yapmaları gereken uzun soluklu bir bando provası vardı. Lacey beni arabayla götürmeyi teklif etti ama ben dolabımı temizlemeye karar verdim çünkü buraya daha sonra geri dönüp ciğerlerimin bu sapkın özlem içinde boğulduğunu hissetmek zorunda kalmayı gerçekten istemiyordum.

Dolabım katıksız bir ıvır zıvır yuvasıydı... kısmen çöp kutusu, kısmen kitap deposu. Lacey açtığında Margo'nun ders kitapları dolabına muntazam bir şekilde dizilmişti, diye hatırladım, sanki ertesi gün okula gelmeye niyetliymiş gibi. Dolap sırasının yanına bir çöp kovası çekip kendiminkini açtım. İçindekileri çıkarmaya, Radar ve Ben'le haylazlık ettiğimiz bir fotoğrafla başladım. Fotoğrafı sırt çantama koydum, sonra bir yıldır birikmiş pisliği —defter kâğıdı parçalarına sarılmış sakızlar, mürekkebi bitmiş kalemler, yağlı peçeteler– çöpe sıyırmanın iğrenç sürecine başladım. Başından beri düşünüp duruyordum: *Bunu bir daha asla yapmayacağım, bir daha asla burada olmayacağım, bu bir daha asla benim dolabım olmayacak, Radar'la bir daha asla matematikte not yazmayacağız, Margo'yu bir daha asla koridorun öbür tarafından görmeyeceğim.* Bu hayatımda, bir sürü şeyin bir daha asla olmayacağı ilk zamandı.

Ve neticede bu çok fazla geldi. Bu duyguyu aşamıyordum ve duygu katlanılmaz hale geldi. Dolabımın derinliklerine, iç taraflarına doğru uzandım. Her şeyi –fotoğrafları, notları, kitapları– çöp kutusuna attım. Dolabı açık bırakıp oradan uzaklaştım. Bando odasının yanından geçerken duvarların arkasından *Pomp and Circumstance*'ın boğuk sesini duyabiliyordum. Dışarısı sıcaktı ama her zamanki kadar değil. Katlanılabilirdi. *Eve gidiş yolunun çoğunda kaldırım var,* diye düşündüm. Böylece yürümeye devam ettim.

Bir daha aslalar ne kadar felç edici ve üzücü olursa olsun son çıkışın verdiği his mükemmeldi. Saftı. Kurtuluşun mümkün olan en damıtılmış haliydi. O dandik fotoğraf dışında önem taşıyan her şey çöpteydi ama çok iyi hissediyordum. Okulla arama daha da fazla mesafe koyma isteğiyle koşmaya başladım.

Terk etmek çok zordur... ta ki terk edene kadar. Ondan sonra dünyadaki en lanet olası kolay şeydir.

Koşarken kendimi ilk defa Margo oluyormuşum gibi hissettim. Biliyordum: *O Orlando'da değil. Florida'da değil.* Bir kere terk ettiğinizde, terk etmek çok iyi hissettiriyor. Eğer yayan değil de bir arabada olsaydım, ben de gitmeye devam edebilirdim. Margo gitmişti ve mezuniyet ya da başka bir şey için geri gelmeyecekti. Artık bundan emindim.

Terk ediyorum ve terk etmek o kadar canlandırıcı ki, bir daha asla geri dönemeyeceğimi biliyorum. Ama ya sonra? Sadece bir yerleri terk etmeye, ebedî bir yolculukta ağır ağır ilerlemeye devam mı edeceğim?

Ben ile Radar, Jefferson Park'tan beş yüz metre ileride arabayla yanımdan geçtiler ve Ben, her yerde trafik olmasına rağmen SESIB'ı tam Lakemont'ta tiz bir sesle durdurdu, arabaya koşup bindim. Benim evimde Diriliş oynamak istediler ama onlara hayır demek zorundaydım, çünkü daha önce olmadığım kadar yaklaşmıştım.

20.

Tüm çarşamba gecesi ve perşembe günü, sahip olduğum ipuçlarından biraz anlam –harita ile seyahat rehberleri arasında, yoksa Whitman ile harita arasında bir ilişki; yolculuğunu anlamamı sağlayacak bir bağlantı– çıkarmak için onu yeni anlayış şeklimi kullanmaya çalıştım. Ama giderek daha çok, belki de ekmek kırıntılarından doğru dürüst bir iz oluşturmayacak kadar terk etmenin zevkine kapılmıştır, diye düşünüyordum. Ve durum buysa, görmemizi hiç planlamadığı harita onu bulmak için en iyi şansımız olabilirdi. Fakat haritadaki hiçbir konum yeterince belirgin değildi. Büyük bir şehrin içinde ya da yakınında olmayan tek yer olduğu için ilgimi çeken Catskill Park noktası bile, tek bir kişiyi bulmak için çok fazla büyük ve kalabalıktı. *Kendi Şarkım* New York'taki yerlere gönderme yapıyordu ama hepsinin izini sürmek için çok fazla yer vardı. Nokta, bir büyük şehirden ötekine gidiyor gibi görünüyorsa, o noktanın yerini haritada nasıl saptarsınız?

Cuma günü annemle babam odama girdiğinde çoktan kalkmış, seyahat rehberlerinin sayfalarını çeviriyordum. İkisi nadiren aynı anda odama girerdi ve mezuniyet günüm olduğunu hatırlamadan önce, bir mide bulantısı dalgası hissettim... Belki de Margo hakkında kötü haberleri vardı.

"Hazır mısın, dostum?"

"Evet, yani büyük bir mesele değil ama eğlenceli olacak."

"Liseden yalnızca bir kere mezun olursun," dedi annem.

"Evet," dedim. Karşıma geçip yatağa oturdular. Bakışıp kıkır kıkır gülüştüklerini fark ettim. "Ne?" diye sordum.

"Şey, sana mezuniyet hediyeni vermek istiyoruz," dedi annem.

"Seninle gerçekten gurur duyuyoruz, Quentin. Sen hayatımızın en büyük başarısısın ve bu senin için öyle büyük bir gün ki ve biz... Sadece harika bir delikanlısın."

Gülümseyip aşağı doğru baktım. Sonra babam mavi bir paket kâğıdına sarılmış çok küçük bir hediye çıkardı.

"Hayır," dedim elinden kaparak.

"Devam et, aç."

"Olamaz," dedim hediyeye bakarak. Bir anahtar boyutundaydı. Bir anahtar ağırlığındaydı. Kutuyu salladığımda bir anahtar gibi tıkırdadı.

"Sadece aç, tatlım," diye ısrar etti annem.

Paket kâğıdını yırttım. BİR ANAHTAR! Yakından inceledim. Bir Ford anahtarı! Arabalarımızın ikisi de Ford değildi. "Bana bir araba mı aldınız?!"

"Aldık," dedi babam. "Yeni değil... ama sadece iki yıllık ve sadece yirmi bin kilometrede." Zıplayıp ikisine de sarıldım.

"Benim mi?"

"Evet!" diye neredeyse bağırdı annem. Bir arabam vardı! Bir araba! Benim!

Kendimi onlardan kurtardım, oturma odasına doğru koşarken, *"teşekkürler teşekkürler teşekkürler teşekkürler teşekkürler teşekkürler"* diye bağırdım ve üstümde yalnızca eski bir tişört ve boxer'la sokak kapısını hızla çekip açtım. Orada, üstünde kocaman mavi bir fiyonkla garaj yoluna park edilmiş bir Ford minivan vardı.

Bana bir minivan vermişlerdi. Herhangi bir arabayı seçebilirlerdi ve bir minivan seçmişlerdi. Bir minivan. Ah, Araç Adaleti Tanrısı, neden benimle dalga geçiyorsun? Minivan, ayağımın bağı!

Sen benim lanetim! Sen yüksek tavanların ve düşük beygir güçlerinin sefil canavarı!

Arkamı döndüğümde, cesur bir yüz ifadesi takındım. "Teşekkürler teşekkürler teşekkürler!" dedim, buna rağmen tamamen yapmacık olduğu için sesim kesinlikle artık o kadar coşkulu çıkmıyordu.

"Şey, benimkini sürmeyi ne kadar çok sevdiğini biliyorduk," dedi annem. Onun da babamın da gözleri parlıyordu... belli ki bana hayallerimin arabasını sağladıklarına ikna olmuşlardı. "Arkadaşlarınla etrafta dolaşmak için harika," diye ekledi babam. Bu insanların, insan ruhunu analiz etmede ve anlamada uzmanlaştıklarını düşününce...

"Bak," dedi babam, "eğer iyi yerlere oturmak istiyorsak, az sonra çıkmalıyız."

Ne duş almıştım ne de giyinmiştim. Şey, teknik olarak giyinik olacağımdan değil ama yine de... "Saat yarıma kadar orada olmak zorunda değilim," dedim. "Hazırlanmam falan gerekiyor."

Babam kaşlarını çattı. "Şey, gerçekten iyi bir görüş açım olsun istiyorum, böylece fotoğraf çeke..."

Sözünü kestim. "KENDİ ARABAMI alabilirim," dedim. "KENDİ ARABAMLA, KENDİM gelebilirim." Genişçe gülümsedim.

"Biliyorum!" dedi annem heyecanla. Ne olmuş yani... bir araba her şeye rağmen bir arabadır. Kendi minivanımı sürmem, başkasınınkini sürmemden kesinlikle ileriye doğru atılmış bir adımdı.

Sonra bilgisayarımın başına dönüp Radar ile Lacey'yi (Ben çevrimiçi değildi) minivandan haberdar ettim.

OMNICTIONARIAN96: Aslında bu gerçekten iyi haber. Uğrayıp bagajına bir soğutucu koyabilir miyim? Annemle babamı mezuniyete götürmek zorundayım ve onların görmesini istemiyorum.

DİRİLİŞÇİQ: Tabii, kilitlemedim. Ne için soğutucu?
OMNICTIONARIAN96: Şey, kimse içmediği için partimden kalan 212 bira var ve bu geceki partisi için onları Lacey'lere götüreceğiz.
DİRİLİŞÇİQ: 212 bira mı?
OMNICTIONARIAN96: Büyük bir soğutucu.

Daha sonra Ben çevrimiçi oldu; çoktan duş aldığını, çıplak olduğunu ve sadece kep ile cübbeyi giymesi gerektiğini BAĞIRARAK. Hepimiz çıplak mezuniyetimiz hakkında konuşuyorduk. Herkes hazırlanmak için çevrimdışı olduktan sonra, duşa girip su doğrudan yüzüme çarpsın diye dik durdum ve su bana vururken düşünmeye başladım. New York mu Kaliforniya mı? Şikago mu Washington mı? Şimdi ben de gidebilirim, diye düşündüm. Tıpkı onun olduğu gibi benim de bir arabam vardı. Haritadaki beş konuma gidebilirdim ve onu bulamasam bile bu, Orlando'da başka bir kavurucu yazdan daha eğlenceli olurdu. Ama hayır. Bu SeaWorld'e izinsiz girmek gibi. Kusursuz bir plan gerekiyor, plan ustalıklı bir şekilde uygulanıyor, ardından... hiçbir yere varmıyor. Sonra, daha karanlık olması dışında tıpkı SeaWorld gibi oluyor. Margo bana, işin keyfinin yapmakta değil, planlamakta olduğunu söylemişti.

Ve duş başlığının altında dururken düşündüğüm şey buydu: planlamak. Margo defteriyle alışveriş merkezinde bir şeyler planlayarak oturuyor. Belki güzergâhları hayal etmek için haritayı kullanarak bir yolculuk planlıyor. Whitman'ı okuyor ve "Ebedî bir yolculukta ağır ağır ilerliyorum" cümlesinin altını çiziyor çünkü bu, kendini yaparken hayal etmekten hoşlanacağı türde bir şey, planlamaktan hoşlanacağı türde bir şey.

Ama gerçekten *yapmaktan* hoşlanacağı türde bir şey mi? Hayır. Çünkü Margo bir yeri terk etmenin sırrını biliyor, benim ancak şimdi öğrendiğim sırrı: Terk etmek, yalnızca önemli bir yer, anlamı olan bir yer terk edildiğinde iyi ve saf hissettiriyor. Hayatı köklerinden çekip çıkarmak gibi. Ama bunu, hayat kök salmadıkça yapmak mümkün değil.

Yani terk ettiğinde geri dönmemek üzere terk etti. Fakat ebedî bir yolculuğa çıktığına inanmam mümkün değildi. Bir yere gitmek için ayrıldığından emindim... anlamı olması için, bir dahaki terk edişin sonuncusu kadar iyi hissettirmesi için, yeterince uzun kalabileceği bir yer. *Buradan uzaklarda bir yerde, dünyanın, kimsenin "Margo Roth Spiegelman" isminin ne demek olduğunu bilmediği bir köşesi var ve Margo o köşede, siyah not defterine bir şeyler karalayarak oturuyor.*

Su soğumaya başladı. Sabun kalıbına dokunmamıştım bile ama çıktım; belime bir havlu sardım ve bilgisayarın başına oturdum.

Radar'ın Omnictionary programıyla ilgili e-postasını arayıp buldum ve yazılımı indirdim. Hakikaten oldukça iyiydi. Önce, Şikago şehir merkezinde bir alan kodu girdim, "konum" butonuna tıkladım ve otuz kilometrelik bir yarıçap talep ettim. Navy Pier'dan Deerfield'a kadar yüz tane sonuç sundu. Her girdinin ilk cümlesi ekranıma geldi ve yaklaşık beş dakikada hepsini okudum. Gözüme çarpan hiçbir şey olmadı. Sonra New York, Catskill Park'ın yakınındaki bir alan kodunu denedim. Bu sefer daha az sonuç vardı, seksen iki taneydi ve Omnictionary sayfalarının yaratıldığı tarihe göre düzenlenmişlerdi. Okumaya başladım.

Woodstock, New York, Ulster İlçesi'nde bulunan, Jimi Hendrix'ten Janis Joplin'e kadar birçok kişinin sahne aldığı üç günlük bir festival olan, aslında yakınlardaki bir kasabada gerçekleştirilmiş 1969 Woodstock konseriyle [*bkz. Woodstock Konseri*] tanınan bir şehirdir.

Katrine Gölü, New York'un Ulster İlçesi'nde bulunan, Henry David Thoreau tarafından sıkça ziyaret edilen küçük bir göldür.

Catskill Park, suyunun çoğunu kısmen parkın içinde yer alan rezervlerden toplayan, New York Şehri'nin tuttuğu yüzde beş hisse de dâhil, yerel hükümetler ile devletin ortaklaşa elinde tuttuğu Catskill Dağları'ndaki 700.000 dönümlük alanı kapsar.

Roscoe, New York, son nüfus sayımına göre 261 hane barındıran, New York Eyaleti'ndeki bir mezradır.

Agloe, New York, 1930'ların başlarında Esso şirketi tarafından kurulmuş ve bir telif hakkı tuzağı ya da kâğıttan kent olarak turistik haritalara sokulmuş, hayalî bir köydür.

Linke tıkladım ve bu link beni şöyle devam eden makalenin tamamına götürdü:

Roscoe, New York'un hemen kuzeyinde iki toprak yolun kesiştiği yerde konumlanmış olan Agloe ismini, kendi isimlerinin ilk harflerinden anagram yapan haritacı Otto G. Lindberg ve Ernest Alpers'tan alır. Telif hakkı tuzakları harita yapımında yüzyıllardır yer almıştır. Kartograflar hayalî sınır işaretleri, sokaklar ve bölgeler yaratıp bunları anlaşılması zor bir biçimde haritalarına yerleştirirler. Eğer hayali girdi başka bir kartografın haritasında da yer alırsa, haritanın çalınarak yayımlandığı ortaya çıkar. Telif hakkı tuzakları bazen anahtar tuzakları, kâğıttan sokaklar ve kâğıttan kentler olarak adlandırılır [*ayrıca bkz. hayalî girdiler*]. Az sayıda kartografi kurumu varlıklarını kabul etse de telif hakkı tuzakları modern haritalarda bile yaygın bir özellik olarak kalmıştır.

1940'larda Agloe, New York diğer şirketler tarafından yapılan haritalarda görülmeye başladı. Esso telif hakkı ihlalinden şüphelenip birçok dava açtı ama aslında kimliği bilinmeyen bir mukim, Esso haritasında görünen kavşağa Agloe Market'i kurmuştu.

Hâlâ var olan [alıntı gerekli] bina, sıfır nüfuslu olarak kaydedilegelen ve birçok haritada görülmeye devam eden Agloe'daki tek yapıdır.

Her Omnictionary girdisi, sayfada yapılan bütün düzenlemeleri ve Omnictionary üyelerinin girdi hakkında yaptığı bütün tartışmaları görebileceği alt sayfalar içerirdi. Agloe sayfası neredeyse bir yıldır hiç kimse tarafından düzeltilmemişti ama konuşma sayfasında anonim bir kullanıcı tarafından yazılmış yeni bir yorum vardı:

bunu Düzenleyen kimse onun bilgisine... agloe Nüfusu aslında 29 mayıs Öğleye kadar Bir olacak.

Büyük harf kullanma şeklini hemen tanıdım. *Büyük harf kullanma kuralları cümlenin ortasındaki kelimeler için hiç adil değil.* Boğazım sıkıştı ama kendimi sakinleşmeye zorladım. Yorum on beş gün önce bırakılmıştı. Bunca zamandır orada beni bekliyordu. Bilgisayarın saatine baktım. Tam şu anda yirmi dört saatten az zamanım vardı.

Haftalardır ilk defa, Margo bana tamamen ve reddedilemez bir biçimde hayatta görünüyordu. Hayattaydı. En azından bir gün daha hayattaydı. Onun hayatta olup olmadığını merak etmekten kendimi alıkoymak amacıyla o kadar uzun zamandır bulunduğu yere odaklanmıştım ki, şimdiye kadar ne kadar korktuğum hakkında hiçbir fikrim yoktu ama ah, Tanrım... Hayattaydı.

Zıpladım, havlunun düşmesini umursamadım ve Radar'ı aradım. Boxer'ımı ve şortumu çekerken telefonu boynumun kıvrımına yerleştirdim. "Kâğıttan kentlerin ne demek olduğunu biliyorum! El bilgisayarın yanında mı?"

"Evet. Gerçekten burada olmalısın, dostum. Bizi sıraya dizmek üzereler."

Ben'in telefona doğru bağırdığını duydum: "Söyle ona, çıplak olsa iyi olur!"

"Radar," dedim, olayın önemini iletmeye çalışarak. "Agloe, New York sayfasına bak. Buldun mu?"

"Evet. Okuyorum. Bekle. Vay canına. Vay canına. Bu haritadaki Catskills noktası olabilir mi?"

"Evet, öyle galiba. Oldukça yakında. Tartışma sayfasına git."

"..."

"Radar?"

"Aman Tanrım."

"Biliyorum, biliyorum!" diye bağırdım. Verdiği karşılığı duymadım çünkü tişörtümü başımdan geçiriyordum ama telefon tekrar kulağıma geldiğinde, Radar'ın Ben'le konuştuğunu duyabildim. Telefonu kapattım.

İnternette Orlando'dan Agloe'ya giden yolun tarifini aradım ama harita sistemi Agloe'dan haberdar değildi, bu yüzden onun yerine Roscoe'yu aradım. Bilgisayar, saatte ortalama yüz kilometre hızla, on dokuz saat dört dakikalık bir yolculuk olacağını söylüyordu. Saat iki on beşti. Oraya ulaşmak için yirmi bir saat kırk beş dakikam vardı. Yol tarifinin çıktısını aldım, minivanın anahtarlarını kaptım ve sokak kapısını arkamdan kilitledim.

"On dokuz saat dört dakikalık uzaklıkta," dedim cep telefonuna. Radar'ın cep telefonuydu ama Ben açmıştı.

"Peki, ne yapacaksın?" diye sordu. "Oraya mı uçuyorsun?"

"Hayır, o kadar param yok, her neyse, New York'tan sekiz saat uzaklıkta falan. Bu yüzden arabayla gidiyorum."

Aniden Radar telefonu geri aldı. "Yolculuk ne kadar sürüyor?"

"On dokuz saat dört dakika."

"Kime göre?"

"Google haritalarına."

"Kahretsin," dedi Radar. "O harita programlarının hiçbiri trafiği hesaplamaz. Seni tekrar arayacağım. Ve acele et. Tam şu anda falan sıraya girmeliyiz."

"Gelmiyorum. Zamanı tehlikeye atamam," dedim ama havaya konuşuyordum. Bir dakika sonra Radar geri aradı. "Eğer saatte ortalama yüz kilometreyi bulursan, durmazsan ve ortalama trafiği hesaba katarsan, sana yirmi üç saat dokuz dakikaya mal olacak. Ki bu da öğlen birden sonra orada olacağın anlamına geliyor, bu yüzden zaman filan yaratsan iyi olur."

"Ne? Ama..."

Radar araya girdi. "Eleştirmek istemiyorum ama belki bu konuda, kronik olarak geç kalan kişinin her zaman dakik olanı dinlemesi gerekiyordur. Ne olursa olsun, en azından bir saniyeliğine buraya gelmelisin, aksi takdirde ismin okunduğunda ortaya çıkmayınca annenle baban çıldıracak ve ayrıca çok önemli bir faktör olduğundan falan değil ama yine de söyleyeyim dedim... bütün biramız sende."

"Belli ki vaktim yok," diye cevapladım.

Ben telefona doğru eğildi. "Götleşme. Beş dakikana mal olur."

"Tamam, iyi." Kırmızı ışıkta sağa dönüp minivanı gazladım... anneminkinden daha iyi hızlanıyordu ama yalnızca ucu ucuna. Üç dakika içinde spor salonunun park alanına girmeyi başardım.

Minivanı pek park etmiş sayılmazdım, park alanının ortasında durdum ve arabadan dışarı atladım. Spor salonuna doğru hızla koşarken, bana doğru koşan cübbeli üç kişi gördüm. Cübbesi uçuşan Radar'ın cılız, siyah bacaklarını görebiliyordum ve onun yanındaki Ben çorapsız spor ayakkabı giymişti. Lacey tam onların arkasındaydı.

"Siz biraları alın," dedim koşarak onları geçerken. "Bizimkilerle konuşmalıyım."

Mezun olanların aileleri tribüne dağılmışlardı, annemle babamın yerini saptamadan önce, basketbol sahasında birkaç kez ileri geri koştum. Bana el sallıyorlardı. Merdivenlerden ikişer ikişer çıktığım için onların yanına diz çöküp konuştuğumda biraz nefesim kesilmişti: "Tamam, ben çıkmayacağım [nefes] çünkü sanırım [nefes] Margo'yu buldum ve [nefes] sadece gitmeliyim, cep telefonum yanımda [nefes] lütfen bana kızmayın ve araba için tekrar teşekkür ederim."

Annem kolunu belime dolayıp, "Ne? Quentin, neden bahsediyorsun? Yavaş ol," dedi.

"Agloe, New York'a gidiyorum ve hemen gitmeliyim. Bütün hikâye bu. Tamam, gitmeliyim. Hiç zamanım yok. Cep telefonum yanımda. Tamam, sizi seviyorum," dedim.

Annemin hafifçe beni kavrayışından kendimi çekip kurtarmak zorunda kaldım. Onlar bir şey diyemeden merdivenlerden atladım ve hızla minivana koştum. Binmiştim ve elim vitesteydi ve yana bakıp Ben'in yolcu koltuğunda oturduğunu gördüğümde arabayı hareket ettirmeye başlıyordum.

"Birayı alıp arabadan çık!" diye bağırdım.

"Seninle geliyoruz," dedi. "O kadar uzun zaman araba sürmeye çalışırsan uyuyakalırsın zaten."

Arkama döndüm, hem Lacey hem de Radar cep telefonlarını kulaklarına tutuyorlardı. "Annemle babama söylemeliyim," diye açıkladı Lacey, telefona hafifçe vurarak. "Haydi, Q. Yürü yürü yürü."

ÜÇÜNCÜ KISIM
Kabuk

Birinci Saat

Herkesin annesiyle babasına, 1. Hepimiz mezuniyeti kaçıracağız ve 2. Arabayla New York'a, 3. Teknik olarak var olma veya olmama ihtimali olan bir köyü görmek için gidiyoruz ve 4. içinde Rastgele büyük Harf kullanılmış Delile göre 5. Margo Roth Spiegelman olan Omnictionary kullanıcısını yakalamayı umuyoruz, gibi bir açıklama yapması uzun zaman alıyor.

Radar telefondan kurtulan son kişi ve nihayet kurtulduğunda şöyle diyor: "Bir duyuru yapmak istiyorum. Ebeveynlerim mezuniyeti kaçırmama sinirlendiler. Kız arkadaşım da sinirlendi çünkü yaklaşık sekiz saat içinde *çok* özel bir şey yapmayı planlıyorduk. Ayrıntıya girmek istemiyorum ama gerçekten eğlenceli bir yolculuk olsa iyi olur."

"Bakirliğini kaybetmeme yeteneğin hepimiz için bir ilham kaynağı," diyor yanımda oturan Ben.

Dikiz aynasından Radar'a bir bakış atıyorum. "HAHAAA YOLCULUK!" diyorum. Her şeye rağmen yüzünden bir gülümseme yayılıyor. Terk etmenin keyfi.

Artık I-4'teyiz ve trafik oldukça az ki bu gerçekten bir mucize. Saatte doksan kilometrelik hız sınırından on dört kilometre fazla hızla, en sol şeritte gidiyorum çünkü bir keresinde hız sınırından on beş kilometre hızlı sürünce arabanın polis tarafından kenara çekilmediğini duydum.

Hepimiz çok hızlı bir şekilde rollerimize alışıyoruz.

Arka koltuktaki Lacey tedarikçi. Yolculuk için şu anda sahip olduğumuz her şeyi yüksek sesle sıralıyor: Margo'yla ilgili aradığımda Ben'in yemekte olduğu yarım Snickers; bagajdaki 212 bira; yazıcıdan çıkardığım yol tarifi ve Lacey'nin el çantasındaki şu eşyalar: sekiz tane bitki özlü sakız, bir kurşunkalem, birkaç peçete, üç tampon, bir güneş gözlüğü, ChapStick dudak merhemi, evinin anahtarları, bir Genç Hristiyan Erkekler Birliği üyelik kartı, bir kütüphane kartı, birkaç makbuz, otuz beş dolar ve bir BP kartı.

Arkadan Lacey, "Çok heyecan verici! Eksik malzemeli istihkam askerleri gibiyiz! Keşke daha fazla paramız olsaydı gerçi," diyor.

"En azından BP kartımız var," diyorum. "Benzin ve yiyecek alabiliriz."

Başımı kaldırıp dikiz aynasına bakıyorum ve Radar'ı görüyorum, mezuniyet cübbesiyle Lacey'nin çantasının içine bakıyor. Mezuniyet cübbesinin yakası biraz düşük kesimli, bu yüzden kıvırcık göğüs kıllarının birazını görebiliyorum. "Orada hiç boxer var mı?" diye soruyor.

"Cidden, Gap'te dursak iyi olur," diye ekliyor Ben.

Radar'ın, el bilgisayarındaki hesap makinesiyle başladığı işi, Araştırma ve Hesaplamalar. Arkamdaki koltukta yol tarifiyle tek başına ve minivanın kılavuzu yanında açık. Yarın öğlene kadar orada olabilmek için ne kadar hızlı gitmemiz gerektiğini, benzin doldurmak için kaç kere durmamız gerekeceğini, yol üzerindeki BP istasyonlarını, her molanın ne kadar süreceğini ve ana yoldan ayrılırken yavaşlayacağımızda ne kadar zaman kaybedeceğimizi hesaplıyor.

"Benzin için dört kere durmalıyız. Molalar çok çok kısa olmak zorunda. Karayolunun dışında, en fazla altı dakika. Üç uzun yol çalışması, ayrıca Jacksonville, Washington D.C. ve Philadelphia'da trafikle karşı karşıyayız, bununla birlikte Washington'dan sabah üç sularında geçmemiz yardımcı olacaktır. Hesaplamalarıma göre, ortalama sabit hızımız yüz on beş kilometre civarında olmalı. Kaçla gidiyorsun?"

"Yüz dört," diyorum. "Hız sınırı doksan."

"Yüz on beşle git," diyor.

"Gidemem, tehlikeli ve ceza yerim."

"Yüz on beşle git," diyor tekrar. Ayağımı sertçe gaz pedalına bastırıyorum. Sorun, kısmen benim yüz on beşle gitmekte tereddüt etmem, kısmen de minivanın yüz on beşle gitmekte tereddüt etmesi. Minivan parçalanacakmış gibi titremeye başlıyor. Hâlâ yoldaki en hızlı araba olmamama rağmen, en sol şeritte kalıyorum ve insanlar beni sağdan geçtiği için kötü hissediyorum ama önümde açık bir yol olması gerek, çünkü bu yoldaki diğer herkesin aksine, ben yavaşlayamam. Ve bu benim rolüm: rolüm arabayı sürmek ve gergin olmak. Bu rolü daha önce de oynadığım aklıma geliyor.

Ya Ben? Ben'in rolü çişini yapma ihtiyacı duymak. Başta, esas rolü nasıl hiç CD'mizin olmadığından ve çoktan menzil dışında kalan üniversite radyosu hariç, Orlando'daki bütün radyo istasyonlarının berbat olduğundan yakınmak olacakmış gibi görünüyor. Ama çok geçmeden gerçek ve vefalı isteği için bu rolü bırakıyor: Çişini yapma ihtiyacı.

"Çişimi yapmam gerek," diyor 15:06'da. Kırk üç dakikadır yoldayız. Yolculuğumuzun bitişine tahminen bir gün var.

"Peki," diyor Radar, "iyi haber, duracağız. Kötü haber, bu dört saat otuz dakika sonra olacak."

"Sanırım tutabilirim," diyor Ben. 15:10'da, "Aslında, gerçekten çişimi yapmam gerek. Gerçekten," diye bildiriyor.

Koro halinde karşılık veriyoruz: "Tut." "Ama ben..." diyor. Ve koro tekrar karşılık veriyor: "Tut!" Şimdilik, Ben'in çişini yapmaya ve bizim de tutmasına ihtiyacımız varken, yolculuk eğlenceli geçiyor. Ben gülüyor ve gülmenin daha çok işeme ihtiyacı duymasına neden olmasından yakınıyor. Lacey arkasından uzanıyor ve onu gıdıklamaya başlıyor. Ben gülüyor, inliyor ve ben de hız göstergesini yüz on beşte tutarak gülüyorum. Margo'nun bu yolculuğu bizim için kasten mi yoksa tesadüfen mi hazırladığını merak ediyorum... ne olursa olsun bu, son kez bir minivanın direksiyonunun arkasında saatler geçirmemden beri en çok eğlendiğim zaman.

İkinci Saat

Hâlâ sürüyorum. Kuzeye, I-95'e dönüyoruz, Florida'nın yukarısına doğru kıvrıla kıvrıla gidiyoruz, sahile yakınız ama tam yanında değiliz. Burada her yer çam ağacı; uzunluklarına göre fazla cılızlar, benim gibi. Ama çoğunlukla sadece yol, yanından geçtiğimiz ve ara sıra yanımızdan geçen arabalar, sürekli önde kim var, arkada kim var, kim yaklaşıyor ve kim uzaklaşıyor hatırlamak zorunda olmak var.

Lacey ile Ben artık iki kişilik koltukta beraber oturuyorlar, Radar da arka tarafta ve hepsi, etrafta gördüklerini birbirlerine anlatmalarını ve karşı tarafın görülen şeyin tahmin edilmesini içeren "Görüyorum" oyununun, fiziksel olarak görünmeyen şeyleri birbirlerine anlatmaya çalıştıkları özürlü bir versiyonunu oynuyorlar.

"Şu anda etrafta trajik bir şekilde moda olan bir şey Görüyorum," diyor Radar.

"Ben'in daha çok ağzının sağ tarafıyla gülümseme şekli mi?" diye soruyor Lacey.

"Hayır," diyor Radar. "Ayrıca Ben hakkında bu kadar vıcık vıcık olma. Bu iğrenç."

"Mezuniyet cübbenin altına hiçbir şey giymemen, sonra geçen arabalardaki bütün insanlar senin bir elbise giydiğini düşünürken, New York'a gitmek zorunda kalman fikri mi?"

"Hayır," diyor Radar. "Bu sadece trajik."

Lacey gülümsüyor. "Elbiseleri sevmeyi öğreneceksin. Esintinin keyfini çıkaracaksın."

"Ah, biliyorum!" diyorum ön taraftan. "Minivanda yirmi dört saatlik bir yolculuk görüyorsun. Moda, çünkü yolculuklar her zaman öyledir; trajik çünkü lıkır lıkır içtiğimiz benzin gezegeni yok edecek."

Radar hayır diyor ve tahmin yürütmeye devam ediyorlar. Arabayı sürüyorum, yüz on beşle gidiyorum ve trafik cezası almamak için dua ederken Fizikötesi Görüyorum oynuyorum. Trajik bir şekilde moda olan şeyin, kiralık mezuniyet cübbesini zamanında iade etmemek olduğu ortaya çıkıyor. Refüjde park etmiş bir polis arabasının yanından rüzgâr gibi geçiyorum. Bizi kenara çekmek için hızla geleceğinden emin bir şekilde iki elimle direksiyona sıkıca yapışıyorum. Ama öyle yapmıyor. Belki de yalnızca mecbur olduğum için hız yaptığımı biliyor.

Üçüncü Saat

Ben yine önde oturuyor. Ben hâlâ sürüyorum. Hepimiz açız. Lacey her birimize bir bitki özlü sakız dağıtıyor ama bu pek teselli etmiyor. İlk durduğumuzda BP'den alacağımız her şeyin devasa bir listesini yazıyor. Olağandışı derecede iyi stoku olan bir BP istasyonu olsa iyi olur, çünkü orayı silip süpürecekmişiz gibi duruyor.

Ben bacaklarını aşağı yukarı sallıyor.

"Şunu keser misin?"

"Üç saattir çişimi yapmam gerek."

"Bundan bahsetmiştin."

"Ta göğüs kafesime kadar çişi hissedebiliyorum," diyor. "Gerçekten çişle doluyum. Kardeşim, şu anda vücut ağırlığımın yüzde yetmişi çiş."

"Hı hı," diyorum, zar zor tebessüm ederek. Aslında komik ama yorgunum.

"Ağlamaya başlayacakmışım ve gözlerimden çiş çıkacakmış gibi geliyor."

Bu sefer biraz gülüyorum.

Birkaç dakika sonra bir daha baktığımda Ben'in bir elini apış arasına sımsıkı koyduğunu ve cübbenin kumaşının büzüldüğünü görüyorum.

"Ne oluyor?" diye soruyorum.

"Dostum, *yapmak* zorundayım. Sıkıştırıyorum." Bunun üzerine arkasını dönüyor. "Radar, durmamıza ne kadar var?"

"Sadece dört mola vermemiz için en az iki yüz otuz kilometre daha gitmeliyiz ki bu da bir saat elli sekiz buçuk dakika demek oluyor, eğer Q aynı hızı korursa."

"Koruyorum!" diye bağırıyorum. Jacksonville'in tam kuzeyindeyiz, Georgia'ya yaklaşıyoruz.

"Başaramayacağım, Radar. Bana içine işeyeceğim bir şey bul."

Koro haykırıyor: HAYIR. Kesinlikle hayır. Bir erkek gibi çişini tut. Victoria dönemindeki bir hanımın bekâretine tutunduğu gibi tut. Asalet ve zarafetle tut, Birleşik Devletler başkanının özgür dünyanın kaderini elinde tutması gerektiği gibi tut.

"BİR ŞEY VER YOKSA BU KOLTUĞA İŞEYECEĞİM. ACELE ET!"

"Ah, Tanrım," diyor Radar emniyet kemerini çözerken. Arka tarafa uzanıyor, sonra soğutucuyu açıyor. Koltuğuna dönüyor, öne eğiliyor ve Ben'e bir bira uzatıyor.

"Neyse ki çevir aç kapak," diyor Ben, avcunda sıktığı kumaşla şişeyi açarken. Pencereyi indiriyor ve bira arabanın yanından süzülüp eyaletler arası yola çarparken, yan aynadan izliyorum. Ben, iddiasına göre dünyanın en büyük toplarını bize göstermeden, şişeyi cübbesinin altına sokmayı başarıyor ve hepimiz oturup bekliyoruz, bakmak için fazla iğrenç.

Lacey tam, "Sadece tutamaz mıydın?" derken hepimiz duyuyoruz. Bu sesi daha önce duymadım ama her halükârda tanıyorum: Bu, çişin bir bira şişesinin dibine çarparken çıkardığı ses. Kulağa neredeyse müzik gibi geliyor. Çok hızlı temposu olan iğrenç bir müzik. O tarafa bir bakış atıyorum ve Ben'in gözlerindeki rahatlamayı görebiliyorum. Uzaklara doğru bakarak gülümsüyor.

"Ne kadar uzun beklersen, o kadar iyi hissettirir," diyor. Kısa zamanda ses, çişin şişede tıkırdamasından çişin çişte şıpırtısına dönüşüyor. Sonra Ben'in tebessümü yavaşça soluyor.

"Kardeşim, sanırım bir şişeye daha ihtiyacım var," diyor aniden.

"Bir şişe daha, HEMEN," diye bağırıyorum.

"Bir şişe daha geliyor!" Bir anda Radar'ın arka koltuğa eğildiğini, kafası soğutucunun içinde, buzun içinden bir şişe bulup çıkardığını görebiliyorum. Şişeyi eliyle açıyor, arka pencerelerden birini aralıyor ve birayı aralıktan dışarı döküyor. Sonra öne doğru uzanıyor, kafası Ben ile benim aramda ve şişeyi, gözleri panikle dolu Ben'e uzatıyor.

"Eee, değiştirme işi biraz, şey, karmaşık olacak," diyor Ben. O cübbenin altında çok fazla el yordamıyla yoklama yapılıyor ve cübbenin altından (şaşırtıcı bir şekilde Miller Lite'a benzeyen) çişle dolu bir Miller Lite şişesi çıktığında, neler olduğunu gözümde canlandırmamaya çalışıyorum. Ben, dolu şişeyi bardak tutucuya emanet edip Radar'dan yenisini kapıyor ve sonra rahatlamayla iç geçiriyor.

Bu sırada geri kalanımıza, bardak tutucusundaki çiş konusunda düşünmek kalıyor. Yol fazla engebeli değil ama minivandaki sarsıntılar hiç hoş değil, bu yüzden çiş şişenin ağzında ileri geri şıpırdıyor.

"Ben, eğer yepyeni arabama çiş bulaştırırsan, toplarını kesip koparacağım."

Hâlâ işeyen Ben bana bakıp sırıtıyor. "Gerçekten büyük bir bıçağa ihtiyacın olacak, kardeşim." Sonra nihayet akışın yavaşladığını duyuyorum. Kısa süre sonra işini bitiriyor ve tek bir çevik hareketle yeni şişeyi pencereden dışarı atıyor. Dolu olan da onu takip ediyor.

Lacey yalandan öğürüyor... ya da belki gerçekten öğürüyor. Radar, "Tanrım, bu sabah uyanıp yetmiş litre su mu içtin?" diyor.

Ama Ben'in gözleri parlıyor. Yumruklarını zafer edasıyla havaya kaldırıyor ve bağırıyor: "Koltukta bir damla bile yok! Benim adım Ben Starling. WPL bandosunda, birinci klarnet. Fıçı duruşu rekortmeni. Arabada işeme şampiyonu. Dünyayı yerinden oynattım! En büyük benim!"

Otuz beş dakika sonra, üçüncü saatimiz biterken kısık sesle soruyor: "Ne zaman duruyorduk?"

"Bir saat üç dakika sonra, eğer Q aynı hızı korursa," diye cevaplıyor Radar.

"Tamam," diyor Ben. "Tamam. İyi. Çünkü çişimi yapmam gerek."

Dördüncü Saat

İlk defa Lacey, "Daha gelmedik mi?" diye soruyor. Gülüyoruz. Ne var ki Georgia'dayız, sadece ve sadece tek bir nedenle sevdiğim ve taptığım eyalette: Burada hız sınırı yüz on beş kilometre ve bu da hızımı yüz yirmi dokuza yükseltebilirim demek oluyor. Bunun yanı sıra, Georgia bana Florida'yı hatırlatıyor.

Bu saati ilk molamıza hazırlanarak geçiriyoruz. Bu önemli bir mola, çünkü çok çok çok çok aç ve susuzum. Nedense, BP'de alacağımız yiyecekler hakkında konuşmak, mide ağrılarını dindiriyor. Lacey, çantasında bulduğu makbuzların arkasına her birimiz için, küçük harflerle yazılmış alışveriş listeleri hazırlıyor. Benzin kapağının ne tarafta olduğunu görmesi için Ben'in ön koltuğun penceresinden dışarı sarkmasını istiyor. Bizi yiyecek listelerimizi ezberlemeye zorluyor ve sonra sınav yapıyor. Benzin istasyonuna olan ziyaretimizi baştan sona birçok kez tartışıyoruz; bunun bir yarış arabasının pit duruşu kadar iyi uygulanması gerek.

"Bir kez daha," diyor Lacey.

"Ben benzini dolduracağım," diyor Radar. "Doldurmaya başladıktan sonra, normalde arabanın yanında kalmam gerekse de pompa pompalarken içeri koşup size kartı veriyorum. Sonra arabanın başına geri dönüyorum."

"Ben kartı kasadaki adama götürüyorum," diyor Lacey.

"Ya da kadına," diye ekliyorum.

"Alakasız," diye cevap veriyor Lacey.

"Sadece söylemek istedim... bu kadar seksist olma."

"Of, her neyse, Q. Ben kartı kasadaki kişiye götürüyorum. Kadına ya da adama getirdiğimiz her şeyi kasadan geçirmesini söylüyorum. Sonra çişimi yapıyorum."

Ekliyorum: "Bu sırada listemdeki her şeyi alıp ön tarafa getiriyorum."

Ben, "Ve ben çişimi yapıyorum. Sonra çişimi yapmayı bitirince, listemdeki malzemeleri alıyorum," diyor.

"En önemlisi tişörtler," diyor Radar. "İnsanlar bana tuhaf bakıyor."

Lacey, "Tuvaletten çıkınca makbuzu imzalıyorum," diyor.

"Depo dolduğu anda minivana binip gideceğim, bu yüzden orada olsanız iyi olur. Ciddeı: kıçlarınızı burada bırakırım. Altı dakikanız var," diyor Radar.

"Altı dakika," diyorum başımı sallayarak. Lacey ile Ben de tekrar ediyorlar. "Altı dakika." "Altı dakika." Öğleden sonra 17:35'te, gidilecek bin dört yüz elli kilometrelik yol varken Radar bize, el bilgisayarına göre sonraki çıkışta bir BP olduğunu bildiriyor.

Ben benzin istasyonuna çekerken, Lacey ile Radar arkadaki sürgülü kapının yanında çömelmişler. Kemeri çözülmüş olan Ben'in bir eli ön kapının kolunda, diğeri de panelin üstünde. Yapabileceğim kadar uzun süre boyunca, koruyabileceğim kadar hızı koruyorum ve sonra benzin pompasının tam önünde frene asılıyorum. Minivan sarsılarak duruyor ve uçarak kapılardan dışarı çıkıyoruz. Arabanın önünde Radar'la karşılaşıyoruz; anahtarları ona atıyorum ve markete kadar bütün yolu koşuyorum. Lacey ile Ben kapıya giderken beni geçmişler ama sadece çok az. Ben tuvalete doğru fırlarken, Lacey gri saçlı kadına (bir kadın gerçekten!) bir sürü şey alacağımızı, çok acelemiz olduğunu, biz getirdikçe ürünleri kasadan geçirmesi gerektiğini ve hepsinin BP kartından alınacağını açıklıyor; kadın biraz afallamış görünüyor ama onaylıyor. Radar cübbesi uçuşarak içeri koşuyor ve Lacey'ye kartı veriyor.

Bu sırada ben reyonların arasında koşarak listemdekileri alıyorum. Lacey içeceklerde; Ben dayanıklı ürünlerde; bense yiyeceklerdeyim. Marketi, ben bir çitaymışım, cipsler de yaralı ceylanlarmış gibi hızla silip süpürüyorum. Bir kucak dolusu cips, kurutulmuş et ve yer fıstığıyla ön kasaya koşuyorum, sonra şeker reyonuna dönüyorum. Bir avuç dolusu Mentos, bir avuç dolusu Snickers ve... Ah, listede yok ama boş ver, Nerds'e bayılırım... Böylece üç paket de Nerds ekliyorum.

Tekrar koşuyorum ve sonra, içindeki hindi fazlasıyla jambona benzeyen, antik dönemden kalma hindi sandviçlerinden oluşan meze reyonuna yöneliyorum. İki tane alıyorum. Kasaya geri dönerken birkaç Starburst, bir Twinkies ve sınırsız sayıda GoFast gofreti için duruyorum. Koşarak geri dönüyorum. Ben, mezuniyet cübbesiyle orada durmuş, kadına tişörtleri ve dört dolarlık güneş gözlüğünü uzatıyor. Lacey litrelerce soda, enerji içeceği ve şişelerce suyla koşup geliyor. Büyük şişeler, Ben'in çişinin bile dolduramayacağı türden.

"BİR DAKİKA!" diye bağırıyor Lacey ve paniğe kapılıyorum. Daireler çiziyorum, gözlerim dükkânı tarıyor, neyi unuttuğumu hatırlamaya çalışıyorum. Listeme bir göz atıyorum. Her şeyi almışım gibi görünüyor ama unuttuğum önemli bir şey varmış gibi geliyor. *Haydi, Jacobsen.* Cips, şeker, jambona benzeyen hindi, fıstık ezmesi ve jöleli sandviç ve... ne? Diğer besin grubu ne? Et, cips, şeker ve ve ve peynir! "KRAKER!" diyorum olması gerekenden yüksek sesle ve krakerlere atılıp peynirli kraker, fıstık ezmeli kraker ve fazladan Grandma's kurabiyelerinden birkaç tane alıyorum, sonra koşarak geri dönüyorum ve elimdekileri kasaya doğru fırlatıyorum. Kadın dört naylon poşeti çoktan doldurmuş. Toplamda neredeyse yüz dolar, benzini bile hesaba katmadan; bu parayı yaz boyunca Lacey'nin ebeveynlerine geri ödeyeceğim.

Yalnızca tek bir duraksama anı oluyor; kasadaki kadın Lacey'nin BP kartını okuttuktan sonra. Saatime göz atıyorum. Yirmi saniye içinde gitmemiz gerekiyor. Sonunda makbuzun çıktığını duyuyorum. Kadın makbuzu makineden koparıyor, Lacey ismini karalıyor ve Ben'le poşetleri kapıp arabaya doğru fırlıyoruz. Radar *acele edin* dermiş gibi motora gaz veriyor ve park alanında koşuyoruz, Ben'in cübbesi rüzgârda dalgalandığından belli belirsiz bir şekilde karanlık bir büyücü gibi görünüyor; yalnız solgun, cılız bacakları görünüyor ve kolları naylon poşetlerle dolu. Elbisesinin altından, Lacey'nin bacaklarının arkasını görebiliyorum, baldırları uzun adımlarının ortasında sıkılaşıyor. Nasıl göründüğümü bilmiyorum ama nasıl hissettiğimi biliyorum: Genç. Şapşal. Sonsuz. Lacey ile Ben'i açık sürgülü kapıdan içeri dalarken izliyorum. Onları takip ederek naylon poşetler ile Lacey'nin üzerine kapaklanıyorum. Ben sürgülü kapıyı gürültüyle kapatırken, Radar arabaya tam gaz veriyor, sonra hızla park alanından çıkıyor ve hiç kimsenin hiçbir yerde lastik izi bırakmak için hiç kullanmadığı minivanın, uzun ve hikâyelerle süslü tarihinde bir ilke imza atıyor. Radar pek güvenli olmayan bir hızda sola dönüp anayola çıkıyor, sonra eyaletler arası yola çıkıyor. Programın dört saniye önündeyiz. Ve tıpkı NASCAR pit duruşlarında olduğu gibi birbirimize beşlik çakıyoruz. Yeterince malzeme temin etmiş durumdayız. Ben'in işeyebileceği bir sürü kabı var. Benim yeterli miktarda kurutulmuş et payım var. Lacey'nin Mentos'u var. Radar ile Ben'in cübbelerinin yerine giyecekleri tişörtleri var. Minivan bir biyosfere dönüşmüş durumda... Bize benzin verin, böylece sonsuza dek gitmeye devam edebiliriz.

Beşinci Saat

Tamam, belki her şeye rağmen o kadar da iyi hazırlanmış durumda değiliz. O anki aceleyle, Ben'le (ölümcül olmasa da) bazı hatalar yaptığımız ortaya çıkıyor. Radar önde tek başına, Ben ile önden ilk çift kişilik koltukta oturuyoruz, her poşeti boşaltıp aldıklarımızı arkadaki Lacey'ye veriyoruz. Lacey ürünleri, sırasıyla, sadece kendisinin anladığı bir şemaya dayalı gruplara ayırıyor.

"Neden NyQuil[11] NoDoz'la[12] aynı yığında değil?" diye soruyorum. "Bütün ilaçların beraber olması gerekmez mi?"

"Q. Tatlım. Sen bir erkeksin. Böyle şeylerin nasıl yapılacağını bilmezsin. NoDoz, çikolata ve Mountain Dew'la birlikte çünkü bunların hepsi kafein içeriyor ve *uyanık* kalmana yardımcı oluyorlar. NyQuil kurutulmuş etle birlikte çünkü et yemek yorgun hissetmene neden olur."

"Büyüleyici," diyorum. Poşetlerimdeki yiyeceklerden sonuncusunu Lacey'ye uzattıktan sonra Lacey, "Q, şey olan... hani... iyi olan yiyecekler nerede?" diye soruyor.

---

11 Soğuk algınlığı semptomlarını azaltan bir ilaç. (ç.n.)
12 Kafein içeren, uyarıcı bir ilaç. (ç.n.)

"Hı?"

Lacey benim için yazdığı alışveriş listesinin bir kopyasını çıkarıp okuyor. "Muz. Elma. Kurutulmuş yaban mersini. Kuru üzüm."

"Ah," diyorum. "Ah, doğru. Dördüncü besin grubu kraker *değildi*."

"Q!" diyor öfkeli bir şekilde. "Ben bunların hiçbirini yiyemem."

Ben elini onun dirseğine koyuyor. "Fıstık ezmeli Grandma's kurabiyelerinden yiyebilirsin. *Büyükanne* eli değmiş gibiler. Büyükanne sana zarar vermez."

Lacey bir saç telini üfleyerek yüzünden çekiyor. Gerçekten sinirlenmiş gibi görünüyor. "Üstelik," diyorum, "GoFast gofretleri var. Vitaminlerle güçlendirilmişler!"

"Evet, vitaminler ve otuz gram falan yağ," diyor.

Ön taraftan Radar, "Sakın GoFast hakkında kötü konuşmaya başlamayın. Bu arabayı durdurmamı ister misiniz?" diye duyuruyor.

"Ne zaman bir GoFast yesem," diyor Ben, "aklıma ilk gelen, 'Yani sivrisineklere kanın tadı böyle geliyormuş' cümlesi oluyor."

Yumuşak ve çikolatalı bir GoFast gofretinin birazını açıp Lacey'nin ağzının önünde tutuyorum. "Sadece kokla," diyorum. "Vitaminli lezzeti kokla."

"Beni şişmanlatacaksınız."

"Ayrıca sivilceli," diyor Ben. "Sivilceliyi unutma."

Lacey gofreti alıp isteksizce ısırıyor. GoFast tatmanın doğasında yatan orgazma benzeyen zevki saklamak için gözlerini kapamak zorunda kalıyor. "Ah. Tanrım. Tadı tıpkı umut gibi hissettiriyor."

Nihayet son poşeti de boşaltıyoruz. İçinde, Ben ile Radar'ın görünce çok heyecanlandığı iki büyük tişört var, çünkü bu, "aptal elbiseler giyen adamlar" yerine "elbise yerine devasa tişörtler giyen adamlar" olabilecekleri anlamına geliyor.

Ama Ben tişörtleri açtığında, iki küçük sorun ortaya çıkıyor. İlki, bir Georgia benzin istasyonundaki büyük beden bir tişörtün, mesela, Old Navy'deki büyük beden tişörtle aynı boyda olmadığı ortaya çıkıyor. Benzin istasyonundaki tişört devasa... Bir tişörtten ziyade çöp torbası. Mezuniyet cübbelerinden daha küçük ama çok da değil. Fakat bu sorun diğerine göre sönük kalıyor ki bu da, iki tişörtün de üstünde kabartmalı Konfederasyon bayraklarının olması. Bayrağın üzerine NEFRET DEĞİL MİRAS kelimeleri yazılmış.

"Ah hayır, bu gerçek olamaz," diyor Radar, ona neden güldüğümüzü gösterdiğimde. "Ben Starling, numunelik zenci arkadaşına ırkçı bir tişört almamış olsan iyi olurdu."

"Sadece gördüğüm ilk tişörtleri kaptım, kardeşim."

"Şu anda bana kardeşim deme," diyor Radar ama başını sallayıp gülüyor. Tişörtü ona uzatıyorum, arabayı dizleriyle sürerken tişörtün içine girmeye çalışıyor. "Umarım beni kenara çekerler," diyor. "Polisin siyah bir elbise üstüne Konfederasyon tişörtü giymiş bir zenciye nasıl tepki vereceğini görmek istiyorum."

Altıncı Saat

Nedense tam Florence, Güney Carolina'nın güneyindeki I-95 bir cuma akşamı araba sürülecek *moda* yer. Birkaç kilometre boyunca trafiğe gömülüyoruz ve Radar'ın hız sınırını ihlal etmekten başka çaresi olmamasına rağmen elliyle gidebilmesi bile şans. Radar'la önde oturuyor ve az önce icat ettiğimiz, Şu Adam Bir Jigolo adlı oyunu oynayarak endişeden uzak durmaya çalışıyoruz. Oyunda, etrafınızdaki arabalarda yer alan insanların hayatlarını hayal ediyorsunuz.

Oldukça eski bir Toyota Corolla'daki Hispanik bir kadınla yan yana gidiyoruz. Erken çöken karanlığın içinden kadını izliyorum. "Buraya taşınmak için ailesini terk etmiş," diyorum. "Yasadışı. Her ayın üçüncü salı gününde eve para gönderiyor. İki küçük çocuğu var, kocası göçmen. Şu anda Ohio'da, yılda sadece üç dört ayı evde geçiriyor ama yine de gerçekten iyi geçiniyorlar."

Radar önüme doğru eğilip yarım saniyeliğine kadına göz atıyor. "Tanrım, Q, o kadar melodratrajik değil. Bir hukuk firmasında sekreter... nasıl giyindiğine bak. Beş yılına mal olmuş ama şimdi kendine ait bir hukuk diploması almak üzere. Ve çocuğu ya da kocası yok. Bir erkek arkadaşı var gerçi. Adam biraz uçarı. Bağlanmaktan korkuyor. Beyaz tenli ve 'zenci merakı' var diye eleştirileceğinden korkuyor."

"Alyans takıyor," diye belirtiyorum. Radar'ın savunmasına göre, benim ona uzun uzun bakabilme imkânım var. Sağımda, tam aşağımda. Koyu renk camlı penceresinden onu görebiliyorum ve bir şarkıya eşlik ederken kadını izliyorum, hiç kırpmadığı gözleri yolda. O kadar çok insan var ki. Dünyanın insanlarla dolu olduğunu unutmak o kadar kolay ki... patlayacak kadar dolu, o insanların her biri hayal edilebilir ve mütemadiyen yanlış hayal ediliyor. Bu, bana önemli bir fikirmiş gibi geliyor, bir piton yılanının avını yemesi gibi, beynin konuyu yavaşça sarmalaması gereken fikirlerden biri gibi ama daha ileri gidemeden Radar konuşuyor.

"Senin gibi sapıklar üstüne gelmesin diye yüzük takıyor sadece," diye açıklıyor Radar.

"Olabilir." Gülümsüyorum, kucağımda duran yarısı yenmiş GoFast gofretinden bir ısırık alıyorum. Bir süre sessiz kalıyoruz ve ben insanları görebilmenin ya da görememenin yollarını ve hâlâ tam yanımızda giden bu kadınla aramızdaki koyu renkli pencereleri düşünüyorum; bu dolu anayolda kadın bizimle birlikte ağır ağır ilerlerken ikimiz de bütün o pencereler ve aynalarla arabaların içindeyiz. Radar tekrar konuşmaya başladığında, onun da düşünmekte olduğunu fark ediyorum.

"Şu Adam Bir Jigolo'daki olay," diyor Radar, "yani, bir oyun olarak olayı, sonuçta hayal eden kişiyle ilgili, hayal edilen kişiden çok daha fazla şey açığa çıkartıyor olması."

"Evet," diyorum. "Ben de tam bunu düşünüyordum." Ve Whitman'ın tüm o korkunç güzelliğine rağmen biraz fazla iyimser olabileceğini düşünmekten kendimi alamıyorum. Başkalarını duyabilir, hareket etmeden onlara gidebilir, onları hayal edebiliriz ve hepimiz bir sürü çimen yaprağı gibi, çılgın bir kök sistemiyle birbirimize bağlıyız... ama bu oyun, gerçekten tamamen başka biri *olup olamayacağımızı* merak etmeme neden oluyor.

Yedinci Saat

Nihayet yan yatmış bir tırın yanından geçip tekrar hızlanıyoruz ama Radar kafasından, buradan Agloe'ya kadar ortalama yüz yirmi dördü yakalamamız gerekeceğini hesaplıyor. Ben'in çişini yapması gerektiğini bildirmesinin üstünden tam bir saat geçti ve bunun nedeni basit: uyuyor. Saat tam altıda NyQuil aldı. Arka tarafta uzandı, Lacey'yle iki emniyet kemerini de ona bağladık. Bu onu daha da rahatsız etti ama 1. Kendi iyiliği içindi ve 2. Hepimiz yirmi dakika içinde, hiçbir rahatsızlığın onun için önemli olmayacağını biliyorduk, çünkü ölü gibi uyuyor olacaktı. Ve şu anda tam da tahmin ettiğimiz pozisyonda. Geceyarısında uyandırılacak. Lacey'yi daha şimdi yatırdım; akşam dokuzda, aynı pozisyonda, arka koltukta. Sabah ikide uyandıracağız. Fikir şöyle: Herkes dönüşümlü olarak uyuyacak, böylece Agloe'ya girmek üzere olacağımız yarın sabaha kadar göz kapaklarımızı bantlamak zorunda kalmayacağız.

Minivan bir bakıma küçük bir eve dönüştü: Ben dinlenme odası olan ön koltukta oturuyorum. Bu bence evin en iyi odası çünkü geniş ve koltuk oldukça rahat.

Ön koltuğun altındaki halının üzerine bir şeyler dağıtılmış olan yer ofis, burada Ben'in BP'den aldığı bir Birleşik Devletler haritası, benim yazdırdığım yol tarifi ve Radar'ın hız ve mesafeyle ilgili hesaplarını üstüne karaladığı kâğıt var.

Radar sürücü koltuğunda oturuyor. Oturma odası. Dinlenme odasına çok benziyor ancak oradayken o kadar rahat olamıyorsunuz. Ayrıca orası daha temiz.

Oturma odası ile dinlenme odasının arasında orta konsolumuz var, ya da mutfağımız. Burada bol bol kurutulmuş et stokumuz, GoFast gofretlerimiz ve Lacey'nin alışveriş listesine koyduğu Bluefin adındaki sihirli enerji içeceğimiz var. Bluefin küçük, havalı şeritleri olan cam şişelerde satılıyor ve tadı mavi pamuk şeker gibi. Ayrıca sizi insanlık tarihindeki her şeyden daha iyi uyanık tutuyor, bununla birlikte biraz seğirmenize neden oluyor. Radar'la, dinlenme periyotlarımızdan iki saat önceye kadar Bluefin içmeye devam etme konusunda anlaştık. Benimki geceyarısı başlıyor, Ben kalkınca.

En öndeki çift kişilik koltuk, ilk yatak odası. Ez az istenen yatak odası çünkü insanların uyanık olduğu, konuştuğu ve bazen de radyoda müziğin olduğu mutfak ile oturma odasına yakın.

Onun arkasında, daha karanlık ve sessiz olan ve ilkinden kesinlikle daha üstün olan ikinci yatak odası var.

Ve onun arkasında, içinde Ben'in henüz içine çişini yapmadığı 210 biranın, jambona benzeyen hindi sandviçlerinin ve birkaç kolanın olduğu buzdolabı ya da soğutucu var.

Bu evde tavsiye edilecek çok fazla şey var. Her tarafı halı kaplı. Merkezi havalandırması ve ısıtması var. Her yerinde ses sistemi mevcut. Yalnızca on yedi metre karelik yaşam alanı olduğu doğru. Fakat açık stüdyo daire tasarımı kıyas kabul etmiyor.

Sekizinci Saat

Güney Carolina'ya girdikten hemen sonra Radar'ı esnerken yakalıyorum ve sürücü değiştirme konusunda ısrar ediyorum. Araba sürmeyi severim nasılsa... Bu araç bir minivan olabilir ama *benim* minivanım. Mutfağın üstünden hızla bir adım atıp sürücü koltuğuna geçerek direksiyonu yakaladığım ve sabit tuttuğum sırada, Radar koltuğundan kalkıp ilk yatak odasına fırlıyor.

Seyahat etmenin kendinizle ilgili size çok şey öğrettiğini keşfediyorum. Mesela saatte yüz yirmi dört kilometreyle Güney Carolina'dan geçerken, çoğunlukla boş olan bir Bluefin enerji içeceği şişesine çişini yapacak türde bir insan olduğumu hiç düşünmezdim... ama aslında o türde bir insanım. Ayrıca, biraz Bluefin enerji içeceği ile çok miktarda çişi karıştırınca sonucun şaşırtıcı derecede göz kamaştırıcı bir turkuaz tonu olacağını önceden bilmezdim. O kadar güzel görünüyor ki, Lacey ile Ben uyandıklarında görebilsinler diye, şişenin kapağını kapatıp bardak tutucuda bırakmak istiyorum.

Ama Radar benimle aynı fikirde değil. "Eğer o boku hemen pencereden dışarı atmazsan, on bir yıllık arkadaşlığımızı bitiriyorum," diyor.

"*Bok* değil," diyorum. "*Çiş.*"

"Dışarı," diyor. Bunun üstüne çöpü atıyorum. Yan aynada, şişenin asfalta çarpıp bir su balonu gibi patladığını görebiliyorum. Radar da görüyor.

"Ah, Tanrım," diyor Radar. "Umarım bu, ruhuma korkunç derecede zarar veren travmatik olaylardan biridir de, gerçekleştiğini hemen unuturum."

Dokuzuncu Saat

GoFast gofretlerini yemekten yorulmanın mümkün olduğunu önceden hiç bilmezdim. Ama mümkün. Midem bulandığı sırada, günün dördüncüsünden yalnızca iki ısırık almıştım. Orta konsolu çekip açıyorum ve GoFast'i içine sokuyorum. Mutfağın bu bölümünü kiler olarak adlandırıyoruz.

"Keşke birkaç elmamız olsaydı," diyor Radar. "Tanrım, şu anda bir elma iyi olmaz mıydı?"

İç çekiyorum. Aptal dördüncü besin grubu. Ayrıca birkaç saat önce Bluefin içmeyi bırakmama rağmen, kendimi hâlâ fazlasıyla gergin hissediyorum.

"Hâlâ gergin hissediyorum," diyorum.

"Evet," diyor Radar. "Parmaklarımı tıkırdatmayı bırakamıyorum." Aşağı doğru bakıyorum. Parmaklarıyla sessizce dizlerinin üzerinde davul çalıyor. "Yani," diyor, "gerçekten duramıyorum."

"Tamam, evet, yorgun değilim, öyleyse dörde kadar ayakta kalırız, sonra onları kaldırıp sekize kadar uyuruz."

"Tamam," diyor. Bir duraksama oluyor. Artık yol boş; yalnızca römorklu kamyonlar ile ben varım, beynimin bilgiyi her zamanki temposunun on bir bin katı hızla işlediğini hissediyorum ve yaptığım şeyin çok basit olduğunu, eyaletler arası yolda araba sürmenin dünyadaki en kolay ve zevkli şey olduğunu fark ediyorum: Yapmam gereken tek şey çizgilerin arasında kalmak, kimsenin bana fazla yakın olmadığından ve benim kimseye çok yakın olmadığımdan emin olmak ve gitmeye devam etmek. Belki Margo'ya da böyle gelmişti ama ben tek başıma asla böyle hissedemezdim.

Radar sessizliği bozuyor. "Peki, eğer dörde kadar uyumayacaksak..."

Cümlesini bitiriyorum. "Evet, o zaman muhtemelen bir şişe daha Bluefin açmalıyız."

Ve öyle yapıyoruz.

Onuncu Saat

İkinci mola vaktimiz. Saat sabah 00:13. Parmaklarım, parmaktan yapılma gibi değil, hareketten yapılma gibi geliyorlar. Arabayı sürerken direksiyonu gıdıklıyorum.

Radar, el bilgisayarında en yakın BP'yi bulduktan sonra, Lacey ile Ben'i uyandırmaya karar veriyoruz.

"Hey, çocuklar, durmak üzereyiz," diyorum. Tepki yok.

Radar arkasını dönüyor ve Lacey'nin omzuna elini koyuyor. "Lace, uyanma vakti." Hiçbir şey yok.

Radyoyu açıyorum. Eski şarkılar çalan bir istasyon buluyorum. Beatles. Şarkı *Good Morning*. Biraz sesini açıyorum. Tık yok. Bu yüzden Radar sesi biraz daha açıyor. Ve sonra biraz daha. Ardından nakarat geliyor ve Radar şarkıya eşlik etmeye başlıyor. Sonra ben de eşlik etmeye başlıyorum. Sanırım sonuçta onları uyandıran benim ahenksiz çığlıklarım oluyor.

"DURDUR ŞUNU!" diye bağırıyor Ben. Müziği kapatıyoruz.

"Ben, duruyoruz. Çişini yapman gerekiyor mu?"

Duraksıyor ve arkada, karanlığın içinde bir gürültü patırtı olunca idrar torbasının doluluğunu kontrol etmek için fiziksel bir stratejisi mi var, diye merak ediyorum. "Sanırım gerek yok," diyor.

"Tamam, o zaman sen benzindesin."

"Bu arabanın içinde çişini yapmamış tek erkek olarak, önce tuvalete gidiyorum," diyor Radar.

"Şişşt," diye homurdanıyor Lacey. "Şişşt. Herkes konuşmayı bıraksın."

"Lacey, kalkıp çişini yapmalısın," diyor Radar. "Duruyoruz."

"Elma alabilirsin," diyorum.

"Elma," diye küçük, şirin bir kız sesiyle mırıldanıyor mutlulukla. "Elmaları seviyoyum."

"Ondan sonra *sürmeye* geçiyorsun," diyor Radar. "Bu yüzden gerçekten uyanmalısın."

Doğruluyor ve her zamanki Lacey sesiyle, "Onu pek fazla sevmiyoyum," diyor.

Çıkışa sapıyoruz, BP'ye yaklaşık bir kilometre var ki bu çokmuş gibi görünmüyor ama Radar muhtemelen bize dört dakikaya mal olacağını ve Güney Carolina trafiğinin bize zarar verdiğini, bu yüzden dediğine göre bir saatlik mesafede olan yol çalışmasının bize gerçekten sorun yaratabileceğini söylüyor. Ama endişelenme imkânım yok. Lacey ile Ben, tıpkı son seferdeki gibi, sürgülü kapının önünde sıraya girecek kadar uykularını silkip atmışlar ve pompanın önünde durduğumuzda herkes uçarak dışarı çıkıyor, anahtarları Ben'e fırlatıyorum, o da havada yakalıyor.

Radar'la ikimiz kasadaki beyaz tenli adamın yanından hızla geçerken adamın dik dik baktığını fark edince Radar duruyor. "Evet," diyor Radar utanmadan. "Mezuniyet cübbemin üstüne bir NEFRET DEĞİL MİRAS tişörtü giyiyorum," diyor. "Bu arada, burada pantolon satıyor musunuz?"

Adam şaşkına dönmüş görünüyor. "Motor yağlarının orada birkaç komando pantolonumuz var."

"Mükemmel," diyor Radar. Sonra bana dönüyor. "Sevimli biri ol ve bana bir komando pantolonu seç. Bir de daha iyi bir tişört."

"Olmuş bil ve olmuş bil," diye karşılık veriyorum. Komando pantolonlarının bedenlerinin klasik numaralı olmadığı ortaya çıkıyor. Orta ve geniş bedenleri var. Bir orta beden pantolon ve üstünde DÜNYANIN EN İYİ BÜYÜKANNESİ yazan, geniş beden pembe bir tişört alıyorum. Bir de üç şişe Bluefin.

Lacey tuvaletten çıkınca her şeyi ona veriyorum ve Radar hâlâ erkekler tuvaletinde olduğu için kızlar tuvaletine giriyorum. Daha önce hiç, bir benzin istasyonundaki kızlar tuvaletine girip girmediğimi hatırlamıyorum.

Farklar:
Prezervatif makinesi yok
Daha az duvar yazısı var
Pisuar yok

Koku az çok aynı ki bu biraz hayal kırıklığı.
Dışarı çıktığımda Lacey ödeme yapıyor ve Ben korna çalıyor, bir anlık kafa karışıklığından sonra, arabaya doğru koşuyorum.
"Bir dakika kaybettik," diyor Ben ön koltuktan. Lacey bizi eyaletler arası yola geri götürecek olan caddeye dönüyor.
"Üzgünüm," diye karşılık veriyor Radar, yanımda oturduğu arka taraftan, cübbesinin altından yeni komando pantolonuna girmeye çalışarak. "İyi tarafından bakarsak, pantolon aldım. Ve yeni bir tişört. Tişört nerede Q?" Lacey tişörtü ona uzatıyor. "Çok komik." Cübbeyi çıkarıp yerine büyükanne tişörtünü geçiriyor, o sırada Ben kimsenin *ona* pantolon almadığından yakınıyor. Kıçı kaşınıyormuş. Ve şimdi farkına varmış, çişini yapması gerekiyor gibiymiş.

On Birinci Saat

Yol çalışmasının olduğu kısma geliyoruz. Anayol tek şeride daralıyor ve yol çalışması hız sınırı olan elli beş kilometrelik hızla giden bir traktörün arkasında kalıyoruz. Lacey bu durum için doğru sürücü; ben direksiyonu yumrukluyor olurdum ama o tatlılıkla Ben'le sohbet ediyor, ta ki arkaya dönene kadar: "Q, gerçekten tuvalete gitmem gerek, nasılsa bu traktörün arkasında zaman kaybediyoruz."

Sadece başımla onaylıyorum. Lacey'yi suçlayamam. Bir şişenin içine işemem imkânsız olsaydı, ben çok önceden bizi durmaya zorlardım. Onun kadar uzun süre kendini tutmak kahramancaydı.

Bütün gece açık olan bir benzin istasyonuna çekiyor, lastik gibi olmuş bacaklarımı esnetmek için dışarı çıkıyorum. Lacey koşarak minivana döndüğünde, sürücü koltuğunda ben oturuyorum. Sürücü koltuğuna nasıl oturduğumu, neden Lacey'nin değil de benim oraya düştüğümü bilmiyorum bile. Dönüp ön kapıya geliyor ve orada olduğumu görüyor, pencere açık, ona, "Ben sürebilirim," diyorum. Ne de olsa benim arabam ve benim görevim. "Gerçekten emin misin?" diyor ve ben de "Evet, evet, gidecek kadar iyiyim," diyorum, Lacey sadece sürgülü kapıyı çekip açıyor ve ilk sıraya uzanıyor.

On İkinci Saat

Saat sabah 02:40. Lacey uyuyor, Radar uyuyor. Ben sürüyorum. Yol ıssız. Kamyon şoförlerinin bile çoğu yatmış. Dakikalar boyunca ters yönde far görmeden gidiyoruz. Ben, yanımda konuşup durarak beni uyanık tutuyor. Margo hakkında konuşuyoruz.

"Agloe'yu aslında, şey, *nasıl* bulacağımızı hiç düşündün mü?" diye soruyor.

"Ah, kavşakla ilgili bir fikrim var," diyorum. "O da bir kavşaktan başka bir şey olmadığı."

"Ve Margo orada, öylece bagajın bir köşesine oturmuş, elleri çenesinde seni mi bekliyor olacak?"

"Bu kesinlikle faydalı olurdu," diye cevaplıyorum.

"Kardeşim, söylemeliyim ki şey –eğer senin planladığın gibi gitmezse–, gerçekten hayal kırıklığına uğrayabilirsin diye biraz endişeleniyorum."

"Sadece onu bulmak istiyorum," diyorum, çünkü öyle istiyorum. Onun güvende, hayatta ve bulunmuş olmasını istiyorum. Bütün ipler çekildi. Geri kalanı önemsiz.

"Evet ama... bilmiyorum," diyor Ben. Ciddi Ben haline gelip bana baktığını hissedebiliyorum. "Sadece... Sadece insanların bazen gerçekte düşündüğün gibi olmadığını hatırla. Benim Lacey'nin çok seksi, çok müthiş ve çok havalı olduğunu düşünmem gibi ama şimdi iş onunla gerçekten birlikte olmaya gelince... tam olarak aynı değil. İnsanlar onları hissedebildiğinde, onları yakından görebildiğinde daha farklı."

"Bunu biliyorum," diyorum. Margo'yu ne kadar uzun süre boyunca, ne kadar kötü bir şekilde, ne kadar yanlış hayal ettiğimi biliyorum.

"Sadece, önceden Lacey'den hoşlanmanın benim için kolay olduğunu söylüyorum. Birini uzaktan sevmek kolay. Ama şaşırtıcı derecede ulaşılmaz filan olmayı bırakıp yiyeceklerle tuhaf bir ilişkisi olan ve sıkça huysuzluk edip biraz da patronluk taslayan sıradan bir kız olmaya başladığında... o zaman tamamen farklı bir insandan hoşlanmaya başlamak zorunda kaldım."

Yanaklarımın yandığını hissedebiliyorum. "Margo'dan *gerçekten* hoşlanmadığımı mı söylüyorsun? Bütün bunlardan sonra... On iki saattir bu arabanın içindeyim ve ona önem verdiğimi düşünmüyorsun çünkü ben..." Kendi sözümü kesiyorum. "Bir kız arkadaşın olduğu için yüce dağların tepesinde durup bana nutuk çekebileceğini mi sanıyorsun? O kadar..."

Konuşmayı kesiyorum çünkü dışarıda, farların ulaşabildiği noktanın en ucunda, az sonra beni öldürecek olan şeyi görüyorum.

İki inek, ilgisiz tavırlarla anayolda duruyor. Bir anda ortaya çıkıyorlar; sol şeritte benekli bir inek ve bizim şeridimizde, araba genişliğinde muazzam bir yaratık tamamıyla hareketsiz bir şekilde duruyor, bizi algılamaya çalışırken kafası arkaya dönük duruyor. İnek kusursuz bir şekilde beyaz; tırmanılamayacak, altından geçilemeyecek ya da yanından geçilemeyecek, inekten yapılmış, kocaman, beyaz bir duvar. Yalnızca çarpmak mümkün. Ben'in de onu gördüğünü biliyorum çünkü nefesinin kesildiğini duyuyorum.

Hayatınızın gözünüzün önünden film şeridi gibi geçtiğini söylerler ama benim için durum böyle değil. Gözümün önünden, artık bizden bir saniye uzakta olan bu inanılmaz derecede geniş, kar gibi kürk dışında hiçbir şey geçmiyor. Ne yapacağımı bilmiyorum. Hayır, sorun bu değil. Sorun yapılacak hiçbir şey olmaması, bu beyaz duvara çarpıp hem onu hem de kendimizi öldürmek dışında. Frenlere asılıyorum ama alışkanlıktan, hiçbir beklentim yok: bundan kaçınmak mümkün değil. Ellerimi direksiyondan çekip yukarı kaldırıyorum. Bunu neden yaptığımı bilmiyorum ama ellerimi kaldırıyorum, sanki teslim oluyormuşum gibi. Dünyadaki en sıkıcı şeyi düşünüyorum: Bunun olmasını istemediğimi düşünüyorum. Ölmek istemiyorum. Arkadaşlarımın ölmesini istemiyorum. Ayrıca dürüst olmak gerekirse, zaman yavaşlarken ve ellerim havadayken, gücüm bir düşünceye daha yetiyor ve Margo'yu düşünüyorum. Bu saçma, ölümcül takip için onu suçluyorum... bizi tehlikeye attığı için; beni, bütün gece uyumayıp hızlı araba kullanan türde bir ahmağa dönüştürdüğü için. O olmasaydı ölüyor olmayacaktım. Her zaman olduğu gibi evde kalacaktım, güvende olacaktım ve her zaman yapmak istediğim tek şeyi yapacak, büyüyecektim.

Dümenin kontrolünü teslim etmişken, direksiyonda bir el görünce şaşırıyorum. Ben neden döndüğümüzü anlayamadan dönüyoruz; sonra, bizi, ineği ıskalamanın umutsuz beklentisi içine sokarak Ben'in direksiyonu kendine doğru çevirdiğini fark ediyorum, önce bankette, ardından çimenlerdeyiz. Ben, direksiyonu sert ve hızlı bir şekilde öteki yöne çevirirken, lastiklerin fırıl fırıl döndüğünü duyabiliyorum. İzlemeyi bırakıyorum. Gözlerim kapandı mı yoksa sadece görmeyi mi kesti, bilmiyorum. Midem ile ciğerlerim ortada buluşup birbirini eziyor. Keskin bir şey yanağıma çarpıyor. Duruyoruz.

Neden olduğunu bilmiyorum ama yüzüme dokunuyorum. Elimi geri çekiyorum, kan izi var. Kollarımı kendime sararak, ellerimle yalnızca orada olduklarından emin olmak için kollarıma dokunarak kontrol ediyorum, oradalar. Bacaklarıma bakıyorum. Oradalar. Biraz cam var. Etrafa bakıyorum. Şişeler kırılmış. Ben bana bakıyor. Ben yüzüne dokunuyor. İyi görünüyor. Benim kendime sarıldığım gibi kendine sarılıyor. Vücudu hâlâ yerli yerinde. Sadece bana bakıyor. Dikiz aynasında ineği görebiliyorum. Ancak şimdi, gecikmeli olarak Ben çığlık atıyor. Bana bakıyor ve çığlık atıyor, ağzı tamamen açık, çığlığı kısık, boğuk ve dehşete kapılmış. Çığlık atmayı bırakıyor. Bende bir sorun var. Bayılacak gibi hissediyorum. Göğsüm yanıyor. Ve sonra hava yutuyorum. Nefes almayı unutmuşum. Bunca zamandır nefesimi tutmuşum. Tekrar nefes almaya başlayınca çok daha iyi hissediyorum. *Burundan içeri, ağızdan dışarı.*

"Kim yaralı?!" diye bağırıyor Lacey. Emniyet kemerini açıp uyku pozisyonundan çıkmış, arka tarafa doğru eğiliyor. Arkamı döndüğümde, arka kapının açılmış olduğunu görebiliyorum ve bir anlığına Radar'ın arabadan fırladığını düşünüyorum fakat Radar doğruluyor. Ellerini hızla yüzünde gezdiriyor ve "İyiyim. İyiyim. Herkes iyi mi?" diyor.

Lacey cevap bile vermiyor; sadece öne, Ben ile benim arama zıplıyor. Evin mutfağına yaslanıp Ben'e bakıyor. "Tatlım, neren yaralandı?" diyor. Gözleri, yağmurlu bir gündeki yüzme havuzu gibi dolmuş. Ve Ben, "İyiyimİyiyimQ'nunkanamasıvar," diyor.

Lacey bana dönüyor, ağlamamalıyım ama ağlıyorum, canım yandığı için değil, korktuğum için, ellerimi kaldırdığım için ve

Ben bizi kurtardığı için, şimdi bana bakan bir kız var ve bana bir annenin baktığı şekilde bakıyor, bu beni savunmasız bırakmamalı ama bırakıyor. Yanağımdaki kesiğin kötü olmadığını biliyorum ve öyle olduğunu söylemeye çalışıyorum ama ağlayıp duruyorum. Lacey parmaklarıyla hafif ve yumuşak bir şekilde kesiğe bastırıyor ve bandaj olarak kullanılabilecek bir şey bulması için Ben'e bağırıyor; sonra burnumun tam sağ tarafında, yanağıma bastırılmış Konfederasyon bayrağından bir bandajım oluyor. Lacey, "Onu sıkıca orada tut; sorun yok, başka bir yerin acıyor mu?" diyor, ben de hayır diyorum. O an arabanın hâlâ çalıştığını, viteste olduğunu ve yalnızca hâlâ frene bastığım için durduğunu fark ediyorum. Arabanın vitesini park konumuna getirip motoru kapatıyorum. Kapatınca bir sıvının aktığını duyabiliyorum... Damlamıyor, daha ziyade dökülüyor.

"Muhtemelen dışarı çıkmalıyız," diyor Radar. Konfederasyon bayrağını yüzüme bastırıyorum. Arabadan dışarı dökülen sıvının sesi devam ediyor.

"Benzin! Patlayacak!" diye bağırıyor Ben. Ön kapıyı hızla açıyor ve panikle çıkıp koşarak gidiyor. Ahşap bir çitin üstünden sıçrayarak çayırda koşmaya başlıyor. Bu sırada ben de dışarı çıkıyorum ama o kadar acele etmiyorum. Radar da dışarıda ve Ben topukları kıçına vurarak kaçarken Radar gülüyor. "Bira," diyor.

"Ne?"

"Biraların hepsi kırılmış," diyor ve kapağı açılmış soğutucuya doğru başını sallıyor, içinden litrelerce köpüklü sıvı dışarı dökülüyor.

Ben'i çağırmayı deniyoruz ama bizi duyamıyor çünkü çayırı koşarak aşarken, "PATLAYACAK!" diye çığlık atmakla meşgul. Mezuniyet cübbesi gri renkli şafakta uçuşuyor, çıplak cılız kıçı açığa çıkmış.

Bir arabanın geldiğini duyunca dönüp anayola bakıyorum. Beyaz canavar ile benekli arkadaşı salınarak karşı bankete geçip başarılı bir şekilde kendilerini emniyete almışlar, hâlâ umursamazlar. Arkama dönünce minivanın çite dayalı olduğunu fark ediyorum.

Ben, nihayet arabaya dönerken, zararı değerlendiriyorum. Dönerken çiti sıyırıp geçmiş olmalıyız çünkü sürgülü kapıda derin bir göçük var, yakından bakıldığında minivanın içini gösterecek kadar derin. Fakat bunun dışında tertemiz görünüyor. Başka çökük yok. Kırılan pencere yok. Patlak lastik yok. Arka kapıyı kapatmak ve hâlâ köpüren, kırılmış 210 şişe birayı değerlendirmek için arkaya doğru yürüyorum. Lacey beni bulup bir kolunu bana doluyor. İkimiz de köpüren bira deresinin, altımızdaki drenaj çukurunun içine akmasını izliyoruz. "Ne oldu?" diye soruyor Lacey.

Anlatıyorum: Ölmüştük, sonra Ben arabayı harika bir araç balerini gibi doğru yöne döndürmeyi başardı.

Ben ile Radar minivanın altına girmişler. İkisi de arabalar hakkında bir bok bilmez ama sanırım bu, onların daha iyi hissetmesini sağlıyor. Ben'in cübbesinin ucu ve çıplak baldırları dışarı çıkmış durumda.

"Dostum," diye bağırıyor Radar. "*İyi* gibi görünüyor."

"Radar," diyorum, "araba sekiz kere falan etrafında döndü. Kesinlikle *iyi* olmamalı."

"Şey, iyi *görünüyor*," diyor Radar.

"Hey," diyorum, Ben'in New Balance ayakkabılarını tutarak. "Hey, dışarı çık." Sürünerek dışarı çıkıyor, ona elimi uzatıp kalkmasına yardım ediyorum. Elleri arabadan gelen yapışkan bir maddeyle kararmış. Onu yakalayıp sarılıyorum. Eğer direksiyonun kontrolünü devretmiş olmasaydın, o direksiyonun kontrolünü böyle hünerli bir şekilde ele geçirmemiş olsaydın ölmüş olurdum. "Teşekkürler," diyorum, muhtemelen çok sert bir şekilde sırtına vurarak. "Bu hayatımda gördüğüm en iyi yolcu koltuğu sürüşüydü."

Yağlı eliyle yaralı olmayan yanağıma vuruyor. "Kendimi kurtarmak için yaptım, seni değil," diyor. "İnan ki sen aklıma bir kez bile gelmedin."

Gülüyorum. "Sen de benim," diyorum.

Ben bana bakıyor, gülümsemek üzere, sonra ekliyor: "Yani gerçekten lanet olası inek çok büyüktü. Bir inek filan değil de karaya vurmuş bir balina gibiydi." Gülüyorum.

O sırada Radar sürünerek dışarı çıkıyor. "Dostum, gerçekten iyi olduğunu düşünüyorum. Yani sadece beş dakika falan kaybettik. Sabit hızımızı artırmak zorunda bile değiliz."

Lacey minivandaki göçüğe bakıyor, dudakları büzülmüş. "Ne düşünüyorsun?" diye soruyorum.

"Devam," diyor.

"Devam," diye onaylıyor Radar.

Ben yanaklarını şişirip nefesini üflüyor. "Daha çok çevre baskısından etkilendiğim için devam."

"Devam," diyorum. "Ama arabayı daha fazla sürmeyeceğimden adım gibi eminim."

Ben, anahtarları benden alıyor. Minivana biniyoruz. Radar banketten yavaşça çıkıp eyaletler arası yola geri dönmemiz için bize yön gösteriyor. Agloe'dan 872 kilometre uzaktayız.

On Üçüncü Saat

Her birkaç dakikada bir Radar şöyle diyor: "Çocuklar, hepimizin kesinlikle öleceği, sonra Ben'in direksiyonu yakalayıp devasa boyuttaki lanet inekten kaçarak arabayı lunaparktaki fincanlar gibi döndürdüğü ve ölmediğimiz zamanı hatırlıyor musunuz?"

Lacey mutfağın üstünden eğiliyor, eli Ben'in omzunda. "Yani, sen bir *kahramansın*, bunu fark etmiş miydin? Böyle şeyler için *madalya* veriyorlar."

"Daha önce de söylemiştim ve yine söyleyeceğim: Hiçbirinizi düşünmüyordum. Kendi. Kıçımı. Kurtarmak. İstedim."

"Seni yalancı. Seni cesur, tapılası yalancı," diyor ve yanağına bir öpücük konduruyor.

Radar, "Hey çocuklar, arka tarafta çift emniyet kemeriyle bağlanmış olduğum, kapının aniden açıldığı ve biranın döküldüğü ama benim kesinlikle yaralanmadan kurtulduğum zamanı hatırlıyor musunuz? Bu nasıl mümkün olabilir ki?" diyor.

"Haydi Fizikötesi Görüyorum oynayalım," diyor Lacey. "Şu anda etrafta bir kahraman kalbi, kendisi için değil, insanlık için atan bir kalp Görüyorum."

"MÜTEVAZILIK YAPMIYORUM. SADECE ÖLMEK İSTEMEDİM," diye haykırıyor Ben.

"Çocuklar, bir keresinde minivanda, yirmi dakika önce, bir şekilde ölmediğimizi hatırlıyor musunuz?"

On Dördüncü Saat

Olayın ilk şoku geçer geçmez etrafı temizliyoruz. Kırık Bluefin şişelerinden mümkün olduğu kadar çok camı, kâğıt parçalarının üzerine süpürüp daha sonra atmak için hepsini tek bir poşette toplamaya çalışıyoruz. Minivanın halısı yapışkan Mountain Dew, Bluefin ve diyet kolayla sırılsıklam olmuş, topladığımız birkaç peçeteyle halıyı kurulamaya çalışıyoruz. Ama oto yıkamaya gitmek gerekecek ve Agloe'dan önce bunun için vaktimiz yok. Radar minivan için gerekli olan yan panelin değişiminin ne kadar tutacağına bakmış: 300 dolar artı boya. Bu gezinin maliyeti yükselmeye devam ediyor ama bu yaz babamın ofisinde çalışarak telafi edeceğim, hem bu Margo için ödenecek küçük bir kefaret.

Güneş sağımızdan yükseliyor. Yanağım hâlâ kanıyor. Konfederasyon bayrağı artık yaraya yapışık durumda, bu yüzden artık onu orada tutmam gerekmiyor.

On Beşinci Saat

Seyrek bir meşe ağacı dizisi, ufka kadar uzanan mısır tarlalarını gözlerden az da olsa gizliyor. Manzara değişiyor ama diğer her şey aynı kalıyor. Bunun gibi geniş eyaletler arası yollar ülkeyi tek bir mekâna dönüştürüyor: McDonald's, BP, Wendy's. Muhtemelen eyaletler arası yolların bu yönünden nefret etmeli ve eski zamanların altın günlerini özlemeliyim, her köşe başında yöresel renklerle çevrelenilen eski günleri filan... ama umurumda değil. Bunu seviyorum. Tutarlılığı seviyorum. Dünya çok fazla değişmeden, evden on beş saat mesafeye gidebilmeyi seviyorum. Lacey beni arka tarafta çift emniyet kemeriyle bağlıyor. "Dinlenmen gerek," diyor. "Çok fazla şey yaşadın." Kimsenin beni ineğe karşı girişilen savaşta daha tedbirli olmamakla suçlamamış olması hayret verici.

Ben yavaştan kayıp giderken, birbirlerini güldürdüklerini duyuyorum... Tam olarak kelimeleri değil ama ritmi, şakalaşmanın yükselen ve alçalan tonlarını. Sadece dinlemeyi, sadece çimenlerin üzerinde aylaklık etmeyi seviyorum. Ve olur da oraya zamanında gider ama onu bulamazsak yapacağımız şeye karar veriyorum: Catskills civarında arabayla dolaşıp çimenlerin üzerinde aylaklık ederek, konuşarak, şakalaşarak boş boş oturacak ve takılacak bir yer bulacağız. Belki hayatta olduğuna dair kesin bir bilgi bunları tekrar mümkün kılar... hayatta olduğunun kanıtını görmesem bile. Onsuz bir mutluluğun, onun gitmesine izin verebilme kudretinin, o çimen yaprağını bir daha asla görmesem bile köklerimizin bağlı olduğunu hissetmenin nasıl bir şey olduğunu hayal edebiliyor gibiyim.

On Altıncı Saat

Uyuyorum.

On Yedinci Saat

Uyuyorum.

On Sekizinci Saat

Uyuyorum.

On Dokuzuncu Saat

Uyandığımda, Radar ile Ben yüksek sesle arabanın ismini tartışıyorlar. Ben, Muhammet Ali adını vermek istiyor çünkü minivan tıpkı Muhammet Ali gibi yumruk yemesine rağmen yoluna devam ediyor. Radar bir arabanın tarihî bir figürün adıyla anılamayacağını söylüyor. Arabanın Lurlene diye adlandırılması gerektiğini düşünüyor, çünkü bu kulağa doğru geliyor.

"*Lurlene* adını mı vermek istiyorsun?" diye soruyor Ben, sesi dehşetle yükseliyor. "Bu zavallı araç yeterince şey yaşamadı mı?!"

Emniyet kemerlerinden birini çözüp doğruluyorum. Lacey bana dönüyor. "Günaydın," diyor. "Büyük New York eyaletine hoş geldin."

"Saat kaç?"

"Dokuz kırk iki." Saçları atkuyruğu şeklinde toplanmış ama daha kısa teller açıkta. "Nasıl gidiyor?" diye soruyor.

Ona söylüyorum. "Korkuyorum."

Lacey bana gülümseyip başını sallıyor. "Evet, ben de. Hepsine hazırlıklı olamayacağımız kadar çok şey var gibi."

"Evet," diyorum.

"Umarım seninle bu yaz arkadaş olarak kalırız," diyor. Ve nedense bunun yardımı oluyor. Neyin yardımı olacağını asla bilemiyorsunuz.

Radar şimdi arabanın isminin Gri Kaz olması gerektiğini söylüyor. Herkes beni duyabilsin diye biraz öne eğiliyorum. "Fırdöndü. Ne kadar sert döndürürseniz o kadar iyi çalışır."

Ben başıyla onaylıyor. Radar arkasını dönüyor. "Bence resmî isimlendirici sen olmalısın."

Yirminci Saat

Lacey'yle ilk yatak odasında oturuyorum. Arabayı Ben sürüyor. Radar internette geziniyor. Son durduklarında ben uyuyordum ama bir New York haritası almışlar. Agloe işaretlenmemiş ama Roscoe'nun kuzeyinde sadece beş-altı kavşak var. Her zaman New York'un genişleyen ve sonsuz bir metropol olduğunu düşünürdüm ama burada yalnızca, minivanın kahramanca kendini zorlayarak çıktığı, yemyeşil, inişli çıkışlı tepeler var. Sohbet biraz kesintiye uğrayınca Ben radyo düğmesine uzanıyor; "Fizikötesi Görüyorum!" diyorum.

Ben başlıyor. "Şu anda etrafta gerçekten hoşlandığım bir şey Görüyorum."

"Ah, ben biliyorum," diyor Radar. "Hayaların tadı."

"Hayır."

"Penislerin tadı mı?" diye tahmin yürütüyorum.

"Hayır, salak," diyor Ben.

"Hımm," diyor Radar. "Hayaların *kokusu* mu?"

"Hayaların *dokusu* mu?" diye tahmin yürütüyorum.

"Haydi ama, göt herifler, cinsel organlarla alakası yok. Lace?"

"Eee, üç hayat kurtardığını bilmenin hissi mi?"

"Hayır. Ve sanırım tahminleriniz tükendi."

"Tamam, nedir?"

"Lacey," diyor ve dikiz aynasından Lacey'ye baktığını görebiliyorum.

"Salak," diyorum, "*Fizikötesi* Görüyorum olması gerekiyor. Görünmeyen şeyler olmak zorunda."

"Ve öyle de," diyor. "Gerçekten hoşlandığım şey bu... Lacey ama görülebilen Lacey değil."

"Ah, atıyorsun," diyor Radar ama Lacey kemerini çözüp kulağına bir şey fısıldamak için mutfağın üzerinden öne doğru eğiliyor. Karşılık olarak Ben kızarıyor.

"Tamam, soytarılık yapmayacağıma söz veriyorum," diyor Radar. "Şu anda etrafta hepimizin hissettiği bir şey Görüyorum."

"Aşırı yorgunluk mu?" diye tahmin yürütüyorum.

"Hayır, buna rağmen mükemmel tahmin."

Lacey konuşuyor. "Çok fazla kafeinden aldığın tuhaf hisle ilgili bir şey mi? Hani şu kalbinin bütün vücudunun attığı kadar çok atmaması gibi bir şey?"

"Hayır. Ben?"

"Eee, çişimizi yapma ihtiyacı mı hissediyoruz, yoksa sadece bende mi sorun var?"

"Her zamanki gibi, sadece sende var. Başka tahmin?" Sessiz kalıyoruz. "Doğru cevap, hepimizin *Blister in the Sun*'ın akapella yorumundan sonra daha mutlu olacağımızı hissediyor olmamız."

Ve gerçekten öyle. Ton sağırı olabilirim ama herkes kadar yüksek sesle şarkıyı söylüyorum. Bitirdiğimizde, "Şu anda etrafta harika bir hikâye Görüyorum," diyorum.

Bir süre kimse hiçbir şey söylemiyor. Yalnızca yokuş aşağı hızlanırken, Fırdöndü'nün asfalt yolu yiyip bitirmesinin sesi var. Bir süre sonra Ben, "Hikâye bu, değil mi?" diyor.

Başımla onaylıyorum.

"Evet," diyor Radar. "Ölmediğimiz sürece, bu acayip bir hikâye olacak."

Eğer onu bulabilirsek yardımı olur, diye düşünüyorum ama hiçbir şey söylemiyorum. Ben, sonunda radyoyu açıyor ve eşlik edebileceğimiz şarkıları olan bir rock müzik istasyonu buluyor.

Yirmi Birinci Saat

Eyaletler arası yollarda bin sekiz yüz kilometreden fazla gittikten sonra, nihayet çıkma zamanı. Bizi daha kuzeye, Catskills'e doğru götüren iki şeritli anayolda saatte yüz yirmi dört kilometre gitmemiz kesinlikle imkânsız. Ama sorun olmayacak. Radar gelmiş geçmiş en iyi taktikçi olduğu için, bize söylemeden fazladan otuz dakika ayırmış. Burası çok güzel, kuşluk vaktindeki gün ışığı, el değmemiş ormanların üzerine dökülüyor. Yanından geçtiğimiz viran kasabalardaki tuğla binalar bile bu ışıkta bakımlı görünüyor.

Margo'yu bulmalarına yardım etme umuduyla Lacey'yle birlikte, Ben ve Radar'a düşünebildiğimiz her şeyi anlatıyoruz. Onlara Margo'yu hatırlatıyoruz. Kendimize Margo'yu hatırlatıyoruz. Gümüş rengi Honda Civic'ini. Kestane rengi, dümdüz saçlarını. Terk edilmiş binalara olan düşkünlüğünü.

"Yanında siyah bir defteri var," diyorum.

Ben birden bana dönüyor. "Tamam, Q. Eğer Agloe, New York'ta tamamen Margo gibi görünen bir kız görürsem hiçbir şey yapmayacağım. Bir *defteri* olmadığı sürece. Onu ele veren şey bu olacak." Ona aldırış etmiyorum. Sadece Margo'yu hatırlamak istiyorum. Hâlâ onu görmeyi umuyorken, son bir kez onu hatırlamak istiyorum.

Agloe

Hız sınırı, doksandan yetmişe, sonra da elliye düşüyor. Demiryolu raylarının üstünden geçiyoruz ve Roscoe'dayız. Bir kafesi, bir giyim mağazası, bir ucuzcu dükkânı ve birkaç tane üstüne tahta çakılmış mağazası olan uykulu bir kasaba merkezinden yavaşça geçiyoruz.

Öne eğilip, "Margo'yu orada hayal edebiliyorum," diyorum.

"Evet," diyor Ben. "Dostum, binalara izinsiz girmek istemiyorum gerçekten. New York hapishanelerinde iyi olacağımı sanmıyorum."

Bütün kasaba ıssız göründüğü için bu binaları araştırma fikri bana özel olarak korkutucu gelmiyor. Burada hiçbir şey açık değil. Merkezi geçince tek bir yol, anayolu ortadan kesiyor ve bu yolda Roscoe'nun tenha mahallesi ile bir ilkokul var. Mütevazı ahşap evler, geniş ve uzun ağaçların yanında küçücük kalmış.

Başka bir anayola sapıyoruz ve hız sınırı tekrar artıyor ama Radar yine de yavaş sürüyor. Solumuzda bize ismini gösterecek bir sokak tabelası olmayan, toprak bir yol gördüğümüzde, daha bir buçuk kilometre gitmemişiz.

"Bu o olabilir," diyorum.

"Bu bir *garaj yolu*," diye karşılık veriyor Ben ama Radar yine de dönüyor. Fakat toprak bir garaj yolu gibi *görünüyor* aslında. Solumuzda biçilmemiş çimenler, lastikler kadar uzun; hiçbir şey görmüyorum, öte yandan burada bir insanın herhangi bir yere saklanmasının kolay olacağından endişeleniyorum. Bir süre gidiyoruz ve yol Victoria tarzı bir çiftlik evinde son buluyor. Geri dönüp tekrar daha kuzeydeki iki şeritli anayola yöneliyoruz. Anayol, Cat Hollow Yolu'na dönüşüyor ve öncekinin aynısı olan toprak bir yol görene kadar gidiyoruz, bu seferki, caddenin sağ tarafında, matlaşmış ahşaptan, ahır benzeri bir yapıya çıkıyor. İki tarafımızdaki çayırlarda kocaman, silindir şeklinde ot balyaları dizilmiş ama çimenler tekrar büyümeye başlamış. Radar saatte sekiz kilometreden daha hızlı sürmüyor. Alışılmadık bir şey arıyoruz. Huzurlu kır manzarasında bir çatlak.

"Sizce, şu Agloe Market olabilir mi?"

"Şu ahır mı?"

"Evet."

"Bilmem," diyor Radar. "Marketler ahır gibi mi görünürdü?"

Büzülmüş dudaklarımın arasından uzun bir nefes veriyorum. "Bilmem."

"Bu... Kahretsin, bu Margo'nun arabası!" diye bağırıyor Lacey yanımda. "Evet evet evet evet evet onun arabası onun arabası!"

Ben, Lacey'nin parmağını çayırın öbür tarafına, binanın arkasına doğru takip ederken, Radar arabayı durduruyor. Bir gümüş ışıltısı. Yüzüm Lacey'ninkinin yanında durana kadar eğiliyorum, arabanın tavanındaki kavisi görebiliyorum. Oraya nasıl ulaştığını Tanrı bilir, çünkü hiçbir yol o yöne çıkmıyor.

Radar kenara çekiyor, dışarı atlayıp Margo'nun arabasına doğru koşuyorum. Boş. Kilitlenmemiş. Bagajı açıyorum. O da boş, açık ve boş bir valiz dışında. Etrafa bakıyorum ve şimdi Agloe Market'in kalıntıları olduğuna inandığım yapıya doğru harekete geçiyorum. Biçilmiş otların üstünden koşarken Ben ile Radar beni geçiyorlar. Ahıra bir kapıdan değil, ahşap duvardaki aralıktan giriyoruz.

Binanın içinde güneş ışığı, çatıdaki bir sürü delikten geçerek, çürümekte olan ahşap döşemenin parçalarını aydınlatıyor. Margo'yu ararken, bazı şeyleri algılamaya başlıyorum: sırılsıklam döşeme tahtaları. Badem kokusu, onun gibi. Bir köşede eski, çengel ayaklı bir küvet. Burayı aynı anda hem iç hem de dış mekân yapan, her taraftaki bir sürü delik.

Birinin, sertçe tişörtümü çekiştirdiğini hissediyorum. Başımı çeviriyorum ve Ben'i görüyorum, gözleri odanın bir köşesi ile benim aramda gidip geliyor. Tavandan aşağı süzülen parlak beyaz, geniş bir ışık hüzmesinin ötesine bakmak zorunda kalıyorum ama o köşeyi görebiliyorum. Göğüs hizasında, kirli, gri renkli, iki uzun pleksiglas levha, dar bir açıyla birbirlerine yaslanmış, diğer yandan ahşap duvara dayanıyorlar. Bu, üçgen şeklinde bir odacık, eğer böyle bir şey mümkünse.

Ve koyu renkli pencerelerle ilgili olay işte bu: Işık yine de içeri giriyor. Bu yüzden gri tonlarında olmasına karşın, sarsıcı sahneyi görebiliyorum: Margo Roth Spiegelman, siyah deri bir ofis sandalyesinde oturuyor, bir okul sırasının üstüne eğilmiş, yazıyor. Saçı çok daha kısa –kaşlarının üzerinde dalgalı perçemleri var ve sanki asimetriyi vurgulamak istermiş gibi karmakarışık– fakat bu Margo. Hayatta. Ofisini, Florida'daki terk edilmiş bir alışveriş merkezinden, New York'taki terk edilmiş bir ahıra taşımış ve onu bulmuş durumdayım.

Margo'ya doğru yürüyoruz, dördümüz birden, ancak bizi görmüş gibi durmuyor. Sadece yazmaya devam ediyor. Nihayet biri –belki Radar–, "Margo. Margo?" diyor.

Parmak uçlarında ayağa kalkıyor; elleri, eğreti odacığın duvarlarının tepesinde. Eğer bizi gördüğüne şaşırmışsa bile gözleri onu ele vermiyor. İşte Margo Roth Spiegelman, benden bir buçuk metre ötede, dudakları çatlamaktan pütür pütür olmuş, makyajsız, tırnaklarında kir, gözleri sessiz. Gözlerini hiç böyle ölü görmemiştim ama belki de gözlerini daha önce hiç görmedim. Bana bakıyor. Lacey'ye, Ben'e ya da Radar'a değil, bana baktığından eminim. Robert Joyner'ın ölü gözleri Jefferson Park'ta beni izlediğinden beri, hiç bu kadar uzun uzun izleniyormuşum gibi hissetmemiştim.

Uzun süre boyunca, sessizlik içinde orada duruyor ve bakışlarından yürümeye devam edemeyecek kadar korkuyorum. "Ben ve bu gizem, işte burada duruyoruz," diye yazıyor Whitman.

Sonunda Margo konuşuyor: "Bana beş dakika falan verin." Ve ardından tekrar oturup yazmaya kaldığı yerden devam ediyor.

Yazmasını izliyorum. Biraz pasaklı olması dışında, her zaman göründüğü gibi görünüyor. Neden bilmiyorum ama hep farklı görüneceğini düşündüm. Daha yaşlı olacağını. Onu nihayet tekrar gördüğümde zar zor tanıyacağımı. Ama işte orada, pleksiglasın arkasından onu izliyorum ve o, Margo Roth Spiegelman gibi görünüyor, iki yaşımdan beri tanıdığım o kız... sevdiğim bir fikir olan o kız.

Ve ancak şimdi, defterini kapatıp onu yanındaki sırt çantasına koyduğunda ve ayağa kalkıp bize doğru yürüdüğünde, o fikrin sadece yanlış değil, aynı zamanda tehlikeli olduğunu fark ediyorum. Bir insanın, bir insandan daha fazlası olduğuna inanmak ne kadar aldatıcı bir şey.

"Hey," diyor Lacey'ye gülümseyerek. Önce Lacey'ye sarılıyor, sonra Ben'in elini, ardından da Radar'ınkini sıkıyor. Kaşlarını kaldırıp, "Selam, Q," diyor ve sonra bana sarılıyor, çabucak ve yumuşak bir şekilde. Öyle kalmak istiyorum. Bir olay istiyorum. Göğsüme yaslanmış halde hıçkıra hıçkıra ağlasın istiyorum, gözyaşları tozlu yanaklarından tişörtüme aksın. Ama bana çabucak sarılıyor sadece ve yere oturuyor. Beni takip eden Ben, Radar ve Lacey'yle bir sıra halinde karşısına oturuyoruz, böylece hepimiz Margo'yla yüz yüze geliyoruz.

"Seni görmek güzel," diyorum bir süre sonra, sessiz bir duayı bozduğumu hissederek.

Perçemlerini bir kenara atıyor. Söylemeden önce, tam olarak ne söyleyeceğine karar veriyormuş gibi görünüyor. "Ben, şey. Şey. Nadiren söyleyecek bir şey bulamam, değil mi? Son zamanlarda insanlarla fazla konuşmadım. Eee. Sanırım, burada ne halt ediyorsunuz sorusuyla başlamalıyız."

"Margo," diyor Lacey. "Tanrım, çok endişelendik."

"Endişelenmeye gerek yok," diye karşılık veriyor Margo neşeyle. "İyiyim." İki başparmağını yukarı kaldırıyor. "Her şey yolunda."

"Bizi arayıp haber verebilirdin," diyor Ben, sesinden hayal kırıklığı okunuyor. "Bizi felaket bir araba yolculuğundan kurtarırdın."

"Deneyimlerime göre bir yeri terk ettiğinde, *terk etmek* en iyisidir, Kanlı Ben. Bu arada neden elbise giyiyorsun?"

Ben kızarıyor. "Ona böyle deme," diye çıkışıyor Lacey.

Margo, Lacey'ye bir bakış atıyor. "Ah, Tanrım, *onunla* mı takılıyorsun?" Lacey hiçbir şey söylemiyor. "*Aslında* onunla takılmıyorsun," diyor Margo.

"Aslında takılıyorum," diyor Lacey. "Ve aslında harika biri. Ve sen aslında bir fahişesin. Ve aslında ben gidiyorum. Seni tekrar görmek güzel, Margo. Beni dehşete düşürdüğün, okuldaki son yılımın son ayı boyunca bana kendimi bok gibi hissettirdiğin ve sonra iyi olduğundan emin olmak için peşine düştüğümüzde, bir fahişe gibi davrandığın için teşekkürler. Seni tanımak gerçekten zevkti."

"Seni de. Yani, sen olmadan ne kadar şişman olduğumu nereden bilebilirdim ki?" Lacey kalkıp ayaklarını yere vurarak gidiyor, ayak sesleri ufalanmış döşemeyi titretiyor. Ben onu takip ediyor. O tarafa bakıyorum ve Radar da ayağa kalkmış.

"Seni ipuçlarından tanıyana kadar aslında hiç tanımıyordum," diyor. "İpuçlarını, seni sevdiğimden daha çok sevdim."

Margo, "Neden bahsediyor bu?" diye bana soruyor. Radar cevap vermiyor. Sadece gidiyor.

Ben de gitmeliyim elbette. Onlar benim arkadaşım, Margo'dan daha çok arkadaşım oldukları kesin. Ama sorularım var. Margo ayağa kalkıp odacığına doğru yürürken, en bariz olanla başlıyorum. "Niye böyle şımarık bir çocuk gibi davranıyorsun?"

Aniden dönüp eliyle tişörtümü yakalıyor ve yüzüme bağırıyor: "Hiç haber vermeden böyle ortaya çıkabileceğini nereden çıkarıyorsun?!"

"Sen âdeta yeryüzünden silinmişken sana nasıl haber verebilirdim?!" Gözlerini kırpıştırdığını görüyorum ve buna verecek cevabı olmadığını biliyorum, bu yüzden devam ediyorum. Ona çok kızgınım. Şey için... Niçin olduğunu bilmiyorum. Olmasını beklediğim Margo olmadığı için. Nihayet doğru hayal ettiğimi sandığım Margo olmadığı için. "O geceden sonra kimseyle iletişime geçmemiş olmanın iyi bir nedeni olduğundan emindim. Ve... İyi nedenin bu muydu yani? Böylece serseri gibi yaşayabilmek için miydi?"

Tişörtümü bırakıp bir kenara itiyor. "Şimdi şımarık olan kim? Terk edilebilecek tek yolla terk ettim. Hayatını bir anda çeker atarsın... yara bandı gibi. Ancak ondan sonra, sen sen olursun, Lace Lace olur, herkes kendi olur ve ben de ben olurum."

"Yalnız ben ben olamıyorum, Margo, çünkü *öldüğünü* sandım. Çok uzun süre boyunca. Bu yüzden asla yapmayacağım saçmalıklar yapmak zorunda kaldım."

Şimdi bana doğru çığlık atıyor, yüzüme ulaşabilmek için tişörtümden tutarak parmaklarının üstünde yükseliyor. "Ah, saçmalama. Buraya benim iyi olduğumdan emin olmak için gelmedin. Buraya geldin çünkü zavallı küçük Margo'yu, sorunlu küçük benliğinden kurtarmak istedin, böylece parlak zırhlı şövalyeme o kadar minnettar olacaktım ki kıyafetlerimi sıyırıp vücudumu kasıp kavurman için sana yalvaracaktım."

"Saçmalama!" diye bağırıyorum çünkü genel olarak saçmalıyor. "Sadece bizimle oynuyordun, değil mi? Eğlenmek için çekip gittikten sonra bile, hâlâ etrafında döndüğümüz eksen olduğundan emin olmak istedin."

Karşılık olarak, mümkün olduğunu düşündüğümden daha yüksek sesle çığlık atıyor. "Bana kızgın bile değilsin, Q! Küçüklüğümüzden beri kafanın içinde tuttuğun bana dair fikre kızgınsın!"

Benden başka tarafa dönmeye çalışıyor ama omuzlarını yakalayıp onu önümde tutuyorum. "Gidişinin ne anlama geldiğini hiç düşündün mü? Ruthie için? Benim için, Lacey için ya da seni önemseyen diğer insanlar için? Hayır. Tabii ki düşünmedin. Çünkü eğer bir şey senin başına gelmiyorsa aslında hiç olmuyordu. Böyle, değil mi Margo? Değil mi?"

Artık benimle mücadele etmiyor. Sadece omuzlarını düşürüyor, dönüyor ve tekrar ofisine yürüyor. Pleksiglas duvarların ikisini de tekmeleyip düşürüyor, yere kaymadan önce sıraya ve sandalyeye çarpıp gürültü çıkarıyorlar. "KAPA ÇENENİ KAPA ÇENENİ GÖT HERİF."

"Tamam," diyorum. Margo'nun sabrını tamamen kaybetmesiyle ilgili bir şey, kendiminkini geri kazanmamı sağlıyor. Annem gibi konuşmayı deniyorum. "Çenemi kapatacağım. İkimiz de altüst olmuş durumdayız. Benim açımdan bir sürü, şey, çözülmemiş sorun var."

Sandalyeye tekrar oturuyor, ayakları önceden ofisinin duvarı olan malzemenin üzerinde. Ahırın bir köşesini inceliyor. Aramızda en az üç metre var. "Beni nasıl buldun ki?"

"Öyle yapmamızı istediğini sandım," diye cevapladım. Sesim o kadar kısık ki, beni duymasına bile şaşırıyorum ama bana dik dik bakmak için sandalyeyi çeviriyor.

"İstemediğimden adım gibi eminim."

"*Kendi Şarkım*," diyorum. "Guthrie, beni Whitman'a götürdü. Whitman, beni kapıya götürdü. Kapı, beni alışveriş merkezine götürdü. Üstü boyanmış duvar yazısını nasıl okuyacağımızı çözdük. 'Kâğıttan kentler' olayını anlamadım; hiç inşa edilememiş semtler anlamına da gelebiliyor, bu yüzden onlardan birine gidip asla geri dönmeyeceğini düşündüm. Bu yerlerden birinde öldüğünü, kendini öldürdüğünü ve her ne sebeple olursa olsun seni bulmamı istediğini sandım. Böylece seni arayarak birkaç tanesine gittim. Ama sonra, hediye dükkânındaki haritayla raptiye deliklerini karşılaştırdım. Şiiri daha dikkatli okumaya başladım, muhtemelen kaçmadığını anladım, sadece plan yaparak köşene çekilmiştin. O deftere bir şeyler yazarak. Haritadan Agloe'yu buldum, Omnictionary'nin konuşma sayfasındaki yorumunu gördüm, mezuniyeti astım ve arabayla buraya geldim."

Saçını aşağı doğru tarıyor fakat artık yüzüne düşecek kadar uzun değil. "Bu saç kesiminden nefret ediyorum," diyor. "Farklı görünmek istedim ama... gülünç görünüyor."

"Benim hoşuma gitti," diyorum. "Yüzünü hoş bir biçimde çevreliyor."

"Üzgünüm çok şirret davranıyordum," diyor. "Ama şunu anlaman lazım... Yani, siz böyle aniden içeri giriyorsunuz ve ödümü koparıyorsunuz ve..."

"Sadece şöyle diyebilirdin: 'Çocuklar, ödümü koparıyorsunuz.'"

Dudağını büküyor. "Evet, doğru, çünkü bu herkesin tanıdığı ve sevdiği Margo Roth Spiegelman." Margo bir anlığına sessiz kalıyor ve sonra devam ediyor: "Omnictionary'de onu söylemememe gerektiğini biliyordum. Daha sonra bulduklarında eğlenceli olacağını düşündüm o kadar. Polislerin bir şekilde izini sürebileceğini düşündüm ama yeterince çabuk değil. Omnictionary'de bir milyar sayfa falan var. Aklıma hiç gelmedi..."

"Ne?"

"Soruna cevap vermek gerekirse, seni çok düşündüm. Ve Ruthie'yi. Ve ebeveynlerimi. Tabii ki düşündüm, tamam mı? Belki de dünya tarihindeki en korkunç derecede bencil insanım. Ama sence *ihtiyacım* olmasaydı bunu yapar mıydım?" Başını sallıyor. Şimdi, nihayet, bana doğru eğiliyor, dirsekleri dizlerinde ve konuşuyoruz. Belli bir mesafeden konuşuyoruz ama olsun. "Geri sürüklenmeden terk edebileceğim başka bir yol düşünemedim."

"Ölmediğine sevindim," diyorum.

"Evet. Ben de," diyor. Sırıtıyor ve bu, özleyerek çok uzun zaman geçirdiğim o gülüşü ilk görüşüm. "Terk etmek zorunda kalmamın nedeni bu. Hayat ne kadar berbat olursa olsun, alternatifinden her zaman daha iyi."

Telefonum çalıyor. Arayan Ben. Cevap veriyorum.

"Lacey, Margo'yla konuşmak istiyor," diyor bana.

Margo'nun yanına gidip telefonu ona uzatıyorum ve o kamburlaşmış omuzlarıyla otururken, dinleyerek orada oyalanıyorum. Telefondan gelen sesleri duyabiliyorum ve sonra Margo'nun sözünü kesip şöyle dediğini duyuyorum: "Bak, gerçekten üzgünüm. Sadece çok korkmuştum." Ardından sessizlik oluyor. Sonunda Lacey tekrar konuşmaya başlıyor, Margo gülüyor ve bir şeyler söylüyor. Biraz mahremiyetleri olması gerekiyormuş gibi hissettiğimden biraz etrafa göz gezdiriyorum. Ofisle aynı duvarın karşısına, ahırın karşı köşesine Margo bir tür yatak kurmuş... Turuncu şişme yatağın altında dört tane ayaklı palet var. Küçük, muntazam bir şekilde katlanmış kıyafetleri başka bir paletin üzerinde, yatağın yanında duruyor. Bir diş fırçası ve diş macunu var, Subway'den alınmış plastik bardakla beraber. Bu eşyalar, iki kitabın üstünde duruyor: Sylvia Plath'ın *Sırça Fanus*'u ve Kurt Vonnegut'un *Mezbaha No. 5*'i. Tertipli kentlilik ile tüyler ürpertici çürümüşlüğün bu bağdaşmayan karışımında yaşadığına inanamıyorum. Ama öte yandan başka türlü yaşadığına inanarak ne kadar zaman harcadığıma da inanamıyorum.

"Parktaki bir motelde kalıyorlar. Lace, sabah seninle ya da sensiz gideceklerini sana söylememi söyledi," diyor Margo arkamdan. *Biz* değil de *sen* dediği zaman, ilk defa bundan sonra ne olacağını düşünüyorum.

"Çoğunlukla kendime yetiyorum," diyor, artık yanımda duruyor. "Dışarıda bir tuvalet var ama çok iyi durumda değil, bu yüzden genellikle Roscoe'nun doğusundaki kamyon otoparkındaki tuvalete gidiyorum. Orada duşlar da var ve kızlar tarafındaki duş oldukça temiz çünkü çok fazla kadın kamyoncu yok. Üstelik internet var. Burası evim, kamyon otoparkı da yazlık evim gibi." Gülüyorum.

Yanımdan geçip yatağın altındaki raflara bakarak diz çöküyor. Bir el feneri ile kare şeklinde ince bir plastik parçası çıkarıyor. "Bunlar bütün ay boyunca benzin ve yiyecek dışında satın aldığım tek şey. Yalnızca üç yüz dolar filan harcadım." Kare şeklindeki şeyi ondan alıyorum ve nihayet pilli bir müzik çalar olduğunu anlıyorum. "Birkaç albüm getirmiştim," diyor. "Şehirde daha fazlasını alacağım gerçi."

"Şehir mi?"

"Evet. Bugün New York'a doğru yola çıkacağım. Omnictionary olayı o yüzdendi. Gerçekten seyahat etmeye başlayacağım. Esasında Orlando'dan bugün ayrılmayı planlıyordum... Mezuniyete gidecektim, sonra da o özenle hazırladığım muzipliklerin hepsini mezuniyet gecesi seninle yapacaktım ve ertesi sabah gidecektim. Ama daha fazla katlanamadım. Cidden bir saat daha katlanamadım. Ve Jase'i duyduğumda... şöyle düşündüm: 'Hepsini planladım; sadece günü değiştiriyorum.' Seni korkuttuğuma üzüldüm. Seni korkutmamaya çalışıyordum ama o son bölüm çok aceleye gelmişti. En iyi işim değil."

İpuçlarıyla dolu, birbirleriyle kesişen kaçış planları bağlamında gayet etkileyici olduğunu düşünmüştüm. Ama daha çok, beni asıl planına dâhil etmesine şaşkındım. "Bilmediğim şeylere bir açıklık getirsene," dedim gülümsemeyi becererek. "Merak ediyordum da... Ne planlıydı, ne değildi? Ne, ne anlama geliyordu? Neden ipuçları bana geldi, neden gittin, böyle şeyler."

"Hımm, tamam. Tamam. Bu hikâye için başka bir hikâyeyle başlamalıyız." Ayağa kalkıyor, zeminin çürümüş kısımlarından kaçınırken, adımlarını takip ediyorum. Ofisine dönüyor, sırt çantasının içinden siyah defteri bulup çıkarıyor. Bağdaş kurarak yere oturuyor, yanındaki tahta parçasına eliyle hafifçe vuruyor. Oturuyorum. Kapalı deftere hafifçe dokunuyor. "Şimdi bu," diyor, "uzun zaman öncesine dayanıyor. Ben dördüncü sınıfta falanken, bu deftere bir hikâye yazmaya başladım. Bir tür polisiyeydi."

Eğer bu defteri ondan alırsam, şantaj yapmak için kullanabileceğimi düşünüyorum. Onu Orlando'ya geri götürmek için kullanabilirim, yaz döneminde bir iş bulup üniversite başlayana kadar bir dairede yaşayabilir ve en azından yazı beraber geçiririz. Ama sadece dinliyorum.

"Yani böbürlenmeyi sevmem ama bu alışılmadık derecede parlak bir edebiyat eseri. Şaka yapıyorum. On yaşındaki halimin, arzularını gerçekleştiren, sihirli şeylere inanan, saçma sapan sayıklamaları. Başrolünde Margo Roth Spiegelman adlı bir kız var ki o her yönüyle tıpkı benim on yaşındaki halim gibi, ebeveynlerinin iyi, zengin ve ona istediği her şeyi alabilmesi dışında. Margo, Quentin adında bir oğlana çarpılmış ki bu oğlan her yönüyle tıpkı senin gibi; tamamen korkusuz, cesur ve beni korumak için ölmeyi ve her şeyi göze alması dışında. Ayrıca başrollerde Myrna Mountweazel var ki o da tamamen Myrna Mountweazel gibi, sihirli güçleri olması dışında. Şey gibi, mesela hikâyede Myrna Mountweazel'ı okşayan herhangi biri için on dakika boyunca yalan söylemek imkânsız oluyor. Ayrıca konuşabiliyor. Tabii ki konuşabiliyor. On yaşındaki biri, *konuşamayan* bir köpekle ilgili bir kitap yazmış olabilir mi?"

Gülüyorum ama hâlâ on yaşındaki halime çarpılan, on yaşındaki Margo'yu düşünüyorum.

"Yani hikâyede," diye devam ediyor, "Quentin, Margo ve Myrna Mountweazel, Robert Joyner'ın ölümünü araştırıyorlar ki onun da ölümü tamamen gerçek hayatındaki ölümü gibi, kendini kafasından vurmuş olması yerine, *başka birinin* onu kafasından vurmuş olması dışında. Ve hikâye, bizim bunu kimin yaptığını ortaya çıkarmamız hakkında."

"Kim yapmış?"

Gülüyor. "Bütün hikâyeyi berbat mı edeyim yani?"

"Aslında," diyorum, "okumayı tercih ederim." Defteri açıyor ve bana bir sayfa gösteriyor. Yazı okunamaz halde, Margo'nun el yazısı kötü olduğu için değil, metnin yatay satırlarının üstüne, dikey olarak da yazıldığı için. "Çaprazlama yazarım," diyor. "Margo-olmayan okuyucular için çözmesi çok zor. Bu yüzden sana hikâyenin sonunu söyleyeceğim ama önce sinirlenmeyeceğine söz vermelisin."

"Söz," diyorum.

"Cinayetin, Robert Joyner'ın alkolik eski karısının erkek kardeşi tarafından işlendiği ortaya çıkıyor, o da delirmiş çünkü Antik Mısır'daki şeytani bir ev kedisinin ruhu tarafından ele geçirilmiş. Dediğim gibi müthiş bir anlatım. Ama her neyse, hikâyede sen, ben ve Myrna Mountweazel gidip katille yüzleşiyoruz ve adam beni vurmaya çalışıyor fakat sen kurşunun önüne atlayıp kollarımda oldukça kahramanca ölüyorsun."

Gülüyorum. "Harika. Bu hikâye bana çarpılan güzel kızla, gizem ve entrikayla gelecek vadediyordu ama hemen ardından ruhumu teslim ediyorum."

"Şey, evet." Gülümsüyor. "Ama seni öldürmek zorundaydım çünkü tek farklı muhtemel son, ikimizin o işi yapmasıydı ki on yaşındayken bunu yazmaya duygusal açıdan tam olarak hazır değildim."

"Gayet makul," diyorum. "Ama yazıyı tekrar gözden geçirdiğinde biraz harekete geçmek istiyorum."

"Kötü adam tarafından vurulduktan sonra olabilir. Ölmeden önce bir öpücük mesela."

"Ne kadar incesin." Ayağa kalkabilir ve yanına gidip onu öpebilirim. Yapabilirim. Ama henüz mahvedilebilecek çok şey var.

"Yani her neyse, bu hikâyeyi beşinci sınıfta bitirdim. Birkaç yıl sonra, Mississippi'ye kaçacağıma karar verdim. Sonra, bu destansı olaya dair bütün planlarımı bu deftere, eski hikâyenin üstüne yazdım ve nihayet yaptım... Annemin arabasını alıp bin altı yüz kilometre yol yaptım ve çorbada şu harf ipuçlarını bıraktım. Yolculuktan *hoşlanmadım* aslında –inanılmaz derecede yalnızdım– ama denemek hoşuma gitti, tamam mı? Bu yüzden daha fazla çaprazlama plan yazmaya başladım... Muziplikler, belirli kızları belirli adamlarla ayarlama fikirleri, tuvalet kâğıdı saldırısı kampanyaları, daha fazla gizli yolculuk ve başka ne varsa. Lise ikinin başında, defter yarı yarıya doluydu ve o zaman, bir şey daha, büyük bir şey daha yapacağıma ve sonra gideceğime karar verdim."

Tekrar konuşmaya başlamak üzere ama onu durdurmak zorundayım. "Sanırım sorunun mekân mı yoksa insanlar mı olduğunu merak ediyorum. Şey gibi, etrafındaki insanlar farklı olsaydı ne olurdu?"

"Bunları birbirinden nasıl ayırabilirsin ki? İnsanlar mekândır, mekân da insanlar. Her neyse, arkadaş olunacak başka kimse *olmadığını* sanıyordum. Herkesin ya senin gibi korkak ya da Lacey gibi duyarsız olduğunu sanıyordum. Ve..."

"Senin düşündüğün kadar korkak değilim," diyorum. Ki bu doğru. Ancak söyledikten sonra doğru olduğunu fark ediyorum. Ama olsun.

"O kısma *geliyorum*," diyor neredeyse sızlanarak. "Sonuçta lise birdeyken Gus beni Osprey'e götürdü..." Kafa karışıklığıyla başımı eğiyorum. "Alışveriş merkezi. Oraya sürekli tek başıma gitmeye başladım, sadece takıldım ve planlar yazdım. Son senede de bütün planlar bu son kaçışla ilgili olmaya başladı. Bu sırada eski hikâyemi okuduğumdan mı bilmiyorum ama seni planlara çok önceden koydum. Aklımdaki fikir, bütün bunları beraber yapmamız —SeaWorld'e izinsiz girmek gibi, bu asıl planda da vardı— ve benim seni sert bir çocuk olmaya teşvik etmemdi. Bu tek gece seni özgürleştirecekti. Sonra ortadan kaybolabilirdim ve sen de beni her zaman bununla hatırlardın.

"Sonunda bu plan yetmiş sayfalık uzunluğa falan ulaştı, ardından gerçekleşme aşamasına geldi ve gerçekten iyi toparlandığını düşündüm. Fakat Jase'i öğrendim ve sadece gitmeye karar verdim. Hemen. Mezun olmaya ihtiyacım yoktu. Mezun olmanın amacı neydi ki? Ama önce yarım kalmış işlerimi bağlamalıydım. Böylece okuldaki o gün boyunca defterimi elimde tutup planı deli gibi Becca'ya, Jase'e, Lacey'ye ve aslında arkadaşım olmayan herkese uyarlamaya çalıştım, onları terk etmeden önce, herkesin ne kadar kızgın olduğumdan haberdar olması için fikirler bulmaya çalıştım.

"Ama yine de bunu seninle yapmak istiyordum; hâlâ çocukluk hikâyemde birilerinin kıçını tekmeleyen kahramanın, en azından bir yansımasını sende yaratabilme ihtimalim olması fikrini seviyordum.

"Ama ardından sen beni şaşırttın," diyor. "Onca yıl benim için bir kâğıttan oğlan olmuştun... Bir sayfadaki karakter olarak iki boyutluydun ve bir insan olarak farklı olmana rağmen yine de düz ve iki boyuttan oluşuyordun. Fakat o gece gerçek olduğun ortaya çıktı. Ve gece o kadar garip, eğlenceli ve büyülü sonuçlandı ki sabah odama geri döndüm ve seni *özledim*. Yanına gelip takılmak ve konuşmak istedim ama gitmeye çoktan karar verdiğimden gitmek zorundaydım. Sonra son saniyede sana Osprey'i bırakma fikri aklıma geldi. Tam bir ödlek olmama alanında daha fazla ilerleme kaydetmene yardımı olabilir diye orayı sana bırakma fikri.

"Yani, evet. Hepsi bu kadar. Çabucak bir şey buldum. Woody posterini panjurların arkasına bantladım, plaktaki şarkıyı daire içine aldım, gerçekten okuduğum zaman altını çizdiğimden farklı bir kalemle *Kendi Şarkım*'daki o iki dizenin altını çizdim. Sen okula gittikten sonra pencerenden içeri tırmandım ve gazete parçasını kapına koydum. Sonra o sabah Osprey'e gittim, kısmen henüz gitmeye hazır hissetmediğim için, kısmen orayı senin için temizlemek istediğim için. Yani olay şu ki endişelenmeni *istemedim*. Duvar yazısının üstünü boyama nedenim bu; arkasını görebileceğini bilmiyordum. Kullandığım masa takviminin sayfalarını yırtıp kopardım ve üstünde Agloe'nun olduğunu gördüğüm için haritayı da söktüm. Sonra yorgun olduğum ve gidecek hiçbir yerim olmadığı için orada uyudum. Sonunda iki gece orada kaldım, sadece cesaretimi toplamaya çalışıyordum sanırım. Ve ayrıca, bilmiyorum, belki orayı bir şekilde çabucak bulursun sandım. Sonra gittim. Buraya gelmem iki gün sürdü. O zamandan beri buradayım."

Bitirmiş görünüyordu ama bir sorum daha vardı. "Bütün yerler arasında neden burası?"

"Kâğıttan bir kız için kâğıttan bir kent," diyor. "On ya da on bir yaşındayken Agloe'yu şu 'şaşırtıcı gerçekler' kitaplarından birinde okumuştum. Ve onu düşünmeyi hiç bırakmadım. Gerçek şu ki, ne zaman SunTrust binasının tepesine çıksam –seninle gittiğimiz son sefer de dâhil– aşağı bakıp her şeyin ne kadar kâğıttan olduğunu düşünmüyordum. Aşağı bakıp *benim* ne kadar kâğıttan olduğumu düşünüyordum. Uyduruk, katlanılabilir insan bendim, başkaları değil. Ve bununla ilgili mesele şu: İnsanlar kâğıttan kız fikrini seviyor. Her zaman sevdiler. Ve en kötüsü, benim de sevmiş olmam. Onu ben yetiştirdim, anlıyor musun?

"Çünkü herkesin hoşlandığı bir fikir olmak güzel. Ama kendim için asla o fikir olamadım, tamamen değil. Ve Agloe, kâğıttan bir oluşumun gerçeğe dönüştüğü bir yer. Haritadaki bir nokta gerçek bir yere dönüştü, noktayı yaratanların hayal edebileceğinden daha gerçek bir yere. Belki kâğıttan kesilmiş bir kız da burada gerçek olmaya başlayabilir diye düşündüm. Ve bu, popülerlik, kıyafetler ve bunun gibi şeyleri önemseyen o kâğıttan kıza, 'Kâğıttan kentlere gideceksin. Ve *asla* geri dönmeyeceksin,' dememin bir yolu gibi göründü."

"Duvar yazısı," diyorum. "Tanrım, Margo, o terk edilmiş semtlerden birçoğunu cesedini arayarak gezdim. Gerçekten... gerçekten öldüğünü sandım."

Ayağa kalkıp kısa bir süre sırt çantasını karıştırıyor, sonra uzanıp *Sırça Fanus*'u alıyor ve okuyor. "'Ama iş tam o noktaya geldiğinde bileğimin derisi o kadar beyaz ve korunmasız göründü ki yapamadım. Sanki öldürmek istediğim şey o deride ya da başparmağımın altında atan zayıf, mavi nabızda değil de başka bir yerdeydi, daha derin, daha gizli ve ulaşması çok daha zor olan başka bir yerde.'" Tekrar yanıma oturuyor, yakınıma, karşıma, dizlerimiz gerçekten birbirine değmeden, kot pantolonlarımızın kumaşı birbirine değiyor. Konuşuyor: "Onun neden bahsettiğini anlıyorum. Daha derin ve gizli olan şeyin ne olduğunu. İçindeki çatlaklar gibi. Sanki bir şeylerin doğru düzgün birleşmediği şu fay hatlarından varmış gibi."

"Bunu sevdim," diyorum. "Ya da bir geminin gövdesindeki çatlaklar gibi."

"Doğru, doğru."

"Eninde sonunda seni aşağı çekiyor."

"Kesinlikle," diyor. Şimdi çok hızlı bir şekilde konuşuyoruz.

"Seni bulmamı istemediğine inanamıyorum."

"Üzgünüm. Eğer daha iyi hissetmeni sağlayacaksa, etkilendim. Ayrıca burada olman güzel. İyi bir seyahat arkadaşısın."

"Bu bir teklif mi?" diye soruyorum.

"Belki." Gülümsüyor.

Kalbim göğsümün içinde o kadar uzun zamandır pır pır ediyor ki bu sarhoşluk seviyesi neredeyse sürdürülebilecek bir şeymiş gibi geliyor... neredeyse. "Margo, yazın eve gelirsen... Annemle babam bizimle yaşayabileceğini söyledi ya da yaz boyunca bir iş ve bir daire bulabilirsin, sonra okul başlayacak ve bir daha asla ebeveynlerinle yaşamak zorunda kalmayacaksın."

"Sorun sadece onlar değil. Hemen aynı duruma geri dönerim," diyor, "ve bundan asla kurtulamam. Sorun sadece dedikodu, partiler ve bütün o saçmalıklar değil, doğru şekilde yaşanacak bir hayatın tüm o cazibesi... yani üniversite, iş, koca, bebekler ve tüm o saçmalıklar."

Olay şu ki ben üniversiteye, işlere ve belki bir gün bebeklere bile *inanıyorum*. Geleceğe inanıyorum. Belki bu bir kişilik bozukluğu ama benim için doğuştan gelen bir şey. "Ama üniversite imkânlarını genişletir," diyorum sonunda. "Sınırlamaz."

Sırıtıyor. "Teşekkürler, Rehberlik Hocası Jacobsen," diyor ve sonra konuyu değiştiriyor. "Osprey'de seni düşünüp durdum. Buraya alışıp alışamayacağını. Fareler yüzünden endişelenmeyi bırakıp bırakamayacağını."

"Alıştım," diyorum. "Orayı sevmeye başladım. Balo gecesini orada geçirdim aslında."

Gülümsüyor. "Müthiş. Eninde sonunda seveceğini hayal etmiştim. Osprey'de benim için hiç sıkıcı olmadı ama bu, bir noktada eve gitmek zorunda olduğum içindi. Buraya geldiğimde sıkıldım. Yapacak hiçbir şey yok; buraya geldiğimden beri çok şey okudum. Ayrıca burada gitgide daha fazla tedirgin bir hale geldim, kimseyi tanımadığım için. Ve o yalnızlık ile tedirginliğin geri dönmek istememe neden olmasını bekleyip durdum. Ama hiç olmadı. Bu yapamayacağım tek şey, Q."

Başımla onaylıyorum. Bunu anlıyorum. Bir kez kıtaları avucunuzda hissettiğinizde geri dönmenin zor olduğunu hayal edebiliyorum. Ama yine de bir kez daha deniyorum. "Ama yazdan sonra ne olacak? Üniversite ne olacak? Hayatının geri kalanı ne olacak?"

Omuzlarını silkiyor. "Ne olmuş?"

"Şey, *sonsuza dek* konusunda endişeli değil misin?"

"Sonsuza dek şimdilerden oluşur," diyor. Buna verebilecek bir karşılığım yok; Margo tekrar konuştuğunda hâlâ önceki söylediğinin üstüne kafa yoruyorum: "Emily Dickinson. Söylediğim gibi çok şey okuyorum."

Geleceğin inancımızı hak ettiğini düşünüyorum. Ama Emily Dickinson'la tartışmak zor. Margo ayağa kalkıyor, sırt çantasını omzuna atıyor ve elini bana uzatıyor. "Haydi, yürüyüş yapalım." Dışarı çıkarken Margo telefonumu istiyor. Sertçe basarak bir numara çeviriyor, konuşmasına izin vermek için uzaklaşmaya başlıyorum ama kolumu yakalayıp beni yanında tutuyor. Böylece o, ebeveynleriyle konuşurken, dışarıdaki çayıra doğru yanında yürüyorum.

"Selam, ben Margo... Quentin'le Agloe, New York'tayım... Ah... Şey, hayır anne, sadece soruna dürüstçe cevap vermenin bir yolunu düşünmeye çalışıyorum... Anne, yapma ama... Bilmiyorum, anne... Hayalî bir yere taşınmaya karar vermiştim. Olan bu... Evet, şey, o yöne gittiğimi sanmıyorum, ne olursa olsun... Ruthie'yle konuşabilir miyim?.. Selam, dostum... Hayır, önce ben seni sevdim... Evet, özür dilerim. Bu bir hataydı. Düşündüm ki... ne düşündüğümü bilmiyorum Ruthie ama ne olursa olsun bu bir hataydı ve artık arayacağım. Annemi aramayabilirim ama seni arayacağım... Çarşambaları olur mu?.. Çarşambaları meşgulsün. Hımm. Tamam. Senin için uygun olan gün hangisi?.. Salı o zaman. Evet, her salı... Evet, bu salı da dâhil." Margo gözlerini sıkıca kapatıyor, dişleri kenetlenmiş. "Tamam, Ruthers, annemi geri verebilir misin?.. Seni seviyorum, anne. Ben iyiyim. Yemin ederim... Evet, tamam, sen de. Hoşça kal."

Yürümeyi bırakıp telefonu kapatıyor ama bir dakika kadar elinde tutuyor. O kadar sıkı tutuyor ki parmak uçlarının pembeleştiğini görebiliyorum, sonra telefonu yere düşürüyor. Çığlığı kısa ama kulakları sağır eden cinsten, ardından ilk defa Agloe'nun sefil sessizliğinin farkına varıyorum. "Sanki işimin onu memnun etmek olduğunu ve bunun en değerli dileğim olması gerektiğini düşünüyor, onu memnun etmediğimde de... kapı dışarı ediliyorum. Kilitleri değiştirmiş. Söylediği ilk şey bu. Tanrım."

"Üzgünüm," diyorum, telefonu almak için diz boyundaki sarı-yeşil çimenleri bir kenara iterken. "Ruthie'yle konuşmak iyi miydi?"

"Evet, Ruthie sevimli bir kız. Aslına bakarsan onunla konuşmadığım için kendimden nefret ediyorum."

"Evet," diyorum. Şaka yaparcasına beni dürtüyor.

"Beni daha iyi hissettirmen gerekiyor, daha kötü değil!" diyor.

"Bütün olayın bu!"

"İşimin seni memnun etmek olduğunu fark etmemiştim, Bayan Spiegelman."

Gülüyor. "Oo, anne benzetmesi. Çok fena. Ama haklısın. Peki, sen nasılsın? Eğer Ben, Lacey'yle çıkıyorsa, sen düzinelerce amigo kızla her gece seks partileri yapıyor olmalısın."

Engebeli çayırda yavaşça yürüyoruz. Çayırlık alan geniş görünmüyor ama yürürken, uzaktaki ağaçlığa yaklaşıyormuş gibi görünmediğimizi fark ediyorum. Ona mezuniyeti terk etmemi, Fırdöndü'nün mucizevi dönüşünü anlatıyorum. Baloyu, Lacey'nin Becca'yla kavgasını ve Osprey'deki gecemden bahsediyorum. "Kesinlikle orada olduğunu gerçekten anladığım geceydi," diyorum. "O battaniye hâlâ senin gibi kokuyordu."

Bunu söylediğimde eli hafifçe elime değiyor ve elini hemen yakalıyorum çünkü artık mahvedilecek daha az şey varmış gibi geliyor. Bana bakıyor. "Gitmek zorundaydım. Seni korkutmam gerekmezdi, bu aptalcaydı ve giderken daha iyi iş çıkarmalıydım ama gitmek *zorundaydım*. Artık anlıyor musun?"

"Evet," diyorum, "ama artık geri dönebileceğini düşünüyorum. Gerçekten öyle düşünüyorum."

"Hayır, düşünmüyorsun," diye cevap veriyor ve haklı. Yüzümden okuyabiliyor... benim o ve onun da ben olamayacağını şimdi anlıyorum. Belki Whitman'da bende olmayan bir yetenek vardı. Ama ben yaralı adama neresinin acıdığını sormalıyım çünkü ben yaralı adam olamam. Olabileceğim tek yaralı adam benim.

Ayağımla çimenleri ezip oturuyorum. Yanıma uzanıyor, sırt çantası yastığı. Ben de sırtüstü uzanıyorum. Sırt çantasında birkaç kitap aranıyor ve benim de bir yastığım olsun diye onları bana uzatıyor. *Emily Dickinson'dan Seçme Şiirler* ve *Çimen Yaprakları*. "İki tane vardı," diyor gülümseyerek.

"Felaket iyi bir şiir," diyorum. "Daha iyisini seçemezdin."

"Gerçekten mi, o sabah verdiğim ani bir kararıdı. Kapılarla ilgili ufak parçayı hatırladım ve kusursuz olduğunu düşündüm.

Ama sonra buraya geldiğimde tekrar okudum. Lise ikideki edebiyat dersinden beri okumamıştım ve evet, sevdim. Bir sürü şiir okumayı denedim. Şey, o gece seninle ilgili beni şaşırtan şeyin ne olduğunu çözmeye çalışıyordum. Ve uzun süre boyunca T. S. Eliot'tan alıntı yaptığın zaman olduğunu sandım."

"Ama değildi," diyorum. "Pazılarımın boyutuna ve pencereden çıkışımın zarifliğine şaşırmıştın."

Sırıtıyor. "Kapa çeneni de iltifat edebileyim, salak. Şiir ya da pazıların değildi. Beni şaşırtan şey, endişe krizlerine filan rağmen, hikâyemdeki Quentin gibi olmandı. Yani şimdiye kadar yıllardır o hikâyenin üzerine çaprazlama yazı yazıyorum ve ne zaman üstüne yazsam, o sayfayı da okurum ve hep, şey... darılma ama, 'Tanrım, Quentin Jacobsen'ı adaletin süper seksi ve süper sadık koruyucusu olarak düşündüğüme inanamıyorum,' deyip gülerdim. Ama sonra bir de farkına vardım ki bir bakıma *öyleydin*."

Yan dönebilirim ve o da yan dönebilir. Ve sonra öpüşebiliriz. Ama onu şimdi öpmenin amacı ne ki zaten? Hiçbir yere varmayacak. İkimiz de bulutsuz gökyüzünü seyrediyoruz. "Hiçbir şey asla hayal ettiğin gibi olmuyor," diyor.

Gökyüzü tek renkli bir modern resim gibi, derinlik yanılsamasıyla beni yukarı doğru, kendine çekiyor. "Evet, doğru," diyorum. Ama bir saniye düşündükten sonra ekliyorum: "Ama hayal etmezsen, hiçbir şey de gerçekleşmez." Hayal etmek kusursuz değil. Bir insanın tamamen içine giremezsiniz. Margo'nun bulununca sinirleneceğini ya da yazdığı hikâyeyi asla hayal edemezdim. Ama başka bir insan olmayı ya da dünyanın başka bir şey olmasını hayal etmek, tek giriş yolu. Bu, faşistleri öldüren makine.

Bana dönüp elini omzuma koyuyor ve orada öyle uzanıyoruz, SeaWorld'de uzun zaman önce çimenlerde uzandığımızı hayal ettiğim gibi. Bize binlerce kilometreye ve bir sürü güne mal oldu ama işte buradayız: Onun başı benim omzumda, nefesi boynumda, ikimizde de derinlere işlemiş bir yorgunluk var. Şu anda tıpkı o zaman olmayı dilediğim gibiyiz.

Uyandığımda günün ölmekte olan ışığı her şeyin önemliymiş gibi görünmesini sağlıyor, sararan gökyüzünden, başımın üzerinde bir güzellik kraliçesi gibi yavaş hareketlerle el sallayan çimen saplarına kadar. Yana dönüyorum ve Margo Roth Spiegelman'ı benden birkaç metre uzakta elleriyle dizlerinin üzerinde görüyorum, pantolonu bacaklarına yapışmış. Yeri kazdığını fark etmem kısa bir zamanımı alıyor. Ona doğru emekliyorum ve yanında kazmaya başlıyorum, çimenlerin altındaki toprak, parmaklarımdaki toz kadar kuru. Bana gülümsüyor. Kalbim ses hızında atıyor.

"Niçin kazıyoruz?" diye soruyorum.

"Doğru soru bu değil," diyor. "Doğru soru, kimin için kazıyoruz."

"Tamam o zaman. Kimin için kazıyoruz?"

"Küçük Margo, Küçük Quentin, Yavru Köpek Myrna Mountweazel ve zavallı ölü Robert Joyner için mezar kazıyoruz," diyor.

"Bu cenaze törenlerinden geri kalamam," diyorum. Toprak topak topak ve kuru, terk edilmiş bir karınca yuvası gibi, böceklerin açtığı yollarla delinmiş. Çıplak ellerimizi tekrar tekrar toprağa sokuyoruz, her avuç dolusu toprağa küçük bir toz bulutu eşlik ediyor. Derin ve geniş bir çukur kazıyoruz. Bu mezar düzgün olmalı. Az sonra dirseklerime kadar kazmış buluyorum kendimi. Yanağımdaki teri silince tişörtümün kolu tozlanıyor. Margo'nun yanakları kızarıyor. Kokusunu duyabiliyorum ve o gece SeaWorld'de tam hendeğe atlamamızdan önceki gibi kokuyor.

"Onu gerçek bir insan olarak hiç düşünmemiştim," diyor.

Konuştuğunda, elime bir ara verme fırsatı geçiyor ve oturuyorum. "Kimi, Robert Joyner'ı mı?"

Kazmaya devam ediyor. "Evet. Yani o benim başıma gelen bir şeydi, anlatabiliyor muyum? Ama benim hayat dramımda küçük bir rol almadan önce o... kendi hayatının dramında başkahramandı."

Ben de onu gerçek bir insan olarak hiç düşünmemiştim. Benim gibi toprakta oynayan bir adam olarak. Benim gibi âşık olan bir adam olarak. İpleri kopmuş bir adam olarak, kendi çimen yaprağı kökünün çayıra bağlı olduğunu hissetmemiş, çatlamış bir adam olarak. Benim gibi. "Evet," diyorum bir süre sonra kazmaya geri dönerken. "Benim için her zaman bir ceset oldu."

"Keşke bir şey yapabilseydik," diyor. "Keşke ne kadar cesur olduğumuzu kanıtlayabilseydik."

"Evet," diyorum. "Ona bunu söylemek güzel olurdu, her ne olduysa, dünyanın sonu olmasına gerek yoktu."

"Evet, gerçi sonuçta *bir şey* seni öldürüyor."

Omuzlarımı silkiyorum. "Evet, biliyorum. Her şeyin dayanılabilir olduğunu söylemiyorum. Sadece son şey hariç her şey dayanılabilir." Elimi tekrar toprağa sokuyorum, buradaki toprak evdekinden çok daha koyu renkli. Arkamızdaki yığına bir avuç dolusu toprak atıyorum ve geri oturuyorum. Bir fikrin eşiğinde olduğumu hissediyorum ve konuşarak içine girmeye çalışıyorum. Uzun ve hikâyelerle dolu ilişkimizde, Margo'ya art arda hiç bu kadar çok kelime söylememiştim ama işte, onun için son oyunum.

"Onun ölümünü düşündüğümde –ki itiraf edeyim, o kadar da çok düşünmedim– senin söylediğin gibi, içindeki bütün iplerin koptuğunu düşündüm. Ama bunu algılamanın binlerce yolu var: Belki ipler kopar, belki gemilerimiz batar ya da belki biz çimeniz... Köklerimiz birbirine o kadar bağımlı ki, biri hâlâ hayatta olduğu sürece kimse ölü değil. Metafor kıtlığı çekmiyoruz, demek istediğim bu. Fakat hangi metaforu seçeceğin konusunda dikkatli olmalısın çünkü bu önemli. Eğer ipleri seçiyorsan, o zaman tamir edilemez derecede kopabileceğin bir dünya hayal ediyorsundur. Eğer çimeni seçiyorsan, hepimizin karşılıklı olarak birbirimize son derece bağlı olduğumuzu söylüyorsundur, o zaman şu kök sistemlerini yalnızca birbirimizi anlamak için değil, aynı zamanda birbirimiz haline gelmek için de kullanabiliriz. Metaforların saklı anlamları var. Ne demek istediğimi anlıyor musun?"

Başıyla onaylıyor.

"İpleri seviyorum. Hep sevdim. Çünkü öyle *hissediyorum*. Ama ipler, acının, olduğundan daha ölümcül görünmesine neden oluyor sanırım. İplerin bizi inandırdığı kadar dayanıksız değiliz. Ve çimeni de seviyorum. Çimen beni sana getirdi, seni gerçek bir insan olarak hayal etmeme yardımcı oldu. Ama biz aynı bitkinin farklı filizleri değiliz. Ben sen olamam. Sen de ben olamazsın. Başka birini iyi bir şekilde hayal edebilirsin... ama asla tamamen kusursuz olmaz, anlıyor musun?

"Belki önceden söylediğin gibi, hepimiz çatlayıp açılıyoruz. Sanki her birimiz su geçirmez bir kabuk olarak yola çıkıyoruz. Ve bir şeyler oluyor... birileri bizi terk ediyor, sevmiyor, anlamıyor ya da biz onları anlamıyoruz ve kaybediyoruz, başarısız oluyoruz ve birbirimizi incitiyoruz. Ve kabuk bazı yerlerinden çatlayıp açılmaya başlıyor. Yani evet, kabuk bir kere çatladığında, son kaçınılmaz oluyor. Osprey'in içine bir kere yağmur yağmaya başladığında, asla tadilat yapılmayacak. Ama çatlakların açılmaya başladığı an ile parçalandığımız an arasında çok zaman var. Ve ancak o zaman birbirimizi görebiliriz çünkü kendi çatlaklarımızın arasından dışımızdakileri ve başkalarının çatlaklarının arasından da onların içini görüyoruz. Ne zaman birbirimizi yüz yüze gördük? Sen benim çatlaklarımın içini, ben de seninkilerin içini görene kadar değil. Ondan önce, sadece birbirimizin fikirlerine bakıyorduk, pencerendeki jaluziye bakıp içeriyi hiç görmemek gibi. Ama kabuk bir kere çatladığında ışık içeri girebiliyor. Işık dışarı çıkabiliyor."

Parmaklarını dudaklarına götürüyor, sanki yoğunlaşıyormuş ya da ağzını benden saklıyormuş ya da söyleyeceği kelimeleri hissetmek istiyormuş gibi. "Sende gerçekten bir şeyler var," diyor sonunda. Uzun uzun bana bakıyor, benim gözlerim ve onun gözleri... aralarında hiçbir şey yok. Onu öpmekle elime geçecek hiçbir şey yok. Ama artık elime bir şey geçmesini beklemiyorum. "Yapmak zorunda olduğum bir şey var," diyorum, belli belirsiz başını sallıyor, sanki bunun ne olduğunu biliyormuş gibi ve onu öpüyorum.

Öpüşmemiz uzun bir süre sonra Margo konuştuğunda bitiyor. "New York'a gelebilirsin. Eğlenceli olur. Öpüşmek gibi."

Ben de, "Öpüşmekte gerçekten bir şeyler var," diyorum.

O da, "Hayır diyorsun," diyor.

"Margo, bütün hayatım orada ve ben sen değilim, ben..." Ama hiçbir şey söyleyemiyorum çünkü beni tekrar öpüyor ve beni öptüğü anda, farklı yönlere doğru gittiğimizi kesinlikle anlıyorum. Ayağa kalkıp uyuduğumuz yere, sırt çantasına yürüyor. Not defterini çıkarıyor, tekrar mezara yürüyor ve defteri oraya yerleştiriyor.

"Seni özleyeceğim," diye fısıldıyor, benimle mi yoksa defterle mi konuştuğunu bilmiyorum. Konuştuğumda kiminle konuştuğumu da bilmiyorum: "Ben de."

"Tanrı yanında olsun, Robert Joyner," diyorum ve bir avuç dolusu toprağı defterin üzerine atıyorum.

"Tanrı yanında olsun, genç ve cesur Quentin Jacobsen," diyor ve o da kendi elindeki toprağı atıyor.

"Tanrı yanında olsun, Orlandolu korkusuz Margo Roth Spiegelman," derken bir avuç dolusu toprak daha atıyorum.

O, "Tanrı yanında olsun, sihirli yavru köpek Myrna Mountweazel," derken bir avuç toprak daha dökülüyor. Toprağı defterin üstüne itiyor, bastırıp sıkıştırıyoruz. Yakın zamanda çimenler büyüyecek. Bizim için mezarların kesilmemiş güzel saçları olacak.

Agloe Market'e geri yürürken, topraktan sertleşmiş ellerimizi birbirine kenetliyoruz. Margo'nun eşyalarını arabasına taşımasına yardım ediyorum... bir kucak dolusu kıyafet, banyo malzemeleri ve sandalye. O anın kıymeti, konuşmayı kolaylaştırması gerekirken daha da zorlaştırıyor.

Hoşça kal demek kaçınılmaz olduğunda, tek katlı bir motelin park alanında duruyoruz. "Bir cep telefonu alacağım ve seni arayacağım," diyor. "Ve e-posta göndereceğim. Ve Omnictionary'nin konuşma sayfasına gizemli açıklamalar yollayacağım."

Gülümsüyorum. "Eve vardığımızda sana e-posta göndereceğim," diyorum, "ve bir cevap bekleyeceğim."

"Göndereceğime söz veriyorum. Ve görüşeceğiz. Birbirimizi görmeyi daha bitirmedik."

"Yaz sonunda, okuldan önce seninle bir yerde buluşabilirim," diyorum.

"Evet," diyor. "Evet, bu iyi fikir." Gülümseyip başımı sallıyorum. Arkasını dönüyor ve omuzlarının sarsıldığını gördüğümde, söylediklerinden herhangi birinin gerçek olup olmadığını merak ediyorum. Ağlıyor.

"Görüşürüz. Ve bu arada sana yazacağım," diyorum.

"Evet," diyor arkasını dönmeden, sesi boğuk. "Ben de sana yazacağım."

Dağılmamızı engelleyen şey bunları söylememiz. Belki bu gelecekleri hayal ederek onları gerçekleştirebiliriz, belki de gerçekleştiremeyiz ama her halükârda onları hayal etmeliyiz. Işık dışarı sızıyor ve içeri doluyor.

Evden daha önce hiç bu kadar uzak olmadığımın farkına vararak, bu park alanındayım ve sevdiğim ve takip edemediğim kız işte burada. Umarım kahramanın yolculuğu tabir edilen şey buraya kadardır çünkü onu takip etmemek şimdiye kadar yaptığım en zor şey.

Arabaya bineceğini düşünmeye devam ediyorum ama binmiyor, nihayet bana dönünce sırılsıklam gözlerini görüyorum. Aramızdaki fiziksel alan buharlaşıyor. Son bir kez kopuk iplere elimizi atıyoruz.

Sırtımda ellerini hissediyorum. Onu öperken hava karanlık fakat gözlerimi açık tutuyorum, Margo da öyle. Onu görebileceğim kadar yakınımda, şu anda, Agloe'nun dışındaki bu park alanındaki gecede bile o görünmez ışığın görünür işaretleri var. Öpüştükten sonra uzun uzun bakışırken alınlarımız birbirine değiyor. Bu çatlakları olan karanlıkta onu neredeyse kusursuz bir şekilde görebiliyorum.

YAZARIN NOTU

Kâğıttan kentleri üniversite üçüncü sınıfta yaptığım bir gezi sırasında, bir tanesiyle karşılaşarak öğrendim. Seyahat arkadaşımla, haritanın var olduğunu gösterdiği kasabayı arayarak, Güney Dakota'da bir anayolun ıssız bir kısmında ileri geri gidip durduk... Hatırlayabildiğim kadarıyla kasabanın adı Holen'dı. Nihayet arabayı bir garaj yoluna çekip kapıyı çaldık. Kapıyı açan canayakın kadına bu soru daha önce sorulmuştu. Aradığımız kasabanın yalnızca haritada olduğunu açıkladı.

Agloe, New York'un hikâyesi –bu kitapta ana hatlarıyla belirtildiği gibi– genel olarak doğru. Agloe telif hakkı ihlali yapılmaması için yaratılmış bir kâğıttan kasaba olarak doğmuş. Ama sonra, o eski Esso haritalarına sahip olan insanlar orayı arayıp durmuşlar ve birisi, bir dükkân açarak Agloe'yu gerçek kılmış. Kartografi mesleği Otto G. Lindberg ile Ernest Alpers'ın Agloe'yu uydurmasından bu yana çok değişti. Ama birçok haritacı hâlâ telif hakkı tuzakları olarak kâğıttan kasabaları haritalarına dâhil ediyor, benim Güney Dakota'daki şaşırtıcı deneyimimin ispatladığı gibi.

Agloe isimli dükkân artık yok. Fakat onu haritalarımıza geri koyarsak birisinin eninde sonunda onu tekrar açacağına inanıyorum.

TEŞEKKÜRLER

Şu kişilere teşekkür etmek istiyorum:

—Ebeveynlerim, Sydney ve Mike Green'e. Bunu söyleyeceğimi hiç düşünmezdim ama beni Florida'da yetiştirdiğiniz için teşekkürler.

—Erkek kardeşim ve en sevdiğim ortağım Hank Green'e.

—Akıl hocam Ilene Cooper'a.

—Dutton'daki herkese ama özellikle eşsiz editörüm Julie Strauss-Gabel, Lisa Yoskowitz, Sarah Shumway, Stephanie Owens Lurie, Christian Fünfhausen, Rosanne Lauer, Irene Vandervoort ve Steve Meltzer'e.

—Tatlı bir şekilde inatçı olan yayın hakları temsilcim Jodi Reamer'a.

—Bana fevkalade kelimesinin anlamı hakkında çok şey öğreten Nerdfighters'a.

—Yazar ortaklarım Emily Jenkins, Scott Westerfield, Justine Larbalestier ve Maureen Johnson'a.

—*Kâğıttan Kentler* için araştırma yaparken yok olma hakkında okuduğum gerçekten yararlı olan iki kitaba: William Dear'dan *The Dungeon Master* ve Jon Krakauers'dan *Yabana Doğru*. Ayrıca telif hakkı tuzaklarıyla ilgili kısa makalesi –bildiğim kadarıyla– bu konu hakkında en yetkin kaynak olan, "The Straight Dope"un arkasındaki büyük zekâ Cecil Adams'a da minnettarım.

—Büyükanne ve büyükbabam Henry ve Billie Grace Goodrich ile William ve Jo Green'e.

—Bu kitap üzerine yaptığı okumalar paha biçilemez olan Emily Johnson'a; bir yazarın isteyebileceği en iyi terapist olan Joellen Hosler'a; eşimin kuzenleri Blake ve Phyllis Johnson'a; Endeavor'daki Brian Lipson ve Lis Rowinski'ye; Katie Else'e; kâğıttan kasabaya doğru çıktığım yolculukta bana katılan Emily Blejwas'a; komik kelimesi hakkında bildiğim şeylerin çoğunu bana öğreten Levin O'Connor'a; beni Detroit'te kentsel keşif yapmaya götüren Tobin Anderson ve Sean'a; okul kütüphanecisi Susan Hunt'a ve sansür karşısında durmak için işlerini tehlikeye atan herkese; Shannon James'e; Markus Zusak'a; John Mauldin'e ve harikulade kayınvalidem ve kayınbabam Connie ve Marshall Urist'e.

—İlk okuyucum, ilk editörüm, en iyi arkadaşım ve en sevdiğim takım arkadaşım olan Sarah Urist Green'e.

**İlk İçki, İlk Şaka,
İlk Dost, İlk Aşk,
Son Sözler.**

"Bu harika öyküyü okuyan kızlar hüzünlenecek, erkekler Alaska'nın vanilya ve sigara kokusunda aşkı, tutkuyu ve özlemi bulacak."
–*Kirkus*

"Holden Caulfield'ın ruhu hayat bulmuş."
–*Kliatt*

"Muhteşem bir son... bu kadar iyi bir kitaba yakışıyor."
–*Philadelphia Inquirer*

**Hayatın Anlamını Bulmanın, Âşık Olmanın ve
Alınan Her Nefesin Farkına Varmanın Öyküsü**

TIME dergisi, 2012'nin En İyi Romanı

"Hayata, ölüme ve araya sıkışanlara dair bir roman olan
Aynı Yıldızın Altında, John Green'in en iyi kitabı.
Kahkaha atıyor, ağlıyor, hızınızı alamayıp tekrar
okuyorsunuz."
–Markus Zusak, Printz ödüllü bestseller yazarı

"*Aynı Yıldızın Altında* evrensel konuları ele alıyor:
Sevilecek miyim? Hatırlanacak mıyım?
Bu dünyada bir iz bırakabilecek miyim?"
–Jodi Picoult, *New York Times* bestseller yazarı